AVES NOTURNAS

KATE J. ARMSTRONG

AVES NOTURNAS

Tradução de Edmundo Barreiros

PLATA FORMA 21

TÍTULO ORIGINAL *Nightbirds*

Text copyright © 2023 by Kate J. Armstrong
*First published in the United States of America by Nancy Paulsen Books,
an imprint of Penguin Random House LLC, 2023. Translation rights
arranged by Adams Literary and Sandra Bruna Agencia Literaria, SL.
All rights reserved.* Publicado originalmente nos Estados Unidos por
Nancy Paulsen Books, um selo da Penguin Random House LLC, 2023.
Publicado mediante acordo com Adams Literary e Sandra Bruna
Agencia Literaria, SL. Todos os direitos reservados.
© 2023 VR Editora S.A.

Plataforma21 é o selo jovem da VR Editora

DIREÇÃO EDITORIAL Marco Garcia
EDIÇÃO Thaíse Costa Macêdo
ASSISTENTE EDITORIAL Andréia Fernandes
PREPARAÇÃO Marina Constantino
REVISÃO João Rodrigues e Raquel Nakasone
DESIGN E ILUSTRAÇÃO DE CAPA Luis Tinoco
ADAPTAÇÃO DE CAPA Pamella Destefi
MAPAS Sveta Dorosheva
DESIGN DE MIOLO Suki Boynton
DIAGRAMAÇÃO Pamella Destefi

**Dados Internacionais de Catalogação na Publicação (CIP)
(Câmara Brasileira do Livro, SP, Brasil)**

Armstrong, Kate J.
Aves noturnas / Kate J. Armstrong; tradução Edmundo
Barreiros. – Cotia, SP: Plataforma21, 2023. – (Aves noturnas)

Título original: Nightbirds
ISBN 978-65-88343-60-9

1. Ficção australiana I. Título. II. Série.

23-161235   CDD-A823

Índices para catálogo sistemático:
1. Ficção: Literatura australiana   A823
Eliane de Freitas Leite – Bibliotecária – CRB 8/8415

Todos os direitos desta edição reservados à
VR Editora S.A.
Via das Magnólias, 327 – Sala 01 | Jardim Colibri
CEP 06713-270 | Cotia | SP
Tel.| Fax: (+55 11) 4702-9148
plataforma21.com.br | plataforma21@vreditoras.com.br

Para minha mãe,
que faz tudo parecer mágico

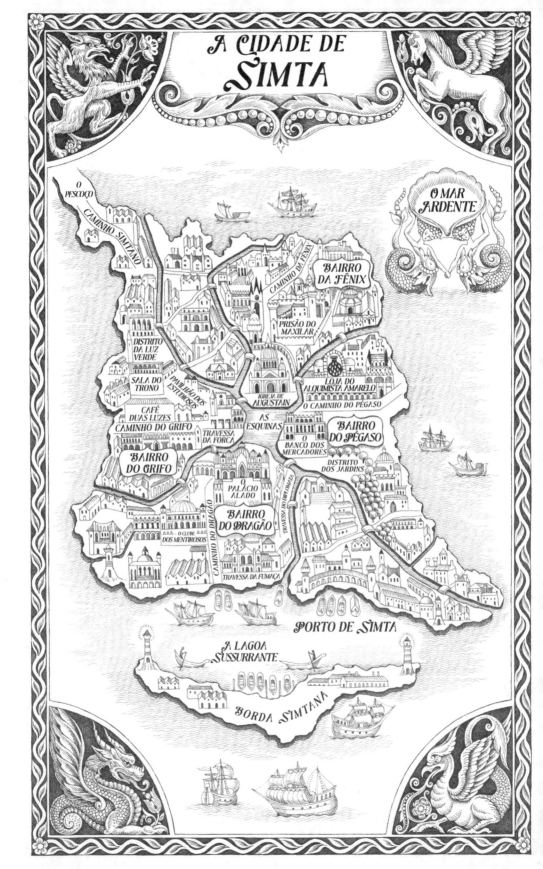

– PRÓLOGO –
A MAGIA EM UM BEIJO

Por toda a vida, o jovem lorde Teneriffe Maylon ouviu sussurros. Eles circundavam as bordas de salões de baile e serpenteavam nas conversas em voz baixa pelo porto. *As Aves Noturnas vão mudar suas sortes*, prometiam os sussurros. *A magia delas pode ser sua com apenas um beijo.*

Isto é, se você conseguir encontrá-las e atender a suas exigências. Elas são um privilégio pelo qual ele está prestes a pagar muito.

Finalmente, Tenny tem permissão para retirar a venda. Por um momento, tudo o que consegue ver é o brilho forte de velas pintando círculos nas paredes de um roxo-escuro. Então uma mulher sentada atrás de uma mesa entra em foco, usando um vestido longo de veludo fino e uma máscara escura de penas. A máscara lhe esconde o rosto, com a trama estendida sobre as órbitas oculares. Ele a conhece apenas por seu codinome: Madame Corvo.

Ela estende a mão enluvada e a deixa parada no ar.

– Seu pagamento.

Os dedos de Tenny tremem um pouco quando ele estende a corrente de rubis. Esse tremor é o que lhe causa problemas nas mesas de krellen – é um sinal muito óbvio. Tenny está acostumado a ver o dinheiro deixá-lo, mas em geral ele corre na forma de moedas, e não como tesouros furtados da caixa de joias de sua dama. A vergonha disso tem gosto das últimas gotas de vinho azedo. Ele está cansado; os nervos, em frangalhos de evitar seu credor um tanto nefasto e a fúria certa do pai se ele descobrir as dívidas crescentes do filho. Tenny teve uma maré de azar, só isso, mas, nessa noite, tudo vai mudar.

A Madame Corvo enrola os rubis em torno dos dedos. As pedras preciosas escuras parecem engolir a noite.

– E seu segredo? – pergunta ela.

Suor escorre pela gola de Tenny.

– As joias são suficientes como pagamento, você não acha?

Ela ergue uma sobrancelha.

– Segredos protegem minhas garotas melhor que pedras preciosas, por mais bonitas que sejam. Eu vou ter seu segredo ou você não vai ter nada.

Tenny dá um suspiro e entrega a ela o bilhete que escreveu naquela tarde explicando que foi ele que pegou os rubis de sua dama. Acrescentou a dimensão de suas dívidas e seu flerte com a empregada da família só por garantia. É um risco confiar esses segredos à Madame Corvo, mas ele sabia que dinheiro não seria suficiente para fazer com que atravessasse aquela porta.

A Madame lê seus segredos, então torna a dobrá-los. Ela ergue um bastão de cera arroxeada sobre a chama de uma vela até gotejar. O pulso dele se acelera enquanto ela a derrama sobre a dobra do papel e o empurra na direção dele, que pressiona seu anel da Casa Maylon sobre a cera, marcando seu conteúdo como autêntico. Garantindo que ele não conte a ninguém o que vai ver esta noite.

Terminada a transação, a Madame sorri.

– Que Ave Noturna você está buscando?

Tenny lambe os lábios. Alguns de seus amigos se gabaram vagamente sobre o tempo passado com uma Ave Noturna, mas a magia de que falavam parecia exagerada demais para acreditar. Histórias loucas para capturar tolos desesperados como ele.

A Madame põe três cartas sobre a mesa entre eles. Parecem cartas de krellen, mas, em vez de animais e reis míticos, elas exibiam belos desenhos de aves.

– A magia de nenhuma ave noturna é igual – explica ela. – Cada uma é de uma qualidade diferente. A Pintassilgo ajuda a mudar de penugem, fazendo com que você se pareça com outra pessoa. A Ptármiga dá o dom da camuflagem, quase invisibilidade. A Rouxinol permite a você que manipule as emoções de uma pessoa, conduzindo-a na direção que quiser.

A boca de Tenny ficou seca. Toda forma de magia é ilegal na República Eudeana, mas esse tipo também é raríssimo. Ele já experimentou muita magia alquímica, do tipo que é misturada a coquetéis nos bares clandestinos de Simta e moída em pó nas salas dos fundos dos alquimistas. Essas misturas permitem falar outra língua por alguns minutos ou fazem a pele brilhar no escuro. Mas o dom de uma Ave Noturna é mais puro, e muito mais precioso. É o que aqueles alquimistas e taverneiros se esforçam tanto para imitar.

– O dom só costuma durar por apenas alguns usos – diz a Madame. – Então escolha com sabedoria.

Tenny fica tentado pela Rouxinol, que pode ajudá-lo a alterar os resultados nas mesas de krellen, mas ele não quer se livrar de seus problemas roubando. Ele quer recuperar sua fortuna por conta própria.

Aponta para a Pintassilgo.

O sorriso da Madame endurece.

– Como quiser.

Ela lhe diz as regras: nada de lascívia, nada de exigências, nada de perguntas incisivas. Ele está nervoso demais para guardar mais que algumas palavras. Então a venda volta ao seu lugar, e alguém o conduz por um corredor que cheira a lírios. Um carpete grosso cede sob suas botas enquanto dedos magros lhe puxam pelo pulso.

Depois de fazer algumas curvas, eles param, e os dedos o largam. Há o farfalhar de papel, o barulho dissimulado de um cartão sendo empurrado por baixo de uma porta.

O suor umedece os punhos de Tenny.

– Ah… como devo me dirigir a ela? – pergunta ele na escuridão.

Há uma pausa, em seguida uma voz masculina rouca que lhe dá um susto:

– Por seu codinome. Do contrário, você nem precisa se dirigir a ela.

Mais silêncio. A culpa faz a nuca de Tenny formigar. Seu pai apoia a Proibição e é um abstêmio radical. O que ele diria se pudesse ver o filho comprando uma magia assim, com joias roubadas da família?

Tenny dá um suspiro. Ele não sabe por que o krellen o atrai tanto. Só que ama como os jogadores têm a chance de serem mendigos, reis, deuses ou mortais, um tipo empolgante de risco. Essa noite é um risco, tão doce e perigoso como qualquer outro. Ele afasta os pensamentos de seu pai e os volta na direção da Pintassilgo – só da Pintassilgo. A magia misteriosa e milagrosa que está por vir.

Tenny arruma a gravata quando uma porta emite um estalido e se abre. Através da venda, vê o brilho da luz, macia e quente. Ele é empurrado para a frente, e depois a porta se fecha às suas costas.

– Pode olhar – diz a Pintassilgo. – Agora somos só nós.

A voz dela é delicada. Não, é harmoniosa como vinho rosado das Terras Distantes, mas estranhamente distorcida. Ela deve ter acendido algum produto alquímico que distorce a voz. Outra camada de disfarce.

Ele tira a venda. O quarto é mal iluminado e ricamente mobiliado, madeira escura envolta em veludo e tapetes cor de vinho. Há duas poltronas perto da lareira, fundas e convidativas. Em meio àquilo tudo está uma garota de máscara. A dela é como a de Madame Corvo, cobrindo a maior parte de seu rosto com penas de bordas douradas que captam a luz das velas na lareira. A trama sobre seus olhos a torna anônima, mas ele acha que ela deve ter a sua idade, talvez seja um pouco mais nova. Embora seu sorriso demonstre uma sabedoria que está muito além de seus anos.

Ela não é uma cortesã – ele seria tolo por pensar isso –, mas é difícil parar de olhar para aqueles lábios cheios e generosos. Ele já os viu antes? Seria perigoso lhes atribuir um nome. Há uma razão para os codinomes e as máscaras. Algumas pessoas matariam para ter acesso livre àquela magia. A igreja e alguns abstêmios mais empedernidos matariam as garotas no ato. Não: é melhor que ela seja apenas Pintassilgo. Tenny não precisa de mais problemas do que já tem.

Ele faz uma reverência profunda.

– Bem-vinda à noite, jovem lady Pintassilgo.

Aqueles lábios se curvam, tímidos e brincalhões.

– Jovem lorde Maylon. Mas você é uma bela surpresa.

Os olhos dele seguem a corrente de ouro em torno de seu pescoço, viajando para baixo. Por que chamam aquilo de gola quando tende a estar tão longe do pescoço? Ele ergue os olhos, torcendo para ela não ter percebido. Com a trama diante de seus olhos, é impossível dizer.

– Vamos beber um pouco de vinho – diz a Pintassilgo. – Ou talvez algo mais forte?

Ele assente, embora seu estômago esteja retorcido.

– As damas escolhem.

A Pintassilgo vai servir as libações. As lantejoulas escuras de seu vestido cintilam quando ela se movimenta. Verdade seja dita: ele não sabe ao certo os detalhes de como funciona a noite que comprou. Como vai começar? Como ele vai se sentir?

Ela entrega a ele um copo cheio de um líquido âmbar que cheira a resina de pinheiro e a brotos-de-trovão.

– Que a fortuna esteja a seu favor – diz ela, inclinando o copo para ele.

Ele engole em seco.

– E a seu também.

Eles bebem. Tenny termina o dele em um único grande gole. Ele se senta em uma das poltronas, esperando que ela ocupe a outra. Em vez disso, ela se senta em seu colo.

– Você está pronto? – ronrona ela.

Ele assente, querendo que as mãos parem de tremer.

A Pintassilgo pega uma máscara preta simples e a bota na parte de cima do rosto dele.

– Isso é o que vai chamar a magia – diz ela – quando você estiver pronto para usá-la. Apenas amarre-a e visualize a pessoa cujo rosto quer vestir.

Ele cede ao seu toque, sentindo a maciez de pétalas de sua pele.

– Você vai ter que segurar alguma coisa que pertença à pessoa com quem quer se parecer. Um lenço está bem, se ela o segurou há pouco tempo, mas cabelos ou unhas são melhores.

Ele torna a assentir. Seu coração está batendo loucamente. Parece o momento logo antes de abrir suas cartas de krellen, sem saber se ganhou ou perdeu.

– Agora imagine como vai usar meu dom – diz ela. – Forme a imagem em sua mente, forte e nítida.

Não é difícil, as imagens já estão lá. Ele se vê entrando no Banco de Simta usando o rosto de seu senhor, sua voz, suas maneiras, acessando os fundos de que precisa para ganhar e sair das sombras. Dinheiro transborda de seus bolsos, e mais uma vez ele está dourado. O filho que seu senhor espera que ele seja.

Pintassilgo levanta o queixo dele e o beija.

Tenny já beijou garotas antes. Garotos também, por falar nisso, mas foram apenas fagulhas em comparação com esse fogo. A magia dela derrama-se de seus lábios e passa pelos dele, quente e inebriante, se enroscando em torno de seus ossos. Ele está embriagado com aquilo. Faz com que ele se sinta como um rei, talvez um deus.

Seus braços a envolvem. Ele entende agora por que essa garota é tamanho segredo. Ele pagaria qualquer preço para se agarrar a ela.

PARTE I

MIL
CAMADAS
DE
SEGREDOS

Querida Matilde,

Este vestido é velho, sim, mas é um belo vestido antigo, e acredito que vai lhe cair bem. Eu mandei reencantá-lo, então suas flores-de-joia se abrem como faziam quando eu estava no seu lugar, com todo o mundo brilhando à minha frente. Que ele seja o mel que atrai apenas os valorosos. Que ele também seja sua armadura.

Voe com cuidado.

Meu mais profundo amor,
Vovó

— UM BILHETE DE LADY FREY DINATRIS
PARA SUA NETA

CAPÍTULO 1
JOIA, ESTRELA E MAR

MATILDE TEM MIL camadas de segredos. Alguns estão contra sua pele, ali para qualquer um que saiba lê-los. Outros estão imersos em uma linguagem nobre que poucas garotas sabem falar. Outros ainda têm asas, e estão ocultos dentro dela.

Ela sorri para si mesma por trás de sua máscara.

Quando Matilde desce a escadaria para o salão de baile, cabeças se viram. Foi exatamente por isso que fez sua família esperar por mais de uma hora antes de sair para o baile de abertura da estação oferecido por Leta. Entradas grandiosas, ela acha, são o único tipo que vale a pena fazer. Em especial durante o verão, quando Simta se enche de pessoas de toda a República Eudeana, que vêm para arranjar casamentos, fazer negócios e fortuna na Cidade das Marés.

O salão está cheio de pessoas vestidas com elegância, conversando e balançando com um quarteto de cordas de bom gosto. É evidente que muitos deles estiveram nos melhores alfaiates mágicos de Simta, que se superaram em encantar os trajes para a noite. As pequenas pérolas no decote de uma garota desabrocham em flores. O fraque de um garoto cintila sempre que alguém o toca. Máscaras soltam fumaça, lapelas florescem, luvas brilham. Matilde tem certeza de que há poções alquímicas ocultas dentro de bolsinhos de relógios e bengalas ocas. Leta acrescentou um pouco às velas, por isso elas ardem azuis, esmeralda e pretas, as cores de sua Casa.

Parado ali, você nunca saberia que magia é ilegal. Nos círculos que Matilde frequenta, essas leis mal se aplicam.

Seu irmão, Samson, olha desejosamente para Æsa, sua bela coabitante, mas ela está ocupada observando o salão de olhos arregalados. Depois de uma espiadela de lado para garantir que sua dama não está observando, Samson pega algumas bebidas de um garçom que estava passando e estende uma para ela. Æsa sacode a cabeça – a mais nova das Aves Noturnas parece nervosa demais para desfrutar de sua primeira festa de verdade na Grande Casa. Matilde vai ter que trabalhar isso.

– Queria que tivesse vestido o que separei para você, Matilde – diz sua dama.

Um vestido com saias bufantes, como o de Æsa, e um espartilho apertado demais. O que fazia com que Matilde parecesse um presente embrulhado para outra pessoa.

– É mesmo? – Matilde dá uma voltinha. – Estou bem satisfeita com minha escolha.

Seu vestido é um invólucro colunar com flores-de-joia brilhando escuras sobre o veludo bordô, preso no quadril com uma fivela de ouro. Ela gosta de como ele, de algum modo, é ao mesmo tempo largo e sugestivo. É de sua avó, de quando ela era uma Ave Noturna, remodelado segundo o último estilo. Talvez seja por isso que sua dama não goste dele – acha que era algo que devia ter sido dado a ela, assim como o dom de Ave Noturna. A magia intrínseca corre pela maioria das linhagens das Grandes Casas, passada de mulher para mulher, mas às vezes pula uma geração. Matilde acha que sua dama nunca superou isso.

Sua dama franze os lábios.

– É só que o corte é um tanto...

Matilde sorri.

– Um tanto arrebatador?

– Eu estava pensando mais em algo como vulgar.

A avó sorri de um jeito que Matilde treinou por infinitas horas, mas ainda precisa dominar.

– A boa moda nunca é vulgar – diz. – Só um pouco ousada.

Os lábios da dama se apertam ainda mais.

Matilde passa um dedo enluvado por uma pétala enfeitada de flores-de-joia. A pétala se enrosca, enfeitiçada e beijada para se abrir e fechar com o movimento. A avó tentou cultivar flores-de-joia de verdade, mas elas não se dão muito bem fora dos pântanos do Calistan. Uma, porém, floresceu no último verão, e suas pétalas quase pretas imploravam para serem tocadas. A avó segurou sua mão antes que ela pudesse fazer isso. *A beleza dessa joia é seu truque*, disse. *Ela atrai presas parecendo suave e, quando elas estão perto...* Ela deixou uma fita cair, e Matilde observou a flor engoli-la, fervilhando enquanto o tecido se transformava em cinza.

Ela pensa nisso com frequência, naquela flor com um segredo. Veneno disfarçado de doçura.

– Vamos para nossa mesa – diz a dama. – Temos que avaliar as perspectivas da estação.

Pretendentes em perspectiva, ela quer dizer. O exército de pessoas entediantes que ela vai derramar sobre os cartões de dança de Matilde e Æsa, tentando empurrá-las para um casamento vantajoso.

– Sério, dama – diz Matilde. – Nós acabamos de chegar.

Sua dama abaixa a voz.

– Você já teve estações demais solteira. As pessoas estão começando a comentar.

Matilde revira os olhos.

– Não sou uma peça de carne no mercado. Não vou começar a feder se você me deixar ao sol.

Ela não sabe por que a dama fica tão agitada por conta da questão – a maioria dos garotos das Grandes Casas se casaria avidamente com uma Ave Noturna. Eles apelam a Leta, a Madame, pelo privilégio, embora não saibam com quem estão se comprometendo. Pelo que Matilde já viu, eles não parecem se importar muito. Os pretendentes são nascidos nas Grandes Casas, e são sempre diamantes. Mas escolher de uma pequena caixa de joias selecionadas não é o mesmo que escolher por conta própria.

Ela vai dar o braço para Æsa, mas a dama é mais rápida ao fazer isso. Æsa parece um peixe fisgado. Matilde tem a impressão de que sua dama está empurrando *Samson* na direção de Æsa – não que ele precise do encorajamento. Ela é linda, com cabelo louro-avermelhado, curvas voluptuosas e olhos verdes. Não tem dinheiro, mas ser uma Ave Noturna por si só já é um dote.

Ela se pergunta se Æsa consegue ver as maquinações de sua dama. Desde sua chegada, ela parece demasiado saudosa das Ilhas Illish para ver muita coisa.

– Vou dar uma volta primeiro – diz Matilde. – Explorar um pouco por conta própria.

A dama franze o cenho.

– A última coisa que precisamos é de você causando problemas.

Matilde puxa uma luva comprida de seda.

– Eu não estava planejando fazer isso.

A dama dá uma fungada.

– Você nunca está.

Samson fecha um olho por trás de sua máscara cor de ferrugem, como se pudesse conter a discussão que estava fermentando.

– Sério, senhoras. Nós temos que fazer isso?

Samson não vai ser criticado pelo corte de sua roupa nem obrigado a dançar com algum lorde suarento prógnato. O ressentimento faz sua língua arder.

– Nada tema – diz Matilde. – Não imagino que vou quebrar nenhuma regra entre este lugar e a mesa de comida.

A dama está nitidamente prestes a discutir quando a avó intervém.

– Oura, é a primeira festa de Matilde na estação. Vamos deixar que ela aproveite.

Matilde observa sua dama fingir estar pensando sobre isso. Afinal de contas, ela não é a chefe da Casa Dinatris.

– Está bem – diz ela por fim. – Mas não demore, Matilde, e nada de coquetéis, estou falando sério.

Com isso, ela se dirige à mesa deles, puxando Æsa junto. A garota olha para trás com olhos de *não me deixe*, o cabelo brilhante ardendo sob a luz movediça. Matilde devia resgatá-la das garras da dama, e vai fazer isso, mas depois. Samson vai atrás, pegando um copo do coquetel característico de Leta e o erguendo como em um brinde para Matilde.

A avó se vira na direção dela, as lantejoulas cinza-azuladas de sua máscara simples cintilando.

– Não ligue para sua dama. Você sabe como ela se preocupa.

Matilde ajusta a própria máscara.

– Eu já esqueci o que ela disse.

É mentira, é claro. As palavras da dama daquela tarde ainda a envolvem. *Você não pode voar livre para sempre. Em algum momento você vai precisar sossegar e construir um ninho.* Matilde não quer se *aninhar* com alguém que só a quer por sua magia. Ela quer a liberdade de escolher um futuro para si mesma.

– Mas ela está certa – prossegue a avó. – Você vai ter que escolher em breve.

O casamento é esperado de uma Ave Noturna, de modo que ela possa passar seu dom para uma nova geração de garotas das Grandes Casas. É praticamente obrigatório. O pensamento causa um aperto em seu peito.

A avó ajusta o corpete de lírios-de-asa, o emblema floral de sua Casa, e lhe dá um sorriso discreto.

– Eu tive aventuras com esse vestido, sabia? Fez com que muitos pensassem que a garota que o usava era delicada e dócil.

Os lábios de Matilde se curvam.

– Está dizendo que fazia *travessuras* com ele?

– Talvez. – A avó tamborila as costas de sua mão com dois dedos. – Voe com cuidado, minha querida.

Matilde sorri diante do lema das Aves Noturnas.

– Vou fazer o possível.

Ela serpenteia pelo salão, tentando adivinhar quem ela podia conhecer e quem gostaria de conhecer. Matilde gosta de segredos e enigmas, por isso adora a queda das Casas por fazer bailes de máscaras de verão. As pessoas ficam mais ousadas com os rostos cobertos; elas apostam fortunas e corações. É fácil dizer quem não é de Simta: eles têm um brilho nos olhos como as asas de mariposas-de-chamas recém-nascidas, atônitos por ver tanta magia em exibição. Simta se orgulha de ter os melhores alfaiates mágicos e alquimistas, e aqueles com dinheiro e conexões sabem onde seus produtos ilegais podem ser encontrados. Tais pós e poções são feitos de ervas e terra, produzidos por mãos inteligentes, e proporcionam ilusões maravilhosas, mas não é como a magia que corre pelas veias de Matilde. A dela não pode ser produzida: vive dentro dela, rara e sem filtro. Ela adora ser um segredo que brilha em plena vista.

Ela respira fundo. O ar tem gosto de flores e espumante e do início da estação. É um sabor que Matilde conhece de cor. Se esse vai ser seu último verão como uma Ave Noturna, ela vai sorvê-lo até a última gota.

Ela pega um copo cheio do coquetel característico de Leta, Sylva – *Sonhador*. A magia nele faz com que tenha gosto de nostalgia: o petisco favorito da infância, um campo ensolarado, um beijo roubado. Mas, ao deslizar por sua língua, seus pensamentos correm para o futuro. Em apenas algumas horas, ela vai ser a Pintassilgo para alguém.

Serei a flor-de-joia de quem esta noite?

SAYER ESPREITA OS cantos do salão de baile. Está acostumada a ser a vigia, não a vigiada, e parece que metade daquele salão irritante está olhando para ela. Ela olha de volta, contendo a vontade de mostrar os dentes.

O salão de baile de Leta lembra Sayer de uma miniversão de Simta: uma série de círculos que ficam mais belos e mais ricos à medida que se entra. Criados, guardas e mordomos ficam junto das paredes, sem de fato fazerem parte das coisas. Eles são as Bordas. Alguns passos para dentro se encontram os trabalhadores tentando aparentar pertencimento. Eles são as franjas. Mais alguns passos e chegamos às Grandes Casas, que formam o centro privilegiado de tudo. Sua dama tinha sido uma delas no passado, brilhando como as mariposas-de--chamas que preenchem lanternas no Distrito dos Jardins. Claro, isso foi antes que ela tropeçasse e caísse fora de sua luz.

Sayer devia estar se misturando, mas todo aquele exibicionismo e conversas superficiais a estão deixando irrequieta. Os ilícitos naquele salão provavelmente podiam comprar uma frota de navios mercantes. Aquelas pessoas exibiam magia como joias, um símbolo de status. Só o melhor para os jovens mais brilhantes de Simta.

Quando um homem tenta dar uma espiada dentro de seu vestido, ela fica muito tentada a pegar alguma coisa de seu bolso, só para praticar. Desde que deixou o Bairro de Grifo, ela não teve muita chance de usar suas habilidades de roubo de bolsas, e nenhuma necessidade. Leta, sua guardiã, foi mais que generosa. Leta contou a todo mundo que sua nova protegida irritadiça é uma prima distante que veio do interior. Ninguém parece ter adivinhado que ela é a filha da falecida e desonrada Nadja Sant Held.

Ao contrário de sua dama, Sayer cresceu às margens dos canais no Grifo. Elas moravam acima de um ourives, em quatro aposentos que cheiravam a polidor de metal e aos rejeitos empoeirados de amigos que nunca iam visitar. Até alguns meses atrás, Sayer mal tinha posto os pés no Bairro do Pégaso, embora ficasse apenas do outro lado da água. Era outro mundo, desejado pelas histórias alegres de sua dama, que sempre pareciam começar com *ao menos se*. Ao menos se ela tivesse esperado que Wyllo Regnis fizesse o pedido em vez de ceder ao desejo dele por sua Ave Noturna favorita. Ao menos se ele recobrasse os sentidos e voltasse para assumi-las como suas.

A magia de Sayer começou a se manifestar tarde, para uma garota como ela: apenas seis meses atrás. A dama queria levá-la para ser testada pela Madame, mas ela se recusou. Até que as tosses de sua dama começaram a ensanguentar lenços inteiros, e suas palavras se tornaram indistintas e urgentes.

Ao menos se você se juntasse às Aves Noturnas. Poderia nos trazer de volta à luz.

Sayer não tinha interesse em se juntar ao velho clube de sua mãe, mas prometeu que faria isso, na esperança de que isso a revivesse. Não foi o caso. E então ela morreu, e Sayer se viu sozinha. Mesmo então, ela não tinha certeza se ia se tornar uma Ave Noturna. Mas o que mais havia? Suas opções eram ganhar moedas como uma garçonete, se juntar a uma gangue ou procurar seu senhor afastado: impossível. Então ali está ela, no coração de tudo para o que sua dama desejava voltar. E tudo o que ela quer fazer é destruí-lo.

Ela para e observa uma criada arrumar um serviço de café em uma mesa lateral. O cheiro a leva de volta a seus dias no Duas Luzes, onde ela trabalhava, apesar dos protestos de sua dama. Afinal de contas, elas precisavam do dinheiro. Ela gostava do cheiro de tranças tostadas e do som de estudantes à mesa, debatendo os movimentos da política e das estrelas. Ela gostava ainda mais dos meninos de rua e dos garotos das gangues de gaiteiros-da-areia que circulavam pela loja. Eles ensinaram a ela coisas mais úteis: como se misturar a uma multidão, brandir uma faca, roubar com um sorriso.

Um convidado passa pela criada, fazendo com que a pilha de pratos que ela está segurando balance. Ele tenta segurá-la como desculpa para chegar mais perto. Sayer não consegue ver suas mãos, mas a criada fica muito vermelha, qualquer que seja a parte dela que ele esteja tocando. A garota, porém, não reclama: o homem é um lorde. Sayer faz uma careta. Em Simta, são as pessoas erradas que sofrem.

Sayer intervém.

– Ela não precisa de sua ajuda. Saia daqui.

O homem emite um ruído afrontado, mas se afasta sem protestar.

– Ah – diz a criada. – Obrigada, senhorita.

Ela faz uma mesura. O gesto faz com que Sayer se sinta irritada.

– Posso ajudá-la a arrumar?

Os olhos da garota se arregalam.

– Esse trabalho não é apropriado para ladies.

Foi a mesma coisa que a dama disse logo que ela conseguiu o emprego no Duas Luzes.

Palavras que Sayer nunca vai ouvi-la dizer outra vez.

Ela limpa a garganta, engolindo o peso doloroso que havia ali. A resposta da criada caiu bem, pois Sayer não tem certeza se consegue se curvar nesse vestido. Ele é do último estilo, com a cintura logo abaixo de seus quadris, grudando-se a ela em um tubo escuro preto-azulado. Uma pequena capa cai sobre suas costas, brilhando com contas reluzentes que algum alfaiate mágico beijou para se movimentarem como estrelas sobre ela.

Sorria, minha garota, disse Leta quando mostrou a capa. *Você é uma constelação em movimento. Uma para a qual todos vão querer fazer desejos.* Mas cintilar demais só faz com que as pessoas queiram roubar seu brilho.

Mais tarde naquela noite, ela vai se transformar na Ptármiga: um codinome que Leta escolheu para ela por causa da camuflagem hábil daquela ave. A magia de Sayer tem o poder de ajudar alguém a se misturar ao ambiente, permitindo que caminhem pelo mundo sem serem vistos. Ela não quer essa vida, mas fez uma promessa para sua dama. Por um verão, pelo menos, vai fazer isso. Leta jurou que ela podia ficar com os ganhos da Ptármiga; poucos meses daquilo equivalem a mais do que ela poderia ganhar no Duas Luzes em uma década. Isso vai estabilizá-la de modo que ela nunca precise de ajuda, ou desse lugar, outra vez.

Do outro lado do salão, Matilde capta o olhar de Sayer, curvando um dedo. Ela parece querer que as três se tornem um belo bando de jovens aves, compartilhando roupas, segredos e sonhos. *Aves Noturnas são como irmãs,* disse-lhe uma vez sua dama. *Elas são as únicas que vão de fato conhecer você.* Mas onde estavam quando sua mãe precisou delas? Provavelmente rindo em torno de uma mesa em alguma festa dourada como essa.

Sayer não foi até ali em busca de irmãs. Ela foi para roubar tudo das carteiras dessas pessoas. Afinal de contas, ela não é uma estrela feita para desejos de *ao menos se.* Ela é o tipo de estrela que queima.

AVES NOTURNAS

O AVÔ DE Æsa costumava dizer que ela tinha uma sheldar dentro de si. É uma velha história, que sussurra sobre uma época em que as Ilhas Illish, varridas pelo vento, não tinham apenas redes de pesca e rastros de geleiras, mas força e uma magia de ressonância profunda. Que um dia podia voltar.

Elas eram sempre mulheres, as sheldars, dizia ele, pendurando a pesca do dia perto do fogo para curar. *Eram tocadas pelo Manancial. Feiticeiras ferozes como o mar, e igualmente destemidas.*

Elas disparavam contra seus inimigos com setas beijadas por magia, acrescentava a avó, implicando com a imaginação dele. *E montavam em ursos com chifres.*

Elas não precisavam de montaria, corrigia ele, *pois tinham asas.*

Æsa gostava dos cabelos intrincadamente trançados delas, entrelaçados com ossos e desejos de vidro do mar. Desejava também seu destemor.

Lembre-se, minha garota, dizia seu avô quando as colheitas morriam ou o aluguel vencia. *Você tem uma sheldar cantando através de você. Só escute a canção dela e tenha a coragem de responder.*

Às vezes, quando ela parava na praia, com areia azul-escura sugando seus pés, ela pensava ouvi-la – uma canção por dentro, mais profunda que o desejo, mais forte que o medo, mas ela não é uma sheldar. Afinal de contas, é apenas uma garota.

O avô morreu no último inverno, e depois disso Æsa não ouviu mais histórias. Seu próprio pai acha que são apenas histórias blasfemas. Ele é um abstêmio e assíduo frequentador da igreja, e a igreja dos Eshamein – Aqueles Que Bebem – prega que a magia é sagrada, não deve ser alcançada por mãos mortais. Com certeza não por mulheres. Elas a corromperam uma vez, envenenando o Manancial do qual toda a magia emana. Por isso, os paters da igreja chegaram a caçar as sheldars. Eles acham que livraram o mundo de garotas que canalizam a magia muito tempo atrás. Entretanto, ali está ela, tentando não perder a calma.

Æsa se posiciona contra a parede ao lado de um vaso de samambaia-de-pena, aliviada por estar longe da mesa dos Dinatris e das atenções opressivas de Oura. Ela ainda não consegue visualizar sua dama sendo amiga da de Matilde, mas elas cresceram juntas em Simta. Nada que sua mãe lhe disse a preparou para aquele lugar barulhento. A cidade está transbordando de pessoas falando línguas que ela nunca ouviu antes, envoltas em conversas com muitas camadas que ela se esforça para entender. Mesmo depois de um mês vivendo com os Dinatris, ela se sente atordoada por isso, especialmente por aquele salão de baile. O chão de mármore creme entremeado por ondas vermelhas em nada se parece com o chão de terra da casa de sua família. As manchas dele não saem de seus pés, por mais que ela esfregue com força.

Seu vestido bufante ondula ao seu redor, e seu tule é do verde-azulado pálido do musgo-do-gelo que cresce ao longo dos penhascos de Illan. Ele é mais modesto que a maioria, e mesmo assim ela se sente exposta com ele. Espelhos enchem o salão, mas ela não consegue olhar para eles.

Ela precisa encontrar uma das outras Aves Noturnas. Com certeza seu primeiro baile vai ser menos aterrorizante com elas ao seu lado. Mas elas ainda são basicamente estranhas: Matilde, brilhante e impaciente, e Sayer, de olhar defensivo e palavras afiadas. Enfim, elas são de Simta. Não entendem o que é ser uma forasteira, tomada por uma saudade de casa que aumenta a cada respiração. Ela sente falta da família, de seus penhascos selvagens, do barulho familiar do oceano. Tudo o que quer é ir para casa.

Você está aqui agora, disse Matilde alguns dias antes enquanto pintava as unhas de Æsa de um azul claríssimo. *Chega de chãos de terra e tortas de peixe. Por que você não se permite aproveitar?*

Como poderia, sabendo o que vive dentro dela? Que logo ela vai ter de botar para fora?

Ela se lembra da noite em que Leta foi até sua casa. O pai estava em uma viagem para o Caminho de Caggan, à procura de trabalho. A pesca de outono tinha sido ruim, e na mesa havia pouco mais que bolos azedos e um jarro de leite em rápida decomposição. Até sua chegada, Æsa não conseguia ver como sua mãe estava magra, com roupas como velas inadequadas, pendentes sem vento. Com fome de mais do que a vida podia dar.

No início, Æsa achou que Leta fosse uma das velhas amigas da mãe que tinha ido fazer uma visita. Mas então por que sua mãe não parava de retorcer as mãos, os olhos correndo para a porta?

No fim, o acordo foi simples: Æsa teria hospedagem generosa e um casamento vantajoso com uma Grande Casa. Eles cuidariam de sua família, garantindo seu futuro.

Ela vai estar a salvo?, sua mãe perguntou a Leta.

Ela vai ser um segredo. Todos os segredos sob meus cuidados permanecem a salvo.

O que ela deve fazer para dar sua magia para alguém?

É só um toque. Só um beijo.

Mais tarde, quando Æsa perguntou à mãe se o pai sabia, ela disse que ele não podia saber. Ela ia dizer a ele que um velho amigo de Simta se ofereceu para apadrinhar sua filha, e ele aceitaria sua palavra.

Quando Æsa perguntou se tinha que ir, sua mãe disse que tinha, porque queria o melhor para ela.

Você precisa disso, Æsa. Todos precisamos. E nós duas sabemos que você não pode ficar aqui.

Mesmo agora ela não tem certeza se escolheu ir ou se a mãe a vendeu. Isso não devia importar se significa que eles nunca mais vão ter de passar por dificuldades.

Dançarinos rodopiam ao seu redor: um casal mais velho, um

grupo de garotas, dois rapazes se abraçando apertado. Machuca seus olhos o jeito com que suas roupas mudam de cor e se movimentam com ventos fantasmagóricos. Ela nunca viu uma exibição tão devassa de magia. Em casa, o pater Toth condenava tais usos da magia em seus sermões, pregando ser um dever moral se abster.

A culpa machuca. O que ele diria sobre a magia *dela*? Provavelmente a mesma coisa que diz sobre imoralidade e o musgo escarlate que cresce em meio aos campos de fiandeiras. *Essas coisas devem ser extirpadas antes que se espalhem.*

Ah, mas ela tentou. Depois do que aconteceu com Enis Dale, ela rezou para que os Eshamein tirassem a magia dela. Encheu o cabelo de vidro do mar e fez desejos a todos eles.

Um homem se aproxima, bloqueando sua visão dos dançarinos. Ele tem a pele oliva bronzeada, como a maioria dos simtanos, e é muitas coisas: muito gordo, muito vermelho, muito brilhante. Uma massa de aspecto grudento de flores pende de sua lapela.

– Boa estação, jovem lady.

– Pa-para você também – gagueja ela. É isso mesmo? Seu simtano é ruim quando fica nervosa.

A máscara dele tem um brilho de bronze em contraste com suas bochechas coradas pelo vinho.

– Como está sua noite?

Ela procura as palavras que aprendeu durante as lições de etiqueta de Oura.

– Favorável, eu agradeço.

Ele sorri, os lábios molhados de gordura do prato de carne que está segurando. A mesa de comida mais próxima está praticamente intocada. Que desperdício.

– Estou escutando um sotaque de Illish? – diz. – Que encantador. De onde?

Æsa dá um suspiro, grata por falar sobre algo familiar.

– Caminho de Adan. Na borda do Faire.

– Ah, é claro.

Ele começa a contar uma história que ela se esforça para acompanhar sobre a casa de campo de sua avó, com chaminés charmosas que fumegavam e uma criada de cabelos ruivos. E ela se pergunta: ele vai aparecer na porta da Rouxinol mais tarde naquela noite, exigindo beijos? Pedindo coisas que parece blasfêmia dar?

As mãos dele encontram as dela, seu olhar faminto demais.

– Dance comigo.

Ela quer se afastar, mas se sente congelada.

– Na verdade, eu... prefiro não dançar.

Ele não parece ouvi-la.

– Vamos, agora. Você é bonita demais para se esconder junto da parede. Deixe que o salão desfrute de você.

Ela engole em seco. Matilde diz que sua beleza é uma vantagem, mas faz com que ela se sinta como um alvo. Às vezes, ser bonita parece uma coisa perigosa.

Alguém rouba sua mão enluvada da pegada do homem lustroso. Æsa exala.

– Querida – diz Matilde. – Onde você *estava*? Estava desesperada atrás de você.

O homem estufa o peito, nitidamente afrontado pela interrupção.

– Jovem lorde Brendle – diz Matilde. – É você?

Ele solta uma gargalhada.

– Nem mesmo uma máscara pode me fazer parecer com meu filho, jovem lady Dinatris.

Ela dá um tapinha em seu braço.

– Ela tira anos de você, milorde! Juro, você me enganou redondamente.

Matilde é tão elegante, toda ondas castanhas e olhos cor de âmbar reluzentes. Tão à vontade nesse mundo; ela não parece ter medo de nada.

O homem torna a olhar para Æsa.

– E que negócios você tem com essa criatura estonteante?

– É bem escandaloso – diz Matilde, com um sorriso perverso. – Não é adequado para seus ouvidos inocentes.

Ele resmunga, mas Matilde já está entrelaçando o braço no de Æsa. Com a pressão de pele sobre pele acima de suas luvas, alguma coisa formiga. É sempre assim quando elas se tocam: um chamado e uma resposta em uma língua desconhecida. Æsa supõe que seja a magia dentro delas que faz com que ela queira ao mesmo tempo chegar mais perto e se afastar.

– Aquele homem é odioso. – O nariz de Matilde se franze. – Mais desonesto do que lorde.

Æsa tenta responder, mas sua respiração é uma onda que não quer retornar para ela. O salão está girando, e as luzes parecem espíritos na bruma.

– O ar é feito para respirar, querida. – Matilde entrega a ela um copo de alguma coisa fria. – Portanto, respire. E beba isso.

Matilde não aceita recusas com facilidade, então Æsa vira o coquetel. Tem gosto de borrifos do oceano e dos bolos que sua mãe costumava fazer nos domingos de colheita. Ela tenta impedir que um soluço se forme em sua garganta.

– Não precisa ficar nervosa – sussurra Matilde. – Não há nada a temer neste salão.

Mas o lugar está cheio de tubarões, e ela é um peixe pequeno. Ela tem certeza de que ele vai engoli-la inteira antes do fim da estação.

MATILDE DÁ UM suspiro. Para ter sucesso, Æsa vai precisar aprender a lidar com homens lúbricos como Brendle. O problema é que ela é uma mentirosa terrível. Matilde tentou lhe ensinar a arte do engodo, mas ela tem medo de tudo, e sua pele pálida illish não ajuda quando se trata de esconder rubores.

– Você sabe que isso é uma festa, não sabe? – pergunta Matilde. – Ela deve ser aproveitada.

– Eu sei. É só que eu tenho uma sensação...

– Que tipo de sensação?

Æsa morde o lábio.

– De que alguma coisa ruim vai acontecer.

Foi bom que Tenny Maylon não tenha escolhido a Rouxinol na outra noite – na opinião de Matilde, a garota não parece pronta para ver clientes, mas a primeira noite da estação é um momento de grande demanda.

Ela move um cacho errante do cabelo de Æsa para trás de sua orelha.

– Nós somos bem guardadas, você não precisa se preocupar.

Æsa não parece convencida.

– Eu só queria...

Ela deixa que seu desejo permaneça inacabado, então Matilde lança os olhos sobre a multidão. É hora de distração.

– Vamos dar uma volta.

Enquanto circundam o salão, Matilde explica quem é quem entre os dançarinos. Ela não aponta antigos clientes nem conta a Æsa o que a Pintassilgo tornou possível para cada um deles. O lorde que personificou um rival nos negócios para desacreditá-lo diante de seus associados; a jovem dama que ficou igual a certo marinheiro para poder entrar em um navio marítimo. O que alguns fazem com seu dom ela não sabe, e na verdade não quer saber, mas acha que deve ser empolgante usar uma máscara tão completa.

Ela não tem como saber. Aves Noturnas só podem passar sua magia para os outros, embora histórias familiares contem que as mulheres das quais ela descende podiam usá-la para si mesmas. Ela cresceu com histórias de ninar sobre os feitos das garotas poderosas que eles chamavam de Aves Fyre. Elas pareciam deusas, abrindo mares e movendo montanhas. Histórias tentadoras que parecem boas demais para serem verdade.

Uma matrona da Casa passa por elas, deixando uma trilha de fumaça mágica.

– É tanta magia – sussurra Æsa. – Nenhum deles tem medo da lei?

A Proibição, ela quer dizer, defendida por abstêmios e pela igreja, cujos paters amam falar sobre como a magia é uma coisa sagrada que não deve ser tocada.

– As festas de Leta são muito exclusivas – diz Matilde. – Aqui não há nenhum abstêmio; nem Guardiões.

Por dinheiro ou favores, muitos deles fecham os olhos para festas como aquela. Afinal de contas, nenhum deles ousaria arrombar a porta de uma Grande Casa.

– E você não tem medo deles? – pergunta Æsa.

Matilde gira, e as flores-de-joia de seu vestido todas se fecham.

– Ah, por favor. Se um Guardião me visse nesse vestido, ele apenas me daria um tapa no pulso.

– Não, quero dizer... por causa do outro tipo.

Sua magia intrínseca? Matilde sorri.

– É claro que não, querida. Segundo a igreja, garotas como nós não existem.

A Proibição é uma chatice, mas nunca pareceu que se aplicava a ela. Matilde acha que há uma certa emoção em quebrar as regras.

Ela bate o pé.

– Onde Sayer foi se esconder?

– Já está sentindo a minha falta?

Tanto Matilde quanto Æsa dão um pulo.

– Maldito susto – praguejo Matilde. – O que eu disse a você sobre pegar as pessoas de surpresa?

Os olhos de Sayer dão um sorriso significativo.

– Não é minha culpa se vocês se assustam com facilidade.

Seus olhos dourados brilham por trás de sua máscara de meia-noite, seu cabelo quase preto e ondulado está penteado para trás em ondas atraentes. As novas modas eram apropriadas para sua silhueta comprida e magra. Mas, mesmo em tecidos finos, Matilde saberia que ela não cresceu no Pégaso. É algo na forma como ela espreita, como um gato faminto.

– E o que você tem feito? – pergunta Matilde. – Batido carteiras?

A expressão de Sayer não muda.

– Só as desatadas.

Leta não dizia a Matilde de onde Sayer vinha, mas sua dama diz que ela tem os olhos dourados de Nadja Sant Held, que, dizem, perdeu sua posição como Ave Noturna por causa de um filho ilegítimo. Matilde faria uma dança sensual para o lorde Brendle se isso significasse ganhar acesso a *esse* segredo, mas os lábios de Sayer estão mais apertados que uma ostra das Terras Distantes.

Matilde puxa as duas para perto.

– Vamos jogar um jogo.

Sayer dá um gemido.

– Isso de novo, não.

Matilde contém um suspiro de frustração. Ela sente falta de ser uma Ave Noturna com Petra, Sive e Octavia, sente falta da fofoca fácil e dos segredos sussurrados junto de vinho furtado. Noites com elas costumavam brilhar, promissoras. Mas Petra ficou ocupada desde que se casou no último inverno, assim como Sive e Octavia, que casaram alguns meses antes disso. Sua magia enfraquece após cerca de uma década, às vezes duas, e é por isso que as Aves Noturnas costumavam se casar após uma única estação. A partir daí, elas reservam seu dom para seu esposo. Matilde estava sozinha até alguns meses atrás, quando Sayer chegou, e Æsa veio algumas semanas depois. Às vezes, isso é pior que ser um grupo de uma.

– Cada uma de nós vai contar um segredo – continua Matilde. – E as outras têm que adivinhar se é verdade.

– Certo. – Sayer inclina a cabeça, fazendo com que as lantejoulas de sua máscara brilhem. – Eu tenho uma faca sob o vestido.

Matilde ergue a sobrancelha.

– Eu temo muito que isso seja verdade. Mas onde nas profundezas escuras você a esconde?

– Você disse *um* segredo. Agora é sua vez.

Seus lábios começam a se curvar – por que não se divertir com isso?

– Estou gostando de um aprendiz de alquimista. Nós falamos de fugir rumo ao pôr do sol.

– Falso – retruca Sayer. – Você gosta muito da vida na alta roda. Você nunca sonharia em fugir de sua gaiola dourada.

Matilde se enrijece, mas Sayer está cheia de arestas aguçadas que não querem perder o fio. Ela tem um jeito de fazer com que Matilde se sinta avaliada e julgada.

– Nós não estamos em uma gaiola, querida. É um clube. Algo a que acho que você quer desesperadamente pertencer.

Os olhos dourados de Sayer brilham.

– As garotas no Cavalo Roxo também são um clube. Não estou fazendo fila para entrar.

– Não briguem – alerta Æsa. – Não aqui.

Matilde a ignora.

– Você precisa falar assim?

– Assim como?

– Como se o que fazemos fosse nos prostituir.

– Bom, não é?

A raiva é aparente.

– Para você seria de se pensar, considerando quem é sua dama.

Æsa engasga em seco. Algo brilha nos olhos de Sayer como uma estrela cadente, rápido demais para ser alcançado. Ela vai embora sem dizer mais nenhuma palavra.

– Matilde – diz Æsa. – Isso não foi legal.

Matilde puxa uma das luvas.

– Não foi?

– A dama dela morreu apenas alguns meses atrás.

Suas bochechas ficam vermelhas.

– Droga, foi ela quem começou.

– Mesmo assim – diz Æsa, seu olhar seguindo a companheira Ave Noturna. – Sayer está magoada.

Como Æsa poderia saber disso? Elas estão tendo conversas profundas pelas costas de Matilde?

Ame suas irmãs, costumava dizer sua avó quando ela e Petra discutiam, ou Sive se enciumava, ou Octavia se enfurecia. Mas essas duas, reservadas e tímidas, não apreciam o que significa ser uma Ave Noturna. Elas não parecem querer conhecê-la.

Ela se volta, à procura de uma distração, e avista Samson caminhando na direção delas com um amigo a reboque. É Teneriffe Maylon. Ela sabe que é ele, apesar de sua máscara reluzente. Eles cresceram no mesmo círculo, brincando em salas de estar enquanto suas damas tramavam a dominação social durante o *brunch*. Mas não é por isso que ela o reconhece no momento. Esse formigamento de reconhecimento sempre permanecia depois que alguém ia ver a Pintassilgo. Por aproximadamente uma semana, ela podia encontrá-los em qualquer lugar de Simta. Sua magia brilha nele como uma mariposa-de-chamas, uma luz que apenas ela pode ver.

Os rapazes agora estão diante delas, curvando-se. Samson sorri, devorando Æsa com os olhos.

– Æsa, me permite essa honra?

Depois de um momento, ela assente. Eles saem rodopiando, e de repente são só ela e Tenny. Ele estende a mão em sua direção.

– Jovem lady Dinatris, gostaria de se juntar a mim?

Ela não está nervosa. Clientes nunca parecem reconhecer a Pintassilgo ao olhar para Matilde. As pessoas só veem as partes dela que ela quer.

– Como você pediu com educação.

Ele a envolve com as mãos.

– Você está maravilhosa, Matilde. Mas, na verdade, você sempre é fascinante.

– Você também está bem bonito.

Tenny parece muito melhor do que estava quando ela o beijou há uma semana. Ele devia ter usado a magia da Pintassilgo a seu favor. O que ela pode ver de seu rosto está corado de bebida e triunfo.

– Samson me disse que você tem tido muita sorte nos últimos tempos.

Ele estufa o peito.

– Tive alguns bons momentos nas mesas de krellen. Minhas habilidades estão melhorando. Eu talvez seja capaz até de derrotar você.

No Krellen? Por favor.

– Não faz mal sonhar.

Ela não sabe como, mas tem certeza de que foi sua magia que ajudou a torná-lo tão dourado. Mas ele finge ter feito tudo sozinho com tamanha facilidade.

Ele a puxa para perto. O cheiro de fumaça de cravo e da madressilva presa em sua lapela são irresistíveis.

– Essa não é a única coisa com que estou sonhando – diz ele.

– É mesmo?

– Meu senhor diz que está na hora de eu encontrar uma esposa, e para mim você daria uma terrivelmente boa.

O jeito com que ele diz isso, como se fosse uma conclusão prévia, desperta um calor raivoso dentro do peito dela.

– Isso é um pouco presunçoso.

Ele ri.

– Ah, pare com isso. Eu não sou um partido tão ruim.

Tenny não é a mariposa-de-chamas mais brilhante da lanterna, mas é bonito, e de uma Grande Casa de prestígio. No papel, ele é um partido tão bom quanto qualquer outro. Mas ela não vai ser o adorno decorativo de ninguém. Ela é veneno disfarçado de algo doce.

Ela sorri, mostrando os dentes.

– Não tenho certeza se você poderia me bancar.

Ele não entende o que ela quer dizer, é claro que não.

– Ah, tenho certeza de que poderia mantê-la no estilo.

Por sobre o ombro dele, Matilde vislumbra sua dama observando-os, com o rosto iluminado – sem dúvida, ela já está planejando a festa. Como ela ia gostar de ver Matilde nos braços de Tenny, caminhando na direção de um futuro cheio de jantares saborosos e da obrigação de botar os desejos de outra pessoa à frente dos seus.

Imediatamente, Matilde se sente rebelde. Aquela fagulha de raiva agora é uma chama dançante.

Ela se aproxima.

– Espero que você tenha se aferrado a sua máscara.

Ele toca o rosto, confuso.

– Eu não a estou usando?

– Não essa – ronrona ela. – A que você recebeu da ave de asas douradas.

Ele fica boquiaberto. Ela devia parar, mas as palavras estão despencando de sua língua.

– Você não ia querer perder um souvenir tão precioso, ia? Quem sabe se você algum dia vai provar de tais riquezas outra vez.

A música termina, e ela se vira para deixá-lo, franzindo os lábios em um formato do qual ele vai se lembrar e mandando-lhe um beijo.

Os olhos dele se arregalam, o reconhecimento florescendo neles.

Matilde se afasta, com o coração batendo forte.

Acabou mesmo de revelar seu segredo para Tenny Maylon? Ela não sabe o que a possuiu para deixar que escapasse. Só queria remover aquele sorriso indubitável do rosto dele, destruir sua certeza. Pelo menos isso foi feito. Mas dez infernos...

Ela pega outro coquetel e toma um gole profundo para se firmar. A música flui em faixas líquidas ao seu redor. Ela sabe todos os passos que os dançarinos vão fazer, todos os gestos. Observá-los se movimentarem é algo reconfortante. Afinal de contas, esse é seu mundo, suas regras – ela o possui por inteiro. Nada pode machucá-la nesse jogo que ela conhece de cor.

Ninguém se esquece do primeiro gole de um bom alquímico. Ele borbulha sobre a língua como vinho espumante. Mas isso não é nada em comparação com a sensação de beijar uma Ave Noturna. Alquímicos são uma mistura de ingredientes, e exigem um conjunto de mãos humanas para prepará-los e destilá-los, enquanto a magia de uma Ave Noturna é a bebida mais requintada tomada pura. Alquímicos perdem a força, mas aquelas garotas são garrafas das quais se pode continuar a beber. É possível ver por que elas valem um preço tão oneroso.

— TRECHO DOS DOCUMENTOS PARTICULARES
DE LORDE EDGAR ABRASIA

CAPÍTULO 2

VISITAS À MEIA-NOITE

ATILDE VESTE SUA máscara de Pintassilgo. É como uma segunda pele: sua faceta mais real e sua melhor mentira.

É tarde, e ela está no alto de uma mansão no Distrito dos Jardins. Leta muda sua localização de vez em quando para garantir que ninguém encontre as Aves Noturnas exceto por meio da Madame, mas o quarto é sempre igual: móveis luxuosos, duas poltronas e uma máscara de penas.

A antecipação se agita. Quem vai ser seu cliente? Jovem ou velho, homem ou mulher, eles vão ser das Grandes Casas. O clube deles é exclusivo e sofisticado. Pelo menos, ela pode ter certeza de que não vai ser Tenny Maylon, graças ao Manancial. Leta só deixa cada cliente ver uma Ave Noturna uma ou duas vezes por ano. *Usar uma droga demais leva ao vício*, ela gosta de dizer. Outra frase favorita: *Tudo pode ser obtido por um preço.*

O que aquele beijo que mandou para Teneriffe Maylon vai custar a ela? Faz algumas horas desde a festa de Leta, mas seus nervos ainda estão agitados como asas, incapazes de se acalmarem, mesmo tentando tirar aquilo de sua cabeça. Não é como se ela tivesse *dito* explicitamente que era uma Ave Noturna. O Tenny cheio de vinho pode não ter entendido...

E mesmo que tivesse, não tem como prová-lo. Com certeza ele não vai falar sobre aquilo. Ele é um filhote, ávido para seguir as regras, aquelas que as Casas estabeleceram muito antes dele.

Muito tempo atrás, quando a igreja ainda estava caçando bruxas, as mais fortes se esconderam no que era então a pequena cidade portuária de Simta. Algumas das famílias dali abrigaram as Aves Fyre, mantendo-as a salvo de todos aqueles que lhes queriam fazer mal. Como agradecimento, elas começaram a dar sua magia para seus protetores. Com o tempo, a prática se formalizou em uma espécie de clube. Aves Fyre se transformaram em Aves Noturnas, assim chamadas porque só trabalham à noite: uma pequena piada interna.

As Casas mantêm as garotas protegidas daqueles que podem lhes fazer mal. Em troca, elas têm acesso exclusivo aos seus dons. É um sistema que beneficia a todos – Tenny sabe isso tão bem quanto ela. Assim como sabe que, se falasse, Leta ia enviar quaisquer segredos que ele deu a ela voando para lugares em que ele não quer que cheguem. Seu senhor é um abstêmio: pessoas assim acham sacrilégio usar magia para ganho ou prazer pessoal. Tenny não ia correr o risco de que ele descobrisse, sem dúvida. Ela não tem nada a temer.

Matilde olha para o pingente da avó, de quando ela era uma Ave Noturna. As velas fazem com que ele pareça ouro líquido empoçado na palma de sua mão. Seu conteúdo é um segredo, como tantas outras coisas sobre ela. Normalmente, ela se orgulha pela quantidade que consegue guardar.

Nunca tire sua máscara. Uma regra das Aves Noturnas. *Nunca deixe que eles vejam você*.

O que a avó ia pensar se descobrisse que Matilde deixou a dela cair?

Há uma batida. Dois toques curtos e uma cascata de dedos,

acertando a porta como chuva. Matilde guarda seu pingente outra vez sob o vestido, desanuviando os pensamentos.

Um bilhete é passado por baixo da porta. Ela o pega e lê o nome:

Lorde Dennan Hain da Casa Vesten

Matilde fica sem fôlego.

Dennan Hain está à sua porta?

Ela se surpreende por Leta admiti-lo. Ele vem de uma Grande Casa, sim, mas sua irmã é a suserana – magistrada chefe da República Eudeana e membro poderoso da Mesa que a governa. Ela também é uma apoiadora firme da Proibição, que se tornou lei cerca de cinco anos atrás. Leta nunca ia deixar que Epinine Vesten visse a Pintassilgo, isso é certo. Mas Dennan não é de fato um Vesten. A maioria das pessoas o chamam de príncipe bastardo.

A última vez que ela viu Dennan Hain foi três anos atrás, em uma recepção no Palácio Alado.

A última vez que o viu, ela cometeu um erro terrível.

Ela vaga pelo quarto, apagando algumas das velas. A luz, de início, já estava fraca, mas ela a quer ainda mais fraca. Ela só se detém para olhar no espelho sobre a lareira. Sua máscara de penas está no lugar; seus lábios, pintados. A fantasia está completa, mesmo assim…

Ela respira fundo para se firmar. Podia mandá-lo embora – Leta alerta os clientes de que é escolha das Aves Noturnas admiti-los ou não. E, mesmo assim, ela se vê indo até a porta.

Quando abre, ela vê sua pequena Pardal, a garota que conduz clientes até ela, e o enorme Gavião que a protege, de rostos cobertos. Dennan Hain está entre eles, usando um terno cor de pombo e uma venda.

Matilde acena com a cabeça para a Pardal. A garota o empurra para a frente, e de repente estão apenas os dois. O gotejar da cera sobre a cornija da lareira parece alto demais no silêncio entre eles, abafado apenas pelo som de seu coração.

Ela leva tempo para observá-lo. Seu terno bem cortado e o cabelo preto penteado para trás fazem com que ele pareça mais velho do que ela se lembra – mas, na verdade, ele está mais velho. Mais alto, também. Magro e muito bronzeado, ele parece o melhor tipo de travessura. A curva de seus lábios tem uma centelha que ela não sabe ao certo como chamar.

Sua voz também é uma centelha.

– Posso tirar a venda, milady?

Às vezes, a melhor maneira de dominar o quarto é lembrar ao cliente que eles estão ali a seu bel-prazer.

– Ainda não. Gosto mais de você no escuro.

Ele bota as mãos nos bolsos. Ela deseja que as dela relaxem. O óleo de Vox que ela está queimando vai alterar o timbre de sua voz, fazendo com que soe como a de outra pessoa, mas o verdadeiro truque para interpretar a Pintassilgo é a confiança. Ela põe um toque brincalhão em suas palavras.

– Imagino que deva dar-lhe as boas-vindas ao lar, lorde Hain. Quanto tempo faz? Anos, com certeza.

Ele curva a cabeça, uma pequena reverência.

– É bom ser lembrado.

Ah, ela se lembra. Eles costumavam ser amigos, mas ela não teve notícias dele nos últimos três anos – apenas *sobre* ele.

– É, bem, as histórias de seus feitos o precedem.

– Entendo. E essas histórias são boas?

– Elas certamente lhe ganharam um bom número de corações simtanos.

As histórias falam de um capitão da marinha emergente que assegurou rotas comerciais com as Terras Distantes, enfrentando piratas e liderando o ataque nas guerras comerciais com Teka. Bastardo ou não, as pessoas o consideram um integrante da Casa Vesten, cujos membros servem como suseranos de Eudea há tanto tempo.

Mas antes disso, Dennan era o garoto com quem ela costumava brincar nas bordas das festas. Como filho de Marcus Vesten, ele era sempre convidado, mas, como sua dama era desconhecida – sem dúvida, não era a mulher de Marcus –, ele era um escândalo. A dama de Matilde ordenou que ela se mantivesse afastada, mas isso só fez com que ela quisesse persegui-lo. O fruto proibido é muito mais doce que o resto. Ela o seguia até armários e cantos escuros, onde eles criavam jogos complicados juntos. Escreviam bilhetes um para o outro em um código que apenas eles sabiam.

Sua conexão é um dos segredos favoritos de Matilde. Ou era, antes que ele partisse sem dizer palavra.

– Diga-me – diz ela. – É verdade que você passou seus dias enfrentando piratas, ou você se tornou um?

– Depende de para quem você pergunta.

Ela provavelmente devia fazer com que ele ficasse com a venda, mas sente uma vontade repentina de ver os olhos dele. Ela costumava desejar poder engarrafar seu roxo-azulado vívido, como o doce xarope de crystellium das Ilhas das Joias. Estariam iguais a como ela se lembra? *Ele* está?

Só há um jeito de descobrir.

– Está bem. Pode ficar à vontade.

Ele tira a venda e pisca na penumbra. Mesmo sob a luz fraca, seus olhos brilham.

Por algumas respirações longas, eles apenas ficam ali parados, observando um ao outro. Ela se assegura de manter uma postura lânguida, como se aquilo tudo fosse uma brincadeira. Deixe que pense que ela não tem interesse real nesse jogo.

– Vamos beber alguma coisa, lorde Hain? Um brinde a sua sorte. Ele assente.

– Vou beber qualquer coisa que você esteja bebendo.

Matilde vira de costas e vai até o aparador, sacando seu pingente com discrição. Depois de desatarraxada, a parte de cima vira um conta-gotas, dispensando um líquido alquímico em seu interior. Estra Doole é seu nome. *Tranquilidade profunda*. Isso deixa os clientes calmos e maleáveis, o que é bom, porque às vezes eles se empolgam demais. A magia – toda magia – tem um efeito intoxicante. O dom de uma Ave Noturna não pode ser tomado à força, e seu Gavião está ali para garantir que os clientes não tentem isso, mas todo cuidado é pouco. Além disso, Matilde é uma colecionadora do clandestino, e é assim que ela costuma encontrá-lo. Estra Doole tem o delicioso efeito colateral de soltar línguas.

Ela se vê desejando muito alguns dos segredos de Dennan Hain.

Matilde vê a poção formar um pingo na extremidade do conta-gotas.

Drogando clientes? A voz de Sayer é como sinos de igreja irritantemente insistentes em um dia de Eshamein. *Soube que as meninas do Cavalo Roxo também fazem isso.*

Matilde retruca em silêncio: *Isso aqui não é um bordel da travessa da Fumaça.*

Mas as palavras que Sayer disse mais cedo não se foram: *Bom, não é?*

Matilde afasta o conta-gotas do vinho em que ela o derramou, fechando a tampa do pingente antes de poder voltar atrás em sua escolha.

– Tenho que admitir – diz Dennan, detrás dela. – Quando criança, achava que as Aves Noturnas eram apenas uma fantasia, inventada por homens em suas salas de fumar.

Ela se vira.

– E, no entanto, aqui estou eu, sonho feito em carne.

Matilde entrega a bebida a ele. De perto assim, ela consegue ver uma cicatriz pálida, que não estava ali antes, cortando seu lábio e que faz com que ele pareça um marginal mal-acabado.

– A que devemos brindar?

Ele sorri.

– Minha tripulação gosta de brindar aos bons amigos, tanto velhos quanto novos.

Ela se esforça para não se engasgar com o vinho.

– Aos amigos, então.

Eles brindam. Ela se senta em uma das poltronas, e ele faz o mesmo, virando o conteúdo de seu copo. Suas mãos são calejadas – mãos de marinheiro, sem dúvida conquistadas pelo esforço no oceano. Ela se pergunta qual seria seu toque na pele dela.

Ela toma outro gole. Normalmente, ela gosta desse momento, da antecipação no ar, transformada em empolgação com um gracejo divertido. Com ele, porém, o roteiro habitual não parece certo.

– Conte-me – diz ele por fim. – Você gosta disso?

Ele fala como se faz uma confissão amorosa. Isso faz algo no peito dela tremer.

– Disso o quê?

– De ser uma Ave Noturna.

Para falar a verdade, ninguém nunca fez essa pergunta a ela. Ela se pergunta que tipo de jogo estão jogando.

– Tem seus momentos.

– Você não se importa de ter estranhos à sua porta exigindo beijos?

– Ninguém pode exigir nada de uma Ave Noturna. E você e eu não vamos ser estranhos por muito tempo.

Uma vela estala. O ar parece estar ficando mais quente. Ela é boa em jogar com silêncios, mas esse a desgasta, faz com que ela queira dizer alguma coisa, qualquer coisa.

– Parece apenas haver muitas regras – diz ele. – Isso não incomoda você?

Matilde fica indignada.

– Elas existem para nos proteger.

– Regras também podem manter você no escuro.

Atrás da máscara, o rosto dela fica vermelho. Ele está nitidamente tentando enervá-la, mas por quê?

Ela diz, com um tom de voz delicado:

– Por mais estimulante que seja esta discussão, nós temos negócios a fazer.

Ele apoia os cotovelos nos joelhos. O gesto faz com que se pareça mais com o garoto do qual ela se lembra.

– Eu não vim aqui por um beijo.

Sua respiração vacila.

– Então por que veio aqui?

O clima de brincadeira se esvai.

– Eu vim alertá-la sobre a suserana.

A irmã dele? Ela se esforça para manter a voz suave, indecifrável.

– Continue.

– Ela quer roubar as Aves Noturnas. Todas vocês.

Isso deixa Matilde sem palavras. De repente, não há ar suficiente no quarto.

– Como tenho certeza de que você sabe – diz Dennan –, quando nosso senhor morreu, Epinine se tornou suserana por um detalhe técnico.

O suserano é eleito pela Mesa, o corpo governante que mantém o bom funcionamento da República. Composta de um punhado de membros das Grandes Casas, o suserano e o pontífice da igreja – todos homens –, eles compartilham o poder. Houve um tempo em que o suserano governava como um monarca, mas hoje em dia é mais uma figura decorativa que um soberano. Isso não quer dizer que a posição não tenha poder.

– O mandato de um suserano é vitalício – prossegue ele. – Então uma eleição devia ter sido convocada no ano em que ele morreu. Mas, na época, estávamos em guerra com Teka, e a votação não pode ocorrer em época de guerra. Então o desejo de nosso senhor de que Epinine tomasse seu lugar foi respeitado. Mas a reunião de verão da Mesa está se aproximando, e, com a paz assegurada, eles querem enfim fazer essa votação.

Matilde franze o cenho.

– Sem dúvida a Mesa vai votar nela. Ela é uma Vesten.

A posição pode ser ocupada por qualquer membro de uma Grande Casa, mas sempre foi um Vesten. Eles não são realeza, mas algo quase igual.

– O pontífice a apoia, e a igreja tem muita influência na Mesa. Mas está convencida de que as outras Casas vão votar contra ela. Elas a acusam de lidar mal com certas questões na guerra com Teka. E alguns não gostam da proximidade que ela tem com o pontífice, apoiando sua cruzada contra usuários de magia. Acham que isso está consumindo os recursos de Simta e apenas deixando suas gangues mais ousadas.

Mas será que eles iam mesmo romper com a tradição e votar em outra pessoa? Parece ousado, mas Matilde já ouviu conversas suficientes em sua vida para saber que o equilíbrio de poder nunca é fácil de ser conquistado. Todos querem uma fatia maior do que a que têm.

– Epinine quer garantir sua posição antes que seja convocada a votação – segue dizendo Dennan. – Ela quer enfraquecer as outras casas tirando a coisa que ela acha que as torna fortes.

Matilde engole em seco.

– As Aves Noturnas.

Dennan assente.

– Ela diz que quer mantê-las como reféns até o fim da votação para garantir que tudo transcorra de acordo com seus desejos. Mas acho que ela seria capaz de entregá-las para o pontífice. Isso cimentaria seu apoio e compromisso com a causa proibicionista.

Mas Epinine deve saber o que os paters da igreja já fizeram com garotas com magia interior. Aquelas histórias, verdadeiras ou não, mesmo agora provocam pesadelos em Matilde.

As palavras dele ondulam através dela: *Ela diz.* Como ele poderia saber sobre seus planos a menos que ela os contasse a ele?

Ela se levanta e recua alguns passos.

– É por isso que está aqui? Você quer nos recolher para ela, como especiarias de algum porto estrangeiro?

– É claro que não. – A frustração perturba sua feição. – Eu quero salvar vocês dela.

Matilde se orgulha de ser capaz de ler as pessoas. É por isso que, quando joga, ela sempre ganha. Mas há muitas coisas nos olhos de Dennan a serem interpretadas. Fixos nela, eles ardem azuis como o coração de uma chama.

– Por que trazer isso até mim? Por que não simplesmente contar à Madame Corvo?

Ele exala asperamente.

– Porque achei que ela não fosse confiar em minhas boas intenções.

– E você achou que eu ia? – Afinal de contas, ele não deu a ela nenhuma prova do que diz. – Epinine é sua irmã.

– Por que eu inventaria uma história dessas sobre um membro de minha própria Casa? O que eu ia ganhar com isso?

Ela empina o nariz.

– Confiança é algo que deve ser conquistado.

A voz dele sai delicada.

– Eu acho que a conquistei há muito tempo, depois que você me beijou e eu não contei a ninguém.

Ela sente o coração na boca. Ele sabe. Dez infernos, ele *sabe*.

Ela tinha quatorze anos quando o beijou – ainda não era uma Ave Noturna, mas sabia sobre a magia que corre no sangue Dinatris. Sentia a agitação, um calor irrequieto sob sua pele. Quando ele a desafiou a beijá-lo naquela festa, ela não quis recuar. Achava que sabia como manter a magia contida, mas não sabia. Ela se derramou de seus lábios nos dele.

Depois, ela convenceu a si mesma que tinha imaginado aquilo. Algumas verdades, enterradas fundo, vão se desfazer e desaparecer. É nítido que ela estava errada, mas não vai admitir isso – não pode admitir isso. Ela já arriscou coisas demais essa noite.

– Não sei do que você está falando – diz ela. – Você deve estar me confundindo com outra pessoa.

– Nós brincamos juntos em sombras mais profundas que essas, Matilde. Eu a reconheceria em qualquer lugar.

Seu nome verdadeiro nos lábios dele é como um encantamento, deixando-a congelada. Ele se aproxima até ela sentir o hálito dele em seu pescoço.

– Você confiou em mim uma vez – diz ele. – Mas eu sei que há apenas um jeito de provar que você ainda pode confiar. É ir embora com seu segredo e continuar a guardá-lo. Quando você estiver pronta para conversar, eu estarei aqui.

Uma coisa é pressionada sobre a palma da mão dela: um cartão de visita, com um endereço no Bairro do Dragão. Então ele se vira na direção da porta. Matilde sente como se o chão tivesse ficado macio sob seus pés. Ela precisa de um modo de torná-lo sólido outra vez.

– Lorde Hain.

Ele se vira. Ela aponta para os lábios.

– Você não esqueceu uma coisa?

O comentário foi feito para desequilibrá-lo, mas, quando ele reduz a distância entre eles, os pensamentos dela se tornam uma nuvem de pássaros frenéticos.

– Não há nada que eu gostaria mais. – Ele pega sua mão e roça seus lábios nela. – Mas eu preferia que você me beijasse espontaneamente. E como você mesma.

Sua venda volta para o lugar e ele vai embora, deixando-a mais tonta do que o vinho, e com gosto de perigo na língua.

Ela devia chamar seu Gavião, ou falar com Leta, ou... alguma coisa. Mas o que diria? *Infelizmente, revelei nosso segredo não para um, mas para dois garotos?* Ela não sabia. Assim como o que Dennan lhe contou sobre Epinine Vesten. O que pensar sobre o que ele disse – o que *fazer?*

Minutos se passam. Ela se vira na direção da lareira. Suas mãos começam a formigar, e ela tem a sensação repentina de que se esqueceu de alguma coisa importante. Então pensa ouvir um grito abafado pela parede. Ela se esforça para escutar, mas não... não há nada além do gotejar das velas. Mesmo assim, o medo floresce dentro dela.

Alguma coisa está errada.

O VESTIDO DE Ptármiga de Sayer é uma monstruosidade de tule preto. A capa escura estrelada do baile desapareceu, substituída por algo que sua Pardal teve de prender nela. Como ela pode se mexer dentro disso? Leta diz que a ostentação é parte do engodo, mas a coisa toda a deixa tensa.

Pior: a máscara cheira a garota que a usou antes dela. As penas preservaram o aroma de cravos de seu perfume.

Ela viu alguns clientes nas semanas anteriores – um lorde ancião que não disse uma palavra durante todo o seu contato, uma mulher faladeira cujos lábios tinham um sabor desagradável de rosas –, então os acontecimentos dessa noite não são nada novo. Mesmo assim, tem de conter a vontade de andar pelo quarto, com a palma das mãos suando. Ela achou que depois das primeiras vezes, ficaria mais fácil ser uma Ave Noturna. Em vez disso, parece apenas estar piorando. Ela odeia estar dando uma parte de si para essas pessoas. Odeia como é boa a sensação de usar sua magia. *É como entrar em um banho quente em um dia frio*, é como a sua dama uma vez descreveu a sensação. Sayer acha que é mais como espremer uma bolha: uma espécie de alívio doentio. Isso faz seu estômago se retorcer, imaginar sua dama por trás da máscara, com um sorriso doce. Seu caso condenado com o senhor de Sayer começou em um quarto igual a esse.

Nadja Sant Held nunca poupou descrições ensolaradas para Wyllo Regnis, o jovem lorde por quem ela se apaixonou perdidamente. Ela tinha que o descrever, pois Sayer ainda não faz ideia de como ele se parece. Não é como se ele alguma vez aparecesse para visitar. Mas Nadja nunca contou a Sayer toda a história do que aconteceu – como uma Ave Noturna acabou em um apartamento empoeirado no Grifo. Ela desconfiava que sua dama preferia as histórias que conjurava para si mesma. Sayer parou de se importar se seu senhor ia aparecer – não queria ter nada a ver com ele –, mas sua dama acreditava que ele apareceria para acertar as coisas entre eles. Ele nunca fez isso, mas outros homens foram em seu lugar.

Sayer descobriu isso quando tinha treze anos, recém-chegada de um de seus primeiros turnos no Duas Luzes, ao ouvir barulhos vindos do quarto dos fundos. Ela caminhou silenciosamente pela luz mortiça, se escondeu atrás de uma cortina e observou um homem de aparência elegante beijar sua dama contra a parede.

Pombinha, disse ele, de olhos vidrados. *Não há nada mais doce que você.*

Antes de sair, ele pôs uma bolsa de dinheiro em cima de uma mesa. Ela levou dias para entender pelo que era. Sayer nunca perguntou, mas sabia que ele tinha ido atrás dos últimos vestígios da magia de sua dama. E ela o deixou absorvê-los, repetidas vezes. Por isso Sayer foi tão resistente a se tornar uma Ave Noturna. Muito tempo atrás, ela jurou nunca cometer os mesmos erros.

E mesmo assim você está aqui, pensa. As palavras irritantes de Matilde no salão de baile voltam até ela. *É um clube. Algo a que acho que você quer desesperadamente pertencer.* Mas ela não tem interesse em se envolver com ninguém. Não planeja se casar com nenhum daqueles pavões orgulhosos, e não foi até ali para fazer as pazes com seu senhor. Ela está ali para pegar o dinheiro dos clientes, depois ir embora, talvez para longe de Simta. Ela pode se ver na cidade envolta pelo rio de Sarask, ou em uma das cidades montanhosas de Thirsk, alugando uma linda casinha de pedra. Talvez abrir seu próprio café. Ela se imagina em uma cozinha quente e cheirando a bolos de estrela, a mão de alguém limpando uma mancha de farinha de seu rosto. A pessoa sorri para ela em torno de um tapa-olho verde-escuro. É Fenlin Brae, e de repente ela está chegando mais perto...

Uma batida delicada a arranca de seus pensamentos. Um bilhete aparece embaixo da porta, brilhando sobre o carpete escuro.

Lorde Robin Alewhin da Casa Rochet

O nome é de um estranho. Mas, na verdade, não são todos estranhos?

Ela esfrega as mãos no vestido, lembrando-se do mantra que Fen lhe ensinou durante uma de suas lições de luta. *Sorriso no rosto, faca às suas costas.*

A porta se abre, revelando um homem vendado de estatura semelhante a sua. Com uma cabeleira escura e pele oliva, ele podia ser quase qualquer homem em Simta. Ela percebe que ele não está sorrindo.

Ela pode ver seu Gavião com sua máscara de bico nas sombras. Seria muito melhor ter alguém do Grifo parado ali – alguém em quem ela confie. Ela pensa nas chamas vermelhas do cabelo de Fenlin Brae, no humor aguçado dela, em sua graça leve e brutal. De repente, Sayer sente tanta falta dela que fica sem fôlego. A culpa a apunhala: ela nem se despediu de Fen... mas agora não é hora de pensamentos como esse.

Ela se força a sorrir, embora o cliente não possa ver isso. Sua dama sempre dizia que é possível ouvir um sorriso na voz de uma pessoa: uma bela mentira.

– Bem-vindo, lorde Alewhin.

Ela o avalia. Uma garota do Grifo precisa saber distinguir um tolo de uma ameaça verdadeira. Ele é magro e musculoso como um marinheiro. Fica parado imóvel em seu terno, mas algo nele parece inquieto, uma chaleira fervilhando prestes a ferver.

O cliente é empurrado para dentro do quarto e a porta se fecha. Um canto de sua boca estremece.

– Posso tirar a venda?

Matilde acha que ela não dá atenção a suas lições informais de Ave Noturna, mas Sayer a escuta. *Aquele quarto é seu mundo. É melhor fazer com que eles saibam disso rapidamente.*

– Em um momento. – Sayer vai até o aparador e bebe um grande gole de uísque illish do decantador de cristal, que desce queimando com o sabor de salmoura e fumaça. – Agora, sim.

Seus olhos são castanhos como café fraco, e suas sobrancelhas parecem ter sido raspadas recentemente.

– O que acontece agora? – pergunta ele, com as mãos rígidas ao seu lado. – Confesso que os detalhes não me são muito claros.

Ela gesticula para uma das poltronas.

– Você pode começar se sentando.

Enquanto ele se senta, a luz fraca desenha linhas pronunciadas sobre seus traços. Ele cheira a algo terroso, como as algas-maxilar dos canais de Simta, mas carbonizadas.

– Gostaria de uma bebida?

– Não – diz ele, com dentes cerrados. – Obrigado.

Parece que ele quer que essa transação acabe. Felizmente, ela também.

– Para que a magia funcione, você precisa de um meio de invocá-la – diz ela, pegando a máscara fina e cinza na cornija da lareira. – Quando estiver pronto para invocá-la, vista isso.

Ela lhe estende a máscara, mas ele apenas aperta os braços da poltrona.

Ela tenta não parecer irritada.

– Você vai precisar usá-la quando nos beijarmos.

Ele franze o cenho.

– Beijar?

Gatos em chama, Leta não contou nada a ele?

– Nada tema. Eu não vou morder.

Ele veste a máscara e fecha os olhos. Ela pensa em tomar mais um gole de uísque, mas, em vez disso, fica à frente dele. É preciso fechar os olhos para um beijo, supõe ela, mas nunca confiaria em um homem que pagasse por um. Então, quando se inclina, ela os mantém abertos. Por isso, vê o brilho de metal.

Ela pula para trás, mas seu vestido está emaranhado em torno de suas pernas e ela cambaleia. O homem se levanta depressa e gira, um braço a segura com firmeza em torno das costelas.

– Grite – rosna, apertando uma faca sobre seu pescoço –, e eu apago você.

Ela luta para escapar de sua pegada. Gatos em chamas, ele é forte. Ela só precisa fazer algum barulho, derrubar alguma coisa, mas é difícil respirar, e sua máscara de penas torna tudo um borrão sombreado.

– Seu guarda não pode ajudá-la – sussurra ele. – Eu me assegurei disso.

Um momento depois, ela ouve algo pesado atingir o chão no corredor ao lado. Seu Gavião – deve ser ele.

O cliente pega um frasco do casaco.

– Beba isso – diz ele –, e mais ninguém vai se machucar.

Ela se debate enquanto ele abre o frasco, seu conteúdo cheirando a espuma de lago, e tenta pressioná-lo contra seus lábios. Ela se enche de pânico, mas a voz de Fen irrompe com seu conselho sobre lutas: *Seja imprevisível.* Rápida como um raio, ela pisa no pé dele com seu salto. Ele oscila, mas se recupera logo, agarrando-se ao braço dela, que mergulha em direção à porta. Ela gira, mas seu vestido é uma armadilha que prende os dois. Eles caem sobre o tapete, se retorcendo e lutando. Há um barulho quando alguém rola sobre o frasco.

Lorde Alewhin – se é que esse é seu nome – deve ter deixado a faca cair, pois agora as duas mãos estão sobre ela, enforcando-a. Ela sente a respiração quente dele sobre o rosto dela, e resta pouco da sua. O vestido sobe até suas coxas quando ela corcoveia embaixo dele. Por um momento de loucura, ela quer rir. *Se você veio procurando uma cortesã que tira as roupas, está no lugar errado.* Mas não pode ser isso o que ele quer, porque ele a está segurando como se quase não tolerasse tocá-la. Essa é a única razão para ela ainda estar respirando.

– Saia de cima de mim – diz ela, tentando pegar sua própria faca. Está junto de sua coxa, presa embaixo de penas. Se conseguisse descer a mão só mais alguns centímetros…

– Você é prova – sussurra ele – de que bruxas vivem entre nós. Do tipo que vai envenenar o mundo se permitirmos. Por entregá-la, vou ser recompensado.

Entregá-la para quem? Ela não sabe, mas está claro que ele pretende machucá-la. Algo cresce em seu peito, com o sabor de tempestades.

Ele cospe no rosto dela.

– *Sant catchta aelit duo catchen ta weld.*

Ela se esforça, mas não lhe resta fôlego para gritar. Ninguém vai vir salvá-la. Ela, no fim das contas, vai morrer pelo capricho de um homem.

A porta para a passagem secreta que conecta os quartos das Aves Noturnas se abre de repente. Matilde entra por ela. Quando os vê, ela grita.

A cabeça do cliente se vira, as mãos afrouxando por apenas um segundo. É tempo suficiente para Sayer sacar a faca de sua bainha. Ela a move para o alto e o atinge no braço. Ele cai de cima dela, gritando obscenidades. Sayer pega a faca ensanguentada e fica de pé.

– Se mexa e eu vou cortá-lo onde vai fazer falta – rosna.

Ele tenta saltar sobre ela, mas outra pessoa o detém – Matilde, brandindo um atiçador de lareira. Surpresa atravessa Sayer ao ouvir a raiva com que ela fala.

– Não ouse.

A porta principal do quarto se abre, e surge um Gavião ali – não o dela –, agarrando o cliente com brutalidade. Eles lutam brevemente, mas o ferimento em seu braço parece ter reduzido um pouco de seu fogo. Na luta, sua jaqueta se rasga, revelando parte de seu peito. Há linhas escuras gravadas ali, uma tatuagem de um losango emoldurando uma espada em chamas. Parece familiar, mas ela não consegue identificá-la.

Matilde a cutuca. Ela ainda está segurando o atiçador como um marinheiro prestes a arpoar um polvo.

– Por favor, me diga que você não começou isso.

Sayer limpa a faca no vestido.

– Não, foi ele. Eu só o fiz sangrar um pouco.

O Gavião agora dominou o cliente, que tem as mãos presas às costas. Algo molhado está cobrindo a mão de Sayer, pingando no carpete. É o sangue dele, ela pensa, mas quem sabe... Podia ser dela.

Ela anda na direção dele, com a voz baixa, mas clara.

– Quem mandou você?

– Eu faço o trabalho de Marren – arqueja o cliente. – Ele me deu minha missão. E onde falhei, sei que meus irmãos não vão falhar.

O que ele tinha dito antes? *Sant catchta aelit duo catchen ta weld.* São as palavras que os paters usam no início de uma oração da vela. *Um fogo purificador para purificar o mundo.* Purificá-lo de quê?

– E que missão é essa?

Ele sorri, mas seus olhos estão distantes.

– Varrer sua raça da terra.

Algo se quebra. Sangue preto escorre dos lábios do homem. Dez infernos, Sayer quase os beijou.

O Gavião pragueja, tentando segurá-lo enquanto ele treme.

– Ele comeu uma conta de vidro.

Ela já ouviu histórias de contas de vidro: soldados as guardam na boca e as quebram se são capturados. Melhor morrer envenenado que ser torturado e humilhado. Por que ele ia querer morrer aqui, em vez de ser interrogado? O que está escondendo?

Ela o agarra pelas lapelas.

– Quem mandou você? Diga. *Diga.*

Cuspe preto a atinge no pescoço, queimando.

– Logo você vai saber.

Ela se afasta enquanto o Gavião deita o cliente. Eles observam, congelados, enquanto a luz desaparece de seus olhos.

Ela é do Grifo: já viu pessoas esfaqueadas, e também cadáveres. Mas nenhum deles jamais tentou drogá-la e sequestrá-la. Ela estremece.

O rosto de Matilde, ainda mascarado, está virado na direção de Sayer. Sayer fica satisfeita por a garota não conseguir ver seus olhos através da trama.

Matilde toca o braço dela.

– Ele machucou você?

Sayer se sente atravessada por um sussurro. Sua pele formiga, a língua sente gosto de raios. Entre elas, ela percebe uma espécie estranha de carga.

Ela se afasta rápido, e a sensação desaparece.

– Eu estou bem, embora isso não fosse exatamente como imaginei que passaria a noite.

– Aposto que não. – Matilde sacode a cabeça de leve. – Eu também não.

Sayer esfrega o pescoço, tentando não olhar para o cliente. Seus olhos pousam na palma da mão dele, onde uma antiga queimadura brilha.

– Como soube que eu estava sendo atacada?

O quarto da Pintassilgo fica no canto oposto da casa: com certeza ela não podia tê-los ouvido.

Matilde está olhando para a mão com que acabou de tocar o braço de Sayer.

– Acho que tive uma sensação.

Sayer franze o cenho.

– O que você quer dizer com "uma sensação"?

Mas então ela também tem uma. É uma mão apertada e frenética em torno de seu coração. O que está acontecendo? Seus pensamentos estão muito confusos.

Matilde engasga em seco, girando na direção da parede dos fundos.

– Onde está Æsa?

ÆSA ESTÁ JUNTO da janela, tomando ar. Para dentro, para fora, mas o medo ainda não a deixa. Ela abre mais a janela, seu vidro tingido de rosa tornado quase roxo pela luz da lua, e tenta observar o porto. Pode ver o oceano reluzindo à distância, mas não consegue sentir seu aroma. Os cheiros da cidade de Simta abafam todos os demais.

Ela nunca antes percebera a constância do barulho do mar até chegar ali. Seu lar é um lugar hostil, mas ela conhece seus ritmos, seus muitos estados de ânimo e gritos silenciosos. Ela pertence àquele lugar.

Seu cliente vai chegar em breve – seu primeiro como Ave Noturna. Ela já está usando a peruca escura que Leta escolheu para disfarçar seu cabelo louro-avermelhado característico. Tudo o que ela precisa fazer é botar a máscara de penas sobre o rosto e então vai ser Rouxinol, um codinome escolhido pela forma como a bela canção do pássaro deixa seu público em transe. Embora sua magia seja menos sobre encantar pessoas e mais sobre controlar como se sentem. Ela estremece com o que um cliente poderia fazer com tal poder, embora não tenha que imaginar – ela já viu isso. Uma onda de culpa ergue-se rapidamente em seu peito.

A primeira vez que beijou Enis Dale atrás do barracão de secagem do pai dele, ela não sabia sobre a magia. Sua mãe nunca contou que ela estava no sangue da família. Ela se lembra da sensação da magia deixando seus lábios como respiração em uma manhã fria, suave e silenciosa. A sensação foi melhor do que esperava de um beijo clandestino.

Você sentiu isso?, sussurrou ele depois, com a respiração entrecortada.

Senti o quê?

Foi como uma onda passando entre nós. Uma torrente.

Ele parecia bêbado, ou pasmo, e isso fez com que ela se sentisse tão poderosa como uma das sheldars. Então ela o puxou para perto e o beijou de novo.

Depois, ela contou à mãe sobre o beijo, pensando em como pater Toth sempre pregava que a mentira estragava as colheitas. Ela contou sobre a sensação que o beijo lhe provocou. A mãe disse a ela que pater Toth não devia saber, nem seu pai. Æsa ficou envergonhada por sua libertinagem, jurou que não ia ceder a ela. Mas então Enis a procurou outra vez. *Inger me deu seu melhor cavalo*, disse ele, de olhos febris e brilhantes. *Eu fiz com que ele* quisesse *dá-lo para mim. Magia, Æsa. E acho que ela veio de você.*

Ele a beijou de novo e, que os deuses a ajudem, ela permitiu. A magia se derramou dela, ávida e excitada. O beijo alimentou alguma coisa em seu interior – uma fome. Um vazio doloroso cujo nome ela ainda não sabe, mas sabe que deve temer.

Ela ergue a mão para tocar em um dos desejos de vidro do mar trançados fora do alcance dos olhos em seu cabelo. Será que sua magia teria permanecido dormente ou desaparecido se ela não tivesse cedido à tentação? Será que ela podia ter mudado seu futuro se tivesse rezado mais e tido menos fome?

Não importa. Ela está ali agora, e é onde sua mãe a quer. Ela vai até a máscara na cornija da lareira e diz a si mesma para pegá-la. Mas essa magia era para o Manancial e os quatro deuses, não para uma garota do campo. Volta a pensar nos sermões do pater Toth: *Em mãos mortais, a magia se torna um mau hábito, e depois um veneno.* Sua mãe não a teria enviado para lá se isso fosse verdade, com certeza. Mas mesmo assim ela se pergunta: É errado ser uma Ave Noturna? Será que distribuir essa magia pode corromper sua alma ou a de outra pessoa?

Há um rangido suave às suas costas. Ela se vira e vê a janela de vidro rosado se abrir mais. Sua pele se arrepia quando alguém entra pela abertura. Ela dá um pulo, pronta para gritar, mas então o intruso ergue o rosto.

Ela engasga em seco.

– Enis?

O sorriso dele é largo.

– Æsa, até que enfim.

Ele está igual a quando ela o deixou: cabelo ruivo-escuro, pele branca avermelhada pelos ventos do mar. Um pedaço de casa.

Ela joga os braços ao seu redor, seu alívio tão denso que fica difícil falar. Ele a abraça apertado, tirando a peruca dela, os dedos deslizando pelo seu cabelo.

– Não acredito – diz ela. – Como você me achou?

– Eu tinha que encontrar você.

Algo na voz dele faz com que ela se afaste.

– Mas como, Enis?

– Estava preocupado com você. Sua mãe disse que você viajou para Simta para ficar com um parente, mas eu sabia que você não me deixaria. Não quando pertencemos um ao outro.

A respiração dela vacila. Houve uma época em que ela teria adorado ouvir essas palavras, mas tudo o que ela sente nesse momento é medo.

– Não conseguia dormir depois que levaram você. Não conseguia comer. – Enis acaricia seu braço, seu cabelo, como se não se saciasse dela, mas seus olhos não parecem vê-la. – Desde nossos beijos eu sinto essa atração por você. Uma corda de amarração que o Manancial atou entre as minhas costelas e as suas. Comprei passagem para Simta e comecei a perambular, seguindo essa atração até encontrar você. Quando passei embaixo dessa janela, eu soube, por isso subi.

Matilde disse que Aves Noturnas sentem uma conexão com seus clientes por algum tempo depois do beijo, mas nunca disse nada sobre isso.

– Eu não entendo.

– Você não vê? Os deuses querem que fiquemos juntos, Æsa. Eu sei disso. Eu *sei*.

Ele torna a sorrir, mas dessa vez ela vê algo de louco no sorriso.

– Alguém vai chegar a qualquer minuto – diz ela. – Você não pode estar aqui quando isso acontecer.

Mas ele não parece escutá-la. Apenas a puxa para mais perto, ríspido em sua ânsia.

– Eles que tentem tirar você de mim.

Ele começa a puxar seu vestido de Rouxinol. No início, ela acha que ele está apenas tentando abraçá-la, mas sua urgência parece perigosa e sombria.

– Enis. – Ele é seu amigo, ele não é assim. – Pare.

Mas ele não para, e ela congela, aterrorizada demais para se afastar.

Os lábios dele procuram os dela. Algo emerge no peito dela, frio e se estilhaçando. Isso liberta sua voz. Por fim, ela grita.

A porta se abre bruscamente e seu Gavião está derrubando Enis de lado. Ele é muito maior que seu amigo, mas Enis luta como um cachorro meio enlouquecido. Eles rolam pelo quarto, derrubando um vaso, uma cadeira. Æsa se abaixa junto da lareira, os olhos fechados com força. Há o barulho de punhos sobre carne, depois um baque. Ela deseja ser uma ave de verdade para poder sair voando.

Alguém se agacha à sua frente, devagar e em silêncio. Ela se ouve arquejar como se por surpresa ou dor. Seus olhos se abrem, mas ela não consegue olhar para seu Gavião, o garoto com a tarefa de proteger a Rouxinol. A sombra dela, embora ela não conheça seu rosto nem seu nome.

Ele não a toca – é proibido.

Em vez disso, ele diz:

– Kilventra, ei'ish?

As palavras saem em illish, seu significado com tantas camadas quanto o mar. Na superfície, significa *você está bem, minha amiga?* Mas sua alteração em uma palavra – *ventra* no lugar de *ventris* – a deixa mais carinhosa. *Você está bem, meu coração?* Foi isso o que ele acabou de perguntar a ela.

Ela ergue os olhos. A máscara dele se foi, revelando a pele castanha e olhos cinza com azul-esverdeado da costa de Illan. No escuro, eles quase parecem brilhar. Estão arregalados, como se ele estivesse tão surpreso pelo que acabou de dizer quanto ela.

Ela percebe, imediatamente, que os dois estão de rosto descoberto. Essa é uma regra que não devem desrespeitar.

– Desculpe, moça – diz ele, em um illish impecável. – Não sei como ele passou por mim.

Ela olha para Enis, esparramado e ainda no chão.

– Ele entrou pela janela.

O Gavião franze o cenho.

– Vou dar a ele pontos pela coragem, pelo menos.

Ele se inclina para a frente, só um pouco.

– Ele machucou você?

Ela sacode a cabeça. Seus lábios não param de tremer.

– Não se preocupe. Vou levá-lo para a Madame. Ela vai resolver isso.

Ela segura a mão dele. É outra regra estilhaçada, mas Æsa já perdeu muita coisa de casa.

– Você não pode fazer isso.

O Gavião franze o cenho.

– Por que não?

– Porque não é culpa dele – diz ela apressadamente. – É minha.

O Gavião franze o cenho. Por um momento ele fica apenas olhando, como se estivesse tentando ler suas profundezas. Então há um barulho detrás de uma parede. Parecem passos se aproximando. Ele pega a máscara dela, caída no chão.

– Ponha isso, depressa.

Ela a amarra com dedos trêmulos enquanto ele veste a dele.

Sayer e Matilde entram pela porta oculta, ambas segurando objetos pontiagudos.

– Droga. – Matilde está ofegante, olhando do Gavião para Enis sobre o tapete. – O que aconteceu?

Æsa não consegue pensar. Ela nunca viu as outras garotas de máscara antes. A trama transforma seus olhos em poços escuros e estranhos.

– Está tudo bem – diz o Gavião delicadamente. – O cliente ficou excitado demais, só isso.

A mentira é bem contada, mas ela não sabe como eles vão conseguir mantê-la. A qualquer segundo, seu verdadeiro cliente vai chegar.

– Ele atacou você? – perguntou Sayer, ajudando Æsa a ficar de pé.

O pânico a inunda.

– Não… bem, atacou, um pouco. Mas…

– Dois ataques em uma noite – interrompe Sayer. – Isso não pode ser acidente.

Matilde espeta o pé de Enis com o que parece ser… um atiçador de lareira?

– Esse não parece um pater fervoroso, mas imagino…

As mãos de Æsa se cerram.

– Vocês duas querem *escutar*?

As duas garotas ficam em silêncio.

– Ele não é meu cliente. É um amigo de onde eu vim.

Há ruídos no corredor. Æsa respira tremulamente.

– Preciso que me ajudem a escondê-lo.

As máscaras ocultam suas expressões, mas ela quase pode ouvir seu choque.

Matilde começa a falar, mas Æsa a interrompe:

– Perguntas depois. Por favor, apenas me ajudem. *Por favor*.

Há uma batida, então seu Gavião vai até a porta. Ela fica apreensiva. Mas então ele faz um gesto com a mão esquerda: dedos curvados como ondas, o polegar pressionado sobre eles. Marinheiros illish usam sinais assim quando o vento está forte demais para falar. Significa *estamos navegando para casa*. Significa *confie em mim*.

– Vou lidar com eles – diz, apontando para fora, em direção ao corredor. – Ponham-no na passagem secreta. Assegurem-se de amarrá-lo e amordaçá-lo.

Ele sai do quarto. Por um momento, tudo é silêncio. O coração de Æsa está batendo forte o bastante para quebrar uma costela.

Sayer se adianta.

– Matilde, segure um braço. Æsa, pegue alguns panos e segure a porta.

Ela puxa a cortina fina da janela. Suas colegas Aves Noturnas arrastam seu amigo pelo chão. Mesmo inconsciente, Enis tem uma ruga de preocupação fixa entre as sobrancelhas.

– Honestamente – resmunga Matilde –, como um único ruivo pode ser tão pesado?

Sayer fecha a cara.

– Gatos em chamas, você *nem* está fazendo força.

Quando elas o põem no corredor estreito e escondido, usam a pouca luz disponível para amarrá-lo e amordaçá-lo. Elas mal acabaram de fechar a porta secreta quando Leta entra no quarto. Mesmo com sua máscara de Madame Corvo, Æsa percebe que ela está lívida.

– Aqui estão vocês. Tudo bem, miladies?

Æsa acha que assente, mas seus pensamentos se tornaram vagos.

– Fiquem aqui – diz Leta. – Eu volto logo.

Quando ela sai, Æsa desliza pela parede até o carpete felpudo. Sayer ergue a máscara e se senta ao seu lado. Suas mãos estão sujas, raiadas de vermelho e preto.

Æsa leva um susto.

– Isso é... sangue?

Sayer assente, segurando sua faca.

– Provavelmente.

Matilde se senta do outro lado de Æsa, sem máscara, com o decantador de vinho na mão. Com as duas garotas tão perto, ela sente a sensação de formigamento que sempre sente quando elas se tocam. Elas são como aves conectadas, algo dentro de cada uma delas chamando as demais. Mas mesmo assim ela não se sente nem um pouco mais segura que antes.

– Bom – diz Matilde, com a voz apenas levemente trêmula. – Isso foi uma aventura. Acho que uma bebida fortificante cairia bem para todas nós.

Æsa dá um gole grande, tossindo com a ardência repentina. Não é vinho, é uísque illish.

– O ruivo na passagem – diz Matilde, pegando a garrafa de volta. – Temos certeza de que o deixar ir é uma boa ideia?

– Meu Gavião vai cuidar dele – responde Æsa, torcendo para ser verdade. – Enis não é uma ameaça para nós. Como eu disse, ele é meu amigo.

– Amigos não agarram amigas – resmunga Sayer, apontando para o espartilho rasgado de Æsa.

Æsa fica vermelha.

– Eu sei, mas... ele estava fora de si.

As duas garotas estão olhando para ela, parecendo ansiosas. Sua garganta ficou desconfortavelmente apertada. Elas não são suas amigas na verdade, mesmo assim a ajudaram sem fazer perguntas. Ela deve alguma coisa a elas. Mas, quando elas perguntam como Enis sabia onde encontrá-la, Æsa mente. Diz que eles estavam trocando cartas, e em um momento de saudade de casa, ela disse a ele onde encontrar a Rouxinol. *Não contem a Leta*, suplica. Ela mandaria Æsa para casa, e sua família precisa que ela fique ali. Parece errado enganá--las, mas é mais seguro que a verdade.

Não conseguia dormir depois que levaram você, disse Enis. *Não conseguia comer.* Não foi amor que o atraiu. Todos aqueles beijos em Illan – sua magia – fizeram alguma coisa com ele. Ela viu isso no jeito como ele a olhava, com olhos vidrados como os dos homens que ela via sair cambaleantes da Taverna da Árvore Oca. De almas vazias, cheios de nada além de desejos. Um vício.

Seu beijo, no fim das contas, pode ser venenoso.

EM UM QUARTO secreto no Bairro da Fênix, velas treme-luzem. Elas se inclinam na direção onde Eli está ajoe-lhado no chão. Ele não passou muito tempo em igrejas – até algumas semanas atrás, ele passava a maioria das noites dormindo embaixo de escadas, torcendo para não ser expulso. Mas então um pater se aproximou e deu a ele uma cama, refeições quentes e um propósito. O mesmo que o levou até ali nessa noite.

Seus olhos estão no nível do velho altar de pedra. Dois outros garotos também estão ajoelhados ali. Logo eles vão vestir cinza, como os homens de pé ao seu redor. É a cor das cinzas de um fogo que uma vez ardeu quente.

Os cânticos começam, profundos e ritmados. Eli es-tremece com força, mas não de frio. Ele só pode torcer para ser considerado digno. Nunca quis tanto uma coisa como quer ser En Caska Dae. Os Caska não são como outros paters que ele conheceu, ostentando batinas de veludo e promessas vazias. Eles não têm medo de lutar pelo que é certo.

Um homem de cinza dá um passo à frente, para fora das sombras. Sua cabeça e sobrancelhas estão raspadas, assim como o resto, mas seu rosto é reluzente de cica-trizes. Eli olha para a marca de mão cor de sangue que se estende por seu rosto como uma pintura de guerra. O Mão Vermelha é a razão por ele ter vindo até ali. Ele é seu general na guerra contra o pecado.

Ele estende os braços.

– Eshamein Marren, fazemos desses garotos uma oferenda.

A voz do Mão Vermelha o lembra do oceano, que Eli vê com frequência ao revirar os pilares lamacentos do porto na maré baixa à procura de coisas para vender. É mais limpa, aquela voz, mas poderosa na mesma medida. Ela puxa com a mesma certeza que uma correnteza na praia.

– Dê a eles a luz de sua espada flamejante. Aceite seu compromisso.

O Mão Vermelha corta a palma de sua mão. Sangue se acumula e é recolhido em uma taça de madeira. Depois que todos foram cortados e sangrados, ele derrama o fluido sobre o altar, onde ele escorre pela pedra. Um sacrifício para seu deus.

– Deixamos que abusassem dos dons do Manancial por tempo demais – troveja o Mão. – Permitimos que as pessoas escarnecessem da Proibição, usando o que é feito apenas para os deuses. E o que isso nos trouxe? Corrupção. Nossa cidade, antes grande, foi transformada em um antro de perversões e pecado.

Os punhos de Eli se cerram. Ele sabe o tipo de dano que a magia clandestina pode causar. Ela matou sua dama. Não que o gaiteiro-da-areia que a vendeu para ela se importasse. Aqueles que governam essa cidade também não. Eles pegam e pegam, sem nunca se preocupar com aqueles que vivem abaixo deles. Mas o Mão Vermelha vê – ele entende.

– O que é ainda pior, permitimos que bruxas surjam novamente – diz o Mão. – Nossa complacência deixou uma brecha para que o mal penetrasse.

Eli estremece outra vez. Bruxas. Garotas que roubaram magia do Manancial, uma coisa sagrada que não foi feita para ser delas. O Mão Vermelha diz que elas estão por aí, parecendo tão inocentes quanto qualquer outra garota em Simta, mas são perigosas. Venenosas. Eli não vai se deixar enganar.

– Elas são uma ferida, e não podemos deixar que supure. Nós devemos ser aqueles que vão lavá-la e limpá-la.

O Mão Vermelha fecha os olhos, de frente para o altar.

– Marren, o senhor uma vez deu a vida para banir as bruxas. Agora esses garotos se oferecem como seus soldados na luta contra a maré enchente. Mas, primeiro, eles vão provar sua devoção.

Eli é o primeiro a se levantar – ele se assegura disso. Estende a palma da mão sobre a chama do Mão Vermelha. Os homens ao seu redor cantam enquanto sua pele crepita. Isso dói mais que a tatuagem que fizeram em seu peito, mas ele não vai puxá-la. Não com os olhos do Mão Vermelha sobre ele, ardendo tanto.

– Você vai limpar esta cidade de blasfemos? – pergunta-lhes.

Eli repete as palavras como uma afirmação, uma promessa. Juntos, todos eles recitam a oração de Marren.

Nós acendemos a vela de Marren
E ateamos fogo a sua espada,
Chamas perseguindo sombras,
Queimando e expulsando a escuridão.
Nós fazemos um fogo, um fogo poderoso,
Um fogo purificador para purificar o mundo.

CAPÍTULO 3
VERDADE OU MENTIRA

O FOGO NA SALA interna de Leta é abafado. Matilde geralmente acha isso um belo truque, o jeito como ela o mantém quente o bastante para garantir que todo mundo fique um pouco desconfortável, deixando-os mais propensos a derramar a verdade. Essa manhã, porém, ela tem muito a esconder para apreciar isso.

Todo mundo está ali: as Aves Noturnas sentadas juntas em uma espreguiçadeira, sua dama e avó atrás de um biombo pintado, e Leta atrás de sua mesa, olhando para seus Gaviões e Pardais. Todo mundo está de máscara. Ela não consegue ver seus olhos, mas imagina que estão vermelhos como os dela. Depois da agitação da noite passada, ela não conseguiu dormir nada.

Matilde pega mais café enquanto seu Gavião faz seu relato. Ele é breve e brusco, como sempre. Está com ela há anos, mas ela pouco sabe sobre ele além de seu gosto por mentas de urze. O Gavião de Sayer não pode fazer seu relatório, pois o que quer que aquele cliente horrível conseguiu aplicar nele o apagou pela maior parte da noite e dessa manhã, então o Gavião de Æsa dá um passo à frente. Matilde está ávida para ouvir que mentira ele vai contar.

Ele é direto: estava esperando pela chegada do cliente quando ouviu um ruído de aflição no quarto da Rouxinol, então ele entrou. Ela estava apreensiva em relação à noite e ele tentou acalmá-la. Então a Pintassilgo e a Ptármiga chegaram relatando a presença de intrusos, e ele foi investigar. Ele é um mentiroso muito melhor que Æsa – é suave, sem pressa. Nem uma palavra sobre o ruivo que elas esconderam atrás da parede. Quem sabe o que o Gavião fez com ele? Ele parece leal a sua Ave Noturna, pelo menos, mais do que a Leta, o que é digno de nota. Enquanto ele fala, a tensão de Æsa, de mãos enroladas nas saias, faz com que Matilde desconfie de que há mais na história do que qualquer um deles disse. Æsa quebrou as regras, isso é certo. Mas não é como se Matilde pudesse atirar pedras.

Depois dos acontecimentos da última noite, o beijo que ela mandou para Tenny Maylon parece ninharia, e mesmo assim ela não consegue se tranquilizar. O que aconteceria se contasse a sua família o que fez? Na melhor das hipóteses, eles ficariam decepcionados. Na pior, sua dama podia tentar usar sua ousadia como uma forma de fazer com que ela se casasse com ele...

Ela afasta o pensamento enquanto os Gaviões e as Pardais saem, fechando a porta às suas costas. Sua dama sai de trás do biombo dobrável.

– Qualquer um deles pode estar envolvido – diz. – Devíamos dispensar todos e arranjar novos.

– Eles são leais – diz Leta. – Eu me assegurei disso. Pensa que um bando desses é fácil de substituir?

Leta tira sua máscara de Corvo. Ela ainda é muito bonita, com pele bronzeada, cachos castanhos brilhantes e o rosto doce de uma boneca, embora ninguém que a conheça ouse pensar que é seguro brincar com ela. Matilde ouviu dizer que ela não nasceu em uma Grande Casa, mas é filha de um trabalhador das docas: o produto, talvez, da juventude louca de alguma garota das Casas. Não é comum que uma Ave

Noturna nasça fora das Casas, mas acontece. Ela também ouviu dizer que Leta trabalhou em uma casa de prazeres da travessa da Fumaça, mas é difícil acreditar que esse boato possa ser verdade.

A avó se senta em uma poltrona perto do fogo.

– Mesmo assim, Leta. O que aconteceu ontem à noite foi profundamente perturbador.

E também não faz sentido. Sempre houve uma madame encarregada de proteger as Aves Noturnas, mas Leta é especialmente chata. Foi ela que introduziu limites para a frequência com que uma pessoa pode visitar uma Ave Noturna, apesar de protestos contínuos dos lordes e ladies das Casas. Ela é a razão para as Aves Noturnas mudarem de lugar e por que clientes vão vê-las vendados. A Madame Corvo *ama* suas regras, e ela as preserva com fervor. Então como aquelas serpentes conseguiram entrar em seu ninho?

– Um ataque a uma Ave Noturna – diz sua dama – é indesculpável.

A expressão de Leta endurece.

– Lorde Alewhin era de uma Grande Casa, um primo do interior da Casa Rochet. Ele tinha um anel de sinete, e não tive motivos para suspeitar dele. Essas são as regras estabelecidas pelas Casas.

– Você devia protegê-las. Como pôde deixar que isso acontecesse?

– O que eu quero saber – intervém a avó – é por que o homem fez o que fez.

Sayer retira a máscara e se levanta, circundando as bordas do tapete roxo. Ela não parece gostar de ficar sentada no lugar.

– Ele era um pater – diz ela. – Devia ser. As sobrancelhas pareciam ter sido raspadas recentemente, e ele falava sempre de Marren.

Leta assente.

– A tatuagem em seu peito parece muito uma parte da estrela de quatro pontas dos Eshamein. A que tem o símbolo de Marren.

Sayer para de andar.

– Eu sabia que a conhecia. A espada flamejante.

Matilde nunca gostou dos Eshamein, que formam o alicerce da religião oficial de Eudea, mas Marren é de longe o mais odioso. Os paters pregam que, muito tempo atrás, quatro homens receberam magia do Manancial para fazerem milagres antes de morrerem, se transformando em deuses. Marren usou a espada flamejante para retirar a magia das bruxas à base de fogo. Essas garotas tinham envenenado o Manancial, aparentemente. Que lixo. Era só uma desculpa para tirar o poder de uma mulher forte.

Æsa franze o cenho.

– Mas os paters não se marcam com tinta. O pater Toth sempre dizia que isso macula o sangue.

Matilde escarnece.

– E, de qualquer forma, ele era da Casa Rochet. Sem dúvida, nenhum garoto das Casas ia exibir esse tipo de fogo e enxofre. Saberia que não deve fazer isso.

Afinal de contas, as Casas sempre protegeram as Aves Noturnas. Pode haver alguns abstêmios entre eles, mas eles nunca fariam mal a um dos seus.

– Ele era um fanático religioso, com certeza – diz Leta. – Mas é difícil saber se ele estava agindo sozinho ou sob ordens. Infelizmente, homens mortos não contam histórias.

Antes da noite anterior, Matilde só tinha visto um cadáver uma vez, quando seu senhor foi para as águas. Mas, enquanto seu rosto estava plácido na morte, o daquele cliente era só maldade, todo sujo de saliva e espuma pretas. Ela estremece. Ao seu lado, Æsa faz o mesmo.

– Ele nitidamente não queria matá-la – reflete a avó. – O que significa que ele queria alguma coisa dela.

Sayer está olhando de modo fixo para o fogo, com os olhos dourados brilhando.

– Ele queria me levar para algum lugar – diz ela. – Disse que eu era a prova da existência de bruxas e que ia ser recompensado por me entregar.

A expressão de Leta se enrijece.

– Ele disse para quem? O pontífice?

– Não, mas ele tentou me drogar.

Ela parece... não com medo. Talvez perturbada. Matilde se vê com vontade de deixar o clima mais leve.

– Que bom que você estava armada – diz. – E que eu sou muito boa com um atiçador.

A dama faz um ruído escandalizado, mas o comentário provoca um pequeno sorriso de Sayer.

– Não estou convencida de que você sabia o que estava fazendo.

Isso não é um agradecimento, mas Matilde vai aceitar o que pode conseguir.

Leta lança um olhar aguçado na direção delas.

– Como você soube que havia alguma coisa errada no quarto de Sayer, Matilde?

Matilde se contém para não ficar se remexendo.

– Eu ouvi um barulho.

– Seu Gavião não ouviu.

– Talvez a cabeça dele estivesse em outro lugar. Não sei.

Ela não está prestes a dizer a todos *Eu senti um formigamento*. Não quando nem mesmo ela sabia o que foi. Foi como se a aflição de Sayer tivesse despertado algo dentro dela, carregado com um eco da sensação efervescente que tem quando toca qualquer uma daquelas garotas. É intrigante: ela nunca sentiu isso com suas irmãs Aves Noturnas que vieram antes, e elas eram suas amigas, ao contrário dessas duas.

Leta tamborila as unhas pintadas de um tom escuro sobre a mesa.

– Vou questionar o chefe da Casa Rochet, mas ficarei surpresa se ele souber de alguma coisa útil. E vou providenciar alguns olhos e ouvidos nos salões da igreja de Augustain. Se o pontífice enviou aquele homem, o perigo pode ser maior do que pensamos.

Sayer e Æsa enrijecem, e não é por menos. Toda Ave Noturna ouve as histórias do que a igreja fez com as Aves Fyre de outrora. A perseguição fervorosa é o motivo de agora haver tão poucas garotas com magia em seu interior. O que aconteceria se o pontífice e seus irmãos descobrissem sobre as Aves Noturnas? Eles iam levar garotas das Casas uma a uma para a inquisição?

Matilde bane o pensamento. O homem provavelmente era um marginal, uma anomalia.

– De qualquer forma, ele não teve sucesso – diz ela, cruzando os tornozelos. – E quem quer que o tenha mandado não pode saber nossas verdadeiras identidades, ou teriam nos procurado diretamente.

– Verdade. – A avó empilha as mãos sobre o colo – Temos certeza de que nenhum dos outros clientes estava envolvido?

– Æsa parecia não saber de nada – diz Leta. – E como seu Gavião disse, o cliente nunca chegou à porta da Rouxinol.

Matilde olha para Sayer, que está olhando para Æsa, cujo olhar está fixo na máscara em seu colo. Com certeza, ela diria se o garoto que elas ajudaram a esconder fosse uma ameaça, não? Ela parece determinada a manter seu amigo ruivo um segredo. Matilde quer confiar em Æsa, então, por enquanto, vai fazer isso.

– E o cliente de Matilde? – pergunta a dama.

A expressão de Leta é difícil de ler.

– Na hora da confusão, ele já tinha ido embora.

O olhar da avó fica aguçado.

– Quem era?

Por um momento, parece que Leta não vai responder, mas Matilde sabe que esse não é um segredo que ela pode guardar.

Ela pousa seu café.

– Dennan Hain veio ver a Pintassilgo. Ele está de volta na cidade, sabiam disso?

Há o ruído de xícaras. O silêncio que se segue paira no ar, tão denso que ela podia fatiá-lo e servir junto com o bolo que ninguém tocou.

Sua dama fala primeiro:

– Devo entender que você deixou o príncipe bastardo ver minha filha?

– Ele é nascido em uma Grande Casa – diz Leta. – É seu direito pedir acesso.

– Mas ele é um *Vesten*. Você conhece sua posição sobre magia.

– Ele não é a suserana. Matilde podia tê-lo dispensado, se quisesse.

O olhar de sua dama se volta para Matilde.

– No que você estava pensando?

A irritação se incendeia.

– Achei que você queria que eu me casasse. A Pintassilgo não deve mostrar seus produtos?

– Não para ele – diz ela, consternada. – Ele nem é um Vesten de verdade.

– Oura – alerta a avó. – O que está feito está feito.

Suas palavras defendem Matilde, mas a censura em seus olhos é evidente. *Você nunca devia ter permitido que ele passasse pela porta.* A avó sabe: Matilde lhe confidenciou havia muitos anos que beijou Dennan. Quando ele desapareceu, a avó lhe disse para tirá-lo da cabeça, mas agora...

A avó pergunta:

– Matilde, você sentiu alguma ameaça vindo dele?

Outra pergunta se esconde por trás, silenciosa. *Ele sabia que era você por trás da máscara?*

Ela devia confessar, ela sabe disso. É sua regra: mintam, mas nunca uma para a outra. Não ali, porém. Matilde não tem paciência para os comentários de sua dama, e ela não quer que as outras garotas saibam – ainda não. Quer mais tempo para pensar no que Dennan lhe contou. Ela pode acreditar que Epinine podia ser uma ameaça, mas não ele. Ele sabe de sua magia há anos e nunca disse nada, e isso vale alguma coisa. Eles foram amigos no passado. Ela se pergunta o que são agora... o que poderiam ser.

– Não. – Matilde segura seu pingente dourado. – Ele me pareceu como qualquer outro cliente.

Leta não insiste, mas o olhar da avó diz que ela planeja fazer isso. Matilde teme isso. Ela quer o aconselhamento da avó, mas não sua censura. Mesmo assim, ela vai lhe contar tudo o que Dennan lhe disse. Ela vai saber o que fazer.

– Isso é ultrajante. – A voz da dama está se elevando, aguda e estridente. – Deixar entrar fanáticos e Vesten e sabe-se lá quem mais. É como se você as *quisesse* em perigo.

A expressão de Leta se aguça.

– E por que eu ia querer isso?

– Para poder cobrar um preço mais alto pelo acesso a elas. Aumentar os preços de um negócio com o qual você tanto lucra.

– Essa é uma acusação muito caluniosa.

E é ridícula. Leta não ia deixar um fanático religioso entrar de propósito, ia?

Talvez, se alguém pagasse o preço certo.

Confiança pode ser comprada, diz Leta com frequência. Mas e quanto a ela?

– Diga o que quiser – diz Leta. – Eu sei o que você sussurra quando acha que minhas portas estão fechadas. Mas eu já fui uma dessas garotas e nunca faria mal a elas. Já vi o que acontece quando Aves Noturnas não cuidam das suas.

Leta olha direto para Sayer, que retribui com uma expressão quase mercenária.

Leta se levanta.

– Vou botar meus espiões à cata de respostas. Até as conseguirmos, vocês não vão ver mais clientes.

Os olhos de sua dama brilham.

– As Casas não vão gostar disso.

– Nós estamos expostas – diz Leta lentamente, como se estivesse falando com uma criança. – Não vou comprometer mais a segurança delas. Não até entendermos a ameaça e podermos controlá-la.

A avó torna a falar:

– Só se lembre, Leta. Não receber clientes também tem seus perigos.

Ela lança para Leta um olhar significativo. Matilde tenta entender, mas é como fumaça, escapando por entre seus dedos. Uma coisa está clara o bastante: as matriarcas estão guardando segredos. Há coisas que elas não querem que as garotas vejam.

– ESTRA DOOLE –

12 bagas-sufocadas frescas
5 colheres de meimendro
3 pitadas de letha seca e moída
Duas porções de erva-do-sono (de preferência da
variedade callistana)
Uma dose de xarope flavieno envelhecido por pelo
menos três anos em terracota
Meio pote de água da costa (do norte do Pescoço)
Uma pitada de cinzas frias
2 lágrimas frescas

Moa os ingredientes secos. Abra as bagas com as mãos (use luvas, a menos que queira ficar com as mãos azuis para sempre) e as misture com o pó em uma chaleira. Mexa devagar em fogo médio, no sentido anti-horário, até começar a cheirar a esquecimento. Acrescente o xarope e a água, depois as cinzas, depois as lágrimas.

A maioria dos livros disponíveis sobre poções do sono vai parar por aí. Mas essa receita é antiga, feita para sonhos e confissões. Enquanto você mexe as lágrimas, diga esse feitiço:

Fixe o olhar, estranho
E feche os olhos,
Flutue devagar, amigo,
Mas não minta

— DO CADERNO DE RECEITAS DO ALQUIMISTA AMARELO

CAPÍTULO 4
TUDO O QUE É DOURADO

MATILDE SEGUE SEU caminho através do Mercado das Águas Claras. Ela costumava ir ali com a avó, sorrindo para os vendedores até que eles lhe dessem algo doce ou brilhante. Eles sorriem para ela agora, mas ela não sente o conforto que esperava.

O mercado está cheio; a tarde, tão quente que suor está escorrendo pelas costas dela, mas isso não importa. É bom estar longe do controle de sua dama. Faz dois dias do que ela está chamando de o Desastre de Leta, e essa é a primeira vez que Matilde teve a permissão de sair de casa. Ela argumentou que o fanático estava morto, portanto não pôde contar a quem quer que o tenha enviado a verdadeira identidade delas. Isso não fez diferença – todo mundo está nervoso.

Ela concordou em deixar que dois guarda-costas da Casa Dinatris a seguissem a uma distância discreta. Diferentemente da dama, eles não vão criticá-la por comer em público ou rir alto demais. Não que ela esteja com muita vontade de rir. Uma sombra tem seguido seus passos desde aquela noite em que elas receberam clientes. Ela finge para as garotas que não está sofrendo com isso, mas não para de ter sonhos sobre aquele homem horrível no chão de Sayer. Neles, ele pega sua máscara de Pintassilgo, arrancando-a, deixando-a com o rosto exposto. *Eu vejo você.*

Ela sacode a cabeça, expulsando a imagem.

Volta a atenção para as barracas do mercado, olhando seus tesouros: rendas de Stray, berloques de pedra de Thirsk, chá aromático de Callistan, especiarias e perfumes das Terras Distantes. Não há magia à venda, é claro – não hoje em dia. Ela se lembra de como era antes da Proibição, com barracas vendendo poções que lhe davam uma barba por uma noite ou o mantinham seco em uma noite chuvosa. Mas agora não: quem fosse pego com contrabando arriscava perder seus estoques e enfrentar uma inquisição minuciosa. Ninguém ousaria vender essas coisas abertamente.

Ela para em uma barraca cheia de baldes com flores. Com tão poucos espaços verdes em Simta, essas flores são um luxo e um símbolo de status. Ela as identifica em silêncio: flor-de-esta, espora, lírio-de-asas. Essa última é o emblema floral de sua Casa, suas pétalas semelhantes a asas pálidas e belas. Ela pega uma delas e inspira, mas outro cheiro corta sua doçura. Alguém está queimando incenso, só fumaça e carvão, e isso a lembra de uma coisa...

Uma sensação horrível atravessa sua coluna.

Eu vejo você.

Um barulho dá um susto em Matilde, e seu coração se acelera.

– Atenção, Basil!

Matilde se vira diante da voz familiar. É Brix Magna, olhando zangada para um menino e uma pilha caída de tabuleiros. Apenas tabuleiros. Ela respira fundo, dizendo a seus nervos para se acalmarem.

– Olá, Brix.

A mulher sorri.

– Manhã agradável, jovem lady Dinatris. Você está ficando mais bonita a cada dia.

Matilde faz uma pose com seu chapéu cloche.

– Muito cuidado. Eu posso me esquecer de como ser humilde.

– Humilde? Você? Se está dizendo.

Isso faz Matilde sorrir.

– Quantos hoje? – pergunta Brix.

– Seis, por favor. É impossível comer apenas *um* dos melhores bolos de estrela de Simta.

Brix pisca.

– A lisonja faz com que consiga o melhor do lote.

Ela entrega uma caixa de quadrados amarelos ainda quentes. Mesmo com a cobertura de açúcar, Matilde consegue ver os arabescos de sementes de labnum. Sementes da fortuna, elas se chamam – dizem que ficar com uma presa entre os dentes traz boa sorte.

– Não é nada – diz Brix, como sempre.

Matilde paga o triplo do preço, como sempre, e diz a si mesma que está tudo bem – tudo está como deveria estar. Por mais que ela minta, porém, não costuma enganar a si mesma.

Ela para na beira do mercado, olhando para as Esquinas. É o coração pulsante de sua cidade, seu centro de poder. É nas Esquinas que os principais canais se cruzam, fatiando a cidade em quatro bairros diferentes, batizados como criaturas que, dizem, antigamente voavam por esses céus. Às suas costas está Pégaso, seu bairro, e o Banco dos Mercadores, onde grande parte do dinheiro de Simta é guardado. À sua direita fica o Bairro da Fênix e a igreja de Augustain, onde o pontífice e seus irmãos têm sua sede. Do outro lado fica o Bairro do Grifo, lar de algumas das coisas pelas quais Simta é mais famosa: artesãos e artífices, jazz rápido, clubes ilegais e gangues de garotos. À sua esquerda ficam o Bairro do Dragão e o Palácio Alado. A suserana reside ali, e é onde a Mesa realiza todas as reuniões importantes. Matilde imagina que seja onde vão realizar a votação logo depois da Noite Menor, em cerca de três semanas.

AVES NOTURNAS

Ela geralmente adora ficar ali parada, vendo os barqueiros contarem piadas e fazerem gestos rudes com as mãos, remando seus barcos cheios de sonhadores e esquemas. Mas hoje ela não consegue parar de olhar para o palácio e se perguntar... Dennan Hain está ali, discutindo a Pintassilgo com sua irmã? Ela acha que não. Mesmo assim, o alerta que ele fez sobre Epinine nunca está longe de sua mente. Desde a reunião das Aves Noturnas na sala de Leta, uma ideia tomou conta: ela não consegue acreditar em quanto tempo levou para se dar conta. E se foi a suserana que enviou o fanático para capturar Sayer? Dennan disse que ela queria tirá-las das Casas. O fanático disse que alguém ia recompensá-lo por sequestrar Sayer. Será que Epinine Vesten faria algo tão ousado? Tal atitude criaria um racha entre as Grandes Casas – isso podia até desencadear uma guerra civil. Isso com certeza não ia conquistar sua lealdade a longo prazo. Uma semana antes, Matilde teria rido da ideia de alguém tentar roubar uma das Aves Noturnas, mas isso foi antes de ter enfrentado um fanático religioso com um atiçador de lareira e arrastado um ruivo pelo chão.

Mais tarde naquela noite, ela conta à avó o que Dennan disse a ela. Ela ainda pode sentir a forma insatisfeita dos lábios franzidos da avó. Matilde achou que seria repreendida. Em vez disso, ela fez um monte de perguntas, então passou meia eternidade encarando seu vinho. *Não tema, querida*, disse ela por fim. *Eu vou cuidar disso*. Mas ela pode fazer isso, quando há tantas coisas que elas não sabem?

Dennan Hain e seu alerta, o ataque a Sayer, Æsa sendo agarrada por um amigo meio louco de sua terra... elas se sentem conectadas, como rachaduras em uma parede se ramificando a partir de uma fissura invisível. Mas rachaduras podem ser consertadas, elas devem ser. As coisas vão voltar a ser como deveriam.

Ela se vira, ignorando os guardas enquanto segue pelo caminho do Pégaso, a rua que corta o bairro ao meio. Ela é cheia de bonitas casas contíguas, com sacadas decoradas com vasos de vinha-de-garrafa pendente e emolduradas com um intricado ferro fundido. Ela não sabe como as pessoas aguentam ter as portas da frente voltadas para a rua, sem um jardim para protegê-las. Mas, na verdade, a maioria das pessoas não tem jardins como os dela. Ela passa por um homem mariposa com sua vassoura de cabo comprido, que está usando para limpar as mariposas-de-chamas de uma luminária da rua. Elas queimam rapidamente, mas suas asas lançam um brilho assombroso.

Uma curva, duas, passando por alfaiates elegantes e perfumistas que atendem principalmente as Grandes Casas. Por fim, ela chega à espalhafatosa loja amarela. Há um grande letreiro acima dela: *Empório Alquímico de Krastan Padano*. Todo mundo o chama de Alquimista Amarelo.

O sino na porta toca quando ela a abre. Ela não se dá ao trabalho de olhar para trás. Os guardas não vão segui-la. Sabem que o dono daquela loja não representa nenhuma ameaça. Atrás do balcão comprido, as prateleiras estão cheias até o limite com potes de ervas, penas, pedras preciosas. Crânios de vários tamanhos olham de cima da cornija da lareira, exibindo os dentes. O grande vidro amarelo da vitrine joga um cobertor dourado sobre tudo, inclusive Alecand, o aprendiz de Krastan. A luz doura sua confusão de cachos escuros e macios.

Ela para, inalando doçura e fumaça. Se alguma coisa pode acalmar seus nervos, é estar na loja de Krastan. Algumas de suas lembranças mais antigas são de passar as tardes ali com a avó, conversando com Krastan enquanto ele misturava suas poções e disputando com Alec quem iria ajudá-lo. Alec está olhando para o que quer que esteja moendo no almofariz, fingindo deliberadamente não a ter notado. Há uma caneca de chá de frennet ao lado dele, como sempre – ele precisa disso para administrar sua doença de açúcar.

Ela vai até lá e põe os bolos de estrela ao lado do chá.

– Quem estamos envenenando hoje, afinal?

Alec sopra um cacho dos olhos.

– Você, se inalar muito fundo, por isso se afaste.

Ela se inclina para mais perto.

– E privar você de dar uma espiada dentro de meu vestido?

Ele dá um sorriso malicioso, revelando uma covinha.

– Eu já olhei e vi melhores, obrigado.

Sempre foi assim entre eles, uma amizade feita de críticas aguçadas e farpas bem-humoradas. Como filho adotivo de Krastan, criado fora das Grandes Casas, ele e Matilde têm pouco em comum, mas ela gosta disso. Da mesma forma que secretamente gosta de como ele não deixa que a diferença de suas posições lhe impeça de dizer a ela o que de fato tem na cabeça.

Enquanto crescia, ele era magro e desengonçado, e ainda é esguio, mas agora os músculos de seus antebraços se destacam enquanto ele mói, rodeados pelo colete cor de mostarda justo. É uma pena ele ser tão bonito quando não tem ideia do que fazer com isso. As bochechas traidoras dela enrubescem por terem percebido isso.

– Então, o que você está fazendo?

Ele ergue o rosto.

Os olhos castanhos e juntos de Alec são bonitos, um simtano clássico, mas tão escuros que são quase pretos.

– Um tônico para dormir. Nada de mais.

Ela se debruça mais sobre o balcão.

– Então não é uma poção do amor. Que pena. Como vai fazer para encontrar uma mulher?

– Você sabe que eu só tenho olhos para você.

Ela quer rir de suas palavras – elas são absurdas –, mas ele não parece estar brincando. Alec nunca foi mesmo de brincadeiras.

Krastan aparece, desfazendo o momento. Está com seu cabelo grisalho acerado penteado para trás e amarrado com um cordão, sua boina amarelo-canário colocada sobre ele. Ele sorri para ela com dentes tortos.

– Stella – diz ele: *passarinho*. Uma piada interna. – Que prazer.

– Você diz isso agora – brinca Alec. – Espere até ela começar um incêndio.

– Ah, por favor. – Matilde revira os olhos. – Foi só *uma* vez.

Ela observa Krastan se esticar para botar alguns frascos em uma prateleira alta. Suas mãos tremem um pouco mais do que antes, mas ele ainda é o melhor alquimista de Simta. Os outros passaram a pintar suas lojas com cores fortes para tentar obter um pouco de seu renome. A maior parte do que ele faz é livre de magia e perfeitamente legal, mas ele faz muito trabalho clandestino de magia para as Casas. Pelo menos, faz para a dela.

Os olhos dele se dirigem à porta fechada da loja.

– Onde está lady Frey?

– Minha avó hoje ficou em casa. Ela manda as melhores lembranças, como sempre.

– Aquela mulher... – Ele suspira. – Ela é o amor da minha vida, você sabe.

– Você sempre insiste em me dizer isso.

Quando a avó era uma Ave Noturna, ela entrou naquela loja exigindo que Krastan – ainda um aprendiz – lhe fizesse alguma coisa sem fazer perguntas. Ele obedeceu e preparou para ela um pouco de Estra Doole. Eles se tornaram muito amigos, apesar da distância entre suas posições sociais. Depois de algum tempo, ela até contou a ele quem era. Matilde sempre se perguntou o que fez com que sua avó confiasse a ele uma coisa dessas, mas mesmo assim ela nunca desconfiou dele. Alec e Krastan sabem mais sobre ela do que muitos de seus relacionamentos de sangue. Krastan é como um avô para ela, na verdade. E Alec é... bem, não é um irmão.

– Veio à procura de alguma coisa específica? – pergunta Krastan. – Ou só para dizer olá?

O medo que a assombra começa a voltar.

– Ah, minha dama tem mantido a rédea curta desde o início da estação. Eu precisava de uma desculpa para sair de casa. – Não é exatamente uma mentira. Seus dedos encontram o pingente. – Achei que podíamos preparar algo juntos. Já faz muito tempo.

Krastan agita um dedo nodoso.

– Desde que você siga minhas orientações.

Ela faz uma expressão de falsa afronta.

– E eu não faço isso sempre?

Quando ela vai para trás do balcão, Alec estende o pé, quase fazendo-a tropeçar.

– Não exploda a loja – diz ele. – Eu moro aqui.

Ela para.

– É você que tem uma queda por fazer as coisas entrarem em combustão.

Ela bate o quadril no dele. Ele fica rígido. Nos últimos tempos, ele sempre faz isso quando eles se tocam. É apropriado, imagina ela. Ele é um aprendiz de alquimista; ela é uma filha de Grande Casa, e também uma Ave Noturna. Nada além de amizade jamais esteve na mesa entre eles. Ainda assim, a distância incomoda, por isso ela se se inclina ainda mais para perto, dando um gole no chá dele. Tem o gosto de frennet e fruta-de-rum de Alec.

– Comporte-se – provoca ela. – Você nunca sabe o que posso botar na sua xícara quando você não estiver olhando.

Ele não responde – apenas fica ali parado como uma bela peça de madeira trazida pelas ondas.

Ela se afasta.

– Honestamente, Alec. Não é como se eu tivesse varíola.

Depois disso, ela segue Krastan por um corredor estreito nos fundos. Clientes não têm permissão para ir ali por muitas razões, sendo a principal delas a estante de livros arrumada que cobre uma parede. Nunca se sabe quando alguém pode tentar pegar *Um compêndio de antigas criaturas eudeanas*, como Krastan está fazendo, e descobrir que a estante se move e se abre para revelar uma porta escondida. Matilde se empolga com a visão, estendendo a mão para a maçaneta de vidro amarelo lapidado da porta. Em sua opinião, salas secretas são o melhor tipo.

A oficina dos fundos, a um primeiro olhar, se parece muito com a da frente. As prateleiras estão cheias de jarros e frascos, potes reluzentes, garrafinhas e queimadores, tudo parte do ofício de alquimista. Mas um olhar mais atento revela o ilícito. Pós que brilham, poções que soltam fumaça, bálsamos cintilantes. A magia alquímica tem um cheiro característico, quase como açúcar queimado. Diferente da dela, que não tem cheiro de nada.

Poucos minerais e plantas de Eudea têm magia própria, mas eles têm fragmentos do Manancial armazenados em seu interior. Misturados e processados por mãos experientes, eles se transformam em preparados pelos quais as pessoas estão dispostas a pagar, embora, é claro, não possam oferecer o mesmo tipo de dom que uma Ave Noturna. Boas poções são difíceis de fazer; os ingredientes são caros, e seus efeitos, fugazes. Mesmo assim, Krastan é o melhor deles em Simta. É incrível o que ele pode fazer com aquelas mãos nodosas.

Ele pega sacos e frascos e os arruma em torno de um pequeno queimador.

– Então, como está a estação até agora? – pergunta. – Como você está voando?

Ela ergue as mãos para o jardim de ervas secas penduradas no teto, pegando um pouco entre seus dedos.

– Ela tem sido… estranha.

Ele ergue uma sobrancelha peluda, mas não pergunta nada. Ele sabe que não pode exigir as histórias dela.

Ela o observa esmagar um punhado de bagas-de-grimm. Quando ele as rompe, suco vermelho-granada escorre de suas mãos. Ele tinha que estar usando luvas, mas não faz isso. *Minhas mãos são um mapa de minhas realizações*, disse-lhe ele uma vez. Em Simta, pode ser perigoso exibir essas marcas. Aqueles que forem apanhados com poções ilegais são repreendidos ou multados, e às vezes arrastados para inquisição pelos Guardiões. Aqueles que as fazem… bem, isso é uma coisa totalmente diferente. Mesmo assim, Krastan nunca foi preso. As Grandes Casas e sua própria sabedoria o mantêm em segurança.

O suco vermelho atinge o pote de cobre, escuro sobre o metal. Às vezes, ela deseja poder preparar sua magia assim. As poções de Krastan podem não ter a mesma potência do que o que vive dentro dela, mas ele pode usar o que cria de maneiras que ela não pode.

– Você vai me fazer sua pergunta, Stella?

Ela leva um susto.

– O que faz você pensar que eu tenho uma pergunta?

Ele lança-lhe um olhar arguto.

– Palpite de sorte.

Ele está certo, é claro. Isso é parte do motivo pelo qual ela foi até ali.

– Você tem poções que podem alterar as lembranças das pessoas?

Ele franze o cenho.

– Alterar uma lembrança ou apagá-la?

Ela esmaga a flor seca – coração-sangrento, pensa ela – sobre a bancada.

– Tanto faz.

Ele põe o pote sobre um pequeno queimador, mexendo o suco aos poucos com uma colherzinha de madeira.

– Tenho poções que podem aguçar as percepções de uma pessoa ou ampliar sua memória. Mas alterar lembranças já criadas? Removê--las completamente? Isso é uma proposta perigosa.

Ela engole em seco.

– Mas você poderia fazer isso, se eu pedisse?

Há uma pausa carregada.

– Essas coisas não estão em meu poder.

Ela se sente frustrada. Ela tem certeza de que Tenny não vai contar a ninguém sobre a Pintassilgo, mas, com tantas ameaças ao vento, ela se sentiria melhor se pudesse resgatar seu segredo. Não gosta de saber que ele tem essa moeda no bolso, mesmo que seja uma que nunca vai gastar.

A testa de Krastan se franze.

– Eu conheço essa expressão.

– Que expressão?

– A expressão que você faz quando está prestes a causar problemas, ou já causou.

– Ah, por favor – graceja ela – Sou um modelo de bom comportamento.

Ele não sorri. No silêncio, o queimador sibila baixo, apenas um sussurro na luz dourada emudecida.

– Você vai me contar o que deseja que uma pessoa esqueça?

A oficina dá a sensação de um daqueles espartilhos muito apertados que sua dama tenta fazê-la vestir, mas a mentira ainda sai fácil. Às vezes, ela usa máscara mesmo ali.

– Ah, foi só um capricho passageiro.

Krastan não parece acreditar nela. Vapor sobe ao redor de sua boina amarela.

– Você precisa tomar cuidado, Stella. As coisas estão tensas em Simta no momento. As coisas estão mudando.

Ela franze o cenho.

– O que você quer dizer com isso?

– Os Guardiões estão fazendo mais batidas que nunca. As punições por ter ou conjurar alquímicos estão piorando. Dizem que isso é para conter a ousadia dos gaiteiros-da-areia, mas não são eles os castigados. Eles levaram duas garotas para a inquisição só por venderem flores encantadas.

– É, bem. – Os Guardiões encarregados de aplicar a Proibição podem ser um estorvo, embora ela quase nunca tenha que lidar com eles. – Isso não é novidade.

– É, sim – diz Krastan. – É como se eles estivessem procurando alguma coisa específica. Talvez *alguém*.

Ela volta a pensar no fanático: teria ele contado a alguém sobre as Aves Noturnas antes de sua malfadada visita? Será que o pontífice e a igreja mandaram os Guardiões revistarem Simta à procura *delas*?

Ela diz com voz firme, segura:

– Os Guardiões não vão nos encontrar. E, de qualquer modo, as leis não foram feitas para garotas como eu.

– Você só acha isso porque nunca teve a oportunidade de ser atingida por ela.

Matilde leva um susto. Há quanto tempo Alec estava parado à porta?

– Nunca são lordes e ladies das Casas que são levados para interrogatório – continua ele, cruzando os braços. – O dinheiro lhes compra o dom de fazerem o que têm vontade sem medo.

Eles já tiveram essa discussão antes.

– Não estou no clima para uma palestra sobre privilégio, Alec.

– Você acha que alquímicos são apenas coisas de festa, mas os ingredientes de que são feitos não são apenas para diversão. Também são usados na medicina, são coisas de que as pessoas precisam. A lei e as gangues garantem que eles permaneçam caros, sem regulamentação.

Se eu não tivesse um fornecedor local honesto, você acha que eu teria condições de comprar meu frennet?

– Eu não faço as regras – retruca ela.

– Mas não devia ignorá-las – diz Krastan. – Acho que às vezes você esquece quantas pessoas nesta cidade temem a magia. A igreja ensinou bem suas lições. Não são apenas os Guardiões que gostariam de nos ver castigados, que vasculham as ruas à procura de transgressores. Está ficando mais difícil se esconder... para todos nós.

Suas palavras carregam um tipo estranho de peso que a deixa nervosa.

– Você não precisa se preocupar – diz ela. – As Casas vão nos proteger.

Alec sacode a cabeça.

– Você é mesmo um pássaro abrigado.

– Alecand. – Há um gume afiado na voz de Krastan, em que normalmente há apenas paciência. – Você não deve negligenciar suas ervas. Elas vão sentir.

Alec sai pela porta, mas suas palavras provocam outra rachadura nos alicerces, contribuindo para o pânico que cresce dentro dela.

Em meio ao silêncio, ela observa como Krastan mede lentamente um de seus pós. Talvez medindo as palavras também.

– As garotas tocadas pela primavera de antigamente não eram apenas veículos, você sabe – diz por fim. – Elas sabiam usar sua magia. A mais poderosa delas modelou a forma como Eudea era governada. Havia Aves Fyre, dizem, que podiam abrir os mares e mover as montanhas.

Ela sorri, acostumada com suas mudanças repentinas de assunto.

– As lendas dizem que elas também podiam voar. Que bela imagem.

Sheldars, flaetherin, Mulheres do Poço. Cada canto de Eudea tem um nome para as garotas mágicas mais poderosas de antigamente, mas Matilde sempre gostou de Aves Fyre. "Fyre" é a antiga palavra eudeana para *selvagem*. Aves Selvagens, livres e indomáveis, não respondendo a ninguém. Em algum momento, toda Ave Noturna imagina ser como elas. Mas esses sonhos são como jogar uma moeda em um canal e fazer um desejo: um desperdício.

– Ultimamente tenho me perguntado se essa magia antiga não desapareceu – continua Krastan. – Está apenas adormecida. Se, talvez, em um futuro próximo, ela vá despertar.

Matilde dá um suspiro.

– Você sabe que eu não posso usar minha própria magia.

– Ainda não, Stella. *Ainda* não.

Mais uma vez, aquele peso em suas palavras, que parecem importantes.

– O que está tentando me dizer?

Ele a surpreende envolvendo sua mão manchada de fruta em um lenço e segurando seu rosto com ela.

– Só que, se algum dia você se sentir perdida, espero que me procure, Stella. Nós vamos sempre ser seu porto em uma tempestade.

Mas tem mais uma coisa, uma verdade que ele não está compartilhando.

Algum tempo depois, ela volta para a parte da frente da loja, passando espremida por Alec sem dizer uma palavra para ele. Infelizmente, parece que ele ainda não terminou.

– Não incomoda você que seus clientes sejam os mais privilegiados de Simta? Já ricos e ficando mais ricos?

Ela olha para ele.

– Você queria que eu distribuísse beijos na esquina para qualquer pessoa que quisesse?

Ele se inclina para perto.

– Eu faria você dar uma espiada por cima do muro de seu jardim e ver o que está acontecendo do outro lado.

O olhar dele penetra sua pele, vendo-a por inteiro. Para seu horror, ela sente a pontada de lágrimas não derramadas.

– Você acha que tudo o que eu faço é comer bolos e ir a festas – diz. – Mas, acredite ou não, eu tenho meus problemas.

Ela tenta se virar, mas ele a segura pela mão. A dele é calejada, mas delicada: a mão de um encantador. Ela pode sentir seu pulso na palma da mão.

– Tilde, espere.

O coração dela palpita ao ouvir o apelido carinhoso, mas ela não pode demonstrar isso. Em vez disso, força uma leveza em sua voz.

– Você mudou de ideia sobre aquela olhada dentro do meu vestido, então?

– Eu só... – Ele passa um polegar pela pele dela, tão de leve que ela pensa que imaginou. – Eu não quis aborrecer você.

O rosto dele está vermelho. Por que discutir faz com que fique ainda mais bonito?

– Eu não estou aborrecida – diz ela. – Eu estou... contrariada. Há uma diferença.

Ele solta a mão dela.

– Antes que você vá, tenho uma coisa para você.

Ele pega um frasco no bolso do colete.

– É para... as dores femininas das quais você falou – diz ele, alto o bastante para Krastan ouvir, se por acaso aparecer. – Cuidado apenas para não deixar de ler as instruções antes de usar.

Ela vira o frasco para ler as instruções coladas no fundo.

CAPA DA NOITE: Jogue com força no chão – o frasco deve espatifar. Ela vai envolver você em uma escuridão tão densa como nanquim. (Cuidado: faz os olhos arderem mais que uma medusa de água-doce.) Caso precise dar uma escapada de sua gaiola dourada. ~A

Ela fica boquiaberta, mas ele leva um dedo aos lábios.

Ela sabe que ele lida com preparados dos quais Krastan não sabe. No último verão, ela usou um de seus experimentos para deixar Samson com um tom de verde bem horrível. Mas isso é magia séria – é uma arma. Do tipo que faria com que ele fosse notado pelos personagens mais nefastos de Simta, e provavelmente seria enforcado se fosse apanhado.

Ela não devia arriscar nem mesmo levá-la consigo, mesmo assim se vê abrindo o fundo falso de sua bolsa.

– Alecand Padano. Não achava que você fosse capaz de viver *tão* perigosamente.

Isso provoca um sorriso nele.

– Só não faça nada precipitado antes que eu a veja outra vez.

O sino toca quando ela sai. A rua Hester está igual, mas parece que alguma coisa mudou. Krastan acha que ela deve ficar alerta. Alec lhe deu uma arma. É perturbador, e eles nem sabem o que aconteceu com as Aves Noturnas duas noites atrás. Essa pequena excursão devia acalmá-la, mas acabou por deixá-la mais nervosa que antes.

Inquietação na cidade, o alerta de Dennan – agora de Krastan –, o cliente de Sayer, o amigo de Æsa, as expressões carregadas de sua avó e de Leta. É um quebra-cabeça, mas ela não consegue ver bem a imagem que ele está formando. Peças demais ainda estão escondidas nas sombras, fora de vista.

Sua mão entra na bolsa e envolve o cartão que Dennan lhe deu. Ela não é nenhum pássaro abrigado, independentemente do que Alec possa pensar. Talvez ela devesse buscar algumas respostas por conta própria.

Nas entranhas do Grifo, além do Trinado à direita,
Você vai nos ver festejando quase toda noite,
Nossos segredos são escondidos fundo
Mas com as palavras certas, tudo bem,
Nós podemos até decepcionar você
Você
Você.

—

Música quente, contrabando ilegal,
Abrace forte, você vai ser minha,
Pague o preço e você vai encontrar
Aquele lugar doce que nunca fica seco
Seco
Seco.

— "O LUGAR QUE NUNCA FICA SECO",
UMA CANÇÃO DE JAZZ SIMTANA

CAPÍTULO 5

SOMBRA E BRILHO

Sayer segura sua boina enquanto é levada a remo pela água. Está satisfeita com seu cabelo, cortado curto o bastante para ela não precisar prendê-lo, e as roupas de trabalhador que encontrou em um armário cheio do que pareciam ser vestígios das conquistas de Leta. Esta noite ela não quer parecer uma garota das Grandes Casas.

Nos dois dias desde que receberam clientes, Leta a manteve por perto – quase a sufocando. Ela não devia sair sozinha, e com certeza não à noite. Mas ela não atravessou os canais para ser protegida, nem para ficar sentada esperando que outras pessoas tornem as coisas mais seguras para ela. Se você quer uma coisa, às vezes é melhor ir atrás dela por conta própria.

O barqueiro não fala enquanto os leva através das Esquinas. A lua está na água, mudando com a maré sutil. É uma típica noite de verão simtana: quente e imóvel, o ar tão denso que daria para morder, com cheiro de sal e de alga-maxilar que se agarra às paredes dos canais. A última vez que ela fez aquele trajeto de barco foi meses atrás, depois que sua dama morreu. Ela não voltou ao Grifo desde então.

Ela olha para trás. Costumava ficar na esquina do Grifo, às vezes, e olhar para o Pégaso, se perguntando como era a vida no que, na época, lhe parecia uma costa distante. Agora ela vê como riqueza, jardins suntuosos e lanternas de mariposas-de-chamas protegiam garotas como Matilde das realidades de Simta. É fácil acreditar que a vida é justa e que todos têm chances iguais quando se cresce envolta por folhas amplas e protetoras.

Eles chegam ao cais, e Sayer desembarca para o Grifo: ele tem o cheiro do qual ela se lembra: pão, tinta e sangue velho. A travessa da Forca está vazia, mas ainda é agourenta – um alerta para quem desobedecia às leis, especialmente contrabandistas. Não que os piores tipos ligassem para isso.

Sayer segue pelo caminho do Grifo e entra nas entranhas do bairro. Não há postes com mariposas-de-chamas, deixando as sombras duas vezes mais escuras. As casas contíguas perto das Esquinas são ajeitadas e pintadas de cores vivas, mas, conforme avançam, ficam menores e mais feias. Rachaduras alongam-se pelas fachadas, apesar da pasta de ervas e lama que os residentes usam para remendá-las. Varais com roupas se estendem entre as janelas, fantasmagóricos no escuro. Ela vê alguns moleques de rua sujos embaixo de uma escadaria. Ela costumava dar a crianças como eles bolos de estrela amanhecidos quando o dono do Duas Luzes não estava olhando. Ela se pergunta se alguém os está alimentando agora.

Ali: um pater está tentando atraí-los com pães. Ele também vai tentar convencê-los a ir para um orfanato ou uma escola administrados pelos paters. A igreja faz boas obras, ela sabe, mas os paters são a razão por que os simtanos pensam que a magia corrompe as almas e o moral. Eles dizem às pessoas que garotas com magia são – ou, na verdade, eram – algo a ser temido.

As palavras do fanático retornam: *Você vai envenenar o mundo se permitirmos.*

Ela as afasta, se recusando a deixar que a sigam até ali.

Enquanto se dirige para o Trinado, a luz muda. Há lanternas coloridas penduradas nas sacadas e balançando sobre cada porta. Essa parte do Grifo gosta de ficar na rua até tarde, tanto para negócios quanto para prazeres. Ela segue pela travessa Bayard, parando perto do Pavilhão dos Estudiosos. O café Duas Luzes está com as portas abertas, liberando seu cheiro doce de assado. Uma banda de metais toca no pátio enquanto estudantes bêbados flertam com garçonetes sob as lanternas cintilantes.

Gatos em chamas, ela sentiu falta desse lugar.

Matilde riria: é sujo e grosseiro em comparação com o lugar de onde ela acaba de vir, mas o Grifo não finge ser nada que não é.

Ela margeia o pavilhão, permanecendo nas sombras, sem querer ser reconhecida por ninguém no Duas Luzes. Não que isso tenha muita chance de acontecer naquela situação. As pessoas só veem o que querem. Se ela olhar para cima, vai ver a janela velha do quarto de sua dama, escura e vazia. No fundo de seu peito, sente um aperto.

Ela espera a banda terminar a música, com os clientes da loja batendo palmas, antes de beliscar o braço do trompetista perto do fundo. Rankin se vira, então sorri debaixo de seu boné roído por traças, revelando um espaço entre seus dentes da frente.

– *Sayer?*

– Psiu. Você vai estragar meu disfarce.

Ela o puxa dali antes que a banda possa protestar, e eles vão para a lateral do café.

Rankin levanta a cabeça para olhar para ela, mas só um pouco. Ele cresceu desde a última vez que ela o viu.

– Por onde você estava, Say? Eu andei procurando.

Ela engole o nó na garganta.

– Eu moro com amigos no Pégaso agora.

Ele faz uma careta.

– Então você agora é uma dama elegante?

Na verdade, não.

– Um pouco.

– Elegante demais para gente como nós.

Ela limpa uma mancha de fuligem no rosto dele.

– Nunca.

Rankin pendura o trompete nas costas. Ele tem treze anos, ela sabe, mas às vezes parece mais velho. Não é fácil ser criança nas ruas do Grifo.

– O que, então, você está fazendo de volta aqui?

– Tenho negócios com Fen. – As palmas das mãos de Sayer ficam suadas. – Onde ela está, no clube?

Rankin toca o alfinete em sua lapela, com fitas laranja e douradas.

– Não. Na Sala do Trono.

Sayer a conhece, é claro, mas nunca foi lá. Ela está cheia de gaiteiros-de-areia. Seu estômago se agita ao pensar nisso.

– Você sabe qual é a senha desta noite? – pergunta.

– Sei, mas não vou contar a você.

– Por que não?

Ele puxa seu colete laranja espalhafatoso.

– Porque ultimamente a Luz Verde anda uma confusão. Fen não ia querer que você fosse até lá desacompanhada.

– Você? – Ela dá uma batidinha na aba do boné dele. – Você tem altura suficiente para olhar pela abertura da porta?

Rankin franze o cenho.

– Cuidado aí com seus modos, parceira.

Eles seguem juntos por ruas cada vez mais estreitas, banhados pela luz de lanternas de vidro verde. A música do Grifo fica mais alta ali: jazz emana de sacadas cobertas de trepadeiras, pregoeiros vendem copos de citrino doce e tentam atrair farristas para seus clubes. Seus loucos bares clandestinos fazem do distrito da Luz Verde o centro de festas não oficial de Simta, pelo menos para certo tipo de clientela, mas ele tem seus perigos. Está repleto de gaiteiros-da-areia, assim chamados pela forma como as gangues transportam substâncias ilícitas dentro e fora da cidade, movendo-se perto do limite da maré.

Eles passam por uma garota em uma alcova sombria, entregando algumas moedas de modo furtivo para um garoto de colete e boné. Ela tem o cheiro de açúcar queimado de alguém que toma poções demais. O gaiteiro lhe passa um frasco fino. Poeira de sereias, aposta Sayer – um alquímico que amplia os sentidos. Para o bem da garota, ela espera que seja coisa que preste. Toda magia é viciante, mas Poeira é ainda mais, e muitas vezes é misturada com aditivos baratos. Contrabando ruim é mais fácil de ser encontrado pelos Guardiões, e pode deixar as pessoas doentes ou cegas.

Rankin rompe o silêncio.

– Por que você foi embora, afinal?

Ela tenta sorrir.

– A amiga de minha dama me ofereceu um teto. Eu tinha que morar em algum lugar.

– Você podia ter ido morar com a gente. As Estrelas teriam cuidado de você.

Sayer sabe. Fen e seu grupo, as Estrelas Negras, a teriam recebido de braços abertos, mas sua dama ia se revirar em seu sonho eterno se soubesse que ela se juntou a uma gangue de gaiteiros-da-areia.

– Eu tinha coisas a fazer do outro lado da água. Precisava ganhar dinheiro.

Ele lança um olhar julgador na direção dela.

– Sain minth tu gansen.

O juramento das Estrelas Negras: *Unidas como sombras.*

Sayer tem que afastar o olhar.

– Bem, Fen tem andado irritada desde que você foi embora. Ela sente sua falta. Ela não fala nada, mas eu sei.

Sayer engole em seco. Quer muito se encontrar com Fen, mas isso também a deixa nervosa. Pela maneira como ela partiu do Grifo, não está certa de como será esse reencontro. Estará brava? Como vai ser vê-la de novo?

Sayer puxa o colete. Essa não é hora para sentimentalismos. Ela tem que ficar alerta essa noite.

Eles param na entrada de uma ruela sombria. Não há nada que anuncie a Sala do Trono – apenas uma porta enferrujada e comum. Rankin bate cinco vezes: três batidas curtas, duas longas arranhadas com os nós dos dedos. Uma pequena portinhola se abre, emoldurando dois olhos inamistosos.

– Senha.

Rankin diz:

– Filly May.

A porta se abre e revela um homem sem alguns dentes e um colete verde que se esforça para contê-lo.

– E o que você acha que vai fazer aqui, Rankin?

O garoto estufa o peito.

– Nós temos negócios com a Raposa.

O guarda não parece impressionado. Sayer teme que ele não vá admiti-los, mas então ele estende uma mão carnuda.

– Então está bem. Entreguem as armas.

Rankin saca três facas do nada, uma com a metade do comprimento de sua perna, e alguns frascos de cuja aparência Sayer não gosta.

O guarda estreita os olhos na direção dela.

– Está sem pressa, parceiro?

Ela dá de ombros.

– Não estou armado.

Ele agita a mão gigante. Com um suspiro, ela saca um abridor de cartas com cabo de cisne. Leta confiscou a faca de Sayer, e ela não ia até ali de mãos abanando.

– O que você ia fazer com isso? – diz ele, segurando-o entre dois dedos grossos. – Palitar os dentes?

Rankin dá uma risada. Sayer lhe dá uma cotovelada.

– Ele tem uma ponta afiada, não tem?

O guarda os convida a entrar, ainda rindo, e tranca a porta atrás deles. Rankin a conduz por uma escada escura e estreita. A única luz vem de lanternas de vidro verde no corredor. Ela mal consegue ver as mãos e a placa ao lado de sua cabeça:

– REGRAS DA CASA –
NADA DE POÇÕES DE FORA.
NADA DE ARMAS.
NADA DE BRIGAS.

Jazz serpenteia pelo ar, convidando-os a avançar. Uma cortina brilhante se abre, e eles entram.

Sua primeira olhada na Sala do Trono faz com que ela pense no baile de Leta: pés-direitos altos, cores vibrantes, espelhos nas paredes. Mas onde aquele era máscaras e postura, esse lugar não tem a intenção de ser nada além de selvagem e louco. O jazz é mais quente, uma promessa sensual. O cheiro de doce queimado de magia flutua no ar.

Há lustres rústicos, encantados por algum alfaiate mágico para brilhar sem velas, dourando a multidão cheia de vida. O lugar está cheio de gaiteiros-da-areia, suas gangues identificadas pelas flores presas a suas lapelas. Samambaias-do-rio azuis para os Krakens; frésias vermelho-escuras para os Cortes Rápidos, sangues-do-coração roxas para os

Mares Profundos. Esse é um lugar onde eles podem se misturar, nada de negócios, apenas prazer. Ali todos eles reinam, daí o nome.

Ela não esperava ver tantas garotas ali. A maioria das gangues não permite sua entrada. Estão todos agarrados uns aos outros na pista de dança, dançando o escandaloso rastejo de águas profundas. Há magia por toda a parte. Ela rodopia e cintila nos vestidos encantados, cuja padronagem muda a cada movimento dos quadris. Ela vê dentes aguçados causados por aplicação de Sorriso do Lobo, unhas transformadas em garras depois de serem mergulhadas em Garras Afiadas, cabelos multicoloridos por bálsamo Quatro Estações. O cantor no palco tem uma voz enfumaçada, amplificada por algum alquímico, e no bar os atendentes estão preparando coquetéis mágicos. Víbora verde-escura, que faz com que a língua de uma pessoa fique bifurcada enquanto está bebendo, e o espumante Ruína do Relojoeiro, que faz com que tudo pareça mais lento. O gaiteiro no canto nitidamente estava bebendo Bela Donzela: a pele dele brilha. O garoto que mostra a língua para ele parece gostar disso.

O contrabando naquele salão deve valer uma fortuna, mas as gangues controlam a maior parte do mercado clandestino de alquímicos. Magia ilegal é seu material de trabalho. A igreja e os Guardiões de Simta matariam para invadir esse clube e enforcar a maioria das pessoas em seu interior, mas ninguém no Grifo jamais o denunciaria. As gangues administram aquele bairro tanto quanto a Mesa... talvez ainda mais. Há um motivo para os chefes das gangues se chamarem de lordes.

A multidão se abre, e ela capta um vislumbre de Fen em uma mesa de canto. O coração de Sayer parece ficar preso em sua garganta.

A um primeiro olhar, Fen parece qualquer outro gaiteiro-da-areia – um garoto arrogante, implacável e faminto –, mas Sayer sabe que não é o caso. Ela sorve as maçãs do rosto pronunciadas de Fen e seu cabelo curto espetado para cima como uma chama. É a mesma tonalidade castanho-quente dos caramelos tostados do Duas Luzes, mas nada em Fen exala suavidade. A vida como a única mulher chefe de gangue lhe ensinou a ser dura.

Quando as duas tinham quatorze anos, Fen apareceu sangrando na porta dos fundos do Duas Luzes. Sayer soube quem ela era pelo tapa-olho que usava. Fenlin Brae: a *Raposa Astuta*. Isso foi antes que ela iniciasse as Estrelas Negras, mas ela já era conhecida entre as gangues como alguém de mãos rápidas, uma mente ainda mais rápida e uma habilidade para abrir cofres que mais ninguém tinha. Sayer pensou que ela fosse gritar uma ordem, como os outros gaiteiros-da-areia que ela conhecia, mas, em vez disso, ela sorriu. *Soube que você dá comida aos meninos de rua*, disse ela, com sangue nos dentes. *Que tal um pouco de comida e alguns pontos?*

Sayer riu. Elas se tornaram boas amigas depois disso. Melhores amigas. Mas elas ainda são?

– Fen! Eu a encontrei! – grita Rankin quando eles chegam à mesa. – Você me deve dez shills.

– Você encontrou – diz Fen. – E eu lhe devo.

Fen se encosta na cadeira, relaxada ainda que de algum modo predatório. Seu tapa-olho de veludo verde não torna mais fácil encarar seu olhar.

Você algum dia vai me mostrar o que tem aí embaixo?, costumava provocar Sayer durante as lições de luta.

Fen apenas sorria. *Eu mostro o meu se você mostrar o seu.*

Mas elas nunca foram esse tipo de amigas, e Fen não é uma pessoa que abaixa a guarda. Exceto por aquela vez... Seus pensamentos voltam para a noite em que sua dama morreu, quando Fen a abraçou apertado.

Eu estou sozinha, gemeu Sayer.

Fen passou um braço pela sua cintura. *Isso não é verdade.*

Aquela foi a noite em que Fen a puxou para perto, abrindo os lábios. Aquela foi a noite em que elas quase...

Olsa, o segundo em comando de Fen, limpa a garganta.

– Certo, ah... então o tampinha e eu vamos buscar mais uma rodada.

Fen não tira os olhos de cima dela.

– Nada de coquetéis para Rankin. Não quero prejudicar seu crescimento mais do que já prejudicamos.

Rankin pragueja.

– Um dia vou ser alto o bastante para esmagar você.

Não que ele fosse fazer isso. Rankin idolatra Fen – todos eles idolatram. Ela batizou sua gangue com o nome da estrela-do-mar da cidade: uma coisa despretensiosa, mas tenaz. Ela se agarra às rochas com tanta força que nenhuma tempestade consegue arrancá-la. As Estrelas Negras se transformaram em um esteio para garotos que as outras gangues desprezavam ou não consideravam bons o bastante. Fen consegue ver a força oculta das pessoas. Mas também tem um talento para encontrar suas fraquezas.

Sayer se senta. Fen olha para ela, avaliando-a. Sayer se esforça para não olhar para seus lábios cheios e macios. Cicatrizes surgem da gola erguida de sua camisa, muito mais pálidas que a insígnia das Estrelas Negras que floresce no colete de Fen. Ela não tem as dedaleiras encantadas cor de laranja, como a maioria dos gaiteiros-da-areia ali, mas Fen não lida com magia. Sayer não tem certeza se já a viu usar alguma.

Por fim, Fen fala:

– Tig.

É um apelido, abreviação de *tigren*, um gato-do-mato das Terras Distantes. Sayer sente um alívio no peito ao ouvir isso.

– Roupa legal. Calças caem bem em você.

Sayer não consegue evitar sorrir.

– Em você também.

Fen se recosta, mastigando sua resina, como sempre. É feita de uma planta que ela diz anular o efeito de qualquer alquímico que alguém pudesse botar em sua bebida. Sayer não sabe por quê, mas Fen é desconfiada com a magia. Talvez seja porque ela foi criada por um pater, mas Fen não o tem em alta conta.

– Eu achava que seus novos amigos no Pégaso preferiam você de vestido – diz. – Lady Leta Tangreel com certeza não aprovaria.

Sayer fica boquiaberta. Como Fen sabe sobre Leta?

– Não fique aí sentada como uma tainha atordoada – diz Fen. – Você desapareceu sem dizer nada para ninguém. Achou que eu não ia procurar?

As bochechas de Sayer ardem.

– Como você me encontrou?

– Sua dama cresceu no Pégaso – diz Fen. – E eu vi aquela senhora elegante das Casas no velório dela, sussurrando algo para você. Achei que ela estava lhe oferecendo alguma coisa. Deve ter sido uma boa oferta, para você ter fugido.

Sayer franze o cenho ao ouvir isso.

– Eu não fugi.

– Então como você chamaria isso?

– Uma das velhas amigas de minha dama me fez uma boa oferta, e eu aceitei.

– Mesmo assim. – Fen apoia os cotovelos na mesa. – Você podia ter se despedido antes de ir.

Fen teria dito a ela para não ir. Enfim, o que Sayer contaria a ela? As Aves Noturnas são um segredo, e ela não queria mentir para Fen.

Ela aponta para o colete de Sayer.

– Onde está seu broche das Estrelas?

– Aqui. – Sayer o tira do bolso. As contas pretas costuradas em sua dedaleira de seda laranja brilham à luz dos lustres.

– Isso não serve para nada no bolso, Tig.

– Eu sei, mas... – Ela olha para a flor. É um símbolo da vigilância das Estrelas Negras: sua proteção. Um sinal para as outras gangues de que Fen a vê como uma das suas. – Eu não sabia se ainda tinha permissão para usá-la.

Sayer se obriga a erguer os olhos, meio que esperando que Fen tome o broche dela. Um canto da boca de Fen se curva para cima.

– Não seja desagradável. Você sabe que tem.

Sayer exala, tomada de alívio. O cantor no palco atinge uma nota longa e crescente.

– Então, o que você está fazendo no Trono? – pergunta Fen.

Sayer foi atrás de informações. Fen é uma ladra, e ela sabe mais sobre o que acontece nas sombras de Simta que a maioria. Pode saber alguma coisa sobre o fanático que a atacou. Mas, sentada ali agora, ela percebe que na verdade foi por apenas um motivo: sua amiga. Os últimos dias foram estranhos, e ela quer estar com alguém que não as Aves Noturnas. Alguém que goste dela pelo que ela é, não por seu dom.

– Vim para fazer algumas perguntas a você – diz por fim. – E para pegar uma faca emprestada.

Fen franze o cenho.

– O que aconteceu com a que eu dei a você?

– Eu esfaqueei alguém com ela.

Qualquer outra pessoa teria levado um susto, mas Fen fica imóvel.

– E o que a pessoa fez para merecer esse prazer?

Ela engole em seco.

– Ele tentou me matar.

Isso remove sua imobilidade.

– Vamos para um lugar mais tranquilo.

Ela conduz Sayer por trás do palco e por uma escada em caracol que termina em um pequeno aposento vazio. Uma parede é feita de um vitral: uma cadeira dourada flutuando em um mar vermelho. Fen vai se apoiar nele, no ponto onde a luz é mais forte. Ela nunca gostou de lugares escuros e confinados.

– Você, então, precisa de ajuda para afundar o corpo?

– Não. Isso já foi resolvido. – Sayer torna a ver o fanático debruçado sobre ela. Ela não sabe o que a horroriza mais, o fato de ter esfaqueado alguém ou o tempo que levou para fazer isso. Na hora da verdade, todas as lições de luta de Fen saíram voando.

Ela esfrega as mãos na calça.

– Quero que você me ajude a descobrir quem ele era e quem o mandou.

A expressão de Fen está dura.

– Conte-me a história.

Dez infernos. Sayer foi tola em pensar que podia pedir ajuda sem contar tudo para Fen. Sabe que Fen consegue guardar segredos – ela é praticamente feita deles –, mas a voz de Matilde sussurra em meio a seus pensamentos. *Um gaiteiro-da-areia podia ganhar um bom dinheiro vendendo nossos segredos.* Fen nunca faria isso, mas mesmo assim...

– Vamos lá, Tig. Você que veio me procurar, lembra? E nós somos amigas. Pelo menos era isso o que eu pensava.

Se Leta soubesse, Sayer podia ir parar na rua, privada da chance de fazer fortuna. Mas as Aves Noturnas não estão trabalhando e não vão trabalhar até que o perigo seja identificado. Sayer não pode se dar ao luxo de esperar.

Tudo se resume a uma coisa: pode confiar em Fen a respeito disso?

Sayer confia mais nela que em qualquer outra pessoa.

Então conta a ela sobre as Aves Noturnas. Sem nomes ou detalhes, apenas do que se trata o trabalho. Ela explica aquela noite com o cliente, suas palavras e o frasco que ele tentou obrigá-la a beber.

Contar a história a reaviva: o cheiro de cinza carbonizada da pele dele, sua pegada de ferro, seu ódio fervente. As mãos de Sayer começam a tremer. Ela as fecha para tentar contê-las.

Quando termina, o silêncio as envolve. Se Fen está surpresa ao saber que há garotas com magia intrínseca, ela não demonstra.

– Qual o seu dom? – pergunta Fen, surpreendendo Sayer. – O que sua magia faz?

– Faz com que as pessoas se misturem às sombras. Invisibilidade.

– E você mesma não pode usá-la?

– Não.

A expressão de Fen fica cuidadosamente neutra, com os olhos incógnitos. É a expressão que ela assume quando está escondendo suas cartas. Mas há uma tensão em sua postura, com os braços apertados contra os lados do corpo, mastigando sua resina. Parte da razão por ela não ter contado isso a Fen antes é porque ela evita magia... toda forma de magia. Será que agora vai ver algo de que não gosta ao olhar para Sayer?

Sayer as põe de volta no rumo.

– O cliente falou sobre ser recompensado por me entregar a alguém. Mas não acho que estava falando do pontífice. Você ouviu falarem alguma coisa sobre uma nova seita da igreja? Uma ligada a Marren?

Fen circula pelo aposento uma vez.

– Eles são chamados de En Caska Dae. As Espadas de Chamas.

O veneno escorre de sua voz. Fen odeia membros da igreja. Sayer não sabe toda a história de sua infância, mas sabe que o pater que administrava o orfanato de Fen deu a ela muitas de suas cicatrizes.

– O líder deles chama a si mesmo de o Mão Vermelha de Marren – prossegue ela. – Ele acha que a lei não é suficiente para fazer valer a Proibição. Quer incendiar todos os usuários de magia.

Um fogo purificador para purificar o mundo.

Sayer cruza os braços. Ela vai ter que contar a Leta. Com sorte, saber de onde está vindo a ameaça vai ajudá-la a suprimi-la.

– Pelo menos seu agente está morto – diz Fen. – Ele não vai contar nada ao Mão.

Sayer assente.

– O que significa que ele ainda não sabe quem somos, nem como nos encontrar.

Fen passa a mão pela chama de seu cabelo.

– Eles encontraram você uma vez, Tig. E o Mão é persistente. Você não sabe até onde ele pode ir.

Sayer franze o cenho.

– E você sabe?

A expressão de Fen volta a se fechar. Sayer não consegue interpretá-la. A voz do cantor flutua através do vidro. *Você é um ladrão, então pode muito bem roubar o resto de mim, você já roubou meu coração.*

– Vou ver o que posso descobrir sobre o que estão tramando. – As palavras seguintes de Fen são baixas, como se ela nem sequer soubesse que as está dizendo: – Eu já o deixei ir longe demais.

Sayer está prestes a perguntar o que Fen quer dizer com isso, mas a outra continua:

– Você pode ficar no clube das Estrelas Negras por enquanto, ou em uma casa segura. Eu tenho alguns lugares.

– Eu não estou voltando para o Grifo, Fen. Ainda não.

Fen é muito controlada, raramente demonstra alguma raiva, mas Sayer vê um brilho de fúria.

– Você quer ficar?

Ela se aproxima. Sayer sente o cheiro de sua resina, úmido e acre. Às vezes, ela se pergunta se Fen a masca só para manter as pessoas afastadas.

– Gatos em chamas, Sayer. Como você consegue fazer isso?

Sayer se enrijece.

– A madame vai deixar que eu fique com todos os meus ganhos. Vou ganhar mais em um verão do que jamais poderia ganhar como garçonete. O suficiente para ter a vida que eu quiser.

Ela pensa outra vez na fantasia de estar com Fen em uma casinha de pedra. Tarde da noite, às vezes a imagem surge em sua mente. Farinha no rosto, mãos no cabelo, os lábios cheios de Fen próximos... mas isso não é real. Fen não quer isso. O jeito como ela agiu na noite em que a dama de Sayer morreu provou isso. Quando Sayer se debruçou sobre ela, Fen escapou da cama, como se ela a tivesse queimado. Pensar nisso agora faz suas bochechas arderem.

Fen faz uma careta.

– Se você queria dinheiro, podia ter me procurado.

– Eu não quero caridade – retruca Sayer. – Quero fazer meu próprio caminho. E, de qualquer forma, não se tratava apenas disso.

– O quê, então?

As palavras de sua dama a atingem no ar. *Ao menos se você se juntasse às Aves Noturnas. Poderia nos trazer de volta à luz.*

– Minha dama queria que eu fosse. Eu fiz uma promessa para ela.

– É, bem, não acho que ela ia querer que você fosse esfaqueada por isso.

Ela vai até Fen, que se aperta contra o vidro, de modo que nenhuma parte delas se toque. O movimento enche Sayer de uma mistura de fúria e medo.

– Qual o seu problema? – pergunta ela. – É o fato de eu ter magia ou de ter entrado para um clube que não é o seu?

O olhar de Fen faria frutas murcharem.

– Não é um clube. É um bordel.

As palavras pairam afiadas, mas Sayer se recusa a ser cortada por elas.

– Eu não achei que você fosse me julgar.

Sayer dá um passo para trás. A mão de Fen se ergue, mas então ela a deixa cair. O ar está carregado de coisas não ditas.

Fen exala.

– Certo, tudo bem, foi um golpe baixo. Mas dez infernos, Tig, você gosta mais de encrenca do que eu.

Sayer revira os olhos.

– Acho que somos páreo uma para a outra.

SAYER DEIXA O Trono sozinha. Se Fen tiver notícias para contar, vai mandar Rankin tocar seu trompete junto do portão do jardim de Leta. Até lá, Sayer vai ter que esperar quieta.

Fen queria que Rankin a levasse de volta às Esquinas, mas Sayer não precisa de escolta. Ela já caminhou muito por aquelas ruas à noite. Talvez seja por isso que ela se deixa perder em pensamentos sobre as Aves Noturnas, sobre sua dama e sobre a raiva de Fen e os misteriosos En Caska Dae. Ela não escuta os passos até ser tarde demais.

– Gatos em chamas – diz alguém logo atrás dela. – Você fica muito bonita de calça.

Braços a prendem contra um peito largo. O pânico ameaça tomar conta.

– É melhor me soltar – diz ela. – Ou vou roubar as únicas joias que você provavelmente vai ter na vida.

Os braços a soltam.

– Nossa, a belezura morde.

Alguém ri – vários alguéns. Quando ela se vira, a primeira coisa que vê é sua flor, pétalas azuis com trepadeiras verdes sufocantes: o símbolo dos Krakens. O rosto sorrindo para ela pertence a Gwellyn Mane. Ela o conhece há anos, mas desejava não conhecer.

Ele sorri, exibindo o dente de metal azulado que marca sua posição elevada entre os Krakens.

– Faz tempo demais, Sayer.

Ela fica tensa.

– O que você quer?

– Tão sensível. Não posso dizer olá para uma antiga chama?

O estômago dela se revira.

– Você e eu nunca fomos uma chama.

– Então que tal acendermos um fogo?

Todos os três garotos riem de novo. Sua dama teria dito a ela para rir também, para sorrir. *Demonstrar nervosismo só os deixa com raiva.* Mas Sayer não está prestes a fingir estar gostando daquilo.

Ela franze o cenho.

– Sua dama não ensinou você a não assustar as pessoas?

– Provavelmente – diz Gwellyn. – Mas minha dama não está aqui.

Ela pode ver seus olhos de pupilas fendidas. Ele deve ter tomado Olho de Gato: um dos alquímicos favoritos entre as gangues. Ele deixa a visão noturna aguçada como a de um felino.

– Por que não ficar por um tempo? – diz ele. – A noite está pela metade.

Ela não saca a faca nova que Fen lhe deu, mas a mantém apertada na mão.

– Tenho que estar em outros lugares.

– Está bem. Vou deixar você ir por um preço. Que tal um beijo?

Tem algo no jeito como ele diz isso, malicioso e astuto. Raiva turva seu sangue, entremeada de medo.

Gwellyn sorri.

– O velho chefe não está mais tão em forma quanto costumava estar. Nos últimos tempos, quando ele bebe, gosta de falar. Às vezes sobre sua mãe.

O coração de Sayer para.

– Ele me contou coisas sobre os... favores que ela costumava fazer para ele em troca de sua vigilância.

Favores. A magia de sua mãe era como uma espécie de sorte líquida, capaz de transmitir boa sorte. Ela sabia que não devia dá-la a um gaiteiro-da-areia, com certeza. Mas ela se lembra das mãos elegantes daquele homem na cintura de sua dama, seu sussurro febril. *Pombinha. Não há nada mais doce que você.*

Ela opta pela mentira.

– O velho tolo está contando histórias a você.

– Talvez. Mas suas histórias me deixaram curioso. E, você sabe, eu adoraria um pouco de sorte.

Sayer sente algo a suas costas: a parede do beco. Os garotos Krakens se espalharam dos dois lados, e Gwellyn está parado perto demais dela. O terror é um peso de chumbo puxando-a para baixo.

Ele se aproxima. A magia dela não pode ser tomada à força, mas ele não sabe disso, e pode tomar muito mais coisas se ela não se mexer depressa.

Ela dá uma joelhada entre as pernas dele.

– Sua vadia – diz ele, com rispidez, tentando não se dobrar.

Os amigos se aproximam, com as facas brilhando. O coração dela está disparado; a mente, inundada por seus medos. Ela vê aquele homem em seu aposento, sente as mãos do fanático em torno de seu pescoço. Ela tem uma visão de Gwellyn arrastando-a para sombras das quais ela não pode escapar.

Mas Sayer não está prestes a se tornar a vítima de ninguém. Ela não vai cair sem lutar.

– Boa noite, cavalheiros – diz uma voz detrás deles. É Fen, com as mãos nos bolsos, como se eles estivessem em um piquenique de verão. *Um sorriso no rosto, uma faca às costas.*

– Você bebeu coquetéis demais, Gwell? Porque é o símbolo das Estrelas Negras que ela está usando.

Levando-se em conta a posição de Fen, eles deviam recuar, mas todos os três Krakens sorriem com escárnio.

– Caia fora, tripa de peixe – rosna Gwellyn. – Você não me venha dizer o que eu posso ou não pegar.

Fen cospe sua resina e lança-lhes um sorriso feroz de raposa.

– Tente de novo.

Ela avança com a faca e corta o braço de Gwellyn. Ele xinga e contra-ataca, transformando o beco em um borrão de movimentos, chutes ferozes e aço brilhante. Sayer está congelada, observando Fen, tão graciosa, mas brutal, usando a faca como uma extensão de sua fúria gélida e astuta. Ninguém pode derrotar a Raposa Astuta em uma briga de facas, a menos que saibam como o tapa-olho estreita seu campo de visão. Ela esconde isso bem, assim como todas as outras coisas.

Fen leva um golpe na lateral do corpo, arrancando Sayer de seu estupor. Quando outro Kraken quer se juntar à luta, ela chuta suas pernas. O Kraken se levanta depressa, mas Sayer é mais rápida, e dessa vez não há vestido em que tropeçar. Ela se agacha para se esquivar do soco desleixado e o acerta no nariz.

Sangue jorra, não o dela. Alguém está xingando. Gwellyn ergue uma coisa: um frasco.

Gwellyn sorri, o dente azul brilhando como óleo na água. Ele está no ponto cego de Fen.

– Fen, cuidado!

Ela gira tarde demais. Vidro se estilhaça. Fumaça cinza se transforma em mãos que tentam agarrar Fen. Sayer não sabe o que elas vão fazer se encontrarem pele. O medo enche seu peito, e ela sente gosto de trovão. A sensação se desenvolve através dela como uma tempestade súbita e violenta.

Uma lufada de vento sopra, um choque repentino na imobilidade úmida, segurando aquelas mãos e jogando-as no rosto de Gwellyn. Há o cheiro de pele queimada. Gwellyn grita. Seus amigos dançam à sua volta, tentando ajudá-lo. Sayer não consegue afastar os olhos.

– Tig – arqueja Fen, agora ao lado dela. – Vamos.

Elas correm juntas, entrando à direita, à esquerda, girando e virando. O coração dela está batendo com tanta força que ela não consegue ver direito. Elas descem por uma viela e correm para a porta em sua extremidade.

Fen sacode a maçaneta, praguejando. Sayer olha para trás: nenhum sinal de Gwellyn, mas, com o Olho de Gato, não vai demorar muito até que elas sejam vistas. De repente, a porta emite um estalido. Fen deve ter pegado suas gazuas. Ela se joga contra a porta, mas ela não se abre mais que uma fresta.

Sangue pinga do queixo de Fen.

– Deve ter alguma coisa bloqueando-a.

Os garotos vêm do outro lado da viela. Elas não podem ir naquela direção.

– Temos que nos esconder – sussurra Sayer.

A mão de Fen ainda está segurando a maçaneta da porta.

– Onde?

Ela tem razão. Há quase nada para protegê-las: algumas pilhas de caixotes velhos, um carrinho antigo e a escuridão.

Outro grito vem. Ela puxa Fen até os caixotes, se espremendo atrás deles no momento em que passos ecoam pela ruela.

– Sayerrrr – murmura Gwellyn, se aproximando. – Saia, saia.

Ela morde o lábio. Elas vão ter que lutar, lutar contra garotos sem desejo de serem gentis, e Fen está ferida. Sayer segura a faca e ferve de raiva.

Fen lhe ensinou o truque para seguir alguém. *Você precisa se transformar em parte da escuridão.* Se ela pudesse usar sua magia, é isso o que ia fazer. Uma vez, perguntou a sua dama por que as Aves Noturnas não podiam usar sua magia como as Aves Fyre de suas histórias de ninar. *É um dom*, disse ela, *que existe para ser compartilhado.* Mas de que serve um dom se você pode apenas dá-lo a outras pessoas? Qual o sentido de ser poderosa se você não pode ser forte para si mesma?

Um dos caixotes na frente da pilha é afastado para o lado. Alguém ri. Seu pulso se acelera quando ela tem uma ideia louca.

Ela se aperta a Fen, com os lábios em seus ouvidos.

– Pegue-o – sussurra ela. – Use-o.

Fen começa a sacudir a cabeça, mas Sayer a beija.

Os lábios de Fen estão firmes, surpresos, mas então relaxam um pouco, derretendo-se nos dela. Retribuindo o beijo. O resto do gosto da resina de Fen faz algo dentro de Sayer querer se encolher, recuar, mas a sensação desaparece logo, desbancada por outra coisa – algo forte.

Dar a magia para alguém em geral parece como estar derramando alguma coisa levemente atordoante, mas isso é diferente. Quando a magia de Sayer se derrama, outra coisa a enche, com gosto de raízes, terra e ferro. Ela se sente… poderosa.

O beijo dá a sensação de duas forças colidindo.

Transforme-a em um pedaço da escuridão, pensa Sayer, desejando que Fen fique invisível. *Transforme-a em sombra e fumaça.*

O último caixote é chutado. Sayer interrompe o beijo, apertando-se contra a parede. Gwellyn e seus garotos estão encarando-as. Fen está olhando para ela, mas se vira rapidamente. Sayer fica arrasada: não funcionou. Fen ainda está visível.

Então Gwellyn diz:

– Onde está ela, Brae?

Com o coração na boca, Sayer olha para baixo e encontra… nada.

O corpo dela não desapareceu, não exatamente, mas está envolto em sombra, tingido das mesmas cores que as paredes e a noite.

Ela chega para o lado sem fazer ruído. As sombras se movimentam com ela. A excitação daquilo faz seu peito estremecer.

– Pare de brincar – diz Fen. – Nós dois sabemos que você não está prestes a atacar um lorde das gangues em um beco. Você sabe o que acontece com garotos que ameaçam um chefe.

– Você não é *minha* chefe – rosna Gwellyn, com o rosto marcado com impressões roxas e raivosas de mãos. – E, com vigilância ou não, quando eu encontrar Sayer, vou ensinar uma lição para a vadia. Ela não vai conseguir andar direito por uma semana.

Alguma coisa fervilha. A mão de Gwellyn voa até sua boca, segurando o sangue que jorra dela. A voz de Gwellyn sai tão enrolada que Sayer não compreende o que ele está dizendo... *Meu dente*? Então ela o vê sobre as pedras: sua jaqueta azul, torta e ensanguentada. Como nas profundezas escuras ele foi parar ali?

Os garotos formaram um círculo apertado em torno de Fen. Ela está ofegante, mostrando os dentes. Ela parece selvagem. São três contra um – ou pelo menos é o que os Krakens pensam. Mas então Sayer começa a brandir sua faca. Ela corre entre eles como Fen lhe ensinou, movimentando-se como fumaça, impossível de pegar. Ela faz cortes rápidos em antebraços e canelas, uma nuca. Eles gritam e giram, mas tudo o que veem é a escuridão. Gwellyn dá um grito agudo quando Sayer o derruba no chão.

Ele se levanta cambaleante, então os Krakens saem correndo. O som de seus passos desaparece. Sayer solta uma respiração trêmula.

– Fen – sussurra ela. – Você consegue me ver?

As palavras de Fen são tensas.

– Com certeza não.

Sayer fica atordoada, cheia de assombro e perguntas. Ela queria dar a Fen o poder de ficar invisível... como, então, fez isso consigo mesma? Ela não sabe, mas está desperta de um jeito que nunca esteve antes. Quase pode sentir a magia sob a pele, corada e formigando. Então sua onda começa a retroceder.

A invisibilidade desvanece. É como se todo o seu corpo, inclusive as roupas, estivesse tingido para se misturar com as sombras, e agora a tinta acabou. Ver isso faz os olhos de Sayer doerem. E também a empolga.

– Sayer. – A voz de Fen ainda tem aquela insipidez firmemente contida. – Isso foi...?

Ela sorri.

– Minha magia.

Do tipo que ela não devia poder usar para si mesma.

Perigos espreitam
no Mar Azul-Garrafa,
mantenha seus olhos na água
e só torça para não ver...

———

Hashnas cantando nas ondas,
um vento maligno se formando,
ou uma sheldar no timão de seu rival,
que vai levar seu navio à ruína.

— "Olhos na água",
uma canção de marinheiros illish

CAPÍTULO 6

DE ONDA EM ONDA

É UMA SENSAÇÃO BOA estar imersa na água. Ela nunca se banhou em nada tão límpido e morno. A dama de Matilde, Oura, mandava a criada botar algo no banho – um sal rosado misturado com pétalas que flutuam como pequenos barcos. Descanse bem, era como o chamava. Æsa duvida que essa coisa seja forte o bastante para acalmar sua mente. Ela se revira como as loucas marés e a areia azul de Illan, tão escura que parece preta quando as ondas se quebram sobre ela. Nos três dias desde os ataques, aquilo não parou.

Ela continua a ver Enis, a fome em seus olhos, seus dedos se afundando em suas costas – a memória não a deixa. Se seu Gavião não tivesse aparecido, até onde ele teria ido?

Mesmo assim, Æsa torce para que ele esteja em segurança. O Gavião não transmitiu a ela nenhuma palavra sobre ele. Gaviões e Pardais só atendem a suas Aves Noturnas nas casas secretas de Leta. Elas não sabem onde cada um deles mora, pois isso significaria saber quem são. Mas, na outra noite, antes de irem embora, Æsa escreveu um bilhete e o deixou na passagem, onde o Gavião com certeza ia encontrá-lo. *Por favor, mande-me notícias de meu amigo quando puder.* Ela deu a ele o endereço de Dinatris, assinando seu nome e se arrependendo desde então. Em que ela estava pensando, revelando-se para um garoto que não conhece? Mas ele é seu Gavião, e jurou protegê-la. Ela só tem de torcer para que seu juramento se aplique sem as máscaras também.

Pelo menos ele não entregou Enis para Leta. Ele contou sua história com muita tranquilidade quando os Gaviões foram interrogados. Se ela não soubesse a verdade, nunca teria visto a mentira. Matilde e Sayer também a acobertaram, e ela está agradecida. Elas acham que ela está com medo de ser mandada para casa por seu erro, e ela está – sua família precisa do dinheiro que ser uma Ave Noturna vai lhes trazer. Mas ela tem menos medo disso do que da pergunta que não quer deixá-la.

Será que minha magia fez com que Enis fizesse o que fez?

Ela afunda, com o cabelo flutuando em torno de seu rosto como as hashnas que dizem assombrar as costas de Illan. Parte mulher, parte peixe, elas espreitam afloramentos rochosos à procura de marinheiros para quem cantar. Elas os atraem com suas vozes doces, e depois o arrastam para a morte.

Sua magia é assim, um veneno? Se isso for verdade, seria errado que fosse uma Ave Noturna, seria perigoso tornar a beijar alguém.

Pelo menos por enquanto não há clientes, mas há Samson. O irmão de Matilde não sabe de sua magia. Æsa se pergunta se é simplesmente tradição guardar o segredo dos membros homens da família ou se as ladies Dinatris acham que ele é turbulento demais para ser digno de confiança. Mesmo assim, isso não arrefeceu suas atenções. Ele lhe leva flores e se senta ao seu lado no jantar, inclinando-se para perto. Oura sorri, nitidamente satisfeita, como Æsa deveria estar. Sua mãe a enviou para lá cheia de esperanças, e há certas expectativas em relação a uma Ave Noturna. Mesmo assim, toda vez que ela pensa em Samson lhe roubando um beijo, ela se enche de medo.

Ela ergue a mão para pegar o vidro do mar trançado em seu cabelo, afrouxado pela água. *Por favor*, reza ela para os deuses, *leve isso de volta. Eu não quero*. Essa magia é um peso que ela não sabe como carregar.

Ela ouve um estalo e um arranhão. Æsa se senta rapidamente, derramando água pelos lados da banheira. Ela mal consegue vestir o robe antes que o barulho se repita, um pouco mais alto.

Tap tap, tap tap. Está vindo da janela, é regular demais para ser um pássaro ou um gato.

Com o coração acelerado, ela pensa em gritar por alguém. Em vez disso, pega o atiçador do lado da lareira. A noite se aperta contra a janela. Alguma coisa pisca ali, em meio à escuridão. Ela se obriga a se aproximar, com água escorrendo pelas costas.

Uma voz entra flutuando, quase inaudível.

– Sou eu. Seu Gavião. Está vendo?

Æsa reconhece a coisa contra o vidro: uma máscara de Gavião com penas. Apertando os olhos ela consegue vê-lo, mas mesmo assim seu coração não para de bater forte.

Ela destranca a janela e a abre. Ele está empoleirado no alto da treliça coberta de rosas, agarrando os lados do peitoril com os dedos. Pelos deuses, ele deve ter vindo do jardim, passando pelas janelas da sala. É uma surpresa que nenhum dos Dinatris ou os guardas da casa o tenham apanhado.

– O que você está...?

– Podemos conversar aí dentro? – sussurra ele. – Esses espinhos estão muito determinados a me empalar.

Ela assente e recua para permitir sua entrada. Os pés dele mal fazem barulho quando suas botas tocam o tapete. Ela observa seu rosto – na outra noite, ela só o viu por aqueles instantes em que eles estavam sem máscara. Æsa nunca viu olhos cor de mar – olhos illish – contra uma pele tão escura. Seu cabelo também é escuro, raspado nos lados e volumoso no alto, quase cacheado. Com maçãs do rosto altas e lábios sensuais, ele é lindo. Talvez seja o garoto mais bonito que ela já viu.

Ficou olhando para ele por tempo demais. O olhar dele se alterna entre seu rosto e o atiçador.

– Espero muito que você não esteja mais planejando usar isso.

Ela afrouxa a pegada, mas não o larga.

– Você tem sorte – diz ela, em illish. – Eu podia ter espetado você.

Um vislumbre de sorriso.

– Eu acredito nisso. Vocês, garotas, parecem ter uma queda por brandir implementos afiados.

O illish dele flui com facilidade, derramando-se sobre ela, mas suas palavras a abalam mesmo assim. *Vocês, garotas.*

– Desculpe por surpreendê-la assim – diz ele. – Não consegui pensar em outro jeito de conversarmos.

Água escorre das pontas do cabelo de Æsa. Seu robe também está molhado, grudando em suas curvas. Ela sente o rosto entrar em chamas.

– Eu preciso me vestir. Não estava preparada para um visitante.

– Estou vendo. – Ele passa a mão pelo cabelo. – Eu espero.

Ela vai para trás do biombo ao lado da banheira. Seu pulso ainda está acelerado. Ela começa a tirar o robe, mas hesita.

– Você pode fechar os olhos?

Quando o Gavião fala, ela acha que ele está sorrindo.

– Já fiz isso, milady.

Æsa espia para se assegurar. O olhar dela se demora, descendo pelas linhas longas e esguias do corpo dele, destacadas pelas roupas pretas justas. Ela se sacode. O que está fazendo? Apenas algumas noites antes, outro garoto entrou pela sua janela e isso acabou mal. O pensamento a deixa sóbria.

Ela se seca sem demora, colocando um vestido solto e um robe de seda. É uma beleza, ondas verde-azuladas de veludo e borlas, mas, nesse momento, ela daria qualquer coisa pôr seus velhos vestido e capa de trabalho.

Æsa se aproxima da lareira.

– Pode abri-los.

O Gavião olha para ela, mas seu olhar não se demora. Ele tira os sapatos e anda em silêncio até a porta.

– Há passagens entre os quartos aqui?

Ela sacode a cabeça. As mãos dele tateiam a maçaneta de vidro à procura do trinco, empurrando devagar. Um fio de medo penetra em seu peito. Seu gavião sabe seu nome, onde ela mora e com quem. Não vai ser muito difícil para ele adivinhar que Matilde também é uma Ave Noturna. Matilde, que guardou seu segredo sobre Enis, e ali está Æsa, revelando o dela...

O Gavião parece sentir seu desconforto. Ele toca a testa com o polegar, um sinal illish de respeito.

– Æsa. – Ele diz seu nome como se fosse alguma coisa preciosa. – Eu fiz o juramento de protegê-la, todas vocês. Você não precisa me temer.

Mas os últimos dias a deixaram com medo de tudo, principalmente de si mesma.

– Talvez eu me sentisse melhor se soubesse seu nome – diz ela por fim. – Como você sabe o meu.

Ele assente.

– É Willan.

Ela sente o aperto em seu peito afrouxar um pouco.

– Como o inseto?

– Pegue leve. Foi meu pai quem me deu esse nome. – O canto de sua boca se curva. – Ele disse que era porque eu tinha muita perna.

Ela não consegue deixar de sorrir ao ouvir isso.

– Eles são fortes, você sabe, os willans. E sua música é mais bonita do que qualquer violinista illish pode se gabar.

Ela sabe. Sua canção pulsante costumava se erguer da plantação de fiandeiras atrás de sua casa em noites de verão. Ela sente uma pontada de saudade de casa, uma maré incessante de saudade.

Ele vai até a lareira e se apoia contra sua extremidade. Ela devia perguntar a ele sobre Enis, então mandá-lo embora – é uma má ideia deixá-lo ficar. Ou pelo menos ir chamar Matilde para ser sua acompanhante. Mas é bom falar com alguém em illish. Talvez seja por isso que ela se vê falando mais.

Ela se senta e gesticula para que ele faça o mesmo.

– Você, então, é de Illan?

Ele cruza as pernas compridas e se senta, deixando uma distância respeitável entre eles – mais do que deixou na outra noite.

– Eu cresci lá. Pelo menos quando estava em terra.

– Mas... – Ela se detém.

Uma sobrancelha se ergue.

– Mas eu sou alguns tons mais escuro para ser das Ilhas Açoitadas pelo Mar?

– Eu não tive a intenção... – Ela está ficando vermelha outra vez. Por que está tão desconcertada? – Bom, eu tive, mas não quis ser intrometida. É só que você me ajudou tanto, e eu não sei nada sobre você.

Por um momento, ele apenas a observa, tocando a ponta dos dedos com o polegar, para a frente e para trás em uma onda lenta e ritmada.

– Quando eu tinha seis anos, um marinheiro me encontrou em um bote salva-vidas à deriva a dezoito léguas de Erie, com tanta sede que fiquei dias sem voz.

Ele apoia os cotovelos nos joelhos. Perto assim, ele cheira a sal e a algo mais doce.

– Eu não me lembrava de meus pais. Eles são apenas formas: as mãos de minha mãe remendando redes, escura como noz-de-forragem. As de meu pai remando, brancas como espuma. Algo aconteceu com o barco deles, eu acho. Houve uma tempestade.

O coração dela se aperta.

– Sinto muito.

Willan afasta o olhar.

– Enfim, o marinheiro me adotou. Meu pai me ensinou a velejar, a dar nós, a assoviar. Como trilhar meu caminho do nada. Nós tivemos muitas aventuras.

Ele fala como se seu pai também não estivesse vivo. Ela se esforça para conter a vontade de tocar sua mão.

– Ele era um pescador, então, seu pai?

Willan dá uma olhada triste na direção dela.

– Não exatamente. Você já ouviu falar no Serpente?

Æsa pisca.

– O pirata?

– Ele teria chamado a si mesmo de libertador, mas é. Ele mesmo.

O Serpente era famoso em Illan. Alguns diziam que ele era um marginal, mas seu pai disse que ele só atacava os endinheirados. Ele disse que o Serpente também atacava contrabandistas.

– Cresci na maior parte do tempo sobre as ondas – diz Willan. – Mas nós íamos para um lugar em Illan todo verão para absorver o solo de seus ancestrais. Depois do mar, é onde eu mais me sinto em casa.

Casa. Sua voz tem o mesmo sofrimento terno que vive dentro dela. Isso faz com que ela se sinta muito menos sozinha.

– Então como você veio parar em Simta, vigiando a Rouxinol?

O sorriso que ele exibia antes desaparece. Agora seus olhos estão cheios de tempestades.

– Essa é uma longa história, moça. E não acho que é uma que você ia de fato gostar de ouvir.

– Está bem – começa ela. – O que você fez com meu amigo?

– Eu o levei para um amigo meu – diz Willan, com cautela. – Um lugar para ele ficar sóbrio antes que eu o ponha em um barco de volta para Illan. Mas ele está agitando as ondas, falando sobre coisas que não devia.

As palavras seguintes demoram a sair da boca dela.

– Ele parecia... mal?

Com isso, Willan franze o cenho.

– Ele falava como se tivesse tomado muitos coquetéis de contrabando. Desde então, ele na verdade não parou.

Ela fica triste. Será que seu frenesi por ela é algo passageiro, como uma doença? Ou ela o amaldiçoou a vagar pelo mundo em uma névoa?

– Onde ele está agora?

– Ainda com meu amigo. Não posso confiar em mais ninguém para velejar com ele, então, se você realmente quiser que ele volte para casa, eu mesmo vou ter que o levar.

O pulso dela se acelera.

– Mas... a Madame Corvo não vai fazer perguntas?

– Eu disse a ela que minha avó está em seu leito de morte. E como as Aves Noturnas no momento não estão fazendo negócios, ela não se preocupou demais em me dar uma licença rápida. – A boca dele se retorce, como se tivesse provado algo amargo. – Enfim, ela me tem preso, ela sabe que vou voltar.

As palavras da reunião de Leta ressurgem: *Eles são leais. Eu me assegurei disso.* Æsa estava tão perdida em seus próprios medos e problemas que nem chegou a pensar no que isso podia significar.

– Obrigada por ajudar Enis – diz ela. – Por me ajudar. Sei que foi um risco para você.

Ela devia parar por aí, mas algo repuxa sua caixa torácica, instando-a a ser corajosa uma vez.

– Por que fez isso?

– Porque kell ta kell, en bren to-magne.

É um ditado illish: *De onda em onda, navegamos juntos.* Isso significa que Illan cuida dos seus. Mas ele sentiria essa afinidade com ela se soubesse o que ela fez? O olhar verde-mar dele é tão intenso que ela mal consegue aguentá-lo. Então ele se volta para a lareira iluminada por velas.

– O jeito como ele falava – diz ele por fim. – Fez com que parecesse que ele é seu apselm.

Os olhos dela se arregalam com o termo. É caracteristicamente illish, significando algo entre *amado* e *predestinado*. Apselms são partes de um todo, duas setas apontadas uma para a outra. Essa ligação foi o que levou sua mãe a deixar a família em Simta por um pescador illish que ela conheceu nas férias.

– Não – diz ela. – Ele é só um amigo.

O maxilar de Willan se move.

– Não quero me meter nas suas coisas, mas na outra noite ele não pareceu tão amistoso.

Ela toca o vidro do mar em seu cabelo.

– Isso não foi culpa dele.

– Você insiste em dizer isso. Mas tem certeza de que não pensa que é sua?

Ela não pode contar sua vergonha para esse garoto – não pode contar a ninguém. Mas a pressão crescente em seu peito não vai ser contida.

A história se derrama de seus lábios: a sensação provocada por beijar Enis em Illan e o que ele disse sobre sua magia. Enis descobrir sua localização em Simta quando não deveria saber que ela estava ali. Isso dá a mesma euforia e o mesmo alívio de quando ela costumava se confessar com o pater Toth na cabine de sussurros da igreja, exceto que ela nunca teria ousado contar nada disso para ele.

Quando ela termina, eles ficam em silêncio por alguns instantes. Seus corpos estão mais próximos que antes, quase se tocando, como se atraídos por uma corrente que ela não consegue ver.

– Alguma coisa dessas já aconteceu com as outras garotas? – indaga Willan.

Æsa exala.

– Elas dizem que os clientes podem ficar... um pouco obsessivos. É por isso que a madame não deixa que as pessoas nos visitem mais que algumas vezes por ano. Me disseram que compartilhar nossos dons pode criar uma espécie de conexão, por um breve período. Mas algo assim? Eu acho que não.

As mãos dele estão dançando outra vez, o polegar tocando os dedos. Parece que ele está escolhendo cada palavra com cuidado.

– Houve um marinheiro uma vez na tripulação de meu pai. Ele tinha uma queda por um certo alquímico. Ele escondeu por algum tempo, mas ele era um homem piedoso, meu pai, um abstêmio. Mas esse marinheiro, ele era mais sensível que os outros homens. Isso mexeu com ele.

A ideia de ser a droga de alguém faz com que ela estremeça.

Surge uma lembrança dela e de sua mãe no barracão de secagem, moendo um pouco de noite-estrelada para um cataplasma. Transformadas em unguento, as folhas aliviam com rapidez uma dor de cabeça, sua mãe lhe contou. Mas, preparadas em infusão, elas são letais. *Um remédio também pode ser um veneno.*

– Você acha que é possível que eu tenha deixado Enis confuso?

Willan sacode a cabeça.

– As ações dele são de responsabilidade dele. Não há desculpa. O que aconteceu não foi sua culpa.

Æsa deseja poder acreditar nele.

– Seu pai – diz ela, afastando os olhos. – Você disse que ele era um abstêmio. Imagino que ele não teria me aprovado.

Willan dá um sorriso triste e sofrido.

– Por favor, meu pai teria reverenciado você.

Ela se surpreende com isso.

– Ele costumava contar grandes histórias sobre as sheldars. Garotas escolhidas pelo Manancial, dizia ele, para grandes coisas. Sempre falava como se elas fossem salvadoras.

Ela pensa nas histórias do avô sobre aquelas mulheres guerreiras. Elas eram sempre ferozes e confiantes, mas ela não é assim.

– Meu pater em Illan costumava dizer que essas mulheres envenenaram o Manancial – diz ela. – Ele as chamava de perversão do sagrado.

Willan faz uma expressão azeda.

– Quanta bobagem. Seu pater devia ser muito engraçado na Festa das Marés.

Alguma coisa na expressão dela o deixa sóbrio. Ele se inclina para a frente.

– Você deve saber que isso não é verdade.

Ela pensa no desejo que fez antes que ele viesse. *Leve isso de volta.* Ela estava falando sério. Uma onda agitada sobe pelo seu pescoço.

– E se for blasfêmia, doar essa coisa que tem dentro de mim? E se eu envenenar outra pessoa?

– Acho que você é mais forte do que imagina, Æsa.

Ele, então, a toca, e sua mão na dela é um mergulho repentino no mar.

– Sua magia é algo raro, e sem dúvida é poderosa. Mas não é um veneno.

Ela sente um aperto na garganta.

– Você não pode ter certeza disso.

– Eu sei disso porque ela vem de você.

Ele está perto, agora, muito perto. Ela devia se afastar, mas não faz isso. Ela se inclina para a frente, uma mariposa atraída por uma chama.

Kilventra, ei'ish, disse ele naquela noite. *Você está bem, meu coração?* Isso é algo que apselms dizem, mas é perigoso imaginar uma coisa dessas quando seu beijo pode ser uma canção de hashna.

Uma batida na porta dá um susto nos dois.

– Æsa? – É a dama de Matilde. – Você terminou de tomar banho?

A maçaneta se agita.

– Por que a porta está trancada?

A voz de Æsa sai alta demais:

– Um momento!

– Eu volto em breve para Simta – sussurra ele, calçando os sapatos. – Prometo.

Ela se sente estranhamente ofegante.

– Cuidado.

– Você também. – Ele torna a descer pela treliça, rápido como um gato da montanha. Uma de suas mãos roça a extremidade dos cabelos dela. – Fique junto das outras garotas. Não confie em ninguém além delas.

Então ele desce para o jardim. Æsa se vira e encontra sua máscara de Gavião sobre o tapete. Ela a pega e a esconde embaixo do travesseiro. Horas mais tarde, quando está na cama, ela a pega, alisando suas penas marrom-avermelhadas e pensando no que ele disse.

Sua magia é algo raro, e sem dúvida é poderosa. Mas não é um veneno... eu sei disso porque vem de você.

Mas nenhum deles sabe do que ela é capaz: essa é a verdade. Isso a assusta, assim como tudo o que aconteceu no quarto das Aves Noturnas. Elas agora estão vulneráveis, expostas. Parte dela quer voltar para a banheira dos Dinatris e ficar ali. Mas Willan foi corajoso o bastante para se arriscar por ela e pelas Aves Noturnas. Com certeza ela pode tentar fazer o mesmo.

PARTE II

Brincando com Fogo

TENERIFFE MAYLON FECHA os olhos, tentando descobrir como chegou ali, tanto àquele bar vagabundo no Grifo quanto a, mais uma vez, seu estado desmazelado em frangalhos. Ele devia estar em seu clube, cercado de amigos e corado de triunfo, mas eles não vão permitir sua entrada. Não até ele pagar o que deve. As coisas estavam correndo tão bem, depois daquela noite em que ele viu a Pintassilgo. Parecia que não importava o que fizesse, era incapaz de perder. Então ele se permitiu ser um pouco mais incauto do que era prudente. Apostou alto demais e comprou Poeira de Sereia demais, a vida de toda festa.

Mas então começou a ficar sem fundos. A festa começou a seguir sem ele. E ali está ele, bebendo cerveja barata e lutando contra a vontade desesperada de pedir mais uns trocados a seus amigos. Ele não aguenta isso, assim como não pode encarar seu senhor.

Tenny passa a língua nos lábios e pega no bolso a máscara que a Pintassilgo deu a ele. Qualquer magia que se agarrava a ela foi gasta. Ele não se deu ao trabalho de suplicar à Madame Corvo: soube que as Aves Noturnas estão fechadas. E, de qualquer forma, ele não tem dinheiro para vê-las.

Não importa. A Pintassilgo garantiu que ele pudesse encontrá-la.

Matilde Dinatris tem exatamente aquilo de que ele precisa.

CAPÍTULO 7
MOSTRANDO AS CARTAS

MATILDE SE AGARRA ao assento da carruagem quando elas entram roncando pelo Bairro do Dragão. Lanternas de mariposas-de-chamas brilham nas janelas, convidando-as para a noite. Elas passam pelo Palácio Alado, pálido contra o céu que estava ficando arroxeado, e descem pela rua larga que atravessa o coração do Dragão. Como o porto de Simta fica nesse bairro, ele nunca está silencioso. Ele explode de vida, é o caminho para qualquer parte. Elas vão passar por hotéis elegantes e outros vagabundos, diplomatas e marinheiros saindo de teatros e cafés. Mais perto do porto, as ruas estão agitadas com homens do mar e comerciantes clandestinos, seguindo para os bordéis da travessa da Fumaça. Não que Matilde fosse alguma vez ser encontrada perto dali.

Ela olha para Sayer e Æsa, sentadas à sua frente. Faz três dias desde sua ida à loja de Krastan, cinco desde os ataques às Aves Noturnas, entretanto essa é a primeira vez que elas ficam sozinhas por mais que alguns momentos fugidios. Sayer parece cansada, e ela sabe que Æsa não estava dormindo muito bem. Para falar a verdade, nem ela. Havia demasiadas perguntas rondando sua mente como mariposas-de-chamas em uma lanterna, tentando encontrar uma rachadura no vidro. Ela gosta de quebra-cabeças, mas as ameaças contra as Aves Noturnas a estão deixando distraída.

Nada mais nefasto ocorreu desde o ataque – nitidamente ninguém sabe onde encontrá-las quando não estão sendo Aves Noturnas. Ela não teve notícias de Tenny Maylon, e o amigo ruivo de Æsa não tornou a aparecer. Parece que o Gavião cuidou dele.

Ainda assim, as matriarcas estão sendo protetoras. Leta insiste que as Aves Noturnas continuem sem atender. Elas mantiveram as garotas em casa pela maior parte do tempo, enchendo seus dias com confecção de arranjos de flores e chás com acompanhantes atentas. A avó não a deixa ver nem suas antigas irmãs Aves Noturnas. *Não há necessidade de alarmá-las*, disse ela sobre a decisão. *E eu não gostaria que você contasse inverdades para elas.* Sua dama aproveitou a oportunidade para fazer com que ela e Æsa estudassem as árvores genealógicas das Grandes Casas, circulando os solteiros mais apropriados. Tenny Maylon foi mencionado abertamente. Ela não sabe quantos encontros arranjados vai ser capaz de aguentar.

Matilde sabe que Leta está fazendo investigações sobre o fanático, mas não parece que foi muito longe. A avó também não mencionou nada sobre Epinine e Dennan. Desde a reunião no escritório de Leta, está cada vez mais convencida de que estão escondendo coisas delas. Ela às vezes pega sua avó e Leta envolvidas em conversas acaloradas, que sempre morrem quando ela entra no aposento. Quando pressionada, a avó insiste que está tudo sob controle, mas o silêncio delas a deixa ansiosa. Às vezes, deseja pegar o frasco de Alec de Capa da Noite e fugir em uma nuvem de fumaça.

Ela não é a única a se sentir engaiolada. Sayer tem agido como um gato aprisionado, tensa e irritada, e Æsa conseguiu se tornar ainda mais distante. Mesmo assim, não há como escapar da *coisa* entre elas.

Ela a sente quando suas mãos se tocam ou elas se sentam próximas, como estão agora. Presume que seja sua magia, mas isso é outro mistério. Chega a parecer que há formigas correndo debaixo de sua pele.

Ela se mexe no ar quente, fazendo sua roupa se agitar. Elas estão vestidas para arrasar com faixas de cabeça da moda e vestidos feitos de contas. Sayer em prata, Matilde em ouro e Æsa em cobre: um conjunto combinado de metais preciosos. Ela esperava que enfim estarem sozinhas ia fazer com que elas se abrissem, mas as duas garotas estão em silêncio. É hora de tomar a situação nas mãos.

Ela põe os saltos em cima dos joelhos de Sayer.

– Sério, moças, não estão animadas por finalmente estarmos na cidade?

– Empolgadíssimas – diz Sayer, empurrando-a. – Como você conseguiu que nossas carcereiras nos deixassem sair à noite?

Principalmente por pedir com insistência.

– Samson prometeu ser nosso acompanhante. – Ela pode ouvi-lo, agora, rindo na boleia com um dos cocheiros. – Minha dama está ávida para dar a ele e a Æsa algum tempo juntos, um fato que explorei desavergonhadamente.

O rosto de Æsa fica vermelho.

– E eu deixei que elas escolhessem o lugar – prossegue Matilde. – Elas acham que nós vamos ao teatro.

Æsa franze o cenho.

– E não vamos?

– Tenho uma coisa um pouco mais empolgante em mente.

Ela pode sentir o calor do cartão que Dennan deu a ela em seu bolso, com o endereço do Hotel Eila Loon estampado.

Æsa puxa a barra do vestido dela.

– Isso é uma boa ideia?

Matilde gira seu pingente.

– Vocês não vão se meter em nenhum problema, querida. Se formos pegas, minha dama vai saber a quem culpar.

– Não, quero dizer... pode ser perigoso.

Matilde se joga sobre o assento.

– Não vai haver nenhum pater aonde estamos indo, acreditem em mim, e, de qualquer forma, não importaria se houvesse. Eles não conhecem os verdadeiros rostos das Aves Noturnas. A única coisa que vão ver quando olharem para nós são três garotas das Grandes Casas saindo para aproveitar os prazeres de Simta.

Nenhuma das outras pareceu convencida. Matilde contém um suspiro. Ela costumava adorar sair à noite com suas velhas amigas Aves Noturnas. Elas trocavam joias e piadas enquanto a cidade se desenrolava à sua frente, se abrindo como uma mão amiga. Aquelas garotas nunca temeram se arriscar com ela. Esta noite, ela precisa que Æsa e Sayer sejam iguais.

Ela bate as mãos.

– Vamos jogar um jogo. Um segredo cada.

Sayer resmunga.

– Precisamos fazer isso?

Matilde aponta.

– Eu resgatei *você* de um fanático apenas com a coragem e um atiçador de lareira, depois ajudei *você* a esconder um garoto atrás da parede. Vocês não acham que eu mereço um segredo?

Sayer resmunga algo sobre como tinha as coisas *sob controle*, e Æsa morde o lábio e vira o rosto. Mas Matilde precisa que elas relaxem e confiem nela. Essa noite não vai funcionar a menos que façam isso.

Para sua surpresa, Æsa vai primeiro.

– Sabem quando eu disse que meu Gavião não fez contato? – Ela torna a puxar o vestido. – Bem, eu menti.

Elas escutam Æsa lhes contar sobre a visita clandestina de seu Gavião algumas noites atrás. Matilde não consegue acreditar que não sabia disso. Estão, pelo menos, cuidando de seu amigo Enis, mas o Gavião viu seu rosto e agora sabe onde ela mora – onde as duas moram. Isso é preocupante.

Sayer franze o cenho.

– Você está botando muita fé nesse seu Gavião.

– Ele me ajudou com Enis – diz Æsa. – Willan não é uma ameaça. Mas...

Matilde se inclina para a frente.

– Mas o quê?

– Eu... – começa Æsa, então para. – Só espero que ele esteja bem.

Matilde não sabe se ela está falando do Gavião ou do ruivo. Dos dois, talvez.

Ela se volta para Sayer.

– Sua vez. Vamos ouvir.

Há uma pausa longa enquanto Sayer parece pensar em alguma coisa. Seu olhar, frio e avaliador, faz com que Matilde se sinta perfurada.

Por fim, ela dá um suspiro.

– Está bem. É mesmo algo que vocês duas devem saber.

Matilde não sabe o que espera que Sayer diga, mas com certeza não que ela saiu escondida para ver um gaiteiro-da-areia no Distrito da Luz Verde, em um dos clubes mais clandestinos de Simta. Uma lorde das gangues mulher – Matilde podia ficar impressionada se não desprezasse tanto os membros das gangues. Ela se surpreende por Sayer chamar aquela marginal de amiga.

Matilde ergue a sobrancelha.

– E o que exatamente você contou a essa sua velha amiga querida sobre sua nova vida?

Um vislumbre de algo complexo passa pelos olhos dourados de Sayer, deixando-os derretidos, mas então eles endurecem, como mel frio.

– Nada revelador. Eu perguntei a ela se tinha ouvido falar de um culto que rezava para Marren. Ela diz que eles se chamam En Caska Dae.

As espadas de chamas. Isso explica a espada em chamas tatuada na pele do fanático.

– Fen diz que o líder deles é um pater rebelde que chama a si mesmo de o Mão Vermelha – continua Sayer. – Ele está recrutando crianças de rua para sua causa, tentando transformá-las em soldados.

– Soldados para quê? – pergunta Æsa, mais pálida que o normal.

Os lábios de Sayer se estreitam.

– Uma guerra contra usuários de magia.

Matilde estremece.

– Incluindo, ao que parece, garotas mágicas.

Um silêncio as circunda, recheado de perguntas. Matilde faz a sua em voz alta.

– Você acha que esse tal de Mão Vermelha mandou o fanático?

Sayer se encosta no assento.

– Talvez ele estivesse sendo proativo. Ele disse que eu seria a prova de bruxas. Talvez quis dizer prova para o Mão Vermelha. É possível que o culto em geral não saiba sobre nós.

Provavelmente esse Mão Vermelha sabe que as Aves Noturnas existem, mas não como encontrá-las. Ainda. Ela pensa no que Alec e Krastan lhe disseram, que os Guardiões estavam pegando pesado. *É como se eles estivessem procurando alguma coisa.* Talvez esse culto tenha se infiltrado nos Guardiões. Ele pode estar tentando encontrá-las mesmo agora...

– Você contou a Leta? – pergunta Æsa.

– Contei. – Sayer exala. – E por isso também tive que contar a ela como consegui a informação. Agora ela está o tempo todo em cima de mim. Eu mal posso ir ao banheiro sem que ela queira me seguir.

Matilde cruza os braços.

– E o que ela disse?

Os maxilares de Sayer se movem.

– Ela disse para eu esperar enquanto ela descobria mais.

Esperar, ficar quieta, permanecer um segredo: isso é tudo o que elas parecem ouvir ultimamente. Dobre suas asas e feche seus belos olhos. As matriarcas estão apenas querendo protegê-las de preocupação, ou não querem que as garotas saibam quanto elas estão longe da verdade?

– Vá em frente, então – diz Sayer. – Nos dê seu segredo.

Matilde quer se esquivar, fazer piada – é quase um instinto. Mas ela precisa mostrar algumas de suas cartas.

– Dennan Hain não procurou a Pintassilgo por um beijo – confidencia. – Ele foi me contar uma coisa.

Ela conta às duas sobre a visita de Dennan em detalhes: a posição precária de Epinine Vesten e o alerta sobre ela querer tomar as Aves Noturnas para si mesma. Quando acaba, as garotas estão boquiabertas.

– O príncipe bastardo veio avisar você sobre a suserana tentar nos roubar – diz Sayer –, na mesma noite em que um fanático tenta fazer exatamente isso?

Matilde assente.

– Eu concordo. As coisas parecem estar conectadas.

A seita rebelde, a suserana, o silêncio carregado das matriarcas em casa. É como uma teia de aranha: puxe um fio e a coisa toda estremece.

– Isso faz com que eu me pergunte se Epinine se aliou com essa seita rebelde. Talvez ela os esteja usando para fazer o trabalho sujo por ela. – Matilde respira fundo. – É por isso que quero falar com Dennan Hain. Esta noite.

Æsa e Sayer ficam tensas.

– Você quer ir ver o irmão da suserana enquanto nós... o quê? – O tom de voz de Sayer é ácido. – Ficamos de vigia para você?

– Mais ou menos – diz ela. – Também temos que manter Samson ocupado. Não preciso que ele vá atrás de mim.

Os olhos verdes de Æsa brilham com uma expressão que Matilde nunca a viu usar antes, como se ela estivesse olhando para coisas que Matilde preferia não ter visto. Ela pergunta:

– Como você planeja fazer perguntas a ele sem revelar que você é uma Ave Noturna?

Matilde engole em seco. Se isso fosse krellen, seria sua maior aposta – a carta que poderia mudar todo o jogo.

– Ele já sabe. Ele sabe há anos.

Isso deixa as duas sem palavras.

– Eu dei minha magia para ele anos atrás, por engano, antes que entendesse como controlá-la. Achei que talvez ele não soubesse o que se passou entre nós, mas então ele apareceu no quarto da Pintassilgo.

Elas não dizem nada, mas seu silêncio chocado é alto o bastante. Matilde tem que se esforçar para conter o rubor subindo por seu pescoço.

– Leta sabia? – pergunta Sayer. – Quando o admitiu?

– Não, mas minha avó sabe. Contei tudo.

E foi por isso que Matilde discutiu com a avó sobre ir falar com Dennan. *Você precisa se manter afastada*, disse ela, *até termos certeza em relação a ele*. Mas ela não ia passar o verão sem fazer nada.

– E você confia em Dennan Hain? – pergunta Æsa.

– Se ele quisesse me levar para sua irmã, podia ter feito isso. Mas ele não fez.

– Gatos em chamas, Dinatris – diz Sayer. – Ele ainda é um Vesten. Como você pode ter certeza de que ele não está jogando um jogo de longa duração?

Ela pensa na variação sincera da voz de Dennan, em sua convicção. Em suas palavras quando ela disse que as regras das Aves Noturnas iam mantê-las em segurança.

Regras também podem manter você no escuro.

Ela entrelaça as mãos, muito séria.

– Ele guardou meu segredo por anos. E tem um canal direto com Epinine. Se há alguma conexão entre a seita rebelde e a suserana, talvez ele saiba. Ele pode nos ajudar a desvendar a ameaça.

Sayer se encosta, com a faixa da cabeça reluzindo.

– E o que ele vai pedir em troca? Livre acesso a você, a todas nós?

Com isso, Matilde franze o cenho.

– Ele não faria isso.

– Seu problema é achar que ser nascido em uma Casa dá modos às pessoas. Mas, acredite em mim, eles têm tanta fome de poder quanto qualquer gaiteiro-da-areia, e são igualmente desonestos. Mesmo coberta de pedras preciosas e feita de ouro, uma faca é uma faca.

Æsa faz uma expressão de reprovação.

– Você devia ter nos contado o que estava planejando, Matilde. Não nos surpreendido com isso.

– Achei que vocês não viriam comigo se soubessem – diz Matilde. – E eu preciso de vocês. Não quero fazer isso sozinha.

A voz de Matilde sai natural e honesta demais. Ela escurece a carruagem como um hematoma.

Ela tenta outra vez:

– Vocês não estão cansadas de estarem presas em casa, esperando que outras pessoas tornem as coisas mais seguras para nós? Estou pedindo que me ajudem a resolver isso.

O silêncio se estende, longo o suficiente para ser doloroso.

Sayer cruza os braços.

– Então qual, exatamente, é o seu plano?

Matilde tenta não exalar de forma audível.

Ela conta a visão que tem da noite. É bom enfim estar conspirando com suas novas irmãs Aves Noturnas. Sua avó ficaria lívida se pudesse vê-las agora. Mas Matilde está cansada de esperar, confinada em casa com aquela coceira inquieta e crescente. Ela precisa de ação.

Essa noite, elas vão voar por conta própria.

Para jovens coisinhas ambiciosas e pessoas bem-vestidas em busca de prazer, recomendamos o Clube dos Mentirosos. Você vai precisar do convite de um membro, mas o esforço vale a pena. Qualquer lorde que se preze tem o nome em seus quadros.

— UM TRECHO DO

GUIA DE BOLSO PARA OS PRAZERES SECRETOS DE SIMTA

CAPÍTULO 8
O CLUBE DOS MENTIROSOS

Æsa observa uma mariposa-de-chamas pousar no assento de veludo ao seu lado. Sua luz faz com que as meias de seda de cobre dela pareçam brilhar. Ela puxa a bainha, tentando em vão deixá-la mais comprida. Nunca deveria ter permitido que Matilde a convencesse a entrar naquele vestido, ou naquela carruagem. Mas elas estão ali, e a voz de Matilde está cheia de uma seriedade incomum.

– Vocês não estão cansadas de estarem presas em casa – diz ela –, esperando que outras pessoas tornem as coisas mais seguras para nós? Estou pedindo que me ajudem a resolver isso.

O silêncio delas parece ter dentes.

Sayer cruza os braços.

– Então qual, exatamente, é o seu plano?

Enquanto Matilde explica, Æsa olha pela janela. Ela não ia àquele bairro desde que chegou pela primeira vez ao porto simtano. Willan e Enis deveriam chegar à costa illish em cerca de uma semana, se o barco fosse rápido. Ela se vê desejando a volta de seu Gavião com alguma frequência.

Fique junto das outras garotas, disse Willan, e ela fez isso. Ela agora se sente mais próxima delas que nunca, embora nem sempre do jeito que gostaria. A atração formigante entre elas ainda está presente; até mesmo mais forte. Às vezes, ela pode senti-la mesmo quando não estão se tocando. É como se sua magia não utilizada estivesse crescendo dentro delas, procurando um jeito de sair.

Pior, ela começou a ter sonhos estranhos e vívidos. Em um, vidro azul chovia sobre uma multidão de cavalheiros bem-vestidos, um dos quais encurralava Matilde contra uma parede. Outro mostrava Matilde no que parecia ser o jardim de sua família. Um homem com uma marca de mão vermelha no rosto investiu sobre ela, mas Æsa acordou antes que pudesse ver o que acontecia depois disso. Ela não contou às outras garotas – afinal de contas, são apenas sonhos. Mas eles *parecem* reais, nascidos de uma parte dela há muito tempo adormecida. Uma que ela não quer despertar.

– Está combinado, então? – diz Matilde.

Æsa seca as mãos úmidas no vestido. Isso parece perigoso, mas ela quer ser corajosa para as Aves Noturnas.

– Está. – Ela respira fundo e assente. – Combinado.

Sayer também concorda.

– Vá na frente, Dinatris.

A carruagem para com um solavanco. Matilde olha pela janela. Ela tem tantos sorrisos quanto há criaturas no mar, e esse é cheio de malícia.

– Chegamos.

Matilde salta da carruagem como se fosse dela – *é* dela. O estômago de Æsa palpita de nervosismo. Ela tem a sensação de estar esquecendo alguma coisa importante. Aqueles sonhos a deixaram com um medo do qual ela não consegue se livrar.

Sayer se debruça para a frente, erguendo delicadamente a mariposa-de-chamas do assento e a soltando na noite. Ela brilha na sua mão por um momento antes de levantar voo. Não vai longe, apenas até o poste de luz ao lado da carruagem. Ela pousa sobre a gaiola de vidro como se quisesse juntar-se a suas iguais ou encontrar um jeito de soltá-las.

– Não tenha medo – diz Sayer. – Eu vou estar com você o tempo todo.

Na luz dourada, os lábios de Sayer estão do mesmo tom de bagas de Lanceiro, um arbusto selvagem que cresce em sua casa, Illan. Elas são doces, mas difíceis de colher devido aos espinhos da planta, que têm um dedo de comprimento. Æsa acha que Sayer pode ser assim. Ela se pergunta o que deu a ela tantos espinhos.

– Vou lhe contar outro segredo – diz Sayer – sobre Simta. Todo mundo nesta cidade usa uma máscara. Todos fingem ser alguém mais corajoso, mais inteligente, mais astuto: qualquer máscara que lhes favoreça. Use-a bem, e ninguém vai ver você, não o seu eu verdadeiro. Eles só vão ver o que você quiser que vejam.

Æsa não tem certeza se sabe como, mas prometeu a si mesma que seria mais corajosa. Quer se sentir como uma sheldar, para variar.

– Está bem – diz, tentando sorrir. – Vamos fingir.

A porta se abre, e Samson está ali.

– Senhoritas? Vamos?

Ele as ajuda a sair da carruagem, uma de cada vez. Seus vestidos tilintam ao se tocarem enquanto elas sobem a escadaria. Sayer a surpreende ao tomá-la pelo braço. A sensação de formigamento corre pela sua pele, como vento sobre as ondas.

O hotel à frente deles é uma coisa grandiosa, da cor de uma concha do mar, com uma bela e grande cúpula no alto. O Eila Loon. Na entrada, Samson discute rapidamente com um porteiro, que por fim lhes permite entrar em um foyer de teto alto. Os móveis são todos de madeira brilhante e latão polido, mas ficam mais escuros quando Samson as leva para o que parece ser um corredor para criados, e depois... um guarda-roupa? É um armário como qualquer outro, exceto pelo pequeno símbolo gravado na lateral: uma mão segurando um fósforo embaixo de uma cartola. Um homem corpulento está encostado despreocupadamente ao seu lado.

– Jovem lorde Dinatris – diz ele. – Noite agradável.

– Boa noite, Steven. Está agradável mesmo.

O sorriso de Matilde imita o do irmão.

– E estamos aqui para deixá-la ainda mais.

O homem, Steven, olha para ela de cima a baixo.

– Não permitimos mulheres, infelizmente.

Samson lança um olhar para Æsa, depois novamente para Steven.

– Ora, ora, sei que você abre exceções. Você não ia me privar de companhia tão encantadora, não é?

– Nós vamos nos comportar muito bem – diz Matilde, com uma voz sensual. – Ou mal, dependendo de sua preferência.

Steven não parece impressionado.

– Vocês parecem que vão me causar problema.

Æsa se lembra do que Sayer disse sobre máscaras. *Use-as bem, e ninguém vai ver você – não o seu eu verdadeiro. Eles só vão ver o que você quiser que vejam.* Ela arregala os olhos e diz com voz delicada e seu sotaque illish:

– Ah, por favor, não pode nos deixar entrar, só essa vez?

O segurança e Samson piscam para ela como se estivessem acordando de um sonho inacabado. Pelo canto do olho, ela vê Sayer sorrir.

– Está bem – diz Steven. – Mas elas estão sob sua responsabilidade, jovem lorde Dinatris. – Ele abre o guarda-roupa. – Bem-vindos ao Clube dos Mentirosos.

Ele recua, afastando alguns casacos. Música soa no interior do guarda-roupa. Com certeza não há nenhuma festa por *ali*.

Matilde vai na frente, e Steven fecha a porta depois que eles entram. Tudo o que Æsa consegue ver são os vestidos cintilantes, mas então a luz muda e eles entram em um mundo inteiramente novo.

É uma confusão agitada de vozes se erguendo em ondas até o teto arredondado e dourado. Eles devem estar no interior da enorme cúpula do hotel. O salão circular é pouco iluminado, composto de piso encerado, jazz sensual e veludo azul felpudo. Homens se aglomeram em torno de um bar comprido, em uma coleção de gravatas afrouxadas e risos altos demais. Tudo está pintado com um adorável brilho azul. Æsa ergue os olhos para um enorme lustre feito de vidro azul, iluminado por milhares de velas. A imagem causa-lhe um aperto no peito.

– Aqui estamos nós – diz Matilde. – E quem sabe, senhoritas, vocês podem até se divertir.

Sayer escarnece.

– Se sua ideia de diversão é ser apalpada por homens velhos.

Samson lhes dá um sorriso descarado.

– Não *apenas* velhos, com certeza.

Ele as conduz pelo salão, e muitos pares de olhos os seguem. Não há mesmo muitas garotas ali. Mas há magia: lapelas que mudam de cor, gravatas que não param quietas. Contida, mas ainda presente. O bartender está servindo um drinque roxo-escuro que solta uma fumaça lânguida. Acima dele, esferas prateadas formam padrões em movimento, refletidos por espelhos pendurados de modo esparso.

– Lembre – diz Samson para Matilde –, nossa dama vai me matar se descobrir que eu trouxe vocês para meu clube, então nada de dançar em cima das mesas.

Matilde dá um passo afetado, fazendo suas contas douradas brilharem.

– Você sabe que eu não faço promessas que não sei se vou conseguir cumprir.

Samson dá um suspiro dramático, estende o braço para Æsa e

as conduz para um reservado pouco iluminado. Há dois garotos ali, com um baralho entre eles. Eles trocam apresentações.

– Quer se juntar a nós para uma rodada de krellen? – pergunta o garoto chamado Maxim, olhando interessado para Sayer.

Sayer lhe dá um sorriso sombrio.

– Desde que vocês tenham moedas que não se importem de perder.

Os dedos de Samson apertam o braço dela. Seu coração quer se encolher por trás das costelas, mas agora não é hora de ser tímida. Ela pode usar uma máscara se isso for ajudar Matilde.

– Eu nunca joguei – diz. – Imagino que um de vocês possa me ensinar.

Samson e o outro garoto, West, falam ao mesmo tempo, passando um por cima do outro. Matilde dá um sorriso malicioso para ela e assente.

– Joguem uma rodada sem mim – diz. – Tenho que fazer uma coisinha.

Samson escarnece.

– O quê? Onde?

Uma sobrancelha se ergue.

– No toalete, se quer saber. Preciso conter uma maré vermelha.

Maxim se engasga com seu drinque.

– Isso foi mais detalhado do que precisávamos.

– Samson perguntou. – Ela toma um gole do drinque azul-claro de West, então faz uma careta. – Não aceitem coquetéis desses garotos.

Com isso, Matilde vira de costas. Por impulso, Æsa estende a mão para passar dois dedos pela mão dela, um sinal das Aves Noturnas. *Voe com cuidado.*

– Não se preocupe, querida. – Matilde se inclina para perto. – Eu sempre faço isso.

Ela se vai. Algo em vê-la partir deixa Æsa nervosa, mas ela diz a si mesma para relaxar. Aquela garota é um tubarão naquele lugar, não um peixinho. Æsa espera poder nadar com metade da velocidade dela.

MATILDE SE AFASTA devagar. Andar depressa faz parecer que está fazendo algo clandestino. Ninguém a para enquanto ela passa confiantemente pelo bar, mas cabeças se viram. Talvez se vestir para arrasar não tenha sido sua melhor ideia. Ela só espera que Æsa e Sayer possam manter Samson entretido pelo tempo necessário.

Ela pega um corredor pouco iluminado. Ele parece envolver o perímetro do clube, suas paredes azuis são curvas, cobertas de pinturas de ninfas bem fornidas e batalhas épicas, todas emolduradas por vinhas-da-lua plantadas em vasos. Temia que alguém tentasse detê-la, mas não vê ninguém ao passar por várias portas, a maioria fechada. Por fim, encontra uma escada de ferro que leva ao andar superior. Seus saltos emitem estalidos enquanto ela sobe, emergindo em uma passagem estreita. O ruído de seu vestido de contas parece alto demais. Mas outra coisa flutua no ar: o tilintar de uma música vindo de trás de uma porta que diz *Suíte Kestrel*.

Ela confere o cartão que Dennan lhe deu tantas noites atrás, mesmo tendo decorado seu conteúdo. Sua respiração está mais acelerada do que ela gostaria. Não há necessidade de ficar nervosa, raciocina. Não é como se ela estivesse prestes a se revelar para ele. Mas uma coisa é ouvir a verdade em voz alta, outra é remover a máscara por completo. Se ela entrar nesse quarto, não vai haver margem para dúvidas. E ele *é* um Vesten, irmão da suserana e membro de uma Casa que defende abertamente a Proibição. Se sua avó descobrir essa visitinha, pode nunca mais deixar Matilde sair outra vez.

A provocação que Alec fez no outro dia lhe volta à mente, impulsionando-a. *Você é mesmo um pássaro abrigado*, disse ele. Mas não esta noite; não mais. Matilde cerra os punhos. Chega de perder tempo. Ela bate: duas batidas curtas e uma cascata de dedos, como uma Pardal faria para sua Ave Noturna. Ela não sabe se Dennan vai se lembrar do código. Depois de uma pausa, uma voz grave diz:

– Entre, milady.

Com as pontas dos lábios se curvando, ela estende a mão e gira a maçaneta. A porta não está trancada, como se ele estivesse esperando alguém. Esperando por ela, talvez.

O quarto suntuoso está cheio de luzes tremeluzentes e sombras profundas. Velas gotejam sobre a cornija da lareira e orbes de luz flutuam no ar, pulsando como corações. Dennan está parado junto de uma janela redonda que parece uma escotilha. Parece ter sido surpreendido por ela, mas de um jeito agradável. Há uma intimidade na forma como sua gravata pende solta, os botões abertos em seu colarinho. É como se ela o tivesse pegado prestes a se despir.

– Jovem lady Dinatris – diz ele, fazendo uma reverência. – Você veio.

– Você duvidava de mim?

– Achava que você ia mandar um bilhete, não vir em pessoa. Eu devia saber que você ia se superar.

Ela se aproxima de maneira confiante, lenta e relaxada. Isso é um jogo – é sempre um jogo com Dennan –, então ela se assegurou de ir pronta para jogá-lo.

– Como você entrou? – pergunta ele. – Eles não costumam admitir mulheres. Bom, damas, pelo menos. As garotas nesses corredores tendem a ser cortesia da travessa da Fumaça.

Matilde não se permite reagir visivelmente àquele detalhe escandaloso. Ela apoia uma das mãos no quadril cintilante.

– E por que presumiriam que sou uma lady?

– Você parece elegante demais para ser qualquer outra coisa.

O sorriso dele transforma o chão aos pés delas em ondas. *Não perca o juízo, Dinatris.* Se os joelhos de alguém devem balançar, são os dele, droga.

A música delicada recomeça. Ela a abraça.

– O que é isso?

– Venha ver – diz ele. – Acho que você vai gostar.

Ela se junta a ele perto de uma mesa de jogo forrada de veludo. Nela há apenas uma caixa de madeira escura com a forma de uma estrela de muitas pontas. Ele aperta um sulco na madeira com o dedo e a música para.

– Ela responde ao calor da pele – diz. – Para ligá-la novamente, basta apenas... – Ele passa dois dedos rapidamente pela vela acesa ao lado, então os pressiona em outro sulco. A música retorna, não alta, mas muito autêntica, como se músicos minúsculos estivessem escondidos em seu interior.

Ela passa os dedos em um dos sulcos.

– É magia?

– Não do jeito que você conhece. – Ele levanta um pequeno painel na madeira, revelando um emaranhado de metal. – Ela é feita de engrenagens e alavancas, uma fabricação engenhosa. Sem magia, artesãos das Terras Distantes tiveram que encontrar outro caminho para as maravilhas. Você ficaria impressionada com o que pode ser encontrado em portos estrangeiros.

Matilde não tinha como saber: ela nunca tinha saído de Eudea. Algo nas palavras dele faz com que ela se sinta jovem demais.

– Bebida? – pergunta ele.

Ela assente. Ele vai até um aparador e pega dois copos em forma de tulipa. Ela se senta, dizendo a seus nervos agitados para se comportarem. Talvez falar ajude. Afinal, ela é muito boa nisso.

– Estou surpresa por encontrá-lo escondido aqui em cima e não no bar, cercado por favoritos.

Ele mexe os drinques devagar, os cubos de gelo tilintam.

– Eu deixo os garotos das Grandes Casas nervosos. Ninguém *quer* se embebedar com o príncipe bastardo, eles acham que eu vou contar seus segredos para minha irmã.

– Isso parece solitário.

Ele se vira, aqueles olhos cor de crystellium queimando-a por dentro.

– Eu tenho minha tripulação quando quero sair à noite. Mas ultimamente tenho passado minhas noites esperando por você.

Do jeito como ele diz isso é como se pudesse muito bem estar despindo-a. Ela agarra a cadeira em um lugar onde ele não possa ver.

– E aqui estou eu – diz ela. – Vestida para a ocasião, e você com a gravata desamarrada.

Dennan ri, é um som agradável.

– Minhas mais profundas desculpas.

Ele leva os drinques. O dela é borbulhante e violeta. Ela logo toma um gole, sem perguntar o que há nele. Os olhos dele seguem todos os movimentos que ela faz.

– Então – diz ele, sentando-se em frente a ela. As luzes dos orbes dão um brilho arroxeado a seu rosto. – Essa visita significa que você decidiu que eu sou digno de confiança?

Ela gira o drinque. Quer confiar nele. Com tantas ameaças contra as Aves Noturnas, também o quer do seu lado.

– Você sabe que estou um pouco em cima do muro em relação a isso.

– Isso não serve. – Ele inclina a cabeça como costumava fazer quando eles brincavam juntos, querendo que ela faça um movimento. – O que mais posso fazer para convencer você?

– Responder a algumas perguntas.

A caixa de música continua tocando. Dennan toma um gole de sua bebida, e ela espera, paciente, como se tivesse todo o tempo do mundo.

– Está bem – diz ele, se encostando. – Pergunte.

Ela devia pedir informação sobre Epinine. Em vez disso, faz a pergunta que a atormentou por três anos.

– Por que você foi embora de Simta?

Ele fica tenso. Ela tenta ler a posição de seus traços. Há culpa ali, ou apenas desconforto? Como sempre, ele é difícil de ler.

– O que escutou?

Ela ergue a sobrancelha.

– Muitas coisas, e você sabe que eu gosto de uma boa intriga. Mas como você foi embora depois de me beijar, acho que eu mereço ouvir a história verdadeira. Você não?

Ele a olha por vários segundos longos e intensos. Ela não vai ser a primeira a afastar os olhos. Então ele tira a argola de prata em torno de seu pulso, marcada com o dragão que é o brasão da Casa Vesten e com uma pequena pedra de dragão âmbar. Onde ela estava, a pele dele é um pouco mais clara que o resto.

– Meu pai me deu esta pulseira quando eu tinha dez anos. "Use-a com orgulho", disse ele. "Deixe que ela lembre a você quem é. Um de nós." Não importa o que seus conselheiros diziam sobre eu ser ruim para a imagem da família, ele me amava. Era a única coisa da qual eu tinha certeza, até ele estar moribundo.

Matilde se inclina para a frente. Isso não é apenas uma história, é um segredo. Um segredo que ele está confiando a ela.

– Os médicos me expulsaram de seu leito de morte – diz Dennan. – Mas eu fiquei junto de uma grade no quarto ao lado, para que pudesse ouvi-lo se ele me chamasse. Eu não queria ninguém envenenando sua mente enfraquecida contra mim. – Ele engole em seco, com os olhos ainda naquela faixa pálida de pele. – Então eu ouvi sua voz. "Mate-o, Epinine. Pois, enquanto ele viver, vai despertar discórdia. Vão usá-lo para tirar o poder de nossa família." E ela concordou.

O horror toma conta da sala. Ela e Samson conversam como se

quisessem matar um ao outro, mas é apenas teatro. Eles são a família um do outro, e família é tudo. Ela não consegue imaginar como se sentiria se descobrisse que isso era uma mentira.

– Isso deve ter doído.

Ele ergue os olhos.

– Ainda dói.

Ela sente uma palpitação. A honestidade cai bem nele. As chamas das velas parecem se inclinar na direção dele como se estivessem enfeitiçadas.

– Não houve tempo para despedidas, não houve tempo para nada além de fugir. Então eu peguei o que tinha nos bolsos e deixei o Palácio Alado. – Os lábios dele se retorcem. – Tenho que agradecer a você pelo jeito como escapei.

O pulso dela se acelera ao se lembrar do beijo deles. Ela nunca se esqueceu. Eles estavam brincando de esconde-esconde durante uma festa no Palácio Alado quando Dennan a encontrou em um nicho embaixo de uma escada. *Eu ganhei*, disse ele. *Qual é o meu prêmio?* Ela se lembra do brilho divertido nos olhos dele, as palavras implícitas: *Eu desafio você.* A onda que ela sentiu quando se ergueu e pressionou os lábios nos dele. Foi o primeiro beijo dela, a primeira vez que dava magia para alguém. Como foi estranho lhe dar um poder que ainda nem sabia que tinha.

Ele apoia os cotovelos na mesa.

– Eu não sabia que poder você tinha me dado com aquele beijo, mas ele deve ter percebido minha necessidade. Eu vesti um uniforme de guarda, na esperança de que ele me ajudasse a sair despercebido. Mas, quando eu por acaso me olhei no espelho, estava igual a meu guarda, Timmo, exatamente igual a ele. Depois disso, foi fácil escapar. Fui atrás de uma tripulação com a qual eu tinha feito algumas viagens. Forjei um bilhete de meu senhor e disse a eles que tinha sido enviado para levá-los para as Terras Distantes. Então navegamos e desaparecemos.

Ela se pergunta qual a sensação de ir embora de casa sem saber se algum dia ia voltar. Parece-lhe difícil até mesmo imaginar.

Ele passa a unha do polegar sobre a cicatriz em seu lábio.

– Passei aqueles anos no mar forjando alianças diplomáticas e combatendo piratas. Criando uma reputação. Agente do povo, defensor de Eudea. Sabia que, se construísse uma imagem dessas para o nome de Vesten, Epinine não poderia me tocar. Ela teria que dizer que me *enviou*. E quando enfim voltei, ela me recebeu de braços abertos. Pelo menos aparentou fazer isso. Com as coisas do jeito que estão, ela não pode se dar ao luxo de fazer com que a família pareça rachada. Trabalhei desde então para conseguir um lugar no círculo interno dela, para ganhar sua confiança, mas não é por amor a ela.

O brilho em seus olhos é da cor do ódio, mas há outra nuança também. Ela acha que é dor.

A pergunta seguinte é fácil de conjurar.

– Por que você voltou, Dennan?

O olhar dele é firme.

– Para ser o suserano que esta república merece.

É preciso um grande esforço para controlar sua reação.

– Você quer *substituir* Epinine?

O silêncio se estende, tenso. Então ele assente.

– Ela fez muitos inimigos entre os lordes das Grandes Casas – prossegue. – Por algumas de suas decisões na guerra comercial com Teka e sua pressão para cobrar impostos sobre certos produtos de importação, dos quais ela garantiu que os Vesten ficassem isentos. Mas a maioria deles não gosta de sua proximidade crescente com a igreja. Eles acham que ela permite que o pontífice exerça poder demais na Mesa. Mesmo os mais religiosos entre eles não gostam de que sua suserana pareça dar as costas para as outras Casas. Eles estão mais do que prontos para votar para tirá-la do poder.

Matilde toma um gole de sua bebida, atordoada.

– Você tem certeza de que eles votariam em você no lugar dela?

Ela não diz *você, o príncipe bastardo*? Não é necessário. Os dois sabem o que as pessoas falam pelas costas dele.

– Talvez nem todos eles me enxerguem como um igual – diz –, mas são pragmáticos. Desde que esta república foi fundada, o suserano sempre foi um Vesten. Há poder e estabilidade nesse nome. Se fossem votar em outra pessoa, haveria inquietação em Simta. Pode até haver motins.

Ela pensa em Krastan e Alec e em suas histórias de tensão já existente nas ruas.

– Também sabem – diz ele – que as pessoas me aceitariam. Eles gostam mais de mim que de minha irmã.

Bastardo, capitão de navio, nobre rebelde. É claro que gostam.

– Você ia precisar dos votos de todos os lordes das Casas na Mesa – diz ela. – Para derrotar o pontífice. Imagino que ele não vá votar em você.

Dennan faz uma careta.

– Não. Mas estou confiante que os lordes das Casas vão me apoiar. Eu já obtive poder suficiente sobre eles para garantir isso, embora eu espere que não chegue a tanto.

Ele estava planejando aquilo havia anos, então, talvez desde que partiu de Simta. Ele sempre foi bom no jogo a longo prazo.

– E como você seria diferente de sua irmã? – pergunta ela.

Ele se inclina para a frente.

– Se tem uma coisa que aprendi em minhas viagens é que tornar uma coisa ilegal não acaba com ela. Isso só a leva para as sombras, e aqueles que negociam ali não têm de respeitar a nenhuma regra além das que criam.

Ela perde o fôlego.

– Você ia tentar abolir a Proibição?

Ele assente.

– Não de imediato, ela está profundamente enraizada e há muitas pessoas que a apoiam. Mas ia trabalhar para me livrar da lei, sim. Ela dá à igreja liberdade para policiar moralmente as pessoas através dos Guardiões, e mantém o comércio de magia clandestino e corrupto. Torná-la um tabu nos enfraqueceu... a todos nós. Eu ia trazê-la de volta à luz.

– *Toda* forma de magia? – insiste ela.

Os comentários que ele fez naquela noite no quarto da Pintassilgo fazem com que ela ache que ele reprova o clube secreto formado pelas Aves Noturnas. Porque, como Alec, ele acha que ela devia compartilhar seu dom de forma mais ampla, ou porque não aprova cobrar um preço pelo poder?

– Eu não vou mentir, acho que nenhuma magia deve ser escondida – diz ele, com cuidado. – E não gosto de como as Casas tratam vocês, como joias para serem guardadas em uma caixa. Mas seu dom é seu, Matilde, de mais ninguém. O que você faz com ele é escolha sua, e apenas sua.

As palavras fazem com que uma porta se abra dentro dela, deixando escapar uma onda de calor.

Ela acha que ele está correndo um grande risco ao lhe expor seus planos. Ela podia correr até Epinine ou o pontífice amanhã e contar a eles tudo isso se quisesse. Ele deve saber que ela não vai fazer isso; mesmo assim, está confiando nela.

Ela abaixa sua bebida.

– Então me conte sobre Epinine. O que ela está tramando?

Ele tamborila os dedos sobre o veludo.

– Ela sabe que as Aves Noturnas não estão recebendo clientes. Garanti a ela que estou trabalhando para encontrar vocês por outros meios. Eu vou conduzi-la por trilhas falsas até depois da Noite Menor, quando a votação vai ser convocada. Mas Epinine é meticulosa. Eu não me surpreenderia se ela tivesse outros caçando vocês.

A pele de Matilde se arrepia.

– Eu também acho que tem.

Dennan franze o cenho.

– O que faz você dizer isso?

Ela conta a ele, resumidamente, sobre o fanático que foi ver a Ptármiga e sobre o grupo que chama a si mesmo de En Caska Dae.

– O pontífice pode tê-los mandado – reflete Dennan. – Como seus agentes secretos.

– Pode ter sido ele – diz Matilde –, mas também pode ter sido Epinine. Ela pode estar em conluio com o pontífice, até onde eu sei.

– Ela não me falou nada sobre o grupo – diz ele –, mas vou ver o que posso descobrir.

A música continua a tocar. O olhar de Dennan fica sério.

– Eu prometo a você – diz. – Nunca vou deixar que ela a apanhe.

As palavras a aquecem, mas o alerta de Sayer ainda a acompanha. *Você acha que ser nascido em uma Casa dá modos às pessoas... mesmo coberta de pedras preciosas e feita de ouro, uma faca é uma faca*. Ela não tem certeza disso, mas sabe que nada de valor é dado gratuitamente.

– E que pagamento você espera por essa proteção?

As mãos dele deslizam lentamente sobre a mesa na direção dela. Ela tenta não prender a respiração enquanto espera que ele fale.

– Anos atrás, você me deu um dom – diz ele. – Considere isso como minha retribuição.

Ela fica rígida.

– Está dizendo que não vai pedir acesso à minha magia quando tiver vontade?

A expressão dele se agita, mostrando o que pode ser frustração.

– Eu não quero comprar seu favor. Quero conquistá-lo. Eu falei sério na outra noite.

Ela se lembra. *Eu preferia que você me beijasse espontaneamente.* Seus olhos são atraídos para a cicatriz no lábio dele outra vez. São lábios bonitos. Ela se pergunta como seria apertar os seus sobre os dele.

Ela limpa a garganta.

– Já fiquei tempo demais – diz, levantando-se. – Preciso voltar antes que sintam minha falta. Você vai me escrever? Me manter informada sobre o que está acontecendo?

– É claro.

Ela alisa o vestido.

– Tem um tijolo solto no muro do jardim da nossa família, à esquerda da porta. Você pode me deixar bilhetes ali.

Ele dá a volta na mesa, carregando com ele o cheiro de alguma especiaria defumada.

– Eu tenho outra ideia.

Ele põe algo na palma da mão dela. É um pássaro pesado empoleirado em um aro bem fino, os dois feitos de metal.

Matilde franze o cenho.

– O que faço com isso?

– Passe o dedo pela parte de trás.

Ela faz isso, e o passarinho eriça suas penas, ergue o bico e encontra seu olhar arregalado. Ele pula de sua base e sobe em um dos dedos dela.

– Ponha seu bilhete aqui – diz ele, indicando uma fenda em sua barriga. – Então desperte-o, e ele vai voar até mim. Enquanto você mantiver esse aro por perto, vou conseguir mandá-lo de volta para onde estiver.

– Como faço com que ele durma de novo?

– Esfregue-o.

Ao seu toque, ele estica as asas, então fica imóvel.

Matilde ri.

– Você sabe mesmo como manter uma garota interessada.

Sua boca de rebelde se retorce.

– Eu gosto de agradar.

Àquela distância, os olhos dele são quase luminosos. Ela se vê se inclinando ainda mais para perto.

– Eu acho que podia gostar – diz ela, com delicadeza.

– Gostar de quê?

– De beijar você de novo.

O olhar dele a esquenta, como velas, mas ela não pode se dar ao luxo de se deixar queimar.

– Mas não esta noite.

Ela pode senti-lo observar enquanto vai embora, mas não se vira para olhar para ele. É melhor que ele não veja o jeito como está sorrindo.

<hr />

SAYER TOCA SUAS cartas com um mindinho. Fen sempre a provoca: é muito fácil de ler.

– É minha vez? – pergunta Æsa.

– É, sim – diz Samson, virando seu mais novo coquetel. Se o botassem em uma piscina, ele poderia flutuar.

Agora que abraçou a noite, Æsa está efervescente. A inclinação de sua cabeça, o movimento de seu olhar, tudo dizendo *Estou tão perdida. Você não quer me ajudar?* Sayer está satisfeita por vê-la fora da casca. Mas onde está Matilde? Pela quinta vez, Sayer olha na direção em que ela desapareceu. Está se arrependendo de concordar com seus planos para a noite. Sua Ave Noturna veterana é segura demais em relação a seus encantos.

Batendo os pés, ela olha para suas cartas. As regras do krellen são simples: recolha o maior número de cartas valiosas que puder antes que a pilha do meio se esgote. A cada rodada, os jogadores devem pegar da pilha ou jogar o copo de krellen. Æsa opta pelo copo, derramando seu conteúdo. O dado de estrela de sete pontas rola pelo tecido escorregadio. Sayer se debruça e vê o resultado: duas mãos entrelaçadas.

Æsa bate palmas.

– Ah, ótimo. Nós trocamos!

O amigo de Samson, Maxim, se vira, sorrindo para Sayer debaixo de seu bigode infeliz, que pende como se tivesse passado tempo demais no sol.

– Você não vai me dar uma dica? – diz ele. – Só uma pequenininha?

Ela lança um sorriso malicioso afiado em sua direção.

– Você vai ter que ler minha mente.

Os olhos de Maxim se estreitam. Você pode escolher uma carta qualquer, mas o objetivo é ler seu adversário para saber onde ele guarda aquilo que valoriza. Os melhores jogadores de krellen são sempre bons mentirosos.

Sayer identificou o sinal que entregava Maxim após duas mãos. Ele olha para todos os lados, menos para suas melhores cartas.

– A terceira a partir da esquerda – diz ele, apontando.

Sayer também aponta.

– A última à direita.

Seu bigode cai ainda mais.

– Mas que droga.

Normalmente ela ia gostar de tirar dinheiro daqueles garotos mimados das Casas, mas é difícil relaxar sem Matilde por perto. Ela está demorando uma eternidade. A música muda, lenta e prolongada, mas Sayer se vê desesperada para sair correndo.

Não é só o plano de Matilde que a deixa nervosa. Está se sentindo inquieta desde aquela noite em que lutou com Gwellyn, quando se tornou invisível. Desde então, vinha praticando conjurar seu dom de Ave Noturna sempre que Leta saía e ninguém estava olhando. Ele se manifesta aproximadamente metade das vezes, mas nunca com a mesma facilidade nem tão completamente quanto no beco. É como se estivesse faltando algo, mas ela não tem ideia de quê.

Ela provavelmente devia contar às outras garotas o que fez, mas, de algum modo, isso parece íntimo demais. Talvez porque tenha começado com um beijo. A lembrança disso lhe volta em momentos estranhos – durante o chá com as garotas ou quando espreita pela estufa folhosa de Leta. A carga estonteante ainda se agarra a seus lábios.

Por que sua magia surgiu para ela naquele momento, e não em qualquer outro? Por que o dom da Ptármiga não funcionou para Fen? Será que Fen pensa naquilo tanto quanto ela? Não há como saber, pois ela esteve em silêncio desde então. Ela mal disse uma palavra quando Gwellyn e seus garotos dispararam da ruela. Apenas se agarrou à parede, olhando para Sayer como se tivesse visto um fantasma. Assim que soube que a costa estava livre, praticamente saiu correndo do beco. Pareceu uma repetição da noite em que a dama de Sayer morreu.

Sayer segura suas cartas com força, deixando os polegares brancos. Æsa deve reparar. Ela põe a mão no cotovelo de Sayer de modo que os garotos não possam ver. O toque dá a ela aquela sensação carregada de sempre. Ela também sente isso com Matilde. Não é exatamente uma conexão, mas algo parecido com um reconhecimento. Isso faz com que ela fique irrequieta de formas que não consegue explicar.

Alguém diz *Sua vez, Sayer*. Ela pega o copo de krellen e rola a estrela. Quando ela para, mostra uma seta apontando para trás de Æsa, na direção do meio do salão, onde um homem está rindo. O reconhecimento atinge Sayer como um tapa.

É o homem que ela espionou com sua dama naquela tarde tanto tempo atrás. Ele parece igual, só um pouco mais gordo. Pele reluzente, cabelo escuro como óleo, anéis de ouro. Ele brilha. Seu terno é do mesmo roxo que os melhores vinhos de Eudea. Ela mal consegue ver o brasão costurado na lapela, o fio dourado captando a luz azulada. É um lobo eudeano.

Ela sabe a que Casa ele pertence.

Uma suspeita terrível desce agarrada à sua espinha.

Sayer abre suas cartas.

– Eu desisto.

– O quê? – balbucia Samson. – Mas estou ganhando. Não seja uma estraga-prazeres.

Ela se obriga a sorrir.

– Alguém tem de se assegurar que Matilde não puxou a descarga e foi parar em um canal.

Todos os garotos riem, mas Æsa, não.

– Aonde você vai? – sussurra ela.

– Encontrar Matilde. – Uma mentira. – Não vou demorar.

Ela anda através da multidão, seguindo o homem enquanto ele se dirige para uma porta e sai. Ela vai atrás, tentando se manter nas sombras, mas seu vestido é uma coisa terrível, prateado e brilhante. Maldita Matilde e seu desejo de atrair todos os olhares!

Ela corre pelo corredor curvo, com o coração acelerado, a tempo de ver o homem desaparecer em um aposento. Sayer se aproxima o bastante para ouvi-lo cumprimentar outro homem, mas ela não pode se aproximar mais sem arriscar ser descoberta. Se pudesse se fazer desaparecer...

Espremendo-se em um nicho escuro, ela invoca sua magia. Pode não funcionar, mas ela precisa segui-lo. Ela tem que saber.

Seus olhos se fecham.

Faça de mim parte da escuridão.

Transforme-me em sombra e fumaça.

A sensação começa em torno de suas costelas, espalhando-se para fora, o roçar leve como pluma de mil facas sobre sua pele. Seu pulso se acelera quando vestido e pele mudam, ficando do mesmo azul das paredes, e o padrão do tapete se grava em suas pernas.

Ela se olha em um espelho pequeno. Quando se movimenta, a ilusão a acompanha. Isso faz com que ela pense em um tigren: aqueles gatos selvagens têm manchas, disseram-lhe, que os ajudam a se misturar com o capim. Não está exatamente invisível, mas é igualmente bom.

Uma empolgação a atravessa. Isso é tão melhor do que sua dama prometeu. Esse é um poder que ela pode totalmente chamar de seu.

Ela entra no quarto, escondendo-se atrás de um vaso de vinha-da-lua. O homem está lá com outro homem, que está lhes servindo algo de coloração âmbar. Sua audição ficou aguçada, assim como aconteceu no beco. Gatos em chamas, o tilintar de gelo dentro do copo é *alto*.

De tão perto, o homem que beijou sua dama parece mais velho do que ela se lembra, mas ele ainda reluz de anos de prosperidade suntuosa. Coisas que teve, ela desconfia, com a ajuda de Nadja Sant Held.

Ele acende um charuto. Não é de cravo, como todos os jovens lordes fumam, mas algo úmido e terroso.

– Então, Antony – diz ele, girando o copo de vidro lapidado. – O que é tão importante para me fazer encontrá-lo *aqui*, e a essa hora?

Antony tem um rosto estreito e magro.

– Más notícias, infelizmente. Não conseguimos avançar muito com o pontífice. Ele diz que vai apoiar a suserana na votação.

– Você ofereceu a ele aquela doação de que falamos?

Antony aperta sua bebida.

– Ofereci. Isso não foi bem recebido.

O homem dá um resmungo raivoso.

– Talvez devêssemos encontrar alguma coisa para usar contra ele. Até um homem santo deve ter esqueletos em sua caixa de sussurros.

– A votação é dentro de poucas semanas – diz Antony.

Suas palavras parecem confirmar o que o príncipe bastardo contou à Pintassilgo: esses homens querem tirar a suserana do poder. Sayer não gosta de Epinine Vesten, especialmente depois do que Matilde lhes contou sobre ela querer roubar as Aves Noturnas. Mas quem ia substituí-la? O homem que costumava roubar sua dama no escuro?

Antony olha ao redor, como se alguém pudesse ouvi-los.

Sayer se aperta mais contra a parede.

– Nós podíamos falar com a Madame Corvo. Nós precisamos da magia das Aves Noturnas agora, e ela não pode nos negar isso. Afinal de contas, as Grandes Casas fizeram dessas garotas o que elas são.

Sayer se irrita. Nenhum homem rico fez *nada* dela.

O lábio do outro homem se curva em desdém.

– Não precisamos delas.

Antony dá um suspiro.

– Sei que você acha que essas coisas são blasfemas, mas nem todos temos os seus princípios.

Que princípios? Sayer se lembra de sua mão agarrando a cintura de sua dama, seu sussurro fervente. *Pombinha. Não há nada mais doce que você.*

– Isso *é* blasfemo. Mas você sabe por que de fato me oponho a isso? É trapaça. Fortunas devem ser feitas de pé, não deitado.

Antony parece surpreso.

– Sério, Wyllo. Você fala delas como se fossem prostitutas comuns.

O nome ecoa dentro dela: *Wyllo, Wyllo, Wyllo.*

Sayer se sente como se estivesse escorregando no tempo.

Ela se vê aos dez anos, atravessando os canais pela primeira vez, indo até a porta daquele homem. Ela perdeu a coragem para erguer a grande aldrava em forma de lobo, então se escondeu do outro lado da rua, atrás de um poste com luz de mariposas-de-chamas e esperou, tentando não sujar seu melhor vestido. Estava chovendo, ela se lembra, e ela estava preocupada em sujá-lo de lama. Quando ele saiu de sua mansão no Distrito dos Jardins, estava sendo seguido por duas meninas e uma mulher: sua família legítima. O chapéu e o guarda-chuva dele significavam que não podia ver seu rosto. Mas se ele visse o dela, pensou, seu senhor ia reconhecê-la. Ela poderia saber com segurança se as histórias otimistas de sua dama sobre Wyllo Regnis eram verdade.

Mas ele não ergueu os olhos. Quando sua carruagem passou, alguém jogou uma moeda para Sayer – um shill, que valia menos que um doce no Duas Luzes. Ela agarra a moeda, agora, enterrada em sua bolsa. Suas bordas pontudas não estão afiadas, desgastadas pelo tempo, mas ainda a espetam com a mesma certeza das palavras dele.

Wyllo passa a mão sobre a gravata.

– Elas são uma perversão, é isso o que são. Uma fraqueza. Uma da qual algumas Casas se tornaram dependentes demais.

Ela precisa de ar. Sayer verifica sua camuflagem e sai de seu esconderijo. No corredor, ela encontra o nicho onde se transformou em sombra e se espreme ali dentro. O ar ali está mais fresco, mas seus pensamentos estão turvos. Ela fecha os olhos, tentando fazer com que se organizem.

A verdade faz seus dentes se cerrarem. *O homem que vi beijando minha dama é meu senhor.* Ele veio, exatamente como sua dama sempre prometeu, mas não para salvá-las, foi para pegar o que ela ainda tinha de magia. Não era suficiente ele a ter usado e descartado quando ela era uma Ave Noturna. Ele continuava vindo, deixando apenas moedas e promessas vazias. Roubando o que restava de seu brilho.

Há um barulho: passos. Ela abre os olhos e encontra Wyllo Regnis parado à sua frente, olhando fixamente para ela. Sua camuflagem desapareceu.

Ele agora a vê.

– E o que a senhorita está fazendo aqui?

Aquele tom de voz. É quase... paternal. Ela descobre que não consegue encontrar sua voz.

– Eu... – gagueja ela. – Vou me encontrar com alguém.

– E quem seria?

– Não posso dizer.

A expressão dele muda, tornando-se muito menos paternal.

– Ah, entendo. É *esse* tipo de encontro. Bem, eu aplaudo sua discrição.

Sayer diz a si mesma para falar alguma coisa, *fazer alguma coisa*, mas ela tem dez anos de idade e está parada embaixo de um poste de luz, querendo que seu senhor a veja e a reconheça como sua.

Ele inclina a cabeça.

– Você parece familiar. Nós nos conhecemos?

Ela fica apreensiva.

– Não.

Os olhos dele sobem e descem por ela. Seus dedos carnudos a seguram pelo braço.

– Talvez nós devêssemos nos conhecer.

O toque dele é pior que o de Gwellyn no beco – pior que tudo. Isso faz com que asas de medo e raiva batam dentro de seu peito. Mas uma coisa se ergue ao mesmo tempo, selvagem e urgente. Uma tempestade no fundo de seus ossos.

Ela estica as mãos e Wyllo voa para trás, atingindo a parede. Ele quase cai, mas algo o mantém de pé, com os braços presos dos lados do corpo. Ela pode ver o que são: faixas de ar, tingidas de azul e cinza e preto, brilhando sombriamente. Elas encontraram um meio de endurecerem ao redor dele, apertando-o para trás como uma mão gigante.

Os olhos dele estão arregalados; as bochechas, arroxeando.

– Que feitiçaria é essa?

É a magia dela, mas não como ela já a sentiu. Isso é uma tempestade explodindo de sua pele.

– Você quer saber quem eu sou? – A voz dela está trêmula. – Por que não pergunta a Nadja Sant Held?

Ao ouvir isso, ele fica pálido.

– Mas você não pode, não é? Porque ela está morta. – O ar agora está em movimento e tem gosto de raios. O coração dela está um turbilhão, turbulento e escuro. – E é sua culpa.

A fúria tensiona os traços dele.

– Eu mal conhecia essa mulher. O que quer que ela tenha contado a você, ela mentiu.

Movida pelo instinto, ela fecha as mãos, pedindo ao ar que se feche em torno do pescoço dele e aperte. Ele engasga em seco, com os olhos saltados. É uma boa sensação vê-lo com medo.

– Ela amava você – diz ela, com rispidez. – E você a traiu. Você nos deixou.

Ela aperta os punhos, interrompendo completamente o ar dele. Os lábios dele tentam falar: *por favor*.

No fundo, ela sabe que deve parar, mas é como se a magia estivesse esperando por aquele momento. Como se ela tivesse sido feita para isso.

Um estrondo vem de algum lugar distante, interrompendo seu foco. Sua pegada sobre ele se solta.

Seu senhor está respirando com dificuldade, os olhos cheios de maldade.

– Eu vou fazer você pagar por isso.

Mas, quando ele tenta pegá-la, há outro estrondo ao lado deles. Uma das arandelas na parede explode em chamas vermelhas, raivosas e profundas.

Filho, fiz umas alterações no meu testamento que podem interessá-lo.

Para minha mulher, Maud Maylon, deixo minha casa de campo e as ações especificadas no Estatuto XII.

Para minha filha mais nova, Tessa Maylon, deixo um dote de 10.000 andels.

Para meu filho, Teneriffe Maylon III, eu não deixo nada.

Isso pode mudar, depois que você consertar o que arruinou, mas vai ter que trabalhar duro para reconquistar seu lugar.

— CARTA DE
LORDE TENERIFFE MAYLON II
PARA SEU FILHO

CAPÍTULO 9
CHUVA DE VIDRO AZUL

MATILDE VOLTA PARA o salão do clube, com a cabeça ainda em Dennan. Ele a lembra de um quebra-cabeça que sua avó lhe deu. Ao primeiro olhar, parecia um jardim, mas, turvando um pouco os olhos, transformava-se em uma saia de mulher. Depois de ver a verdadeira imagem, era impossível *desvê-la*, enquanto antes ela era inimaginável. Como seria descobrir que sua vida era como esse quebra-cabeça? Ver sua família se tornar sua inimiga de uma hora para outra?

Ela está tão absorta que não o vê chegando e só o percebe quando já está ali, bloqueando a passagem. Ela engasga em seco. Com a gravata torta, o cabelo despenteado, os olhos vermelhos, Tenny Maylon parece maltrapilho.

— Matilde — diz ele, fazendo uma meia reverência estranha. — Quero dizer, jovem lady Dinatris. Noite agradável.

Apenas os anos usando máscaras, real e imaginárias, permitem que ela mantenha a expressão neutra. Como sua avó diria, *Nunca deixe um cliente aborrecê-la*.

— Posso pegar alguma coisa para beber, jovem lorde Maylon? — pergunta ela. — Talvez uma água com gás? Você parece... ressecado.

Ele parece mesmo com sede, mas não por algo como água. O medo toma forma de um nó apertado no peito dela.

– Não. – Ele passa a língua nos lábios. – Obrigado. Mas... você sabe, um beijo cairia muito bem.

– Meu? – Ela cruza os braços para esconder o jeito como suas mãos estão tremendo. – Isso é muita presunção.

Ele franze o cenho.

– Depois da outra noite, pensei...

Shills imundos, ela devia ter percebido que ele ia lhe causar problema, mas nunca sonhou que ele fosse abordá-la assim.

Ela se apruma.

– Acho que você está confuso. Você não pode exigir um beijo de mim, Tenny.

– Talvez não – diz ele, meio para si mesmo. – Ainda não...

Ela observa horrorizada ele se colocar sobre um joelho e agarrar sua mão com a mão suada.

– Matilde Dinatris, você me faria a honra...

Ela tenta se soltar e olha ao redor para se assegurar de que estão sozinhos.

– Tenny, sério. Você deve saber que não é assim que funciona.

A expressão dele vacila, cheia de dor e algo mais sombrio. Ele puxa suas lapelas amarrotadas ao se levantar.

– Estou em uma situação difícil, Matilde. – A arandela na parede pinta sombras estranhas sobre ele. – Meu senhor está prestes a me deserdar. Preciso de ajuda. Eu só... Eu *preciso* de você.

Ela respira fundo para se acalmar.

– Você precisa é dar adeus ao krellen.

Ele dá um passo à frente, e de repente ela está presa à parede, com as mãos dele ao seu redor.

– Eu podia procurar a Madame Corvo, você sabe disso. Ou sua

família. Podia contar a elas que você me contou o que é e usar isso para forçar um noivado.

Matilde sente suas costelas arderem.

– Você não ousaria.

– Não? – Ele cerra os dentes. – Droga, você me mandou aquele beijo. Você *pediu* por isso.

Ela não pediu para ser apalpada em um corredor, aprisionada na gaiola dos braços de alguém. Ela tenta empurrá-lo, mas ele se inclina para mais perto, pressionando os lábios sobre os dela.

Ela se debate, mas ele segura firme, como se fosse seu direito tomar o que quisesse.

Como ele ousa fazer isso com ela?

Como ele *ousa*?

Ela é atravessada por uma onda de calor calcinante.

Quando sua magia surge, costuma parecer pétalas se abrindo, deixando o gosto de cinzas em sua boca. Mas essa sensação é uma torrente, um incêndio florestal repentino, queimando com a força de sua fúria.

Tenny pula para trás quando a arandela ao lado deles se estilhaça, revelando a chama trêmula em seu interior, que fica enorme, mudando de amarelo para vermelho-escuro. É dela aquela chama, pulsando no ritmo de seus batimentos cardíacos. Ela pensa ouvi-la sussurrar seu nome.

Há outra explosão no corredor, então mais uma. Ela pode senti-las, como se fossem uma extensão de si. Em algum lugar distante, há um estrondo poderoso.

O rosto de Tenny está tomado de horror, mas Matilde se sente embriagada por sua magia. Todo o seu corpo está vivo com um fogo cujo nome ela não sabe.

ÆSA BEBEU COQUETÉIS demais. É difícil não fazer isso quando Samson continua a botá-los em sua mão. Os outros garotos, Maxim e West, foram até o bar, deixando-os sozinhos. Æsa não tem certeza de quanto tempo faz que as outras garotas saíram da mesa, mas parece uma eternidade. O tempo se transformou em uma coisa escorregadia.

– Você gosta? – diz Samson em seu ouvido.

Ela soluça.

– Do quê?

– Meu sotaque.

Ela pisca.

– Eu... Você acabou de dizer isso em illish?

O sorriso dele se abre.

– É o coquetel. Eles o chamam de Andarilho. Ele tem alguns... ingredientes *especiais*... que ajudam você a falar outra língua.

Pelos deuses, ela nem percebeu. O clube, de repente, ficou quente. O jazz é rápido, mas o ar está imóvel, quase sufocante de calor.

Samson limpa a garganta.

– Você sabe, Æsa, que eu... bom, eu acho você maravilhosa.

Æsa sente calor subir por seu pescoço.

– Acha?

Ele assente, com os olhos brilhando à luz azul.

– Acho. Você me fascina.

Com seu cabelo escuro despenteado e olhos cor de âmbar, Samson é bonito. Um pouco frívolo, talvez, mas doce. E ele é um dos solteiros mais desejáveis de Simta no momento, o tipo de garoto que garantiria que sua família nunca mais passaria dificuldade.

Samson se inclina para perto, com o hálito perfumado pelo coquetel.

– Você acha que pode vir a sentir o mesmo por mim?

O rosto de outro garoto surge em sua mente: pele castanha, olhos verde-azulados, lábios grossos beirando um sorriso. Ela é atravessada por uma sensação de tremor, mas não pode se dar ao luxo de desejar que fosse Willan que estivesse sentado ao seu lado agora.

Ela decide sorrir.

– Talvez eu possa.

Samson se inclina um pouco para a frente, um convite. Ela reúne sua coragem e faz o mesmo, com os dedos apertando o assento. Ela ousaria, depois do que aconteceu com Enis? Será que vai envenenar Samson? Não. Ela pode beijar esse garoto sem liberar sua magia: tem que fazer isso. Ela precisa encontrar um jeito de ser a garota que todos esperam que ela seja.

Uma sensação repentina a faz engasgar em seco.

– Æsa? – diz Samson, se afastando. – O que foi?

Ela sacode a cabeça. Seria efeito dos coquetéis? Não. Alguma coisa a está puxando, tão firme quanto linhas de pesca amarradas a suas costelas. Há dois deles, dois fios, formigando com um medo e uma fúria que não pertencem a ela.

Ela diz, com voz rouca:

– Tem alguma coisa errada.

Æsa tem a mesma sensação de acordar de um de seus sonhos estranhos: a percepção de uma premonição. Seu olhar se ergue na direção do lustre de vidro azul.

– Vá para debaixo da mesa – diz ela, empurrando Samson. – Depressa.

Ele ri.

– De que estamos brincando, agora, esconde-esconde?

Acima, há um estrondo brilhante.

Samson prague ja.

– O que nos dez infernos malditos...

Vidro azul se estilhaça, chovendo sobre a cabeça dos homens que os rodeiam. Tal como ela viu no sonho. As chamas do lustre agora estão expostas e saltando de suas velas. Por que estão de um *vermelho* tão escuro?

Homens se espalham e gritam. Samson tenta puxá-la para debaixo da mesa, mas as puxadas insistentes em suas costelas são fortes demais. Isso faz com que ela pense na outra parte de seu sonho: Matilde encurralada por um homem contra a parede, com olhos assustados.

De repente, Æsa sabe o que deve fazer.

Ela sai do reservado. Vidro chove, abafando os chamados de Samson. Ela pensa, de forma distante, que devia estar com medo, mas não há espaço para esse sentimento. Não com o oceano sussurrando em seu ouvido. Ela deixa a força de atração arrastá-la pelo salão, desviando-se de braços frenéticos e garçons gritando, virando uma esquina, seguindo por um corredor curvo. Matilde está ali, respirando com dificuldade e olhando para o garoto de aspecto enlouquecido que a encurralou. Æsa o reconhece do baile de Leta: Tenny Maylon. Ele está olhando para seu colete, marcado pela impressão de duas mão fumegantes. É como se alguém tivesse encostado ferretes sobre o tecido castanho-avermelhado.

– Você... – sussurra ele, com os olhos em Matilde. – Você o destruiu.

Tenny está tremendo, prestes a fazer alguma coisa perigosa. Æsa pode sentir isso. O oceano dentro dela a conduz, sussurrando delicadamente, insistindo para que faça o que é certo.

– Tenny Maylon. – Sua voz ecoa, parecendo vir de todas as direções. Sente o gosto de salmoura e sal em sua língua. – Escute.

Æsa nunca viu ninguém usar a magia da Rouxinol para dar forma às emoções de uma pessoa. Ela não sabe como uma coisa dessas deve ser feita. Ao pegar a mão úmida dele, porém, ela quase pode ver seus sentimentos, correndo por ele como rios velozes. Desejo e vergonha, raiva e sofrimento – eles precisam ser suavizados. Ela pensa em como o mar dá forma às linhas da costa, derramando-se sobre a areia e a limpando.

– Você não está aborrecido – diz. – E você não está com raiva.

– Mas eu... – A expressão dele vai de fúria para dúvida, depois confusão. – Não. Claro que não.

– Você gosta de Matilde e nunca ia querer lhe fazer mal.

As palavras dela e alguma coisa mais profunda guiam as correntes das emoções dele, conduzindo-as para os canais onde ela quer que corram.

– É. – Ele parece quase aliviado. – Eu gosto mesmo dela.

Os olhos de Matilde estão arregalados, e a chama ao lado da cabeça dela ainda tremula.

No corredor, uma pessoa se assusta.

Æsa se vira, quebrando a concentração, e vê uma figura a dez passos de distância, com a gravata solta e a camisa para fora da calça.

Matilde sussurra seu nome.

– Dennan.

Seus olhos arroxeados brilham sob a luz tremeluzente.

Ele anda na direção deles. Tenny cambaleia, de olhos vidrados. Ah, pelos deuses, ele se parece com Enis.

O que ela acabou de *fazer* com ele?

Há um momento suspenso em que parece que eles estão embaixo d'água. Então, de repente, todas as luzes se apagam.

A voz de Dennan Hain flutua pela escuridão.

– Venham comigo. Depressa.

Alguém segura seu braço. Deve ser Matilde, porque o oceano dentro de Æsa explode em resposta. Então ela sente uma presença formigante nas costas. *Sayer?* Ela está em movimento, puxada pelo que parece ser um mar sem bordas, com monstros à espreita em todos os lugares intocados pela luz.

Sayer segue as garotas feito sua sombra secreta. Não parece sábio deixar Tenny Maylon para trás – ele já viu demais. Mas Dennan Hain também, e Matilde ainda está andando atrás dele. E seu senhor... ele podia estar em qualquer lugar. Gatos em chamas, que confusão.

Está escuro, mas ela se assegura de permanecer invisível. Usar sua magia parece aguçar sua audição. Ela consegue ouvir o que os homens estão dizendo no salão principal. *Você não sentiu?*, diz um deles. *Foi magia, estou dizendo. Alguma coisa forte. Alguma coisa estranha...*

Outros estão gritando por velas, por orientação, por respostas. As três precisam sair dali. Há apenas uma saída que ela conhece: o armário falso. Mas não é nessa direção que Dennan está seguindo.

– Dennan. – Matilde parece atônita, desprovida de todo o lustro. – Aonde você está nos levando?

– De volta para meu quarto. Para nos escondermos.

O coração de Sayer bate um alerta.

– Este clube tem protocolos – diz ele, levando-os por uma escada em caracol de ferro fundido. – Se há uma ameaça à segurança, eles trancam a saída e interrogam todo mundo. Eles vão pegar nomes. Não acho sábio deixar que anotem o de vocês.

Sayer tem vontade de xingar em voz alta.

Ele abre uma porta no fim do corredor e deixa que as garotas entrem. Sayer entra atrás delas antes que ele possa fechá-la na cara dela. Ela para junto de uma parede, fora do caminho, observando Dennan olhar para suas irmãs Aves Noturnas. Há uma fome em seus olhos, ou aquilo é apenas a luz movediça?

– Olá – diz ele, fazendo uma reverência para Æsa. – Acho que nós não nos conhecemos. Eu sou Dennan.

Æsa parece não o ter escutado.

– Eu... não sei o que fiz. Com ele.

– Certo – diz Dennan, passando a mão pelo cabelo. – Em relação a isso, vou pegar o jovem lorde Maylon e trancá-lo no meu outro quarto antes que ele fale com qualquer pessoa. E depois vamos arranjar um jeito discreto de tirar vocês duas daqui.

Matilde parece doente.

– Tem algum caminho?

Ele assente.

– Uma escada nos fundos, mas preciso garantir que ela está livre. Vou trancar a porta. Não deixem ninguém entrar além de mim.

Ele aperta a mão de Matilde, então passa por ela. A porta emite um estalido depois que ele sai, e por fim elas estão sozinhas.

– Não vou ficar esperando que o príncipe bastardo nos salve – diz Sayer. As outras garotas levam um susto. – Precisamos sair daqui antes que ele volte.

Matilde gira em um círculo.

– Sayer? Onde você está?

Ela pisa em um fragmento de luar e se deixa ficar visível. Surgem mãos, depois braços, depois o torso, sombra em luz. Quando ela acaba de se transformar, Æsa se afundou em uma espreguiçadeira, parecendo perplexa. Matilde está olhando para Sayer como se ela fosse um quebra-cabeça que a está deixando confusa.

– Sayer – murmura ela. – Você acabou de usar sua própria magia?

Ela está falando do dom da Ptármiga, mas a mente de Sayer se volta para o jeito como o ar se vergou em torno de Wyllo Regnis, mudando e endurecendo ao seu comando.

– Sim – diz ela. – E Æsa também, nitidamente. O que nos dez infernos você acabou de fazer?

– Eu não sei. – Matilde pisca uma, duas vezes – Mas isso é impossível.

Elas olham uma para a outra. O quarto está imóvel, mas o ar está cheio de... alguma coisa. Aquela carga entre elas está muito mais forte. Ondas do mar quebram em sua caixa torácica e línguas de fogo se espalham através de veias. O que é isso? Gatos em chamas, o que está acontecendo?

No corredor, passos explodem. O coração de Sayer está batendo forte. Seus pés doem em seus saltos, mas mesmo assim ela anda de um lado para o outro.

– Não podemos ser pegas aqui – repete Sayer. – Precisamos ir. Agora.

Matilde franze o cenho.

– Eles não vão achar que *nós* fizemos isso.

– Você está brincando? Foi evidentemente magia. Do tipo que costumava fazer com que garotas fossem enforcadas.

Ela quase pode senti-las estremecer.

– E mesmo que eles não desconfiem, Dennan Hain com certeza sabe disso. Vocês não sabem se ele está indo falar com a irmã agora mesmo.

Matilde sacode a cabeça.

– Ele não vai fazer isso. Eu disse a vocês.

– E Tenny Maylon? – O olhar verde de Æsa está duro como aço. Sayer vê que há força naqueles olhos, bem escondida. – Ele vai?

Silêncio.

– Há quanto tempo ele sabe que você é uma Ave Noturna? – insiste ela.

Matilde engole em seco.

– Ele procurou a Pintassilgo há várias semanas. Antes do início da estação. Eu fiz meu trabalho e o mandei embora. Mas aí, no baile de Leta, eu... fiz algo que não devia ter feito. Eu dei a ele um sinal que fez com que pense...

Sayer fica boquiaberta.

– Você o beijou?

– No baile? É claro que não. Eu só... flertei de forma um pouco incisiva demais.

Sayer sabe que ela também escondeu segredos – também cometeu erros –, mas esse faz com que ela se aborreça. Ela fecha as mãos para impedi-las de tremer.

– Você é muito hipócrita – diz ela. – Você fala de confiança e sororidade, mas tudo o que faz é mentir para nós. Você determina as regras, mas não tem que as seguir, tem? Não, você é Matilde Dinatris. Tudo é um jogo para você.

A voz de Matilde é mais de comando que de admissão:

– Foi um erro de julgamento. Achei que não teria nenhum mal.

Sayer está olhando para o rosto de Matilde, perto o bastante para ver o suor na linha de seu cabelo.

– Seu problema é que você sempre teve alguém para limpar sua sujeira. Você nunca soube o que é viver com medo. Você acha que, com sua bela casa e seu nome elegante, nada pode tocá-la. Minha dama uma vez também acreditou nisso. – A voz de Sayer fica embargada. – Mas ela aprendeu que isso não era verdade. Tire a venda dourada dos olhos.

Sayer pisca rapidamente, contendo as lágrimas. É isso que dá confiar seu futuro às pessoas. Ela não vai cometer o mesmo erro outra vez.

Um apito soa em algum lugar, alto e agudo, depois um uivo. A pele dela se arrepia.

Os olhos de Matilde ficam arregalados.

– É uma batida.

Um latido ecoa. Os Guardiões trouxeram cães treinados para farejar alquímicos. Mas será que vão conseguir farejar o que elas fizeram?

– Eu passei por um Saluki uma vez – diz Matilde. – Ele não conseguiu sentir o cheiro de minha magia.

Sayer fica rígida.

– Mas eu aposto que você não tinha acabado de *fazer* magia.

Vozes soam em algum lugar logo abaixo, se aproximando, seguidas por um lamento.

Æsa diz:

– Precisamos nos esconder.

Mas onde? Sayer olha ao redor, mas o quarto é parcamente mobiliado. Cadeiras, mesa, lareira...

– Eu posso desaparecer e criar uma distração.

– Não. – A voz de Matilde parece distante. – Eu nos botei nessa e sei como vou nos tirar.

Sayer franze o cenho.

– O que você vai...?

– Só desapareça. – Os olhos cor de âmbar de Matilde queimam nos dela. – Eu tenho isso.

Æsa puxa Sayer para debaixo da mesa, se encolhendo por baixo de sua toalha de veludo. Ela pode ver Matilde no espelho, de pé ao lado da porta, segurando alguma coisa. Uma camisa, talvez?

– O que ela está fazendo? – sussurra Æsa.

Um latido e passos se aproximando. Matilde ainda está apenas parada ali.

– Matilde, venha para cá agora.

– Droga, *cale a boca*, estou tentando me concentrar.

No espelho, Sayer observa Matilde se transformar. Começa pelas mãos, os contornos vão ficando ondulados, encolhendo e se curvando como uma miragem no deserto. Não... como fogo, transformando a madeira em uma nova forma. Corpo, roupas, tudo novo.

Há uma batida forte na porta, o chacoalhar de chaves e então ela se abre, revelando um carregador do hotel, dois Guardiões e as pernas finas de um cachorro.

Dez infernos, terminou. Elas foram apanhadas.

– Qual o significado disso?

As palavras saem de Matilde, mas sua voz é de outra pessoa. É mais grave, mais forte. Ela soa igual a...

– Lorde Hain – diz o carregador, suado e desorientado. – Os Guardiões foram alertados de uma ameaça aqui. Eles gostariam de revistar sua suíte, se o senhor não se importar.

– Eu me importo – diz o príncipe bastardo, ou Matilde. Dez infernos, ela é convincente. Sayer nunca adivinharia que é apenas uma garota usando uma máscara. – E eu não gosto que minha privacidade seja invadida.

– Não me importa quem você é – diz um Guardião. – Você não tem tratamento especial.

– Imagino que a suserana vai ter alguma coisa a dizer sobre isso.

Há o som de pés se arrastando e fazendo barulho, botas sobre o chão, farejamento. As unhas de Æsa se cravam na coxa de Sayer. A Saluki enfia seu focinho pontudo embaixo da mesa. Ela late uma vez, depois de novo.

Um Guardião se abaixa junto com a cachorra.

– O que é, garota?

A ponta de suas botas está a centímetros de Sayer. Com o coração na boca, ela leva a mão à faca.

– Duvidar de mim é duvidar dos Vesten – diz Matilde, com uma ameaça silenciosa. – Os Vesten, que apoiaram o pontífice e os Guardiões. Então, antes de fazerem qualquer coisa, eu pensaria com muito cuidado.

Há uma pausa longa, então uma discussão acalorada. Sayer prende a respiração enquanto o cachorro continua a farejar. Mas Matilde deve ter dito alguma coisa convincente, porque por fim os homens vão embora, fechando a porta às suas costas. O silêncio que deixam em seu rastro parece gritar.

Então a porta se abre outra vez. Sayer fica tensa. Alguém fala, sua voz igual à que Matilde roubou.

– Matilde... é você?

Teneriffe Maylon cai de joelhos na caixa de sussurros. A parte de trás da janela de orações está gravada com o símbolo dos quatro deuses: uma estrela de quatro pontas, uma ponta para cada Eshamein. Um milagre agora ia lhe cair bem.

Por favor, suplica ele. *Perdoe-me. Por tudo.* A jogatina e as diversões sensuais, os jogos e as mentiras. Tenny não tem mais poeira de sereia, mas desejava ter. Desejava a forma como ela faz o mundo ficar mais brilhante e bondoso, envolvendo-o numa nuvem de euforia.

O que quer que aquela amiga illish de Matilde fez com ele foi parecido, expulsando seus medos. Ele queria se banhar naquilo. Mas, nas horas que se seguiram, o efeito passou, deixando sua cabeça latejando e sua mente dolorosamente preocupada. Era como se parte dele estivesse sendo conduzida... controlada. Ele estremece. Ninguém devia ter aquele tipo de poder.

A janela se abre, revelando um par de olhos escuros por trás da trama. Um pater. Mas é seu senhor que ele vê, os lábios formando as últimas palavras que ele disse para Tenny. *Você não é meu filho.*

– Irmão – diz o pater. – Que fardo você veio revelar diante dos deuses?

– Eu... Eu desonrei minha Casa. Apostei minha mesada e... mais. Muito mais. – Ele engole, com os lábios secos. – Roubei de meu senhor e de minha dama. Eu os manchei.

Ele sente uma onda de vergonha, embora envolta em fúria. É culpa de Matilde que ele ainda esteja naquela situação. Ela fez promessas a ele com suas palavras provocantes, então negou-as a ele. É fraude, é isso o que é. É traição.

– E o que mais? – pergunta o homem, como se tivesse ouvido os pensamentos de Tenny.

– Eu comprei magia – responde ele. – Bem, eu a recebi de uma garota.

Alguns instantes de silêncio.

– Você visitou uma das garotas que eles chamam de Aves Noturnas?

Tenny se encolhe, mas agora não há como voltar atrás.

– Eu visitei. E...

Ele não devia contar o que viu – não sabe ao certo nem o que Matilde fez no Clube dos Mentirosos. Mas seu senhor é um abstêmio e ia querer que Tenny dissesse a verdade nessa caixa de sussurros. Talvez fazer isso o torne merecedor outra vez.

Quando o pater volta a falar, sua voz está diferente, como cascalho.

– Você tem problemas, irmão. Mas ainda pode haver redenção. Só dê ao Manancial o nome dessa mulher.

Tenny engole em seco, sentindo-se mal. Ele não pensou. Não teve a intenção...

– Não posso.

– Você deve. Os deuses exigem isso.

Tenny fecha os olhos injetados, apoiando a cabeça no veludo. Ele quer um banho, lençóis limpos e uma chance de recomeçar.

– Eu quero que tudo fique melhor – sussurra ele, com voz rouca. – *Eu* quero ficar melhor.

– Você vai ficar, depois que livrar sua alma desse fardo.

E ele faz isso.

CAPÍTULO 10
ASAS PRESAS

O JARDIM DE MATILDE está imóvel. Passa da meia-noite, e os lírios-de-asas de sua avó, que florescem à noite, abriram suas pétalas. Ela pode sentir seu cheiro de onde está, sentada embaixo de uma árvore, fragrante e doce. É um lugar pacífico, com aroma de néctar e algas. Mas sua mente está em chamas com coisas impossíveis.

O que aconteceu mais cedo naquela noite no Clube dos Mentirosos contraria tudo o que lhe ensinaram sobre sua magia. Por um lado, ela devia ser invisível – poderosa, mas sutil. Por outro, Aves Noturnas não podem usar seus dons em benefício próprio. E ela fez mais que transformar seu rosto: ela comandou fogo. Bom, não exatamente comandou... Não parecia que estava no controle. Parte dela pulsava em cada chama, como um batimento cardíaco coletivo. É o tipo de magia que apenas uma Ave Fyre podia invocar.

Ela pensa no que Krastan lhe disse sobre as Aves Fyre na última vez que o viu. *Tenho me perguntado se essa magia antiga não desapareceu,* disse ele. *Está apenas adormecida. Se, talvez, em um futuro próximo, ela vá despertar.*

Ela e suas antigas irmãs Aves Noturnas tentaram dar sua magia umas para as outras. Elas beberam vinho rosado e se beijaram, com lábios formigando, mas nada aconteceu, como sua avó dissera. Aves Noturnas não podem dar seus dons umas para as outras: as coisas são assim. Então por que parece que as três despertam isso umas nas outras? Toda vez que elas se tocam, a magia salta dentro dela, ficando mais forte. É como se passar tempo com elas estivesse despertando alguma coisa.

Ela dá um suspiro. Por que isso está acontecendo com *aquelas* garotas? Aquelas duas, que nem querem ser suas amigas e a fazem se distrair? As palavras de Sayer sussurram por sua mente.

Você determina as regras, mas não tem que as seguir, tem? Tudo é um jogo para você.

Essa noite foi uma aposta, isso é certo, mas ela não achou que ia terminar em tamanho desastre. Agora ela está exposta de um jeito inteiramente diferente – e não apenas ela. Tanto Dennan quanto Tenny sabem sobre Æsa. Matilde afunda a cabeça entre as mãos.

Enquanto Dennan as levava por uma escada secreta nos fundos, depositando-as na carruagem dos Dinatris como se elas nunca tivessem estado no clube, ela não parava de pensar em Tenny. Ainda não consegue acreditar no que ele fez. Não consegue se esquecer do rosto das outras garotas quando lhes contou: Æsa parecia triste; Sayer, traída.

Alguma coisa bate na palmeira-tundrem perto da borda da fonte. Ela levanta de um salto quando alguma coisa escura agita as asas numa folha. Ela salta duas vezes, voando na direção dela, pousando pesado na palma de sua mão. Apesar de seu estado de espírito abatido, parte dela ainda se empolga ao vê-lo.

– Olá – sussurra. – O que você tem para me contar?

Ela enviou o pássaro de metal para Dennan horas atrás, para saber como estavam as coisas com Tenny e com o Clube dos Mentirosos. O brilho branco de papel em sua barriga deve ser a resposta dele. Ela o remove, e vê uma letra pequena e muito inclinada. Está em um código que eles inventaram anos atrás, um dos mais simples.

Os Guardiões revistaram o clube à procura de alquímicos. Eles encontraram alguns, mas não era o que realmente estavam procurando. A clientela do clube já está espalhando rumores e histórias loucas. Acho que eles não entendem o que aconteceu aqui, mas eu gostaria de entender.

Ela fecha os olhos. Claro que ele quer saber. Ele encontrou um clone de si mesmo ao entrar em seu quarto. Então observou, enfeitiçado, enquanto ela desfazia o ardil. Ela se lembra da sensação de ver seus calos imaginados desaparecerem, revelando seus próprios dedos por baixo deles. Foi ao mesmo tempo empolgante e perturbador.

Ela devia estar eufórica. Não queria desde sempre usar o dom da Pintassilgo para si mesma? Mas há um grande peso em seu estômago, puxando-a para baixo. Como as coisas saíram tanto de seu controle?

Ela volta ao bilhete.

Quanto a Tenny, ele conseguiu sair de minha suíte quando eu as estava levando para a carruagem. Ele está desaparecido, mas vou encontrá-lo em breve. Com carinho, DH.

Droga, Tenny. Onde ele está? Ele procurou seu senhor, um abstêmio, e lhe contou tudo? Ou, conforme ameaçou, vai usar o que sabe para forçar um casamento?

Ela esfrega os olhos. Em um momento, vai ter que acordar a avó e lhe contar tudo. Ela tem medo disso, mas ela e Leta vão saber como consertar as coisas.

– O que você está fazendo no escuro?

A avó desce para o jardim pela escada da varanda, elegante em um robe cinza. Matilde rapidamente guarda o pássaro e o bilhete de Dennan em sua bolsa.

– Estou só... pensando.

– Pensando. – A avó sorri. – Um passatempo perigoso.

– O vovô costumava dizer isso.

– Acho que ele queria dizer que era perigoso quando ele *me* via pensando. Isso costumava significar problema para ele.

A avó dá uma volta no jardim, tocando folhas e sussurrando para as flores. Ela parece mais selvagem em meio à sua criação, e mais jovem. Ainda podia ser uma Ave Noturna.

– Acabei de ter uma conversa interessante com seu irmão.

Matilde prende o ar.

– Ah, é mesmo?

A avó se senta em um banco e dá um tapinha no espaço ao seu lado.

– É mesmo. Agora quero que você me conte sobre a noite.

Ela já foi submetida à repreensão de sua dama, contando crimes nos dedos: um, levar Æsa para casa tarde e embriagada. Dois, passar a noite em um clube de cavalheiros. Três, ficar louca e imperdoavelmente descontrolada. Mas essa conversa vai ser muito pior.

Matilde se senta, formando as palavras e reunindo sua coragem, mas a avó fala antes:

– Samson disse que houve um incêndio estranho no hotel.

Ela toca as costas da mão de Matilde com dois dedos: uma Ave Noturna chamando outra.

– Conte-me, querida, foi você que o começou?

O coração de Matilde bate forte. Como ela podia saber? Por que adivinharia isso?

– Eu... – As palavras se prendem em sua garganta. – Não tive a intenção.

A avó exala.

– Conte-me a história.

Seu instinto é mentir, mas ela quer respostas mais do que teme a censura. Então conta o que disse para Tenny no salão de baile tantas noites atrás, depois o que aconteceu no Clube dos Mentirosos. Mas, quando vai confessar o encontro com Dennan, alguma coisa a detém. Ela já quebrou regras demais essa noite.

Quando termina, o silêncio se prolonga. Matilde pode ouvir o ruído do canal do outro lado do muro de pedra e uma música distante, mas esse jardim é seu próprio mundinho. As palavras que Alec lhe disse no outro dia voltam a ela. *Eu faria você dar uma espiada por cima do muro de seu jardim e ver o que está acontecendo do outro lado.* De algum modo, elas incomodam mais sentadas ali do que tinham incomodado até então.

Finalmente, a avó fala:

– Tem muita coisa que não sabemos a respeito do que as Aves Fyre podiam mesmo fazer, antigamente. Muito do que foi escrito foi queimado ou enterrado por paters, e muitas verdades foram escondidas ou perdidas. Tudo o que temos são histórias transmitidas através das Grandes Casas, e quem sabe como elas se alteraram. As histórias da família Dinatris dizem que a Ave Fyre de quem você e eu descendemos podia manejar o fogo.

Matilde olha para as mãos. Em noites de inverno, ela e Samson costumavam enfiar o dedo na lareira para ver quem conseguia chegar mais perto. Os dela nunca pareciam se queimar como os dele. Será que aquele fogo que sente sempre esteve dentro dela, esperando?

– Dizem que todas as mulheres com magia se inclinavam na direção de um elemento: terra, fogo, água, vento – continua a avó –, o que moldava os tipos de magia que podiam conjurar. Essas inclinações ainda dão forma à nossa magia, eu acho, mesmo que agora não possamos ver como isso ocorre. Às vezes, um pouco dessa antiga magia borbulha em nós. Uma garota consegue congelar água com a ponta de um dedo, uma pode invocar o ferro ou aquecer um quarto.

– Você já pôde fazer essas coisas, vovó? – pergunta ela. – Você já pôde usar sua magia?

Outro silêncio, mais breve.

– Magia elemental? Não. Nunca.

– E seu dom de Ave Noturna?

A avó fica tensa.

– Você fez isso, Matilde? Você mudou de forma?

Matilde assente.

– No clube. Meu rosto, meu cabelo, roupas, voz… tudo.

– E as outras garotas? – perguntou a avó. – Elas fizeram o mesmo?

– Fizeram – diz Matilde, exalando. – Todas as três.

Ela achou que a avó ia ficar chocada com essa notícia, mas não é o que aparenta. Suas mãos estão entrelaçadas silenciosamente no seu colo. A respiração de Matilde se acelera enquanto sua mente repassa as últimas semanas e os sussurros velados de sua avó e de Leta. E Krastan… sua conversa do outro dia volta até ela.

Você sabe que eu não posso usar minha própria magia.

Ainda não, Stella. Ainda não.

É como se ela – como se *eles* – soubessem de algo que ela não sabia.

– Você sabia que isso podia acontecer – afirma Matilde. – Não sabia?

– Ah, querida. – A avó fecha os olhos apenas por um momento. Ela ainda é bonita, mas, nesse momento, parece velha. – Eu devia ter contado mais a você.

– Então me conte agora.

A avó mantém os olhos nos seus lírios-de-asas. Seu cheiro é tão doce, com apenas um toque de deterioração.

– Meu dom de Ave Noturna era diferente do seu, como você sabe.

Eu era a Manaquim, capaz de ajudar clientes a parecerem atraentes para qualquer um que decidissem cortejar. Mas, no verão em que fiz dezessete anos, eu me recusei a ver clientes. Eu era como você, irritada com a ideia de me casar com alguém escolhido para mim. Quando parei de dar minha magia, ela começou a surgir quando eu a invocava. Eu podia mudar meus olhos ou meu cabelo, fazia minha pele dançar com ilusões. Quanto mais eu ficava sem doá-la, mais ela vinha.

Matilde agarra o banco. Alguma verdade sombria a está envolvendo com seus ramos, os espinhos ameaçando perfurar sua pele.

– Quando contei à minha dama, ela me disse que eu precisava manter isso escondido, devia doar mais e pensar menos. Garotas que não faziam isso, disse ela, botavam em risco o sistema que as protegia. Ela estava certa, é claro, mas eu fui ficando ousada. Como não ficaria? Um dia, fiz minha magia na frente de uma pessoa. Um pater.

Matilde estremece.

– O que aconteceu?

– Ele me perseguiu. Eu escapei e corri para o garoto com quem estava me encontrando em segredo, que me escondeu no sótão da loja de seu senhor. Depois ele encontrou um jeito de fazer com que aquele pater ficasse para sempre em silêncio. Eu nunca perguntei como... Eu não quis saber. Mas fiquei grata por ele estar disposto a pagar tamanho preço pelo meu erro.

A mente de Matilde está girando, cheia de perguntas. Ela só não sabe qual perguntar primeiro.

– O vovô era filho de um comerciante?

A avó ri.

– Ah, Matilde, quando você adora uma história, você se agarra mesmo a ela.

De repente, os galhos de suas árvores parecem perto demais; o chão, macio demais embaixo de seus pés descalços.

– Com certeza o garoto não era Krastan.

– Não seja esnobe. – Os lábios da avó se curvaram, ao mesmo tempo ternos e tristes. – Ele já foi jovem, como eu, e estávamos loucos um pelo outro. Mas mesmo depois do que ele fez, meu pai não permitiu nosso casamento. Minha fuga naquela noite se transformou em escândalo, e logo fui prometida para seu avô.

A mente de Matilde sai do eixo, desequilibrada por essa revelação. Krastan sempre disse que amava a avó, mas ela não achava que ele realmente estava falando sério. Certamente não achava que sua avó o amava. O filho de um alquimista com a filha de uma Grande Casa? Impensável. Os cachos macios e o sorriso sutil de Alec passam por sua mente.

– Mas eu pensava que você amava o vovô.

A avó dá um suspiro.

– Eu acabei amando, mas parte de meu coração nunca deixou aquele quarto no sótão da loja de Krastan. Lá encontrei coisas que nunca mais tornei a achar.

Uma pergunta se forma, mas ela parece uma das pedras do jardim. Samson costumava se divertir gritando com as criaturas embaixo delas. Ela tem medo do que levantar aquela pedra possa revelar, mas tem que perguntar. Tem que saber.

– Krastan Padano é meu avô?

A avó não responde, mas o silêncio fala por si só. De repente, fica difícil respirar.

– Minha dama sabe? – pergunta Matilde.

– Não.

– E Krastan?

– Ele desconfia.

É por isso que o olhar dele sempre teve tamanho carinho? Todos aqueles anos ele escondeu esse segredo dela também.

– Você podia ter fugido – diz Matilde. – Você deixou Krastan depois de tudo isso. E ele permitiu?

A avó se apruma, régia como sempre.

– Eu cumpri meu dever. Para mulheres como nós, o dever vem primeiro.

Algo em suas palavras faz com que Matilde pense na coleção de borboletas de seu senhor. Ela ainda está pendurada acima de sua mesa de carvalho maciça. Ela se lembra de vê-lo prendendo-as com toda a delicadeza à sua cama de veludo, assegurando-se de que o ar estava fresco e seco o suficiente para manter suas asas em perfeita condição. As borboletas eram amadas, cobiçadas por outros colecionadores. Ela nunca parou para pensar em como eram perturbadoras. Insetos mortos em exposição, presos com alfinetes para que outros pudessem admirá-los. Beleza aprisionada para sempre sob vidro.

Matilde se levanta e começa a andar de um lado para outro pela grama. O borbulhar doce da fonte lhe parece uma provocação. A doçura enjoativa dos lírios faz com que ela queira arrancá-los.

Como demorou tanto tempo para descobrir esses segredos? Sobre Krastan e sobre a magia de uma Ave Noturna? Ela podia usá-la para si mesma esse tempo todo, e nunca pensou em experimentá-la. Ela cresceu com as pessoas lhe dizendo que isso não era possível, e acreditou.

– Quando Leta fechou as Aves Noturnas, eu fiquei preocupada – diz a avó. – Disse a ela que era só questão de tempo até que vocês começassem a descobrir as coisas por conta própria.

Era sobre isso que elas estavam sempre cochichando nas sombras? Qual a melhor maneira de manter seus passarinhos no escuro?

– E mesmo assim você escondeu tudo isso de mim. – É a principal regra delas: mintam para todas as outras pessoas, mas nunca uma para a outra. – Você sabia e nunca me contou.

– Você sempre foi uma garota indomável, querida. Eu não sabia o que você faria se descobrisse ser capaz de usar seu dom assim. Acho que é melhor deixar enterradas algumas verdades.

O peito de Matilde está em chamas. Como sua avó pode dizer isso? As lágrimas ardem.

– Você devia ter me *contado*.

A avó dá um suspiro.

– Eu não gostava de esconder isso de você. De verdade. Eu achei que podia protegê-la de meus desatinos.

– Não, você queria me manter domesticada – retruca Matilde. – Uma boa garota, uma garota obediente. Dez infernos, você não é melhor que minha mãe.

As palavras se dissolvem em silêncio, engolidas pelo ar com perfume de lírios.

– Já é uma tarefa bem difícil manter as Aves Noturnas em segredo – diz a avó, com muita calma. – E quando uma usa sua magia, fica mais difícil escondê-la e abrir mão dela.

– Por que *deveríamos* abrir mão dela? Por que devemos doar nosso poder?

Os olhos da avó estão agora fixos nela. Mesmo na escuridão, eles brilham.

– Quando as últimas Aves Fyre se esconderam em Simta, pararam de usar magia elemental. Você sabe por quê?

É claro. Ela cresceu com essa história.

– Porque ela tornava difícil se esconder dos homens horríveis com espadas flamejantes.

– Foi horrível, Matilde, as coisas que os paters fizeram com elas. Mas não foram apenas os paters. Às vezes, seus vizinhos também as machucavam, seus amigos. Há histórias de pessoas tentando coletar sua magia e botá-la em frascos, como se fosse algum preparado alquímico. De reis feudais descobrindo maneiras de controlá-las e usando sua magia como arma. Outros as caçaram por medo: uma mulher com esse tipo de poder é um perigo. Então as Casas as estimularam a manter sua magia em segredo. As Aves Fyre não sabiam que ela ia se voltar para dentro como aconteceu, fazendo curvas estranhas e caminhos sinuosos, mas elas abraçaram isso. É mais fácil esconder algo que ninguém pode ver.

Algo naquelas palavras faz com que Matilde pense nos Salukis dos Guardiões. Seus criadores estimulam certos traços em seus filhotes, suprimindo outros. As Casas fizeram a mesma coisa, deixando as Aves Noturnas apenas com os dons que podiam ser aproveitados. Transformando-as em ferramenta, e não em uma ameaça.

A voz da avó fica urgente:

– Faz tanto tempo desde esses dias que nos esquecemos de por que aquelas mulheres escolheram ser guiadas pelas Casas. Por que elas sacrificaram sua magia em vez de se exporem. É perigoso, Matilde, para nós e todos à nossa volta. Quem somos nós para nos voltarmos contra as decisões que elas tomaram?

Decisões, honra, dever. As palavras parecem uma jaula.

– Você não gosta disso, eu sei – diz a avó. – Mas esse é o sistema. Precisamos confiar nele. As Grandes Casas fizeram muita coisa para impedir que as garotas saiam desse caminho, rumo à destruição. As que não fazem isso são postas na linha, e eu não quero isso para você.

Matilde fica apreensiva. O que isso significa? As palavras raivosas de Sayer ecoam dentro dela. *Você acha que, com sua bela casa e seu nome elegante, nada pode tocá-la. Minha dama uma vez também acreditou nisso. Mas ela aprendeu que isso não era verdade.* Sua dama dava a entender que Nadja Sant Held foi responsável pela própria ruína. Mas talvez isso também fosse mentira.

– Então o que devo fazer? – sussurra Matilde. – Só enterrar tudo e esquecer?

A avó se levanta, o rosto pintado em sombras.

– Nós precisamos casar você. Quanto antes, melhor. E você vai ter de considerar seriamente Tenny Maylon.

O estômago de Matilde se retorce.

– Você só pode estar brincando.

– Isso vai mantê-lo em silêncio – diz a avó. – E, apesar de seus muitos defeitos, ele é um garoto bem doce.

Matilde olha fixamente para ela, boquiaberta de horror. Os olhos da avó estão tristes, mas ela não volta atrás. As mulheres Dinatris cumprem seu dever, por mais desagradável que seja. Ela espera que Matilde faça o mesmo.

Você acha que, com sua bela casa e seu nome elegante, nada pode tocá-la.

Tire a venda dourada dos olhos.

Agora ela se foi.

Um som vem da porta do jardim: uma espécie de arranhão, depois uma pancada de madeira sendo cortada.

A avó franze o cenho.

– Quem pode ser a essa hora?

A voz que responde é feita de cascalho e sal:

– Soldados de Marren, vindos para aplicar justiça.

A avó entra na frente de Matilde e a empurra na direção da casa.

– Aqui não tem justiça a ser aplicada por um pater.

– Isso é exatamente o que uma bruxa diria.

Um tremor abala Matilde, e o medo a envolve.

Outro arranhão, outra batida forte na porta, forte o suficiente para sacudi-la. Os fanáticos religiosos vão derrubá-la.

Sayer olha pela sua janela na residência de Leta, espiando a escuridão cada vez mais profunda. Está tudo imóvel demais naquele quarto, abafado demais. Ela deseja um sopro de brisa, mas nada se mexe.

Está cansada, mas depois da noite que acabou de ter, não consegue dormir. Ela não perde a esperança de ouvir o trompete de Rankin – um chamado às armas, uma notícia. Alguma coisa para *fazer*. Ela quer ver Fen, mas Leta está alerta desde que chegou. Sayer pode ouvi-la se movimentando pela casa como um fantasma.

Ela não sabe o que pensar a respeito do que aconteceu, ou como se sentir em relação a isso. A cena com seu senhor está se desenrolando outra vez em sua mente, incessante desde que ela deixou o hotel. Ela continua se lembrando da forma como ele falou das Aves Noturnas, seus dedos se cravando no braço dela. Nas horas seguintes, a satisfação vingativa de usar sua magia contra ele desapareceu, deixando apena uma dor vazia e raivosa.

Ela não sabia o que sentiria se um dia se encontrasse com Wyllo Regnis. Nunca esperou que machucaria tanto. Pelo menos, ela pode ter quase certeza de que ele não vai contar a ninguém sobre o ocorrido. Ele já estava fingindo que não sabia de sua existência, e agora que ele sabe sobre sua magia… ele construiu uma reputação como abstêmio. Não ia querer que ninguém soubesse que gerou uma garota como ela.

Eu sou uma órfã, pensa Sayer. *Eu não tenho família.*

Ela já sabia, mas isso agora a corta como uma faca.

Há uma batida. Sayer exala.

– Entre.

Leta entra vestindo um robe bordado com cisnes pretos, seu cabelo escuro está bem penteado para o alto. Elas se veem todo dia, mas ela não costuma ir ao quarto de Sayer. Se ela fica surpresa ao ver sua protegida usando uma calça roubada de um de seus muitos armários, não diz nada.

– Que bom, você está acordada. Nós precisamos ter uma conversa.

Sayer ergue os joelhos. Leta se senta na beira do assento da janela, deixando que o silêncio se transforme em garras. O codinome dela era Pega, e ela doava o dom de encontrar coisas que tinham sido enterradas. Seu olhar afiado fazia com que Sayer se perguntasse com frequência se ainda restava a ela alguma magia. Depois dessa noite, não parece absurdo.

– Eu amava sua dama, você sabe – diz Leta.

Isso não estava entre as coisas que Sayer achou que ela diria.

– Nós fomos Aves Noturnas juntas. Embora eu tenha certeza de que você deve saber disso.

Faz sentido. Elas eram mais ou menos da mesma idade e boas amigas. Leta era uma das únicas pessoas que ia visitá-la.

– Ela era uma coisinha adorável. – Um sorriso curva os lábios de Leta. – Cheia de doçura. As outras garotas no início me tratavam mal. Uma garota encontrada em um bordel não seria amiga delas.

Então os sussurros sobre Leta eram verdade. Matilde ficaria escandalizada, mas isso faz com que Sayer a respeite. Leta criou sua própria Grande Casa do nada. Privilégio conquistado é diferente de privilégio de nascença.

– Eu não ligava – diz Leta. – Tinha sobrevivido a coisas piores que seu julgamento. Mas, na noite em que conheci as outras Aves Noturnas, Nadja pulou de sua cadeira e me abraçou. "Irmã", disse ela. "Nós estamos muito felizes por ter você." Ela conhecia meu passado, mas não acredito que tenha me julgado. Ela era um cobertor quente envolvendo meu amargor.

Sayer afasta os olhos. É estranho ouvir que a mulher que a criou viveu toda uma outra vida antes de você chegar.

– Eu disse a ela para não deixar que aquela doçura a cegasse. – O leve sorriso desapareceu, substituído por uma coisa frágil. – Contei o que os homens iam dizer para conseguir o que queriam. Nossa madame não exercia tanto controle sobre o lugar quanto eu. Sua dama é a razão por que eu mesma assumi o cargo. Visitas demais e promessas doces levam ao desastre. Quando ela confessou isso tudo para mim, o dano estava feito.

Sayer engole em seco. *Ela* era o dano, crescendo dentro da barriga de sua dama. No fundo de seu peito, algo se retorce.

– Seu avô supôs que Wyllo ia se casar com ela. Quem não ia querer uma das Aves Noturnas como noiva, apesar da gravidez ilícita? Mas ele já estava comprometido com uma família de abstêmios muito rica. Ele não queria o escândalo. Então negou ter dormido com ela. Ele era um homem em ascensão, parte de um grupo de nobres das Casas que declaravam que a igreja estava certa em relação à magia. Não podia se dar ao luxo de que alguém soubesse o mentiroso que era.

Sayer nunca viu o rosto de Leta tão aberto. A fúria nele se iguala à dela.

– Você disse que eram como irmãs. – A voz de Sayer está tensa, quase trêmula. – Então por que não a ajudou?

A voz de Leta sai aguçada outra vez:

– Eu tentei. Disse que ia comprar uma casa para nós, se sua família a rejeitasse. Eu sei o que é perder um filho. As cicatrizes que isso deixa.

O que ela quer dizer com isso? Sayer não consegue analisar suas palavras nem sua expressão.

– Mas ela era orgulhosa, sua dama – continua Leta. – E teimosa. Queria as coisas do jeito dela, de mais ninguém.

Não é assim que Sayer se lembra dela. A dama que ela conhecia teria se agarrado à chance de morar ali. No que ela estava pensando? Seu coração dói ao saber que nunca vai poder perguntar.

– Os pais dela, os Sant Held, a teriam aceitado de volta, mas exigiram que ela abrisse mão de você. – Leta olha pela janela, como se estivesse vendo o passado na escuridão. – Disseram que ela podia terminar o confinamento com alguns primos em Thirsk e deixar que eles criassem você. Ela podia voltar a ser uma Ave Noturna sem ninguém saber de nada. Em vez disso, ela fugiu, mudou de nome e se escondeu no Bairro do Grifo. Nada do que eu dissesse faria com que ela mudasse de ideia.

Sayer fica boquiaberta.

– Ela foi para o Grifo... por escolha própria?

Leta assente.

– Nadja tinha uma imaginação poderosa. Ela achou que, se agisse como mártir, Wyllo mudaria de ideia e iria buscá-la. Então, quando os meses se transformaram em anos, e ele nunca a *procurou*, ela estava envergonhada demais para admitir o erro.

Mas Sayer sabe a verdade. Ele procurou Nadja Sant Held, mas não para honrá-la. Ele foi para tomar o poder dela para si. *É a isso*, pensa ela, *que gostar de alguém leva*. É isso que dá botar seu destino nas mãos de outra pessoa.

Alguma coisa a chama na noite: uma ave ou inseto. O ar se transformou em uma respiração contida.

– Por que está me contando tudo isso?

O olhar de Leta é penetrante.

– Porque você está guardando segredos, assim como ela fazia, e eu não vou cometer os mesmos erros que cometi com ela.

Sayer respira fundo. Talvez seja a hora de contar a Leta o que aconteceu no clube – de confiar nela.

A coisa do lado de fora chama de novo, ainda mais alto.

– Shills imundos. – Leta franze o nariz. – Tem um gato morrendo em algum lugar?

Não, é um trompete desafinado, frenético. Rankin.

Sayer se levanta quando alguém abre o portão do jardim de Leta, sem nem sequer tentar se esconder. Ela sai correndo do quarto, desce pelo corredor e pela grande escadaria e abre a porta da varanda.

– Fen, o que está *fazendo*?

Fen abre a boca no momento em que Leta chega.

Sayer se apruma. Uma gaiteira-da-areia em seu jardim? Leta vai querer prendê-la. Mas tudo o que ela faz é encará-la com intensidade.

Leta inclina a cabeça, sua voz sai estranha:

– Eu conheço você?

– Não – diz Fen, mal olhando para ela. – E não vai.

Sayer olha de uma para a outra, o ar tensionado como arame esticado.

Fen se volta para ela.

– Os En Caska Dae estão prestes a invadir a mansão Dinatris.

Sayer xinga. Tenny Maylon deve ter contado a eles. A arrogância de Matilde está se voltando contra ela.

– Como você sabe disso? – pergunta Leta.

– Não tenho tempo para explicar – diz Fen. – E se você quer ajudá-la, Tig, não há tempo a perder.

Ela joga uma máscara para Sayer, do tipo que as pessoas usam para o carnaval da Noite Menor no Grifo, das baratas e brilhantes. Fen veste uma delas, uma raposa sorridente.

– Espere. – Os pensamentos de Sayer chegam depressa. – Você vem comigo?

– Se você vai, eu vou – diz Fen. – Unidas como sombras.

O juramento das Estrelas Negras. Sayer engole em seco.

A voz de Leta sai aguda e tensa:

– Vocês duas não vão a lugar nenhum.

Fen se volta para ela.

– Você deixaria duas de suas garotas com um bando de fanáticos?

– Eu vou arregimentar as Casas.

– Aí a ajuda vai chegar tarde demais.

Leta se volta para Sayer.

– Fique. Eu ordeno.

Talvez ela devesse fazer isso – nunca teve pretensão de ser uma heroína. Mas Sayer não vai deixar as garotas sofrerem tal destino.

Eu me pergunto, amor, se você algum dia vai dar importância àquelas histórias que descobri tantos anos atrás. As que falavam das Aves Fyre de antigamente. Sei que você quer proteger Matilde contando-lhe que ela só pode dar sua magia para os outros. Mas você a está enfraquecendo, Frey, como quando me deixou. Você talha suas asas e assim impede que ela voe.

— UMA CARTA NÃO ENVIADA
DE KRASTAN PADANO
PARA LADY FREY DINATRIS

CAPÍTULO 11
DESMASCARADAS

ÆSA ESTÁ OBSERVANDO Matilde e lady Frey pela janela do quarto quando garotos começam a entrar no jardim. Estão todos usando túnicas cinza com uma insígnia no peito que ela não consegue identificar. Muitos carregam bestas. A visão deles faz com que o estômago de Æsa se contorça.

Alguém agarra seu braço: a dama de Matilde, Oura.

– Fique aqui – sussurra Oura. – E, se eles se aproximarem da casa, fique escondida.

O coração dela está batendo forte.

– Quem são eles?

A boca de Oura vira uma linha fina de cor escura.

– Ninguém bom.

Ela sai correndo para o corredor. Æsa espera um segundo antes de segui-la, descendo pela escadaria para a sala de café da manhã. Uma janela alta foi deixada aberta para a noite estagnada, e Æsa entra atrás de suas cortinas. Ela olha pela janela e vê Oura saindo na varanda, os punhos cerrados.

– Isso é invasão de propriedade – diz lady Frey. – Saiam agora ou vai haver consequências.

– Nós respondemos a Marren e aos Eshamein – diz o homem à frente, com uma voz ao mesmo tempo grave e fria. – Não a você.

Ele é mais velho que os outros, tem o rosto esburacado, marcado por cicatrizes e pintado com linhas de tinta vermelha. É como se alguém tivesse mergulhado a mão em sangue e a pressionado sobre seu rosto.

A pele dela formiga – ela já viu aquele rosto antes, em seus sonhos, ou no que achava serem sonhos. Acordada, isso parece mais um pesadelo.

Samson sai para a varanda e para ao lado de sua dama, com o cabelo despenteado.

– O que significa isso? Quem é você?

– Eu sou o Mão Vermelha de Marren – diz o homem. – E nós somos seus servos, as Espadas de Chamas.

Æsa aperta a cortina com força. Lady Frey e Matilde estão lentamente se dirigindo à varanda, mas os garotos de cinza as estão cercando e se fechando ao seu redor, como a rede de um pescador.

Samson escarnece:

– E que negócios você acha que tem aqui?

– Eu vim buscar a bruxa – diz o Mão Vermelha. Ele aponta para Matilde.

Samson dá uma risada abafada.

– Vocês perderam o juízo?

Lady Frey encara os homens.

– Essa é uma acusação perigosa.

– Aquela *coisa* é o perigo. – A voz do Mão Vermelha é como a maré, quase hipnótica. – O que ela usa não é dela. Foi roubado do Manancial. Chegou a hora de ela responder pelos seus crimes.

A voz de Oura é feroz:

– Minha filha não cometeu crime nenhum. Quem é você para ousar dizer isso?

– Não é um Guardião, isso é certo – diz Lady Frey, com calma. – Vocês não têm direito de estarem aqui.

– Isso mesmo. – Samson desceu a escada e abriu caminho através dos garotos Caska para encarar o Mão Vermelha perto da fonte. – Escute aqui, esta é a minha casa. Saia agora ou vou me assegurar de que você se arrependa disso.

O Mão afasta os lábios, mostrando os dentes.

– Nós ardemos com propósito. Suas ameaças não significam nada para o fogo.

Ele move um dedo, e algo voa pelo ar: uma seta. Æsa a observa atravessar o ombro direito de Samson. Ele cai, e Oura grita, voando escada abaixo para ajudá-lo. Matilde também corre na direção dele.

O Mão Vermelha se lança sobre Matilde, agarrando a alça de sua bolsa de contas. Æsa não consegue ver o rosto dela, mas pode sentir seu medo.

– Você não *ouse*.

Há o ronco de um movimento.

Lady Frey grita.

– Matilde, não!

O Mão Vermelha cambaleia para trás. Matilde está segurando algo. Parece uma bola de criança, mas está brilhando. Não... queimando.

Todos os garotos de cinza fazem o sinal dos Eshamein na testa. Seus olhos surpresos e assustados estão tomados pelo brilho da bola fogo.

A expressão de Matilde está selvagem.

– A Casa Dinatris não tolera invasores. Eu sugiro a vocês que vão embora antes que eu os queime.

Ninguém se mexe, hipnotizados. O rosto do Mão Vermelha está cheio de um prazer estranho. Então ele diz:

– Peguem-na.

Alguns dos garotos mais corajosos se movem na direção dela.

Matilde deixa que sua bola de fogo voe. Um deles grita quando ela atinge sua túnica e outro tenta apagar o fogo antes que se espalhe. Matilde já está arremessando outra bola: de onde elas estão vindo? Partes de sua camisola estão queimadas e enegrecidas. As chamas parecem acariciar sua pele, mas não a queimam.

Mais garotos de cinza dançam ao seu redor, tentando pegá-la. Parece que eles querem capturá-la, não a matar. Mas Æsa sabe o que vem em seguida, porque sonhou com isso: o Mão Vermelha busca algo no interior de sua túnica, com o rosto cheio de cicatrizes se contorcendo, e algo brilha à luz das chamas de Matilde.

O oceano se ergue no peito de Æsa.

– Matilde, cuidado!

Ela sai pela janela, abrindo os braços por instinto. Magia parece correr através deles, derramando-se dela em uma onda trêmula. A água na fonte se ergue, passa pela borda e se derrama no jardim, envolvendo-se como uma parede em torno de Matilde. A faca do Mão Vermelha desce, mas a lâmina se aloja na água. Ela se transformou em um lençol sólido de gelo. Ela pode ver Matilde através dela, encarando-a com olhos surpresos.

Com os borrifos do mar em seu nariz e ondas em seus ouvidos, Æsa se sente como uma sheldar. Que os deuses a ajudem, ela quase gosta disso.

O Mão Vermelha ergue os olhos, cheio de fúria e triunfo.

– Outra – diz ele, com rispidez. – Peguem-na.

Alguns garotos de cinza saem na direção dela brandindo suas bestas. Ela podia correr para dentro da casa, mas Matilde está aprisionada no gelo, e Frey e Oura estão ao lado da fonte, debruçadas sobre Samson. Ela não pode abandoná-los.

– Venham conosco de espontânea vontade – ordena o Mão –, e mais ninguém vai sofrer pelos seus pecados.

AVES NOTURNAS

A palavra "pecados" a assusta e faz com que ela abaixe as mãos. As paredes de gelo racham e derretem, derramando-se sobre a grama. Os garotos de cinza se aproximam. Elas vão ser apanhadas. Æsa sente um soluço se formar em sua garganta.

Há uma onda ruidosa: uma chicotada de vento cortando a imobilidade. Mão Vermelha é derrubado sobre a grama. Os garotos de cinza começam a cair, um agarrando a barriga; outro, o pescoço. Um ataca loucamente alguma coisa que não consegue ver, em seguida cai como se tivesse sido socado no queixo. Bestas saem voando das mãos dos garotos, jogadas nos arbustos. Há um tremeluzir no ar, como sombras se retorcendo. Se Æsa se esforçar, ela quase consegue ver...

Doces deuses. *Sayer?*

Duas figuras mascaradas também estão ali, desarmando os Caska antes que eles possam reagir. De onde elas vieram? Uma usa uma máscara de raposa; a outra, de texugo. O texugo tem alguma coisa na mão, uma esfera de vidro. Quando dois Caska se lançam em sua direção, ela joga no chão a esfera, que se espatifa. Algo sinuoso emerge, parecendo pássaros feitos de fumaça. Eles cercam os garotos de cinza, que começam a tentar bater neles. Um deles dá um grito agudo de terror.

Æsa corre até Matilde em meio ao caos. Elas vão cambaleando juntas até a fonte, onde os Dinatris estão encolhidos. Eles deviam ir para a casa, mas Samson não parece conseguir ficar de pé, e há corpos demais, bestas demais prontas para atirar em qualquer coisa que se mexa.

Há um grito, e Sayer surge à vista com uma máscara de tigresa. Um de seus amigos, o texugo, tropeça e cai em cima de uma besta, rolando na direção deles. A raposa faz um giro gracioso e se volta para o Mão brandindo uma faca. Um dos garotos Caska se lança na direção do texugo, mas Sayer ergue a mão e cerra o punho, e ele cai cambaleando e agarrando a garganta como se não pudesse respirar.

– Parem – ruge o Mão. – Ou vamos começar a atirar.

Sayer abaixa o braço, e o garoto inspira. Os garotos mascarados e Sayer recuam na direção da fonte, mais perto dos seus. Alguns dos Caska ainda estão gritando e tentando acertar os pássaros de fumaça, mas a maioria se fechou em torno delas. Não resta lugar para onde fugir.

– O pontífice queria uma como prova – sussurra o Mão Vermelha, e vou levar para ele três de vocês. Um veneno escondido em plena vista.

Os garotos de cinza tocam o peito com o punho, sussurrando uma prece juntos. *Um fogo purificador para purificar o mundo.* Há muito ódio em seus rostos. Æsa não consegue conter a onda de vergonha.

Ela pensa no que a mãe vai dizer quando souber disso, no que o pai vai dizer. Em Willan, que disse que ia voltar por ela. *Eu jurei proteger você.* Mas ele está muito atrasado.

Matilde agarra sua mão. A outra vai ao interior de sua bolsa e saca alguma coisa: um frasco escuro.

– Vocês querem veneno? – grita ela. – Aqui está. Tomem um pouco.

O frasco se estilhaça sobre a base de lajotas da fonte. Fumaça preta e densa se espalha como uma nuvem. Não, não apenas fumaça… escuridão. Pelos deuses, como aquilo faz seus olhos arderem. Ela pode ouvir os En Caska Dae gritando e tossindo, mas não consegue mais vê-los.

– Entrem na casa – diz lady Frey. – Depressa.

Mas qual é o caminho para a casa? A escuridão torna difícil dizer. Matilde continua segurando a mão dela, e Æsa tenta agarrar a de Sayer, querendo garantir que ela não seja deixada para trás.

Assim que suas mãos se apertam, uma coisa acontece. Um tremor causado pela união, depois uma torrente repentina. É como se todas as outras vezes que elas se tocaram fossem apenas uma pequena ondulação. Isso é água e luz, pedra e terra, vento e fogo ganhando vida. Ela tem uma sensação avassaladora de completude – de certeza. Mas então ela desaparece, roubando sua respiração.

O chão estremece, de algum modo menos sólido embaixo dela.

As árvores gemem, o som de um navio na tempestade, e uma coisa serpenteia perto dela. É como se todo o jardim tivesse ganhado vida violentamente.

Quando o Mão Vermelha fala, sua voz é quase reverente:

– Ana. É você?

Um dos Caska grita, depois outro, transformando a escuridão em um mar de gritos de pânico.

MATILDE ESTÁ EM chamas: por dentro, por fora. A onda repentina é como ficar perto demais da lareira. Você quer o calor, mas também sabe que ele pode queimá-lo. Então, de uma só vez, o fogo recua.

O jardim está barulhento: folhas sibilantes, madeira rangente, xingamentos e gritos. Algo que ela não consegue ver passa depressa, mexendo o ar perto de sua cabeça. A Capa da Noite encobre tudo, mas não vai durar. Elas precisam tentar fugir.

Ela se dirige até Samson, mas alguém já o está erguendo. Alguém agarra o braço dela e eles vão cambaleando até a casa, escada acima.

– Estou vendo você, ladrazinha – grita o Mão repetidas vezes. – Eu estou vendo você.

Matilde se vira apenas uma vez na varanda, para se assegurar de que estão todos com ela. Ela fica boquiaberta com o que acha ver. O jardim está vivo. Trepadeiras chicoteiam e arbustos estrangulam. As árvores ergueram as raízes e se envolveram em torno dos Caska como cobras. O Mão Vermelha está preso à fonte, tremendo em fúria.

– Vocês não podem escapar de mim – diz ele, os olhos nela. – Marren vai ter justiça.

Ela entra correndo na casa e tranca a porta. Sua família desabou contra uma parede no corredor principal. A dama está com a cabeça de Samson no colo, pressionando seu ombro que sangra. Os olhos dele estão vidrados quando encontram os de Matilde.

– Tilde – diz ele, com voz áspera. – Eu acabei de ver você fazendo bolas de fogo?

Ela o ignora e se agacha. Os olhos da dama estão assustados. É o En Caska Dae que ela teme ou o que sua filha acabou de fazer?

– Minha irmã é mágica – balbucia Samson. – Assim como a garota que estou cortejando. Shills imundos, isso...

A avó o silencia e olha nos olhos de Matilde.

– Você precisa ir agora.

Matilde franze o cenho.

– Mas...

– Me escute. Procure Krastan. Até ter notícias minhas, *não* volte para casa.

Mas esse é seu mundo, sua família, e ele está quebrado.

– Eu não vou deixar você.

– Você vai – diz a avó. – Você precisa.

A dama segura uma das mãos de Matilde e a beija com ardor. A avó aperta a outra.

– Voe com cuidado, querida. Voe com a verdade.

Alguém a puxa dali, e elas saem correndo.

– Há garotos na frente da casa – arqueja Sayer. – Posso ouvi-los tentando derrubar a porta.

– Então para onde vamos? – pergunta Æsa.

Isso tira Matilde de seu estado de atordoamento.

– Para o telhado.

Elas chegam no alto da escada no momento em que o primeiro En Caska Dae entra correndo no foyer. Ela pode ouvi-los gritar com sua família.

– Onde estão elas?

Seu coração queima, mas ela não pode se dar ao luxo de olhar para trás.

Elas continuam a subir – sua casa sempre teve tantas escadas? – até o alçapão no teto perto do quarto de sua dama. Ela o puxa para baixo e elas sobem para o sótão que se prolonga por toda a extensão da casa, bolorento e quente.

– Por aqui – sussurra ela, correndo através das lembranças dos Dinatris. O suor está se acumulando debaixo da alça de sua bolsa, ainda pendurada em seu ombro. Sua camisola de cetim roxa se prende o tempo todo nas coisas. Droga, por que ela não botou sapatos? Não achou que fosse correr para sobreviver em suas roupas de dormir. Ela contém uma risada louca, histérica.

Na outra extremidade, ela abre a janela redonda tingida de rosa e sai por ela, observando o resto do grupo se reunir no telhado. Sayer, a raposa e o texugo parecem fugitivos de uma estranha festa temática. Ela e Æsa são as únicas com o rosto à mostra.

Nós estamos sem máscara.

Elas correm até a ponte flutuante, uma coisa estreita que balança e se conecta com a mansão ao lado. Ela está ali em caso de incêndio – ou, pelo visto, fanáticos religiosos. Só quando ela e Sayer balançam a coisa ela se lembra de que não está finalizada, pairando pouco antes do beiral do telhado do vizinho.

A raposa vai até a beira do telhado e está olhando para o jardim. O texugo vai até lá e puxa seu colete laranja.

– Nós precisamos ir, chefe.

A raposa não se mexe. Ela ficou rígida, com as mãos cerradas, como se estivesse hipnotizada por alguma coisa.

A voz do garoto texugo está muito trêmula.

– Fen? Por favor?

Fen. Matilde se assusta com o nome. A raposa não é um garoto.

Ela é a assassina amiga de Sayer. Fenlin Brae respira fundo e se volta na direção delas. Matilde só consegue ver um de seus olhos.

– Rankin, você primeiro – diz Fen.

O texugo faz uma saudação e sai correndo, com o trompete balançando preso às costas. Ele dispara pela ponte e voa sobre o vão, aterrissando com força no telhado do vizinho. A raposa vai em seguida e se vira para acenar, apressando-as, mas Matilde não sente firmeza. Se ela pudesse ter apenas um momento para recuperar o fôlego.

Há o som de algo se rasgando. Ela se vira e vê Sayer com a faca na mão, cortando o cetim refinado de suas vestes.

– Sayer, o que você...?

– Camisolas – rosna Sayer. – Não foram feitas para voar.

O corte que ela faz vai quase até o osso ilíaco de Matilde. Os gritos vindos de baixo estão ficando mais altos.

– Venha – grita o texugo, estendendo as mãos. – Nós vamos pegar você.

Mas Æsa está congelada na beira da ponte em seu robe de veludo azul, seu cabelo comprido brilhante e selvagem em torno de seu rosto.

Passos vindos de perto – perto demais. O pânico se retorce e se agita no estômago de Matilde. Mas a avó lhe ensinou a usar uma máscara mesmo quando não tem uma – mostrar ao mundo apenas o ela quer que ele veja. Então ela agarra o braço de Sayer e a puxa até Æsa, confiante.

– Está bem, ladies. Vamos pular juntas.

Matilde conta para elas: três, dois, um. Três Aves Noturnas voando. O vão não é enorme, mas é um longo mergulho. Parece que ela está caindo em algum mundo novo e estrangeiro.

Elas aterrissam, quase caindo, então começam a correr. A bolsa de contas bate contra o quadril de Matilde. As telhas de madeira lisa a fazem escorregar, e as grosseiras cortam seus pés, mas ela praticamente não sente nada. Seu coração está batendo tão forte que podia muito bem explodir. A lua poente brilha sobre a silhueta de Simta conforme elas avançam pelos telhados, de ponte para ponte, correndo por beirais que às vezes não são mais largos que um antebraço. Æsa escorrega uma vez, girando os braços para se equilibrar. Sayer quase tira seu robe para ajudá-la a ficar de pé.

Matilde mantém os braços estendidos como asas na escuridão. Ela tenta não olhar para baixo nem para trás. Depois de saltarem de mais três telhados, elas chegam à última casa. É hora de descer.

A janela do sótão está trancada. A raposa dá uma cotovelada nela, quebrando o vidro laranja, e elas entram. Matilde sente a necessidade de dizer alguma coisa, qualquer coisa. Do contrário, ela pode chorar ou gritar.

– Acostumada a arrombar e entrar, hein, Fenlin?

O texugo – Rankin – puxa a máscara para trás e sorri, revelando um espaço entre os dentes.

– Vocês deviam vê-la com um conjunto de gazuas.

Fen resmunga.

– Isso não é hora para delicadezas.

Eles correm através da mansão, que está misericordiosamente vazia. Ela costumava brincar ali com os gêmeos Layton. Parece diferente de como se lembra, mais ameaçadora, mas não há tempo para se assustar com sombras. Os garotos de cinza não devem estar longe. Eles seguem em frente, descem a escada e atravessam um jardim silencioso, correndo até o portão que dá para a rua.

– Para onde devemos ir? – sussurra Æsa.

Os dedos de Matilde se envolvem no pássaro que Dennan deu a ela, ainda enfiado em um compartimento de sua bolsa.

– Minha avó disse para procurarmos Krastan, então é para lá que devemos ir.

– O Alquimista Amarelo? – pergunta Sayer. – Tem certeza de que podemos confiar nele?

Matilde dá um suspiro.

– Ele sabe meu segredo. Seu aprendiz também. Ele fez a poção que nós acabamos de usar para escapar.

– Gatos em chamas, Dinatris – sussurra Sayer, com raiva. – Para quantas pessoas você contou?

– Aproximadamente tantas quanto você – rebate Matilde, apontando para Fenlin e Rankin.

– Não comecem – sussurra Æsa. – Agora, não.

Fenlin fala baixo, apenas para Sayer:

– A garota rica está certa. Eles são uma aposta segura. O aprendiz, Alecand Padano, está na vigia das Estrelas Negras.

Matilde não sabe o que isso significa, mas Sayer deve saber. Ela dá um suspiro.

– Então vamos.

Sua corrida pelo Bairro de Pégaso é longa, porque eles permanecem nas ruas secundárias mal iluminadas. Deve ser uma ou duas da madrugada, o que significa que há poucas pessoas na rua. Lanternas de mariposas-de-chamas gritam acima de suas cabeças, iluminadas e visíveis. Vidro e fuligem cortam os pés de Matilde. Seus passos cambaleantes seguem o ritmo de seus pensamentos, sempre o mesmo: *Aquele homem atirou em Samson. Aquele homem tentou me levar.* Ele entrou em sua casa, onde ela achou que estavam protegidas, um lugar sagrado que ninguém ousaria invadir. Há outro pensamento também: *Æsa e Sayer se arriscaram para me salvar.* Isso faz com que lhe seja difícil recuperar o fôlego.

– Por aqui – arqueja, apontando para uma rua mais larga. Algumas pessoas olham de janelas e varandas. Ela só torce para que nenhuma delas reconheça seu *rosto*.

AVES NOTURNAS

Um grito se ergue atrás delas. São os Caska? Matilde entra em uma escadaria para o subsolo, apertando as costas contra a parede. Os outros se empilham junto dela, prendendo a respiração enquanto quatro garotos de cinza passam correndo acima deles.

Fenlin puxa a máscara para trás, revelando um queixo bem definido, um tapa-olho verde e uma boca devastadora. Uma boca beijável para quem gosta de uma pitada letal em encontros amorosos.

– Tem mais – diz Rankin, olhando para fora. – Gatos em chamas, eles são persistentes.

Sayer franze o cenho.

– Como ninguém os deteve? Eles não são Guardiões.

Fenlin dá de ombros.

– Não podemos contar com mais ninguém para nos tirar dessa.

A mente de Matilde está agitada, fazendo planos e descartando-os.

– Não podemos deixar que eles nos vejam perto da loja de Krastan. Eles não podem saber que ele está nos ajudando.

Sayer tira sua máscara. Há suor em sua testa.

– Eu posso me transformar em sombra, e talvez Fen e Rankin.

Fenlin sacode a cabeça.

– Não, Tig. É melhor você guardar isso para si mesma.

Sayer e Rankin falam ao mesmo tempo, e Fen diz algo para Æsa. Matilde agarra seu pingente, tentando não ver aquele homem horrível, o Mão Vermelha, e agora ele sabe quem ela é e onde mora... ele rasgou e abriu sua vida.

Ela quer tirar alguma coisa dele.

Matilde fecha os olhos. Ela não tem nada dele para segurar, para ajudar na mudança, mas não importa. As mãos dele estão gravadas em sua mente, secas como papel, os olhos escuros ardendo por trás daquela marca de mão em seu rosto. Calor tremeluz, há cinzas em sua boca, e ela sente um calor ondulante atravessá-la, brilhando como segunda pele.

Quando ela abre os olhos, Rankin a está encarando.

– Shills imundos, moça, seu rosto.

Matilde ergue o rosto e vê todos os olhos sobre ela, assustados. Ela leva uma mão envergonhada à face.

– Está tão ruim assim?

– Não, está bom... – diz Sayer, piscando forte. – É só estranho. Fenlin parece estar vendo um fantasma.

– Isso é um jeito simpático de dizer.

Quando Matilde olha para as mãos, é como se pudesse ver o Mão Vermelha as comandando. Ela estremece.

– Minha voz está parecida com a dele? – pergunta. – Eu não consigo dizer.

Todos assentem. Ela lhes esboça um plano. Sayer não gosta que eles se dividam, mas Matilde a convence de que é melhor assim. Então Sayer se transforma em sombra, e Fen e Rankin irão com ela: ela vai explorar à frente deles. Enquanto isso, Matilde agarra Æsa pelo braço e reza para que sua magia dure.

Elas percorreram cerca de um quarteirão quando encontram um grupo de garotos Caska. Ela agradece aos deuses por o Mão Vermelha não estar entre eles.

– Senhor? – pergunta um deles, com expectativa. – Ordens?

Matilde vai falar, mas o medo a silencia.

Nunca tire sua máscara, pensa – uma regra das Aves Noturnas. *Nunca deixe que vejam você.*

– Eu estou com ela – diz ela, a voz roubada segura, sem espaço para contestação. – As outras seguiram por ali, na direção do canal. Vão pegá-las.

Eles hesitam, com os olhos fixos em Æsa. *Mas que droga.*

– *Vocês me ouviram?* – grita Matilde. – Eu disse para *irem*.

Eles fazem um sinal sobre o coração e saem correndo.

O estômago dela se contorce, e sua pele parece estar cheia de mariposas-de-chamas rastejantes. A sensação faz com que pensar seja difícil.

– Matilde – sussurra Æsa. – Seu rosto verdadeiro está aparecendo.

Ela esfrega as mãos na saia.

– Bom, então é melhor nos apressarmos.

Elas seguem pelo beco, tentando se manter nas sombras. Depois de duas esquinas, elas avistam a loja de Krastan. Sayer e os outros também estão ali, todos bem visíveis.

Elas correm até lá. Matilde tenta abrir a porta, mas ela está trancada, fechada para negócios. Mas Krastan vai estar no andar de cima, ele tem que estar. Ele não tem nenhum outro lugar para ir.

Ela bate na porta amarela, esperando ouvir gritos às suas costas. Seus pés estão doendo, e sua respiração está entrecortada. Está prestes a arriscar um grito quando a porta se abre, revelando o rosto chocado de Alec.

– Gatos em chamas, Tilde?

– Deixe-nos entrar. Estamos tendo uma noite e *tanto*.

Alec se afasta, e todos entram pela porta. Há uma única vela acesa no balcão. O ar está cheirando a ervas, pesado e terroso. Isso faz com que a exaustão a atinja em uma onda. Ela sempre achou que garotas que desmaiavam estavam apenas fingindo, mas de repente ela sente como se fosse sofrer um.

Alec olha para eles.

– O que está acontecendo?

– Krastan disse para eu vir para cá se precisasse de um porto em uma tempestade – diz ela. – Bom, eu preciso. Todos nós precisamos.

Os olhos de Alec a examinam como se ela fosse uma poção complicada.

– Quem encontrou você?

Ela respira fundo.

– Alguns paters muito fanáticos.

Alec pragueja.

– Eles seguiram vocês?

– Tentaram – diz Rankin. – Mas nós os despistamos.

– Obrigada pelos Filhos do Medo, parceiro – intervém Fenlin, tirando a máscara de raposa. Ela parece ter se recuperado de seu estranho torpor no telhado. – Funcionou muito bem. O que era aquela poção de escuridão que você deu para a garota rica? Vai ter que fazer um pouco para mim.

Alec dá um suspiro.

– Eu faria, Fenlin, mas quem sabe o que você faria com ela?

Como nas caríssimas profundezas Alec e aquela gaiteira-da-areia se conhecem? Matilde está desarmada demais até mesmo para perguntar.

Alec olha de cara fechada para o chão e para as pegadas sangrentas de Matilde.

– Aqui – diz ele, pegando um chinelo surrado de trás do balcão. – Não podemos permitir que você deixe um rastro.

Ele tranca a porta da frente e os conduz pelo corredor dos fundos. O chinelo é grande demais, e ela não dá cinco passos antes de tropeçar. O braço de Alec a envolve. Ela quer fazer piada sobre como ele devia primeiro levar ela para jantar, mas está cansada demais. O cheiro dele é muito bom: como fumaça e folhas de frennet. Algo perigosamente parecido com um choro enche sua garganta.

Na sala secreta nos fundos, Alec puxa um vidro das prateleiras perto do rodapé. Toda uma parte da parede dos fundos se abre, revelando uma porta. Outra sala secreta, uma da qual Matilde não sabia.

Com uma vela na mão, Alec os conduz por uma escada velha para um porão. Poucas casas em Simta os têm: com a maré tão elevada, eles costumavam encher.

– Para trás – diz Alec, levantando o canto de um tapete e revelando um alçapão de metal redondo. Ele é feito de metal escuro, gravado com flores e cavalos alados.

Sayer franze o cenho.

– Achei que não tínhamos mais túneis subterrâneos. Eles inundaram.

– Essa – diz Alec – é uma das maiores mentiras de Simta.

As dobradiças do alçapão se abrem com suavidade, revelando um buraco escuro. Alec pega um saco no bolso, o sacode até ele brilhar e o joga no abismo. Uma corda vai em seguida, que está presa à cobertura da tubulação e ao tapete, de algum modo.

– Normalmente tem uma escada – diz Alec. – Não é alto, mas, se eu segurar a tampa, vocês podem usar a corda.

Rankin pula e se senta na beira do buraco.

– Pés na frente, sem problema.

Ele cai. Æsa leva um susto, mas demora apenas um segundo até que eles escutem seus pés atingirem a pedra e ele os chamar. Uma por uma, todas o seguem, até ficarem apenas ela e Alec. Ele estende a mão, mas ela não consegue se mexer.

– É seguro, Tilde – diz. – Prometo.

Mas esse buraco vai removê-la de seu mundo, de sua família. Ela não consegue se livrar da sensação de que não vai ser capaz de retornar.

Ela engole em seco.

– Você primeiro, então. – A boca dele se abre como se ele fosse discutir. Ela quase quer que ele faça isso. Faria com que tudo aquilo parecesse mais normal. Em vez disso, ele desaparece pelo buraco.

Ela se senta na borda, agarrando a bolsa, depois seu pingente. Um dos chinelos velhos escorrega e cai. Matilde costumava usar os chinelos da avó pela casa, batendo-os sobre os pisos de madeira. Ela era toda sonhos, sem medos, tão certa da vida. Sente uma pontada de dor no coração, mas o mundo não vai ficar imóvel para ela. Então ela controla sua expressão, cerra os dentes e cai.

Alec a pega nos braços. Sua camisola sobe por suas coxas, deixando suas pernas à mostra.

– Ponha-me no chão – diz, ficando vermelha. – Você não precisa bancar o herói.

– Você não precisa bancar a princesa – resmunga ele. – Seus pés estão horríveis.

Ela se debate até que ele a põe no chão. Os calcanhares dela latejam, mas, para onde quer que eles estejam indo, ela quer chegar lá sobre os próprios pés.

O túnel escuro que se estende nas duas direções não é grande. Alec provavelmente é capaz de tocar o teto inclinado. Matilde põe o dedo na parede. Ela está molhada em alguns lugares com água dos canais, supõe, misturada com coisas em que ela não quer pensar.

– Que lugar é esse? – sussurra Sayer.

Alec puxa a corda até o alçapão se fechar acima deles com um estalido. O saco brilhante lança uma luz arroxeada sobre seu rosto.

– Achamos que ele antigamente era usado para transportar coisas pela cidade. Depois funcionou como catacumbas. Durante as Grandes Revelações, ele se tornou um esconderijo.

Ninguém fala enquanto eles caminham. O túnel tem um cheiro forte de algas, umidade e bolor. Ela tenta não pensar na cidade acima deles, fazendo pressão para baixo. Então há luz à frente. Por fim, eles fazem uma curva, em direção ao que Matilde pensa ser outro túnel. É mais como o interior de uma igreja, porém, com um teto pontiagudo, transbordando de cores e luz atordoante. Centenas de orbes de luz flutuam sobre eles, uma paisagem estelar aglomerada que faz com que as paredes brilhem e ilumina as tendas coloridas. Há barraquinhas, também, e pessoas, todas olhando fixamente para eles.

– Alec – sussurra ela. – Onde *estamos*?

Pela primeira vez desde que ela apareceu em sua porta, ele sorri.

– Bem-vinda ao Subterrâneo.

PARTE III

O Que Acontece na Escuridão

Nós o aceitamos como você é, e lhe damos as boas-vindas.
Traga seus dons, seus sofrimentos e seu fogo.

— ANOTAÇÃO GRAVADA NA PAREDE
DE UM DOS TÚNEIS DO SUBTERRÂNEO

CAPÍTULO 12

TRAGAM SEU FOGO

TALVEZ PELA PRIMEIRA vez na vida, Matilde fica sem palavras. Ela olha para Sayer e para Æsa, mas as duas estão observando atentamente o arredor deslumbrante. Quando Alec recomeça a andar, não há nada a fazer além de segui-lo.

Eles serpenteiam através do que parece ser um mercado movimentado, não muito diferente do Águas Claras. É cheio de atividade, considerando a hora avançada, e parece lidar com o ilícito, seus vendedores acenando sobre potes e frascos. Um homem está explicando para um cliente como seu bálsamo vai mantê-lo fresco em noites quentes, enquanto uma mulher está mostrando chás artesanais que fazem com que até a refeição mais escassa pareça um banquete. Perto, alguém está fazendo malabarismo com orbes de luz para um grupo de crianças. Ele deixa que um deles caia nas pedras do calçamento, e todos levam um susto quando o gás em seu interior toma a forma de um cavalo a galope.

Há uma árvore grande no meio da rua de pedra, seus galhos enfeitados com orbes de luz pequeninos. Matilde estende a mão e toca uma de suas folhas roxas. Aquilo – aquele lugar inteiro – parece impossível. Ela não sabe como alguma coisa pode crescer ali embaixo.

Olhos se voltam na direção das Aves Noturnas, cautelosos e curiosos, mas ninguém os detém. Alec parece oferecer a eles segurança. O salão alto se estende. Matilde pode ver túneis menores saindo dele, marcados por tendas mais silenciosas com lanternas penduradas junto às portas. Ela vê um grupo de homens jogando cartas, uma mulher ninando um bebê irrequieto. Será que aquelas pessoas *vivem* nesse lugar?

Na outra ponta do túnel, há uma arcada menor. Alec os conduz por ali e na direção de uma alcova cheia de garotas conversando. Algumas delas rodeiam uma garota com cachos selvagens usando um vestido branco e sujo com muitos babados fora de moda. Ela recebe um pedaço de fruta-gulla, e o vestido começa a mudar para combinar com ela, a cor se espalhando por ele até ficar inteiro de um belo rosa crepuscular. Matilde não vê poção ou feitiço: só a garota girando e rindo. Não parece nenhum truque de feiticeiro que ela já viu.

Um dos outros engasga em seco quando o cabelo da garota começa a ficar rosa para combinar com todo o resto. Ela para de girar e olha para os braços, que estão se transformando também. Ela parece confusa com isso, mas não assustada. Como se ficar rosa não fosse motivo de preocupação.

Então Matilde avista outra garota, de uns quinze anos, talvez mais nova, parada com uma vela na mão. A chama muda de vermelho para azul e depois para verde conforme a menina aproxima o dedo dela. Matilde tem vontade de gritar – aquilo com certeza vai queimá-la –, mas, quando a garota a pega com dois dedos, captura um pequeno pedaço do fogo verde. Ela o passa entre os dedos como uma moeda, de um lado para outro. Matilde não consegue desviar os olhos. Quando olha para Sayer e Æsa, elas parecem tão confusas quanto ela.

Matilde segura a mão de Alec.

– Eu preciso me deitar. Acho que estou começando a imaginar coisas.

– Não é uma ilusão – diz ele, com delicadeza. – É real.

A garota olha em sua direção. O momento em que seus olhos se encontram é como pederneira sobre pedra: uma centelha saltando. O fogo verde cresce, estremecendo violentamente como se ganhasse vida.

A garota deixa cair o fogo e o apaga com o pé. Todas as garotas estão olhando para eles, agora, de olhos arregalados. O ar mudou, assim como o ar de Simta antes de uma tempestade.

A garota do fogo verde leva a mão ao peito.

– Conseguem sentir isso?

Muitos assentem. Há uma explosão de sussurros.

Sayer reage primeiro.

– Sentir o quê?

Duas pessoas saem andando de um túnel lateral. Uma delas é uma garota com cabelo avermelhado, de túnica vermelha e com uma expressão sábia. O outro tem cabelo grisalho e está todo vestido de amarelo. Os olhos de Krastan, quentes e bondosos, caem sobre Matilde.

– Stella. Você nos achou.

A garota de vermelho acena com a cabeça para Alec.

– Como eu disse a você que ela ia fazer.

Matilde não consegue compreender suas palavras, esse lugar, esse momento. Ela oscila, desequilibrada sobre os pés doloridos.

As sobrancelhas de Krastan se juntam.

– O que aconteceu?

A preocupação em sua voz faz com que a calma forçada dela comece a se desfazer.

– O que é isso? – pergunta ela, acenando para as garotas ao seu redor. – O que é isso que estou vendo?

– Garotas com magia – diz Krastan. – Garotas como você.

– Mas... – Matilde se atrapalha com as palavras. – Não há garotas como as Aves Noturnas.

Há um momento de silêncio. A garota de vermelho ergue uma sobrancelha.

– Você achava mesmo que vocês eram as únicas?

É demais para ela. A máscara de Matilde agora está se partindo em pedaços, deixando seus sentimentos expostos, visíveis para todos.

Alguém chama por ela – Æsa, pensa –, mas Matilde não pode ficar ali. Choro está subindo pela sua garganta. Ela cambaleia na direção de um túnel lateral, mal vendo o que está à sua frente. Seus pés estão muito machucados, mas ela segue em frente, girando e virando. Dez infernos, aquele labirinto não tem fim?

De repente, ela está em um corredor tão escuro que mal consegue ver as mãos à sua frente. Mas então as paredes desaparecem, e há uma sensação de espaço se abrindo ao seu redor, com luz o suficiente para que formas comecem a surgir. É um aposento pequeno, piedosamente vazio, com um tanque reluzente no meio. Alguém botou orbes de luz nele, que projetam ondas de luz em movimento sobre as paredes, que se curvam e se arqueiam, arredondadas de todos os lados. Isso faz com que ela pense no globo de vidro que seu pai trouxe de uma de suas viagens de negócios para as Terras Distantes. Mesmo agora, ele ainda fica em sua mesa de cabeceira. Com prédios pequeninos e uma poeira cintilante, ele se encaixa perfeitamente em suas mãos. Mas é como se o vidro tivesse se quebrado, e sua cidade estivesse escorrendo através de seus dedos. Nada em sua vida parece certo. Nada parece real.

Matilde grita. O som ecoa nas paredes, caindo como a neve falsa naquele globo de vidro, até que não resta nada além do som entrecortado de sua respiração.

Quando foi a última vez que ela gritou? Ela não se lembra, mas se lembra do que sua dama disse quando ela fez isso. *Ladies das Grandes Casas não fazem um barulho desses.* Uma coisa dessas é alta demais, crua demais, demais. Eles lhe ensinaram a esconder seu lado selvagem, a enterrá-lo onde ninguém pudesse ver. Ela não sabia, até esta noite, quanto dela ela mantinha contido.

– Tilde?

Alec sai das sombras, com as mãos nos bolsos. Ela se vira sem demora para que ele não veja seu rosto.

– Eu estou bem, Alec.

Uma respiração, duas, ecoam pelo silêncio.

– Você não precisa fingir. – A voz dele está áspera. – Sou só eu.

Esse é exatamente o problema. Ela não pode mentir para Alec. Ou pelo menos ele sempre parece ver a verdade.

Ela o sente se aproximar, cheirando a cinza de madeira e frennet. A proximidade dele ameaça fazer com que ela perca a compostura.

– Sayer nos contou o que aconteceu – diz ele. – Você está preocupada com sua família?

A família que ela deixou sangrando no chão de sua mansão. Sua família, seu mundo, feitos em pedaços.

Ela gira na direção dele.

– O que *você* acha?

Ele não recua, apesar de suas palavras ríspidas. É como se ele visse além da fúria, direto em seu terror. Matilde não consegue parar de ver a avó e a mãe no chão de sua casa, muito pálidas e assustadas. Samson sangrando sobre as lajotas intricadas. Ela os deixou lá, sozinhos com os Caska. Sozinhos com todos os erros dela.

– Eles vão ficar bem – diz ele. – Sua avó é inteligente. E, de qualquer modo, ela é uma matrona de uma Grande Casa. Nenhum pater ousaria fazer nenhum mal de verdade a ela.

Mas ele não viu o olhar daquele homem, queimando de ódio. Um fogo intolerante sobre o qual ela não tem poder.

A verdade lhe escapa.

– É minha culpa.

Ela achava que era uma flor-de-joia, de tão boa que era no engodo. Achava que tinha tudo sob controle.

Alec põe a mão em seu braço, logo abaixo do cotovelo.

– O que está feito, está feito – diz ele. – Você está aqui agora.

Por um momento, eles ficam ali parados, os olhos dele pretos na escuridão. Deviam parecer poços escuros, mas os orbes de luz fazem com que brilhem. A suavidade neles é um convite para que sejam vistos.

A mão dele desliza pelo seu braço, encontrando sua mão.

– Lamento que tenha acontecido assim, mas é bom que esteja aqui. Talvez seja melhor.

Ela se enrijece.

– Como fugir para me salvar e me esconder aqui pode ser *melhor*?

– Simta precisa de uma mudança. Talvez as Aves Noturnas também precisem.

Mas ela não quer mudança. Ela quer voltar no tempo e não mandar aquele beijo para Tenny Maylon, voltar para quando a vida era um jogo que ela estava ganhando.

– Você escondeu isso de mim – diz ela. – Você, que diz que não gosta de jogos.

Ele passa a mão pelos cachos.

– Eu queria contar a você, mas Krastan... ele disse que sua avó não ia gostar. Ele não sabia se você estava pronta para saber.

Desde que Matilde consegue se lembrar, ela sempre teve certeza de quem era. Uma Dinatris, uma Ave Noturna, cobiçada, protegida e especial. A guardiã de um poder que pouquíssimos um dia iam sentir.

Você é mesmo um pássaro abrigado.

Ela sacode a cabeça.

– Alec, eu...

Um soluço escapa.

– Eu quero ir para *casa*.

Mas ela não pode. Não agora, talvez nunca.

A respiração dele vacila.

– Ah, Tilde… não…

Há algo na voz dele que a corta fundo. Sua piedade é uma facada em suas costas.

Ela se apruma.

– Só vá, Alecand.

Os pés dele se arrastam.

– Não faça isso. Não me afaste.

– Você não me ouviu? – Ela deixa sua voz a mais fria possível. – Eu não *quero você*.

No fim das contas, parece que ela é, sim, capaz de mentir para ele.

Há um segundo de silêncio, depois a voz dele, livre da pena:

– Como quiser.

Só quando ele vai ela se permite ser tomada pelo choro, quando o que resta de sua máscara cai.

A afinidade é moldada por muitas forças. Às vezes, ela cresce do sangue compartilhado, já presente no solo. Mas, outras vezes, ela é forjada como aço na fornalha de nossas tribulações.

— ANOTAÇÃO DE DIÁRIO
ESCRITA POR DELAINA DINATRIS, UMA
DAS PRIMEIRAS AVES NOTURNAS DE SIMTA

CAPÍTULO 13
FLORES DO OCEANO

Enquanto ela e Sayer caminham pelo Subterrâneo, Æsa fica maravilhada. Ela teria imaginado que um lugar daqueles seria lúgubre e sem atrativos, mas aquele é cheio de vida e luz. E magia... muita magia. Isso atordoa seus nervos já em frangalhos.

A cena no jardim continua vagando por sua mente, em fragmentos irregulares. Ela ainda não entende as coisas que fez. Como no Clube dos Mentirosos, a magia simplesmente surgiu, faminta para abrir caminho para fora dela. Isso fez com que ela se sentisse quase... possuída.

Sayer a cutuca com delicadeza.

– Como você está?

Ela parece tão cansada quanto Æsa, mas de olhos brilhantes, e mais à vontade de calça do que com qualquer um dos vestidos que Æsa já a viu usando. Mais ela mesma.

Æsa toma um gole do chá que a garota de vermelho – Jacinta – lhe deu. Ele tem gosto de mel e canela.

– Estou confusa. E preocupada.

Um dos motivos é sua família. Será que Leta vai continuar lhes enviando fundos, mesmo depois do que aconteceu? Será que eles vão ser capazes de sobreviver se ela não fizer isso? Mas ela também está preocupada com o que fez no jardim, e com aquilo de que o Mão Vermelha as chamou. *Um veneno escondido em plena vista.*

Durante toda a vida, ela ouviu que usar magia é corromper e ser corrompida. Que mulheres com magia macularam o Manancial de onde ela vinha. Mas ela também cresceu com as histórias do avô sobre sheldars. Ele dizia que elas lutavam por aqueles que não tinham voz própria. Ela se lembra do jeito como a água subiu na fonte, envolvendo Matilde, protegendo-a. Com certeza salvar uma amiga não pode ser pecado.

– E você, Sayer? O que você pensa de tudo isso?

Sayer exala.

– Não sei o que pensar, para ser honesta. Mas, pelo menos, estamos em segurança. Por enquanto.

Elas fazem uma curva, passando por um túnel escuro, e emergem no lugar onde Alec lhes disse que Matilde estaria. Ela está sentada de costas para a borda de um tanque, com as pernas encolhidas, embora Æsa possa ver marcas de sangue – seus pobres pés. Seu cabelo comprido está solto e irremediavelmente embaraçado. Æsa só a conhecia como uma criatura suave e polida. É estranho vê-la esfarrapada e livre de amarras.

– Seja legal com ela – diz Æsa, em voz baixa.

Sayer parece quase ofendida.

– Eu não sou sempre?

Se Æsa não estivesse tão cansada, poderia rir.

Matilde ergue o rosto. Há luas escuras embaixo de seus olhos cor de âmbar, mas ela já está suavizando sua expressão. Æsa não sabia, até esta noite, com que frequência ela usava máscara com elas.

Sayer entrega a Matilde uma xícara fumegante.

– Aqui. Beba.

AVES NOTURNAS

– O que é? – pergunta Matilde.

– Chá – diz Æsa. – A garota de vermelho, Jacinta, diz que ele é reanimador.

– É mesmo? – Matilde faz uma expressão desconfiada. – Eu preferia uma taça gigante de licor.

A boca de Sayer se contorce.

– Pedintes não podem escolher.

Matilde bebe. Sayer se senta no chão junto a ela, sem se tocarem. Æsa se senta ao lado dela na borda do tanque. Ela quase pode sentir os movimentos sutis do tanque, balançando no ritmo de sua respiração. Faz sentido ela ter alguma conexão com a água. O oceano não a chamava sempre, como um velho amigo? Mas ela sabe a velocidade com que uma maré pode virar contra uma pessoa.

Ela volta a pensar no jardim dos Dinatris, no momento em que ela ergueu a mão e a magia se derramou. A sensação que veio com aquilo a lembrou da primeira vez que beijou Enis. Era uma boa sensação – até demais. E parecia perigosa. Seu rosto queima de vergonha, mas ele está escondido pelo escuro.

Na luz fraca e no silêncio, sons do Subterrâneo flutuam até elas. Alguém está tocando um jazz lento e triste em um trompete. Passos rápidos ecoam à distância, depois uma risada.

– Então, Sayer – diz por fim Matilde. – Há quanto tempo aquela sua gaiteira-da-areia conhece nosso segredo?

Sayer cruza os braços.

– Há menos tempo que Krastan e Alecand Padano.

Matilde funga.

– *Eles* não andam com marginais que vendem contrabando. Onde você estava com a cabeça?

Sayer retruca:

– Se não fosse por Fen, você podia estar morta.

– Vocês duas querem *parar*? – Æsa exala, frustrada. – Nós estamos nisso juntas. Se não podemos confiar umas nas outras agora, quando então vamos poder?

O silêncio torna a envolvê-las. Há mil coisas que elas podiam discutir – como entraram naquela confusão, como vão sair dela –, mas a noite foi agitada demais. Muito arrasadora.

– Imagino que eu deva agradecer a você – diz Matilde, em voz baixa. – Por vir nos resgatar.

Sayer se remexe contra a lateral do tanque.

– Eu sou a razão por que você teve que fazer isso – diz Matilde. – É minha culpa. E peço desculpas por isso.

Suas palavras pairam no ar, incrivelmente altas.

– Um agradecimento e um pedido de desculpas de Matilde Dinatris – provoca Sayer. – Você andou bebendo? Está doente?

O som de um soluço, de riso ou choro, é toda a resposta que ela consegue dar.

Por impulso, Æsa passa os dedos pelo cabelo de Matilde, desfazendo os emaranhados. Então começa a trançá-lo. Matilde solta um suspiro, virando a cabeça para trás.

– Vamos jogar um jogo – diz ela depois de algum tempo. – Um segredo cada. Eu vou primeiro.

A pausa deixada por Matilde é breve, mas carregada.

– Acabei de descobrir que Krastan Padano é meu avô.

Æsa fica sem palavras pelo choque.

Sayer se engasga.

– Lady Frey… e o Alquimista Amarelo?

Matilde dá um suspiro.

– Aparentemente.

Æsa presume que ela não vai explicar mais. Isso parece o tipo de coisa que a maioria das garotas das Grandes Casas levaria para o túmulo. Mas então Matilde relata uma conversa que teve, apenas horas antes, com lady Frey sobre seu passado. Ela sente pena de Matilde, que acabou de ter a vida tomada dela. Ela entende como feridas como essa podem doer.

A voz de Matilde desvanece.

– Isso incomoda você? – pergunta Sayer. – Ele ser um plebeu?

– Não. – Matilde ajeita a camisola em farrapos. – Na verdade, não. O que me incomoda é minha avó ter mentido.

– Pelo menos – diz Æsa – ele parece um bom homem.

Matilde inspira de um jeito trêmulo.

– Eu sei. Ele é.

Sayer estica as pernas compridas.

– Pelo menos Alecand é adotado, certo? Você não tem que se preocupar.

Matilde fica ofendida.

– Por que eu me preocuparia?

Æsa percebe o sorriso discreto de Sayer.

– Por nada.

Outro silêncio, mais leve que o último. Os orbes do tanque lançam o rosto delas na penumbra. É muito mais fácil falar livremente no escuro.

Finalmente, Sayer diz:

– A razão por eu ter deixado o reservado no Clube dos Mentirosos é porque vi meu senhor.

Sua voz soa áspera, quase ferida. Æsa estende a mão para tocá-la, mas hesita.

É Matilde quem fala.

– Você vai nos contar a história de seus pais, Sayer?

O silêncio se prolonga por tempo o bastante para que voltem a ouvir uma música pelo corredor, refletindo-se nas paredes arredondadas.

– Ela começa – diz Sayer – com uma garota se apaixonando por um monstro.

Ela conta uma história sobre uma Ave Noturna e o cliente que a seduziu, então fugiu das promessas que fez. Sobre uma mulher que se deixou ser usada repetidas vezes, e uma garota segurando uma moeda jogada por seu pai ausente. E então sobre uma garota crescida, ouvindo seu senhor cuspir veneno.

– Ele me pegou escondida no corredor – diz Sayer, com a voz estranhamente inexpressiva. – Ele, porém, não me reconheceu, nem de perto. Acho que pensou que eu era uma garota de aluguel.

– Dez infernos – diz Matilde. – Que pedaço horrível de detrito.

Æsa sabe como seu próprio pai se sente em relação a pessoas que usam magia. Ela não quer descobrir o que ele poderia pensar dela. Mesmo assim, não consegue imaginá-lo nunca a tratando de forma tão cruel.

Ela deixa que a mão repouse no ombro de Sayer.

– Eu sinto muito.

Ela se encolhe um pouco, mas não se afasta.

– Sua dama merecia coisa melhor – diz Matilde, em uma voz baixa e feroz. – Dele e das Casas.

Sayer não diz nada, mas o ar muda, ficando mais quente.

– E você, Æsa? – diz Matilde. – Qual o seu segredo?

Ela fala sem pensar, cansada demais para esconder:

– No clube, eu quase beijei seu irmão.

Matilde se vira para ela.

– O quê? Eca. *Meu* irmão.

– Em defesa dela – diz Sayer –, aqueles coquetéis eram fortes.

Há uma pausa, então todas elas caem na risada. Elas riem e riem, uma bela liberação. Quando por fim param, Æsa respira fundo. Deve ser muito tarde. Pode até mesmo ser de manhã. Ali em baixo, não há como ter certeza.

AVES NOTURNAS

– Não vamos ter mais segredos – diz Matilde, como um juramento, uma oração. – Chega de mentiras. Eu não sei o que vai acontecer agora, mas nós três temos que ficar juntas.

Suas palavras são solenes na escuridão úmida.

– Concordo – diz Sayer. – Ficaremos juntas.

Æsa segura a mão delas, e surge um zumbido cálido. De magia, sim, mas de mais alguma coisa também.

– Concordo.

Elas então se calam. Æsa vai se sentar no chão ao lado de Sayer. De repente, suas pálpebras não querem permanecer abertas. Sua cabeça cai sobre o ombro de Sayer. Matilde emite um ronco delicado de felino.

Há uma planta que vive perto das angras illish. Ela flutua solta, seus ramos compridos ficam presos a nada até ela encontrar outra de sua espécie. Elas entrelaçam suas raízes, formando aglomerados enormes e conectados. Só então elas abrem seus brotos.

Esse momento dá a mesma sensação. Por mais assustadora que a noite tenha sido, Æsa se sente mais em casa do que há muito tempo não sentia, emaranhada com aquelas garotas. Três flores do oceano.

O PONTÍFICE ENTRELAÇA as mãos. Elas costumavam ser ásperas quando ele servia como pater no Bairro do Grifo, lutando o bom combate em nome dos deuses, mas agora elas são macias. Ele usa um creme feito de leite de cabra e pétalas de flor-de-esta para mantê-las suaves. Afinal de contas, ele não precisa mais trabalhar pelo que quer. Ele é a voz dos deuses, e homens como o que no momento está balbuciando alto demais foram feitos para se submeterem à sua vontade e à sua justiça. Mas seus acólitos nem sempre fazem o que lhes é pedido.

A câmara de audiências da igreja de Augustain tem o pé-direito alto, móveis elegantes e detalhes intrincados. Os irmãos, seus conselheiros, sentam cada um em uma cadeira dourada de espaldar reto. O pontífice está mais alto que todos eles, é claro, posicionado sobre uma plataforma. Ele tenta não demonstrar sua irritação enquanto o irmão Dorisall fala com demasiado entusiasmo.

– Eu as encontrei – prossegue Dorisall. Sua pintura facial vermelha está manchada. O pontífice gostaria que ele tivesse se limpado antes daquela audiência improvisada. Ele parece desvairado. – Finalmente, eu as *encontrei*. E agora sabemos que as Grandes Casas as têm escondido por todo esse tempo.

Ele está se referindo às bruxas. O pensamento faz com que uma empolgação atravesse o pontífice. Ele desconfiava havia muito tempo que as Grandes Casas estavam mantendo segredos sacrílegos, e agora tem certeza. Ele deseja aproveitar sua traição contra os deuses para reduzir seu poder, mas esse pater fez uma grande lambança...

O pontífice ergue a mão.

– Eu o enviei, irmão Dorisall, com o objetivo de encontrar provas dessas bruxas. Eu não vejo nenhuma prova.

– Eu as vi fazer magia, pontífice. Meus acólitos podem confirmar isso.

Seus acólitos. O homem está crescendo demais para sua túnica.

– Infelizmente, as palavras de um bando de garotos superzelosos e seu mestre não são suficientes para tomar a Mesa. Eles estarão prontos para a luta, depois do que você acabou de fazer.

Dorisall franze o cenho, acenando para o teto na direção das celas onde os Dinatris e o jovem lorde da Casa Maylon estão esperando.

– O garoto, Teneriffe, vai lhe dar respostas espontaneamente. Quanto à família da bruxa, interrogue-os.

Uma onda de insatisfação atravessa o pontífice. Ele nunca gostou de lady Frey Dinatris. Uma mulher nunca devia ser a chefe de uma Casa. Mas, mesmo assim, ela é um membro influente de uma das famílias mais ricas de Simta. Ele não pode derramar uma poção da verdade em sua garganta sem que haja consequências. Infelizmente, o irmão Dorisall não entendia de política nem de discrição.

– Eu pedi para você investigar os rumores sem *alarde*. – Ele prolonga a palavra, deixando-a afiada. – Para me trazer qualquer coisa que descobrisse. Em vez disso, você invadiu a mansão de uma Grande Casa sem permissão e sem nenhum Guardião, e depois perdeu as bruxas das quais está falando.

O rosto de Dorisall fica roxo.

– Eu respondi ao chamado de Marren.

– Você respondeu a seu *próprio* chamado por glória. E, ao fazer isso, fez uma grande confusão que eu vou ter que arrumar.

A boca do irmão Dorisall se abre e se fecha, com a expressão estúpida de um peixe que acabou de ser pescado.

O pontífice se levanta, e sua túnica roxa se agita. Os irmãos fazem o mesmo.

– Irmãos – diz ele –, devemos seguir com cuidado agora. Esta é uma situação delicada.

Um dos irmãos franze o cenho.

– Com certeza o senhor não está pensando em libertar os Dinatris, pontífice.

– Não, irmão. Vamos aproveitar a vantagem enquanto a temos, mas vamos ter que interrogar os prisioneiros com luva de pelica. O que significa que é improvável que eles nos deem o que precisamos.

– Mas o garoto Maylon – sugere outro. – Ele parece promissor.

– É verdade. – Seu testemunho pode ser o suficiente para justificar uma revista minuciosa das Casas, e uma chance de arejar sua roupa suja do jeito virtuoso do pontífice de dentro de seus salões. Essas famílias estão cheias de corrupção e detêm demasiada influência na Mesa. – Mas também precisamos encontrar um jeito de atrair as bruxas para fora de qualquer buraco onde elas estejam escondidas.

O pontífice aperta a palma das mãos, tornando-as um livro aberto.

– O segredo de armar uma armadilha é que é preciso se afastar dela, ou aparentar fazer isso. As presas devem acreditar que estão seguras. É preciso esperar que elas estejam com uma perna dentro. E aí... – Ele fecha bruscamente a palma das mãos macias. – Aí nós atacamos.

———

Lady Frey Dinatris apruma a coluna. Essa cela de pedra claramente não foi projetada para ser confortável. É um lugar de penitência, de confissões. O pontífice não vai conseguir nada disso dela.

Ao seu lado, Oura está chorando em silêncio, alisando o cabelo de Samson, que está deitado em seu colo. Seu sangramento está mais lento, mas os paters não enviaram um médico para cuidar dele. Frey acrescenta isso à sua lista de injustiças a serem vingadas.

– Eles vão nos fazer passar pela inquisição? – sussurra Oura. – Certamente eles não ousariam fazer isso.

– Ah, sim – sussurra em resposta lady Frey. – Eu acho que eles poderiam fazer isso.

Ela só viu o pontífice rapidamente, quando o Mão Vermelha os arrastou pela igreja de Augustain e fez com que eles ficassem de pé diante dos irmãos como a caça do dia. O homem sabe esconder as emoções – nunca poderia ter subido tão alto se não soubesse –, e mesmo assim ela viu a satisfação nele. A fome.

Ela fecha os olhos. *Onde estão as garotas agora?*, ela se pergunta. Elas não foram capturadas, ou estariam ali. Ela envia uma súplica silenciosa para o homem que nunca deixou totalmente de amar. De olhos calorosos e sorriso fácil.

Por favor, Krastan. Cuide dela.

Porque, se esses homens puserem as mãos em Matilde, ela vai morrer.

– Ouvi dizer que eles usam soros da verdade nas pessoas – diz Samson, com a voz rouca. – Isso é verdade, vó?

Ela também ouviu dizer que a igreja usa soros alquímicos em seus procedimentos. É um pouco hipócrita, mas tudo pode ser considerado sagrado quando é feito em nome dos deuses.

– Talvez usem. – Mas desde seus dias de juventude, Frey se assegurou de manter uma variedade de poções escondidas consigo, costuradas em sua roupa de baixo, onde ninguém ousaria revistar. Ela pega uma delas: se chama Juiz, e anula os efeitos de qualquer alquímico. O próprio Krastan a fez para ela. – Mas coragem, querido. Eles vão descobrir que não temos nada a esconder.

– Vocês podiam confessar – diz uma voz cansada da cela ao lado. – A ave já está fora do saco.

Samson se senta, fazendo uma careta.

– Tenny? É você?

O garoto geme. Eles não conseguem vê-lo, mas é evidente que ele está se sentindo péssimo.

– Desculpe, Sam – diz ele. – Eu não queria que você fosse arrastado para isso. Nem eu, na verdade.

Frey se levanta.

– Se você quer consertar as coisas, Teneriffe Maylon, então me conte o que aconteceu. Tudo.

Há uma pausa, então a história sai dele aos tropeções. O beijo mandado por Matilde no baile de Leta, a melhora e a ruína de sua sorte, seu comportamento no Clube dos Mentirosos, e Dennan Hain em meio àquilo tudo. *Droga, Tilde.* Por que ela não escuta? Porque ela é como Frey já foi: cega para o que a impetuosidade pode lhe custar.

Frey avalia as palavras de Tenny, selecionando e separando, tentando entender o tipo de ameaça que ele pode representar. Ele não tem muita força de vontade, esse garoto, isso é certo. Se for levado à inquisição pelo pontífice, ele vai quebrar.

Frey se senta perto da grade.

– Se você prometer não contar nada disso para o pontífice, eu vou ajudá-lo a lidar com suas dívidas e com seu senhor. Meu marido e ele eram amigos. Se eu falar, ele vai escutar.

– Mas... – Tenny dá um suspiro. – Isso foi longe demais. Não posso mentir para o pontífice.

Um som ecoa pelo corredor, bem perto: uma porta se destrancando. É hora de fazer uma escolha.

Ela olha através da grade para se assegurar que ninguém está olhando, então estende um frasco.

– Aqui – diz ela, parecendo maternal. – É uísque e xarope de flor-de-esta. Para acalmar os nervos.

Frey prende a respiração, temendo que ele não o beba. Mas ela é uma velhinha doce, como a própria avó dele, oferecendo conforto. Por fim, ela o escuta engolir.

Por alguns segundos, tudo fica em silêncio. Então

Tenny Maylon começa a arfar. Ele faz um ruído sufocado, batendo uma mão na parede, então fica imóvel outra vez.

Quando ele fala, sua voz parece a de uma criança:

– Onde estou? O que é… isso?

A cor se esvai do rosto de Samson.

– Vovó, o que você fez?

A voz dela é calma, segura.

– Eu nos protegi.

Frey faria qualquer coisa por sua família. Para mulheres como ela, o dever vem primeiro.

CAPÍTULO 14
FILHOTES DE AVES

M ATILDE BEBE UM café totalmente medíocre, tentando não coçar os olhos nem o pescoço em torno da gola do vestido. Ele é emprestado, e a textura barata do pano a esfola com agressividade na linha do decote. Ela nunca se deu conta de como seus vestidos eram finos até que fossem tirados dela. Seu armário, sua casa, sua família... Ela bebe o café até sua borra amarga.

Na noite passada – foi mesmo apenas na noite passada? –, as três dormiram junto do tanque. Em algum momento, Krastan apareceu e as conduziu por um corredor com camas de armar junto das paredes. Ela só se lembra vagamente de ele a cobrindo com um cobertor. Quando ela acordou, tensa e dolorida e ainda exausta, ele estava esperando em uma cadeira ao seu lado. A primeira coisa que ela perguntou foi se sua família estava bem. *Enviei pessoas para verificar*, disse ele com delicadeza, mas elas ainda não trouxeram nenhuma notícia sobre os Dinatris. Ela tem que conter a vontade de ir verificar pessoalmente. Mas sua avó lhe disse para ficar longe, então ela tenta se concentrar na cena à sua frente. Ela só consegue lidar com uma única crise capaz de alterar a vida de cada vez.

Ela, Sayer e Æsa estão sentadas juntas em um espaço comprido e de pé-direito alto que lembra Matilde de um salão de baile. Há orbes de luz e velas amontoados em cada canto, pintando as paredes de um brilho tremeluzente. O garoto do trompete da noite passada, Rankin, está encostado na parede logo atrás delas. Ele está rodeando Sayer desde que as encontrou tomando o café da manhã. Matilde se pergunta se Fenlin Brae, visivelmente ausente, o mandou fazer isso. Mais ninguém parece incomodado por ter um gaiteiro-da-areia entre eles.

O salão está cheio. Krastan está parado ao lado da porta perto de Alec, que está sentado em um caixote virado de cabeça para baixo e a ignorando. Aquela garota, Jacinta, por outro lado... Ao lado de Alec, seu olhar é aguçado e irritantemente insistente. Ele faz com que Matilde se sinta como um inseto esmagado sob vidro para ser analisado.

E também há as garotas, pouco mais de uma dúzia delas, enfileiradas ao longo da parede oposta. Matilde se lembra de algumas delas do nicho na noite anterior, mas parece haver mais do que se lembra. Elas estão olhando para as Aves Noturnas com a expressão de filhotes de aves famintos esperando que uma minhoca seja jogada em seu ninho.

– Do que vocês acham que isso se trata? – diz Æsa, bebendo seu chá. Ela também está usando um vestido emprestado, embora o dela seja mais bonito. Sayer parece tão confortável de calça e camisa larga que chega a irritar.

Matilde boceja.

– Não sei, mas me passe esse café horrível. Eu me sinto como morte requentada.

Sayer vira sua caneca para Matilde.

– Você parece mais um rato de canal assado sobre carvões.

– Grossa.

Sayer sorri.

– Achei que tínhamos dito que não haveria mais mentiras entre nós.

Matilde funga.

– Eu gostaria de pensar que estou muito mais cheirosa.

Æsa faz uma careta.

– Simtanos comem ratos?

– Eu nunca comi – diz Sayer. – Mas Fen diz que, se você os mergulhar em molho de garnam e fechar os olhos, parece até lombo de porco.

Matilde contém sua resposta afiada. *Se uma assassina diz, deve ser verdade.*

Ela sabe que Fenlin Brae ajudou as Aves Noturnas a escapar dos Caska. Mas, mesmo assim, ela é uma gaiteira-da-areia, e não são todos farinha do mesmo saco? Matilde desconfia de Fen, mas Sayer parece lhe contar tudo. Segredos e histórias que ela nunca contou para Matilde.

Pelo menos suas irmãs Aves Noturnas estão ali, e seguras, e falando com ela. Ela vai contar suas estrelas onde elas estiverem.

Krastan se aproxima. Ele parece enrugado e amigável, como sempre, mas Matilde não consegue evitar procurar partes de si mesma no rosto dele. O nariz, talvez? O ângulo do queixo?

– Ainda não consigo acreditar neste lugar – diz Sayer para ele. – Como vocês mantêm isso em segredo?

– Muitos feitiços e magia, atualizados com frequência – diz Krastan. – Feitiços nos alçapões dos túneis para que pareçam paredes.

– Mas quem construiu isso, em primeiro lugar? – pergunta Matilde. – Para que o construíram?

– Nós não sabemos – diz ele. – O Subterrâneo é muito antigo, mas, como tanta coisa de antes das Grande Revelações, a maioria de sua história não chegou a nós. Tudo o que podemos fazer é ler as pistas que eles deixaram para trás.

Ele aponta para os murais que envolvem o salão. *Parecem* antigos, seus contornos prateados e descascados reluzindo suavemente com o balanço da luz das velas, mas ainda brilhantes. As cenas parecem contar uma história repleta de tempestade e guerra e perigo, e as mulheres destacam-se em todas elas. Na igreja de Augustain, os murais transformam garotas em bruxas más ou donzelas indefesas, mas esses são diferentes. Essas mulheres parecem mais rainhas guerreiras.

– É um bom lugar para praticarmos nossa magia – diz Jacinta, se levantando. Seu cabelo, de um preto-avermelhado, sugere algum ancestral das Ilhas Illish. A cor contrasta bem com sua pele fulva simtana. – Achamos que seria um bom espaço para exibirmos nossas habilidades.

Matilde cruza os braços.

– O que faz você pensar que temos alguma coisa para mostrar a vocês?

– Não há necessidade de ser tímida – diz Jacinta. – E não adianta. Eu sei o que vocês são. Soube assim que as vi chegar.

Seu tom de voz astuto é irritante.

– Esse, então, é seu dom? Você é uma espécie de vidente?

Matilde diz isso como piada, mas Æsa fica tensa.

Jacinta saca um maço do que parecem ser cartas de oráculo das dobras de suas saias.

– Eu vejo coisas. Vislumbres do futuro. Às vezes, são apenas sugestões vagas, mas, nos últimos tempos, se tornaram muito claros.

Matilde franze os lábios. Uma das amigas de sua dama costumava contratar uma vidente para as festas. Ela dava um grande espetáculo contando a todo mundo sobre grandes amores e mortes precoces.

– Eu não parava de ver todas vocês chegando aqui – diz Jacinta. – Com um poder pulsante. Cheias dele. E aqui estão vocês, agitando as coisas.

As garotas do Subterrâneo começam a sussurrar umas com as outras, agitadas. Æsa e Sayer trocam um olhar intrigado.

Matilde olha para Krastan.

– Eu procurei você – diz ela, em voz baixa. – O que quer que seja isso, quero que me explique. Quero as verdades que você tem escondido de mim.

O olhar dele se aguça enquanto vasculha o rosto dela, mas ela mantém a expressão ilegível. Ele exala um suspiro, meneando a cabeça uma vez.

– Sua avó me contou a história com a qual você cresceu. Que as últimas das bruxas mais poderosas, as que eles chamavam de Aves Fyre, fugiram para Simta e se esconderam nas famílias que iam se tornar as Grandes Casas. Elas pararam de usar sua magia, doando apenas seus dons mais sutis para seus protetores, transmitindo-os para outras garotas com o passar das gerações.

Com o tempo, a magia mudou, ficando cada vez mais diminuta. *É mais fácil esconder algo que ninguém consegue ver.*

Matilde pega seu café.

– É por isso que as Aves Noturnas sempre vêm das Casas. A magia corre pelo nosso sangue.

Jacinta ergue sua sobrancelha infernal.

– Você nunca se perguntou se houve garotas que não se entregaram à proteção das suas ditas Grandes Casas?

– Eu não tinha motivos para fazer isso. Nunca ouvi falar de ninguém.

– Deve doer saber que você não é tão especial quanto pensava.

– Cin – diz Alec, sacudindo a cabeça. – Pegue leve.

Ela sorri para ele.

– Ah, por favor, eu estou fazendo isso.

Alec lança um olhar para ela, o canto de sua boca se curvando. Alguma coisa naquilo faz com que Matilde queira atear fogo no belo cabelo de Jacinta.

– Desconfio que sempre houve garotas com magia intrínseca em Simta – diz Krastan. – Elas ainda são raras, mas não tão raras como lhe ensinaram.

Mesmo com a prova parada à sua frente, Matilde tem dificuldade para aceitar aquilo. Durante toda a vida, lhe disseram que ela era uma ave rara.

Deve doer saber que você não é tão especial quanto pensava.

Ela crava os olhos em Krastan.

– E você não me contou isso antes porque...?

Krastan estende as mãos.

– Essas garotas se esforçam muito para manter a magia escondida, assim como você. Eu não sabia delas até alguns anos atrás.

Anos. Ele sabia havia *anos* e nunca lhe disse uma palavra. E sua avó? Ele contou para ela?

Matilde abaixa a voz.

– E... elas podem conceder seus dons como nós?

– Com um beijo? – Krastan assente. – Podem, se decidirem fazer isso. Mas não podem concedê-los umas para as outras.

Tal como as Aves Noturnas.

– A maioria de nós a mantém por perto – diz uma das garotas. Seu cabelo comprido cai em ondas emaranhadas sobre os ombros. – Quando nós a doamos, ela se enfraquece... fica mais difícil de conjurar.

– Pelo visto, nunca disseram a *elas* que não podiam usá-la em si mesmas – resmunga Sayer.

Agora, parece impossível que Matilde já tivesse acreditado nisso. Mas ela foi criada seguindo determinadas regras inquebráveis. Ela achava que entendia o jogo que jogava.

Jacinta tamborila as unhas pintadas sobre seu baralho.

– Não costumava haver tantas de nós. Até poucos meses atrás, eu só tinha conhecido algumas outras poucas. Mas algo está mudando.

Uma ruga se forma entre as sobrancelhas delicadas de Æsa.

– O quê?

Os olhos de Krastan brilham.

– Stella, você se lembra na loja outro dia, quando eu disse que achava que a magia antiga estava apenas adormecida? Que talvez ela pudesse estar despertando? – Ele aponta para a fileira de garotas. – Essas garotas são a prova disso. Encontramos mais delas a cada dia que passa. A maioria não sabia que tinha magia intrínseca em sua linhagem. Ela se revelou nos últimos meses, como se alguma coisa a acendesse como um fósforo.

A garota do fogo verde diz de repente:

– Eu não costumava conseguir fazer mais que criar algumas fagulhas entre os dedos. Mas agora... está ficando mais forte.

Os olhos dourados de Sayer encontram os de Matilde, e dessa vez ela consegue lê-los. *Assim como a nossa.*

Ela pensa em Sayer chamando o vento no jardim, em Æsa comandando a água da fonte, nas bolas de fogo flutuando pouco acima de suas mãos. Alguns meses antes, ela teria rido se alguém dissesse que podiam fazer coisas assim. Até onde ela sabia, nenhuma de suas velhas irmãs Aves Noturnas podia. *Às vezes, um pouco dessa magia antiga borbulha em nós,* sua avó lhe disse. Mas aquilo era esparso, fragmentado... Isso parece mais uma maré subindo.

– Mas por quê? – pergunta, com a frustração infiltrando-se em suas palavras. – Por que agora? Por que isso está *acontecendo*?

Krastan dá de ombros.

– É difícil dizer. Os paters queimaram livros demais durante as Grandes Revelações, no auge da caça às bruxas. Além dos rumores e lendas, não sabemos muito sobre o que as mulheres de antigamente podiam fazer e como isso funcionava.

– Para a sorte de todas vocês – diz Alec –, essa sempre foi uma das áreas de interesse de Krastan.

Krastan sorri.

– É bem verdade, meu garoto.

Ele pega um livro velho em sua bolsa. Na capa, há manchas que parecem suco de bagas-de-grimm ou sangue, ou os dois.

– A maioria dos alquimistas é preguiçosa – diz. – Produzem com o que têm e com o que sabem ser garantido. Mas eu passei anos caçando livros de magia, tentando juntar o que podia e entender seu funcionamento. Magia alquímica... e de outros tipos também.

Ele torna a olhar para Matilde, cheio de segredos nos olhos. Será que ele pode sentir que ela sabe quais são?

Ele põe o livro em cima de um barril e o abre em uma página bem surrada. Todas as três Aves Noturnas se inclinam para a frente para ver. Krastan passa um dedo por uma ilustração detalhada. Ela se assemelha ao símbolo gravado em livros de oração: uma estrela de quatro pontas dividida em quadrantes pelas linhas de um xis.

– Parecem as Pontas dos Eshamein – diz Æsa. – Mas os símbolos são diferentes.

Ela tem razão. Os símbolos em cada ponta não são os mesmos dos quatro deuses. Em vez disso, são uma folha, nuvens, ondas e uma chama.

– Este é um símbolo antigo – diz Krastan. – As Pontas foram apropriadas em benefício dos quatro deuses, mas até onde sei, isso é muito mais velho.

Krastan toca o centro do xis, decorado com linhas que fazem com que pareça brilhar.

– Imaginem que isso aqui é o coração do Manancial. O lugar espiritual do qual toda a magia emana. As pontas representam cada um dos quatro elementos. Pelo que sabemos, garotas com magia interior só podem acessar um deles. Qualquer elemento para o qual elas tenham inclinação dá forma ao tipo de magia que podem realizar.

Isso se encaixa com o que sua avó lhe contou. Ela disse que toda

AVES NOTURNAS

Ave Noturna tende para um dos quatro elementos. Terra, água, vento... fogo.

Sayer olha para as garotas junto da parede oposta.

– Que tipo de coisa, então, vocês podem fazer?

Jacinta sorri.

– Garotas, por que não mostram a elas?

Uma onda de excitação passa pelas garotas do Subterrâneo. Enquanto elas se levantam, Matilde se lembra, absurdamente, do início de um baile, aquele momento inebriante em que todos os dançarinos tomam seus lugares. Há um momento de silêncio, de fôlego preso. Então elas começam.

Uma garota segura um punhado de moedas. São shills de cobre, que não valem quase nada. Elas começam a amolecer e derretem-se em poças líquidas.

Outra pega um pouco de água de uma tigela que tinha levado consigo. Ela devia escorrer por seus dedos, mas, em vez disso, assume a forma de um coelho e sai pulando pelo chão. Ele aterrissa no colo de Æsa, remexendo o nariz. Æsa dá uma risada de surpresa.

A garota do fogo verde mostra-lhes uma chama que parece se envolver em seu braço, mudando de cor: de verde para preto e para roxo. Ela se retorce como uma cobra, quase viva.

A garota de cabelo comprido e rebelde está esticando um fio fino entre a palma das mãos, crepitando como raio – Matilde acha que pode realmente *ser* um raio. Ele enche o ar de um cheiro de ferro.

Rankin se afasta da parede, boquiaberto.

– Gatos em chamas, vocês podem fazer uns truques e tanto, garotas.

– E vocês? – diz Sayer para o grupo das que que não mostraram nenhuma magia. Ela parece estar adorando tudo aquilo, enquanto Matilde mal consegue absorver tudo. – O que vocês podem fazer?

Uma delas enrubesce.

– Nossos dons são mais difíceis de mostrar.

– O dom de cada uma é diferente – diz Jacinta. – Há poderes físicos como esses, manipulações. E também há outros que são mais... complexos. Como o de Lili, por exemplo. Ela pode obrigar uma pessoa a dizer a verdade.

Uma garota com uma mecha de cabelo cor de latão dá um passo à frente.

– Isso não funciona com outras garotas com magia – diz Lili. – Elas parecem imunes.

Rankin se aproxima, com os polegares nos bolsos do colete.

– Vá em frente, então. Tente fazer comigo.

Lili fecha os dedos em torno do pulso dele. Matilde espera que a garota lhe faça uma pergunta, mas ela apenas espera enquanto a boca de Rankin se mexe. Parece que ele está se esforçando para não a abrir. Quando ela se abre, jorram palavras.

– Eu sempre gostei de garotas elegantes. – Seu rosto fica rosado, mas parece que ele não consegue parar de falar. – Aquela garota Dinatris provavelmente acha que sou muito novo para ela, mas acho que talvez eu tenha uma chance.

Sayer ri. Lili larga o pulso de Rankin, que o esfrega, franzindo o cenho. Os olhos de Matilde pousam em Alec, que está olhando para ela com uma expressão estranha. Aturdida, ela afasta o olhar. Ao seu lado, Æsa parece pensativa.

– Para qual elemento você tem inclinação? – pergunta ela a Jacinta.

– Sou uma garota da água.

– Mas o que ver o futuro tem a ver com água?

– Nosso corpo está cheio dela – diz Jacinta. – E a água é um condutor. Os videntes antigos a usavam para prever o futuro.

Æsa segura a barra de sua saia: ela parece perturbada. Matilde está prestes a perguntar por que quando Krastan fala.

– Às vezes, a conexão com um elemento não é óbvia – diz, agora empolgado. – A magia do Manancial se manifesta de forma diferente em cada garota, formada por suas necessidades e personalidade.

Alec intervém.

– Isso também parece ser aumentado por emoções.

Jacinta assente.

– Costuma ser uma emoção forte que primeiro faz com que a magia aflore. Layla aqui ficou com raiva de seu colega aprendiz de padeiro e quase o torrou.

A garota do fogo verde dá de ombros, sem parecer arrependida.

– Confie em mim quando digo que ele mereceu.

Dez infernos, como essas garotas permaneceram um segredo?

– Talvez seja por isso que sua magia surgiu no clube – diz Æsa, em voz baixa, apenas para Matilde. – Você estava assustada.

Matilde funga.

– Eu estava mais é furiosa.

Mas ela tem razão: no momento em que Tenny a pressionou contra a parede, as emoções afloraram, e com elas sua magia. Essas pessoas parecem saber muito mais sobre ela do que ela mesma.

– Então? – diz Jacinta, voltando-se para Sayer. – Vocês vão nos mostrar o que podem fazer?

Matilde lança um olhar para suas irmãs Aves Noturnas – *não ousem*. Sayer lhe lança outro em resposta. *Por que não?*

Os olhos de Sayer se fecham. O salão se altera, cheirando a vento e ar antes de uma tempestade. Então ela desaparece, se fundindo com as sombras movediças do salão. Ainda é uma coisa chocante vê-la desaparecer. Ainda que se Matilde forçar os olhos quase possa ver sua forma. Não é invisibilidade verdadeira, mas um truque da luz.

Alec parece ter sido jogado em água gelada.

– Essa é nova.

– Se transformar em sombra. Dobrar o ar – murmura Jacinta. – Isso tem que ser ar, com certeza.

– Eu também posso fazer outras coisas com ele – diz Sayer. Quando ela ficou tão falante? – Eu posso endurecê-lo para prender alguma coisa no lugar. Ou... alguém.

Quando ela fez *aquilo*? Está ficando bem claro que Sayer sabia antes da noite passada que podia usar a própria magia. Matilde lança um olhar penetrante em sua direção, mas não a olha nos olhos.

– E você? – pergunta Jacinta a Æsa. – O que você pode fazer?

– Bom... – Æsa se remexe, nitidamente desconfortável. – Algumas coisas.

Jacinta espera, mas Æsa não explica mais. Ela com certeza não quer mencionar seu dom de Ave Noturna. Matilde pensa no jeito como ela pareceu moldar os pensamentos de Tenny no Clube dos Mentirosos, sua voz nadando em torno dele como um cardume de peixes inteligentes. Uma coisa era saber qual o dom da Rouxinol, outra era vê-lo em ação. Pensar nisso agora faz Matilde estremecer.

Jacinta volta seu olhar muito astuto para Matilde.

– E você?

Ela sabe que não adianta esconder, mas não gosta da sensação de ser dissecada. Do negócio das Aves Noturnas ser exposto aos olhos de todos.

– Ela pode mudar e ficar igual a outra pessoa! – diz Rankin. – Roupas, rosto, tudo. Quase sujei minhas meias ao ver isso.

Matilde lança um olhar cheio de veneno para ele, que fica intimidado. As duas sobrancelhas infernais de Jacinta se erguem.

– Uma fênix se erguendo das cinzas. Eu ia adorar ver isso.

Matilde preferia tirar a roupa e nadar nos canais.

– Não vou expor minha magia para você.

Jacinta revira os olhos.

AVES NOTURNAS

– Não precisa ser puritana. Afinal de contas, você é uma Ave Noturna, não é?

Matilde se enrijece.

– O que quer dizer com isso?

– Só que eu não esperava que alguém que vende beijos para estranhos fosse tão reservada.

Algo se acende em Matilde, quente e indomável.

– Não gosto de seu tom de voz.

– E eu não gosto muito do jeito como as Aves Noturnas fazem negócios. Você sabe o que a maioria das pessoas nesta cidade faria se nos encontrasse? Todas tivemos que lutar para permanecer escondidas, e vocês mostram sua magia para qualquer um que possa pagar.

As palavras são como um tapa. Æsa parece ferida. Sayer parece prestes a sacar a faca que, sem dúvida, leva embaixo da camisa.

– Jacinta – avisa Krastan. – Já chega.

– O quê? Ela é delicada demais para ouvir a verdade, então?

A temperatura no salão de baile parece subir.

– Não finja entender quem somos – alerta Matilde. – Você não sabe nada sobre as Aves Noturnas.

Jacinta olha para Alec.

– Você não me disse que ela era difícil.

Alguma coisa queima sua língua, com gosto de fúria e cinzas. Matilde vai fazer a garota arder até virar cinzas. As velas em torno do salão pulsam, ficando brancas e então vermelho-escuras quando ela se levanta, pronta para atacá-la. Æsa e Sayer correm para segurá-la.

Uma onda formigante cresce dentro dela como na noite anterior, no jardim, quando a magia de Sayer e de Æsa pareceram colidir com a dela. Seus toques fazem com que a magia se expanda em seu interior, além dela, vagando para fora em uma onda quente e trêmula.

Várias das outras garotas se assustam. A que derreteu as moedas de cobre está olhando fixamente para as poças líquidas que ainda está segurando, observando-as se transformarem no que parece ser ouro. A garota do fogo verde, Layla, sorri quando suas chamas formam um halo ao seu redor. O ar em torno de todos eles parece pulsar.

Então Sayer e Æsa a soltam, cortando a conexão entre elas. A sensação ondulante se extingue.

As garotas estão todas sussurrando, depressa e com urgência.

Você sentiu? E você, e você?

Matilde olha para Sayer, que parece tão abalada quanto ela. Æsa está com a mão apertada sobre o peito, como se quisesse manter o coração ali dentro. Krastan, Alec e Rankin aparentam estar todos confusos. O que quer que tenha acontecido, parece ter sido sentido apenas pelas garotas mágicas.

Os olhos de Jacinta estão arregalados.

– Como você fez isso?

– O quê? – pergunta Krastan. – O que você sentiu?

– Minha magia brilhou – diz Layla. – Como quando as Aves Noturnas chegaram, mas… mais forte.

Todas as outras garotas começam a falar ao mesmo tempo.

– Eu não entendo. – Matilde olha para Sayer e Æsa. – O que *é* isso?

– Eu não sei – diz Sayer. – Mas acho melhor descobrirmos.

Matilde olha para o mural na parede mais próxima. Ele retrata uma mulher de armadura, com o cabelo esvoaçante, cercada por soldados e uma tempestade de aspecto selvagem. O exército está lutando por ela ou contra ela? É difícil dizer daquele lugar, mas ela parece muito confiante. Matilde deseja poder estender a mão e se agarrar à certeza dela, por que nunca se sentiu tão sem saber o que fazer.

Fiz uma tintura com a erva mencionada em algumas das obras mais obscuras de Marren. O texto parece sugerir que a casca de weil breamos pode permitir que uma pessoa extraia magia. Vou testá-la com a garota, como sempre. Ela se revelou resistente às minhas tentativas até agora, mas vou dobrá-la. Mulheres, descobri, têm a casca finíssima.

— ANOTAÇÕES DE UM DIÁRIO
MANTIDO PELO PATER DORISALL, TAMBÉM
CONHECIDO COMO O MÃO VERMELHA

CAPÍTULO 15

FOLHAS SUSSURRANTES

ESA CAMINHA POR um jardim mágico. Deve ser mágico, pois nenhuma planta poderia crescer nesse lugar sem ajuda. A única iluminação vem de lanternas de vidro violeta penduradas em ganchos, entretanto tudo parece estar vicejando. Musgo sobe ao redor de prateleiras cheias de plantas. Trepadeiras envolvem a corda amarrada ao teto arqueado do lugar, formando uma cortina verdejante. É inacreditável e belo, como muitas das coisas que vivem ali embaixo.

É duro saber quanto tempo se passou desde que elas chegaram ao Subterrâneo. Ali embaixo, é difícil diferenciar o dia da noite. Algumas de suas novas amigas têm entrado e saído, tentando saber o que está acontecendo acima delas. Muito pouca coisa aparenta estar bem. Parece que o Mão Vermelha procurou o pontífice na noite em que elas fugiram e contou a ele o que aconteceu no jardim. Ela se sente desconfortável ao pensar nele descrevendo o que ela fez para o chefe da igreja eudeana. Ele também levou os Dinatris para a inquisição. Ela lamenta por ter submetido a família de Matilde a tamanho horror. Leta e alguns outros chefes das Grandes Casas entraram em ação passadas algumas horas, e o pontífice não tinha prova para detê-los por mais tempo. É a palavra do Mão Vermelha contra a da família Dinatris, mas Æsa teme que o desaparecimento dela e de Matilde por si só já seja bastante incriminador.

A igreja, pelo menos, não fez nenhum pronunciamento público, e o Mão Vermelha ficou quieto. *Parece*, pensou Sayer, *que a igreja o botou em uma mordaça*. Mas por quanto tempo isso vai detê-lo? Ela viu o fervor nos olhos do homem, a convicção. Será que nesse momento ele está ali em cima contando histórias de bruxas que podiam conjurar fogo e água? Quanto tempo vai demorar até que histórias sobre aquela noite comecem a se espalhar?

Ela dá um suspiro, pegando uma pétala azul que acabou de pousar sobre seu vestido. É um alívio estar sozinha, só por um momento. Naqueles últimos dias, as garotas do Subterrâneo estavam sempre presentes, com olhos cheios de reverência excessiva. Matilde começou a chamá-las de *nossas filhotes*, pela forma como elas seguem as Aves Noturnas. Todo dia elas praticam juntas no salão de baile do Subterrâneo, lapidando sua magia. Quando ela observa as outras garotas, não consegue ver maldade no que fazem.

As Aves Noturnas, de algum modo, parecem amplificar todas elas, e umas às outras. Sayer agora consegue desaparecer com a mesma facilidade com que respira, e Matilde consegue mudar a cor dos olhos ou o formato do rosto com facilidade. As duas estão ficando melhores no comando de seus elementos, invocando o ar e o fogo em uma miríade de formas. Æsa também pratica magia, embora mais porque quer aprender a controlá-la, abrindo a água, fazendo-a congelar, transformando-a em neblina. Ela só faz as coisas menores, por mais que as garotas insistam. É mais fácil confiar nelas com esse poder do que em si mesma.

Sayer franze o cenho. *Ele não vai sumir só porque você não gosta.*

Matilde franze os lábios. *Não seria melhor possuí-la que ser possuída por ela?*

Mas ela não consegue se esquecer das palavras do Mão Vermelha sobre serem um veneno. Para ela, não é fácil desaprender as lições da igreja.

De qualquer forma, ela não quer praticar a coisa que fez com Teneriffe Maylon. Ela ainda pode sentir o fluxo das emoções dele, ali à sua disposição para serem manipuladas e invocadas. Sentir a forma como ela também conseguiu tocar sua mente – como foi boa a sensação.

Isso a lembrou demais do beijo de Enis, daquela fome louca e insaciável. Das hashnas, com seu cabelo comprido, escamas cintilantes e dentes pontudos. Sua canção é como uma droga, atraindo marinheiros indefesos para a água, mas agora ela se pergunta se as hashnas têm a intenção de arrastá-los para a morte. Talvez elas só queiram alguém para amar, para tratar com carinho, apenas percebendo que os humanos não têm guelras quando é tarde demais.

Ela não quer machucar mais ninguém, isso é certo. E isso significa conter sua magia, mantê-la subjugada.

Passos ecoam pelo jardim. Atrás de uma samambaia alta, ela observa Fenlin Brae chegar caminhando, com passos leves como os de um gato.

A amiga de Sayer tornou-se presença rara desde que chegaram ali. Ao contrário de Rankin, ela nunca parece querer ver as garotas praticarem seus poderes. Sayer disse a ela que Fen não gosta de lugares escuros e cheios, talvez seja por isso. Mas Matilde tem ideias mais sombrias. *Estou lhe dizendo*, sussurrou ela mais de uma vez quando Sayer não estava olhando. *Aquela garota não está com boas intenções. Eu não confio nela.* Fenlin tem segredos, nitidamente, mas Æsa não acha que ela pretenda machucá-las. Parece mais que está tentando fazer com que o mundo não a machuque.

Fen vai até uma bancada de trabalho em um canto, cheia de potes e frascos. Um brilho de suor cobre sua testa, como se ela estivesse correndo. O verde-escuro de seu tapa-olho se mistura com as trepadeiras.

Matilde insiste em haver alguma coisa errada com Fen: algo suspeito.

Talvez porque não consiga ler Fen, como faz com todas as outras pessoas. É como se ela estivesse usando uma armadura, de modo que ninguém possa tocá-la. Mas ali, onde acha que ninguém está olhando, ela parece menos na defensiva. Æsa pode ver sua tensão, frustração e medo. Há algo quase convidativo nela nesse momento. Quase... familiar. Isso atrai Æsa, como uma mariposa e uma chama.

Disfarçadamente, Fen leva a mão para baixo da bancada, tirando um pote de algum lugar escondido. Ela pega um pouco de seu conteúdo, mistura-o com uma substância clara de aspecto grudento, em seguida põe tudo em uma lata prateada que Æsa a viu sacar de seu colete. Deve ser a resina que ela está sempre mascando. Matilde diz que tem cheiro de algas podres, o que é verdade: é repulsivo. E mesmo assim Fen põe um pouco na boca e morde com força. Com as mãos pressionadas sobre a madeira, o único olho se fecha, todo o seu corpo relaxando. Ela inspira de forma longa e irregular.

A atração que Æsa sente se esvai, deixando em seu rastro uma verdade exposta. Um entendimento. Ela se aproxima.

– Sayer sabe?

Os lábios de Fen se estreitam, mas esse é o único sinal que ela dá de surpresa ao ver Æsa.

– Sabe o quê?

Æsa deixa que o silêncio se prolongue, enchendo o ar verdejante entre elas.

– Que você sabia sobre o Subterrâneo antes que viéssemos para cá.

Faz sentido. Por que mais Krastan, Jacinta e os outros pareciam não se sentir ameaçados por ter uma gaiteira-da-areia entre eles?

Fen olha para ela de cima a baixo, estudando-a e avaliando-a. Então passa a mão pelo cabelo curto.

– Meu time lida com coisas que foram enterradas. Tesouros, segredos... Não há ladrões melhores em Simta. Mas estou afastando as

Estrelas Negras disso, indo mais para o negócio de plantas raras. Nós oferecemos ingredientes que a maioria dos alquimistas não consegue e que a Proibição mantém fluindo em um filete. – Ela faz um gesto amplo para o jardim – É assim.

Os olhos de Æsa se arregalam.

– De onde tudo isso veio?

– Contrabandeei sementes de Callistan – diz Fen. – Depois trabalhei com Alecand Padano para descobrir maneiras de cultivá-las aqui embaixo. Em troca de sua ajuda para mantê-las vicejando, meu time, as Estrelas Negras, ajuda a manter este lugar longe das vistas das outras gangues.

A voz de Fen está relaxada, mas sua mão está apertando a lata prateada, como se temesse que Æsa possa pegá-la.

– Estou surpresa – diz Æsa. – Sayer diz que você não gosta de magia.

Fen dá de ombros.

– Estas plantas não são usadas exclusivamente para fazer alquímicos. Há coisas para tratar feridas e aliviar dores.

Æsa olha para as cicatrizes no pescoço dela, visíveis acima da gola. Ela se pergunta quantas dores Fen teve a oportunidade de aliviar.

– Matilde não gosta muito de você, você sabe – diz Æsa.

Fen emite algo semelhante a uma risada.

– É claro que não. Sou uma gaiteira-da-areia. Aposto que a garota rica acha espuma de lago mais atraente.

Æsa se aproxima da bancada.

– Não é isso. É que Sayer é sua. Ela pertence a você. Mais do que pertence a nós.

Emoções surgem no olho castanho de Fen, quentes e emaranhadas.

– Matilde acha que Sayer está cega devido a seus sentimentos por você – continua Æsa.

A postura de Fen é rígida, como se estivesse envolta em espinhos

– E o que você acha?

Acho que você está com medo, assim como eu.

Ela toca a mão de Fen com a delicadeza de uma brisa marinha.

– Sayer sabe?

A expressão de Fen endurece, trancando-a para fora, dizendo *não chegue mais perto*. Mas Æsa vê...

– Você devia contar a ela.

Uma voz surge na escuridão.

– Me contar o quê?

SAYER GOSTA DE perambular pelo Subterrâneo, deixando que seus sentidos lhe guiem. Ela ainda não consegue acreditar em como ele é vasto. Alec lhe contou que os túneis costumavam ser um mercado clandestino e um lugar para se esconder dos Guardiões, mas com o endurecimento da Proibição, as pessoas começaram a ficar. Alguns moram ali embaixo, outros entram e saem. Há muitas oportunidades para que o segredo se espalhe, e mesmo assim ele não vazou. Parece que as Aves Noturnas, no fim das contas, não eram o segredo mais bem guardado de Simta.

Hoje ela achou um jardim secreto, cheio até a borda com canteiros de plantas com folhas grandes e escuras. Ela passa por uma mesa cheia de orquídeas-serpente, muito parecidas com as que Leta cultiva em sua estufa. Suas flores são do mesmo marrom-caramelo que os olhos de Fen. Sayer quer conversar com a amiga sobre o Subterrâneo, sobre tudo, mas parece que Fen a está evitando. De novo. Ela está reservada desde aquela noite em que elas salvaram as outras Aves Noturnas. Foi por que Sayer ofereceu a ela e a Rankin beijos para que eles pudessem se misturar às sombras? *Não, Tig, é melhor você guardar isso para si mesma*. Mas por quê? Ela sabe que Fen nunca gostou de magia, mas o poder de Sayer não é um alquímico mágico. É assim que Fen a vê? Ou como algo ainda pior?

Sayer aproveita a oportunidade de explorar sua magia, de expandi-la. Ela pode invocar o vento ou aprofundar sombras, ouvir conversas em outros aposentos e abafar o som. Ainda é difícil controlar, em especial quando está sentindo alguma emoção intensa. *Toda a magia tem limites*, diz Krastan. *Até o tipo que vive no interior*. Ela fica mais forte quando as Aves Noturnas estão juntas, pele com pele. Elas parecem fazer o ar cantar com uma carga cujo nome nenhuma delas consegue nomear. Æsa está preocupada com o jeito com que sua magia está crescendo, mas Sayer gosta disso. É uma arma que quer aprender a usar.

Sem pensar, ela leva a mão ao bolso para pegar o shill que seu senhor uma vez lhe deu. O que ela mantinha como lembrete para não o procurar mais. Mas, ao passar os dedos por suas pontas rombudas, ela pensa no caos que poderia causar na vida dele agora. Ela poderia penetrar nela às escondidas e arruiná-la, feito um fantasma vingativo.

Vozes flutuam através das folhas do jardim, baixas e clandestinas. Sayer segue na direção delas, mas para ao ouvir a menção de seu nome.

– Sayer sabe?

Sayer espia através das folhas e vê Fen olhando para o ponto onde Æsa a toca.

– Você devia contar a ela.

Sayer quer esperar, ouvir, mas algo faz com que ela interrompa.

– Me contar o quê?

Æsa recua. As mãos de Fen se cerram.

– Tig. É bom encontrar você aqui.

Sayer sai de trás das folhas e vai até a bancada.

– É bom encontrar vocês duas.

Os olhos verdes de Æsa vão de uma para a outra. Ela às vezes fica com essa expressão, como se estivesse vendo coisas que ninguém mais consegue ver. Talvez esteja. É um pensamento desconcertante.

– Eu vou procurar Matilde – diz. Antes de ir, ela se inclina para perto de Fen o suficiente para sussurrar algo. O rosto de Fen se torna uma máscara inexpressiva, intencionalmente ilegível, mas Sayer consegue ver algo se agitando por baixo.

Quando Æsa vai embora, Sayer se senta em uma prateleira coberta de musgo instalada na parede.

– De que se tratava tudo isso? – pergunta a Fen.

– Nada – diz ela, botando seu estojo prateado de volta no bolso. – Ela só quer que todas sejam amigas, só isso.

Sayer puxa uma folha de uma trepadeira próxima.

– Vocês duas já parecem amigas o suficiente.

Fen sorri de leve. Sayer rasga a folha em pedaços.

– Então? – pergunta Sayer. – Onde você estava?

Fen pega um frasco com alguma coisa viscosa e o segura contra a luz.

– Cuidando dos negócios. As Estrelas não funcionam sozinhas, você sabe.

Sayer afasta os olhos.

– Você entregou minha mensagem para Leta?

Ela não podia contar a Leta onde estava, mas não queria que ela se preocupasse.

Fen assente, tensa.

– Eu fui vê-la.

– Ela está bem?

– Ela está bem. Está contando às pessoas que mandou você para Thirsk por causa de sua saúde. Seu segredo ainda está seguro.

Mas não o de Matilde nem o de Æsa. A cidade como um todo pode ainda não saber sobre elas, mas os Caska sabem. E o pontífice, embora ele ainda não tenha espalhado a notícia pelas ruas. O que ele está esperando?

Sayer exala.

– O que mais ela disse?

– Ela perguntou o que vocês vão fazer em seguida. Eu disse que não sabia.

Um silêncio cai em torno delas quando Fen dá a volta na bancada, se aproximando.

– Então? – diz ela, em voz baixa. – Em que está pensando?

Na mesma coisa que está circundando sua cabeça há dias, desde sua excursão ao Clube dos Mentirosos.

– Eu vou me vingar.

Fen lança um olhar em sua direção.

– De quem? Do Mão?

– Ele está na minha lista. Mas eu quis dizer de meu senhor.

Sayer não contou a ninguém toda a verdade sobre o que aconteceu entre ela e Wyllo Regnis no clube. Não quer que saibam quanto ela revelou para ele. Sabe-se lá o que ele pode fazer com o que sabe. Ela ainda pode ver a fúria nos olhos dele quando o prendeu com sua magia. *Eu vou fazer você pagar por isso.* Mas é ele quem vai pagar – por tudo.

– A conta dele já venceu – diz ela para Fen. – É hora de alguém fazê-lo pagar.

Fen parece incrédula.

– É para isso que você quer usar seu poder?

– Por que não? – responde ela. – Ele deixou minha dama na sarjeta. Você não sabe nem a metade do que ele fez.

– Tenho certeza de que isso é verdade, mas temos peixes maiores para pegar. Com certeza sua vingança pode esperar.

Mas sua dama esperou: horas, meses, anos. Ela morreu esperando. Sayer não vai fazer o mesmo.

Fen caminha em sua direção, lenta e graciosamente. O jardim parece prender a respiração.

– E as outras garotas? – pergunta Fen.

Sayer franze o cenho.

– As Aves Noturnas?

– Não, as outras. Você deve saber que para cada garota mágica que veio parar no Subterrâneo há outra que ainda está lá em cima, sem proteção.

A voz de Fen fica tensa por alguma emoção inominável.

– Quanto mais existirem, mais chances há de que deixem sua magia escapar na frente de alguém e sejam encontradas pelos Caska ou por um Guardião. Ou por um gaiteiro-da-areia, o que é igualmente ruim. Você pode imaginar se alguém como Gwellyn encontrasse uma? Uma fonte renovável de magia, sempre à mão. Uma garota assim seria vendida por uma fortuna.

Forma-se uma visão de Gwellyn com uma garota em uma coleira, sendo puxada atrás dele. Sayer estremece.

– O que você quer que eu faça?

– Junte-se às Estrelas Negras de verdade – diz Fen. – Me ajude a manter as garotas escondidas.

– Eu posso fazer isso e destruir meu senhor. – E, droga, é sua vida, sua magia. Ninguém vai dizer a ela como usá-la. – Eu devo isso à memória de minha dama.

O tom de voz de Fen se suaviza.

– Você sabe que ela não ia querer isso.

Sayer cerra os dentes.

– Mas eu *quero*.

Agora Fen está perto, a apenas um braço de distância. Sayer pode ver as cicatrizes em seu pescoço que ela se esforça tanto para manter escondidas, e por baixo delas, seu pulso acelerado.

– Você não entende o que ele é. O que ele fez. Ele precisa sofrer.

Do contrário, esse vazio raivoso nunca vai deixá-la. Ela pode senti-lo devorando-a viva.

A voz de Fen sai acalorada:

– Você acha que eu não sei o que é querer vingança? Eu fui criada por um pater que me odiava. Que me deixava sem comida e me trancava no escuro.

Ela abre a gola de sua camisa, como se ela a estivesse esfolando. Seus olhos castanhos e brilhantes têm um traço sombrio.

– Nos meus primeiros anos na rua, eu só pensava em vingança. Então uma noite eu mandei uma mensagem para as crianças que ainda estavam no orfanato, dizendo-lhes para saírem antes da meia-noite, e ateei fogo no lugar.

Sayer não se mexe. Ela não ousa respirar, para que Fen não pare de falar.

– Ele saiu – diz Fen. – Muito queimado, mas conseguiu. O fogo, porém, se espalhou pela rua, rápido demais para as pessoas que estavam dormindo nos andares altos. Cinco pessoas morreram antes que pudessem controlá-lo.

Fen afasta os olhos, mas Sayer pode ver seu remorso.

– Aquele homem agora é um monstro mais perigoso que nunca, e é minha culpa. Eu o *fiz*.

Fen para de falar, mas uma confissão silenciosa paira no ar. Ela se esfrega na pele de Sayer como uma coceira.

– Fen – diz Sayer. – O que está tentando me dizer?

Fen pressiona as mãos sobre a parede aos lados de Sayer. O jeito como ela se move faz com que Sayer pense em uma mola tensionada suplicando para ser solta. Nenhuma parte delas está se tocando – quando foi a última vez? Parece que foi há anos.

– Só que a vingança não conserta o que passou. Ela não cura o que está quebrado, apenas a cega para o que importa.

Sayer pode sentir o fedor acre de sua resina. Não é o suficiente para fazer com que ela queira se afastar. Ela quer tocar as cicatrizes de Fen e pressionar os lábios sobre elas. Remover todas as camadas entre elas até não restar nada.

Sayer se aproxima, apenas uma fração.

Os lábios suculentos de Fen se afastam quando seu olhar pousa sobre a boca de Sayer.

Ela não tem a intenção de conjurar um vento. Ele serpenteia pelo jardim, fazendo todas as plantas tremerem.

Fen inclina a cabeça.

– Você está fazendo isso?

Sayer assente.

– Sempre gostei desse som – diz Fen, fechando os olhos. – Deixa entrar uma brisa.

Isso parece uma confissão. Sayer pode senti-la dentro dela, tentando criar raízes.

Elas estão muito perto. Com um movimento do queixo de Sayer, podiam estar se beijando. Mas elas são amigas... apenas amigas. Não há mais nada entre elas.

As folhas em torno delas parecem sussurrar. *Mentirosa*.

Uma delas se afasta – Sayer não sabe quem. Não importa. Sua dama pôs seu coração nas mãos de outra pessoa, e isso a destruiu. Talvez seja melhor deixar o dela em segurança em seu próprio peito, intocado.

Não se preocupe comigo. Está tudo bem,
o que quer dizer que ainda estou respirando. – *M*

O que aconteceu depois que você me deixou no clube?
Onde você está agora? – *D*

Não posso dizer. Quanto ao resto… bem. En Caska Dae
invadiu o jardim de minha família e as coisas ficaram…
acaloradas. As Aves Noturnas tiveram que
encontrar um lugar para se esconderem. – *M*

Você não devia ter que se esconder. Vamos
conversar, só me diga onde encontrar você. – *D*

O que vamos fazer em seguida
é decisão apenas minha. – *M*

A escolha é sua, mas estou aqui quando
você estiver pronta. Você e eu podemos
encontrar um jeito de resolver isso. – *D*

— SÉRIE DE BILHETES TROCADOS ENTRE
DENNAN HAIN E MATILDE DINATRIS

CAPÍTULO 16
QUEIMA LENTA

Q UANDO MATILDE POR fim consegue pegar Alec sozinho, é em uma das áreas mais tranquilas do Subterrâneo. As paredes ali são irregulares, uma pedra preciosa bruta, estalactites pendendo como linhas secas de cera de velas. Mesmo depois de vários dias nesses túneis, o lugar continua a surpreendê-la. E pensar que ele esteve ali por toda a sua vida, sob seus pés.

Ela observa Alec da porta do que parece ser uma oficina improvisada, iluminada por lanternas pequeninas. Elas reluzem com firmeza, tingidas de laranja pelo que deve ser algum tipo de alquímico, lançando uma luz cálida sobre a sala. Ela tentou encontrá-lo nesses últimos dias para acertar as coisas entre eles, mas na metade do tempo ele está na loja ou falando com Jacinta. Não que Matilde se importe. Não mesmo.

Alec pega um frasco de vidro de uma mesa velha de madeira, coberta por almofarizes e potes de sabe-se lá o quê. Há algo reconfortante em vê-lo com as mangas arregaçadas, misturando ervas com uma xícara fumegante de frennet ao seu lado. Uma visão familiar em meio à confusão atual de sua vida.

Ela entra, mantendo a voz leve.

– Que encrenca você está preparando?

Ele ergue os olhos. Há uma intensidade no jeito com que ele a sorve, com aqueles olhos escuros e brilhantes. Isso a deixa irrequieta como nunca.

– Seu cabelo – diz ele, erguendo as sobrancelhas.

Ela gira, exibindo seu penteado estiloso. Uma das filhotes o cortou.

– O que acha?

Um canto da boca de Alec se curva.

– Fica bem em você.

Algo adeja em seu peito.

– É, bom. Todas as coisas em minha vida mudaram. Achei que podia mudar de estilo para combinar.

Ela não conta a ele que teve que conter as lágrimas enquanto o cortavam. Como ver as ondas escuras caindo ao seu redor fez com que se sentisse mais afastada de sua vida que antes. Sua dama ia odiar o corte, ela tem certeza. Matilde pode imaginar seus lábios franzidos, o sorriso astuto da avó, o riso fácil de Samson por sua rebelião. Sua família parece tão próxima, e a mil léguas de distância.

Krastan lhe assegurou de que eles estavam bem, mas Matilde não ficou satisfeita com a informação de segunda mão, por isso deu uma escapadela, mudou o rosto e foi ver por si mesma. As outras Aves Noturnas – e Krastan e Alec – não iam gostar de seus passeios pela superfície, mas ela na verdade nunca está em perigo. Não quando se parece com outra pessoa. Naquela primeira vez, ela parou junto do portão de seu jardim. Pôde ver sua família pelas janelas, mas não ousou ficar muito tempo. Não com os Guardiões patrulhando o canal junto da casa. Parece estranho que o pontífice tenha liberado sua família e que não a tenha exposto publicamente, mas na verdade ele é apenas uma voz em torno da Mesa. Política – e o poder coletivo das Casas – parece tê-lo detido. Isso ou ele está seguindo algum plano secreto, ganhando tempo. De qualquer forma, seu silêncio não vai durar para sempre. Ela tem certeza disso. Quando ele tornar seu nome público, o que vai acontecer? Será que Epinine Vesten vai encontrar um jeito de chegar a ela e, através dela, às outras Aves Noturnas? Será que a igreja vai fazer com que nenhuma delas nunca esteja em segurança?

Alec a arranca de seus pensamentos.

– Você vai só ficar aí parada, sendo bonita, ou vem me ajudar?

Ela sorri, dá a volta na mesa e se coloca ao lado de Alec.

– Onde você me quer?

– Bem aqui. – Ele empurra um almofariz e uma pilha de folhas delgadas na direção dela. – Moa isso.

Ela pega a mão do almofariz. As ervas têm um cheiro forte, quase de especiarias. Ela se pergunta se queimariam bem.

– Por que não está trabalhando na loja? – pergunta.

Alec dá de ombros.

– Krastan não vem aqui com muita frequência, e há projetos sobre os quais eu prefiro que ele não saiba.

Ela bate o quadril no dele.

– Lá vai você de novo, vivendo perigosamente.

Ele retribui o movimento.

– Sou um homem de profundezas ocultas.

Eles trabalham em silêncio por algum tempo. Quando eram mais novos, costumavam brigar enquanto faziam isso, mas agora ela não sabe o que dizer. As coisas estão diferentes.

– Então – diz ele por fim. – Qual é a sensação?

O ritmo de seu coração se acelera.

– Qual a sensação de quê?

– De usar sua magia.

As palavras tocam um emaranhado de emoções. Qual a sensação? É como estar um pouco... à deriva.

– É esmagador. – Nos últimos tempos, Matilde se sente como uma bailarina que sentiu o chão amolecer, tirando o equilíbrio de seus pés normalmente firmes. – Mas também empolgante.

Ela gosta do jeito como sua magia faz com que se sinta, poderosa e potente. Mas, quanto mais ela a usa, mais certeza tem de que nunca vai poder voltar para sua vida do jeito que era. Ela sente como se algo tivesse sido tirado dela, uma certeza. Antes, sabia quem era e como se encaixava nisso. Ela era uma Ave Noturna e uma Dinatris. Quem é ela agora sem isso? Sem eles?

– E qual a sensação de saber que outras garotas compartilham de seus talentos? – pergunta Alec. – Layla parece bem arrebatada com você.

A garota do fogo verde. Matilde sorri.

– Ela está crescendo muito comigo. Todas elas estão.

Foi estranho descobrir que, como Jacinta disse de forma tão delicada, Matilde não era tão especial quanto cresceu acreditando ser. Isso ainda parece um casaco do tamanho errado, que veste um pouco apertado. Ainda mais porque nenhuma delas nasceu nas Casas. Hetty, uma das garotas de ar, é filha de um ferreiro, e Layla... bem, Matilde tem a impressão de que um marinheiro a deixou em uma doca e voltou a zarpar. Algumas semanas antes, ela não teria dado atenção a nenhuma delas, achando que não tinham nada em comum. Mas as filhotes poderiam ter sido Aves Noturnas, se tivessem nascido em circunstâncias diferentes. Elas são iguais, ali embaixo no escuro.

– Agora entendo o que você quis dizer – diz ela, sem olhar para Alec. – Sobre eu ser um pássaro abrigado. Eu não sabia como algumas dessas garotas viviam.

– Bom – diz ele –, você não tinha motivo para saber.

Um gosto amargo passa pela boca dela.

O silêncio se estende, implorando por uma confissão. Ela descobre que não quer se esconder dele.

– Para dizer a verdade, sinto falta de minha antiga vida – diz em voz baixa. – E de minha família. Eu me sinto um pouco perdida sem eles.

Alec franze o cenho.

– Você voltaria a ser uma Ave Noturna?

Ela não tem certeza se poderia voltar a dar pedaços de si mesma para outras pessoas.

– Não. – Ela tenta usar um tom mais leve. – Mas eu voltaria a ter acesso regular a uma banheira. Você sabe como eu gosto de um pouco de luxo.

– Mudar pode ser bom. – Os olhos de Alec encontram os dela. – Isso significa novas possibilidades.

Possibilidades. Matilde leva a mão ao bolso e agarra o pássaro de metal de Dennan. Quando mudou de rosto pela primeira vez e foi conferir sua família, ela também enviou uma mensagem para Dennan. *Não se preocupe comigo. Está tudo bem, o que quer dizer que ainda estou respirando.* No dia seguinte, ao voltar para onde tinha escondido a base do pássaro no telhado de Krastan, ela o encontrou à espera.

O que aconteceu depois que você me deixou no clube?, escreveu Dennan. *Onde você está agora?*

Não posso dizer, escreveu ela em resposta. *Quanto ao resto...*

Ela saboreia os passeios na superfície, aqueles momentos breves parada sob o sol. Mas eles atiçam seus medos e suas frustrações também. Ela não pode se esconder no Subterrâneo para sempre, mas também não pode voltar direto para sua vida. Primeiro ela precisa de um plano, um jeito de proteger sua família, as Aves Noturnas e seu nome.

O último bilhete de Dennan esquenta seus dedos.

A escolha é sua, mas estou aqui quando você estiver pronta. Você e eu podemos encontrar um jeito de resolver isso.

Matilde quer acreditar nele, mas seus próximos passos podem assegurar ou arruinar seu futuro. Ela não sabe quais dar.

Alec aponta com a cabeça para onde ela está indiferentemente socando o almofariz.

– Sua técnica é terrível, Tilde.

Ela volta a flertar.

– Me mostre, então, como se faz.

Ela diz isso como um desafio, sabendo que ele não vai aceitar. Mas então ele vai para trás e encosta o corpo no dela.

– Não soque desse jeito – diz ele, seus cachos macios roçando o rosto dela. – Você tem que girar.

Ele envolve a mão que segura a mão do almofariz, ajustando o ângulo. Seus calos roçam na pele dela.

– Eu? Eu gosto de mudança – diz Alec, seu peito duro tocando as costas dela. – É isso o que a alquimia é. Você combina duas coisas, achando que sabe o que vai acontecer, mas apenas uma mudança nas condições pode alterar todo o jogo.

A magia dela se agita, esquentando o aposento, aquecendo seu sangue.

– Eu não achava que você gostava de jogos.

Os lábios dele estão perto de seu ouvido.

– Jogos, não. Mas não me importo com riscos. Arriscar. Forjar novos caminhos.

Eles pararam de moer as ervas e estão apenas ali, parados, encostados um no outro. Ela absorve seu cheiro de frennet e cinzas.

As palavras de sua avó no jardim lhe retornam.

Parte de meu coração nunca deixou aquele quarto no sótão da loja de Krastan. Lá encontrei coisas que nunca mais tornei a achar.

Mesmo assim, na época, ela se afastou dele e deixou que sua família escolhesse por ela.

Para mulheres como nós, o dever vem primeiro.

Krastan era um aprendiz de alquimista; sua avó, filha de uma Grande Casa, nascida e criada para pertencer a um mundo diferente. Mas, ali embaixo, essas linhas parecem mais tênues do que antes. Matilde não se sente tão constrangida por aquelas regras.

Ela vira a cabeça, e sua têmpora roça a maçã do rosto de Alec.

– Por que você nunca me beijou?

Ele engole em seco, e ela sente isso por toda parte.

– Todos esses anos... Você sabia o que eu era – insiste ela. – Você sabia que eu tinha magia. Por que você nunca pediu?

Ele abaixa o queixo, os lábios pairando tão perto do pescoço dela que ela pode sentir seu calor. Mas então ele se afasta, deixando-a fria.

Quando ela se vira, a expressão dele é de um bom humor confuso.

– Não sei – diz ele. – Na verdade, nunca pensei sobre isso.

As palavras machucam, mas ela não vai deixar que ele veja.

– Bom, você não podia pagar por mim.

A intenção era ser uma provocação, mas ela sai afiada demais. Uma sombra passa pelo rosto dele.

– Eu preciso ir – diz. – Só... ponha essas ervas em um pote e feche bem, certo?

Então Alec vai embora, deixando Matilde mais incerta que nunca, as luzes laranja tremeluzindo em uma queima lenta.

Para as Grandes Casas de Simta,

A igreja recebeu relatos de que vocês escondem bruxas em seu meio. O pontífice tem certeza de que isso não pode ser verdade. Mas no serviço dos quatro deuses, assim como das almas de todos os eudeanos, os Guardiões vão fazer uma revista minuciosa em todas as Grandes Casas. Aqueles que cooperarem vão ser bem tratados e os que forem honestos vão receber uma recompensa.

Essa é a vontade dos deuses. Nós nos dedicamos a extirpar qualquer corrupção que possa ter se enraizado entre nós. Vamos honrar o Manancial e deixar que ele nos limpe de nossas manchas.

— BILHETE ENVIADO PARA TODAS AS GRANDES CASAS, ASSINADO PELO PONTÍFICE

CAPÍTULO 17
OS MUITOS CURSOS DO DESTINO

Æsa anda pelo mercado do Subterrâneo, sob a árvore roxa que cresce no meio dele, passando por barracas cheias de magia alquímica. Elas já não a escandalizam como antes. Grande parte é remédio, poções feitas para aliviar dores e fazer a comida durar mais. Há pessoas em Illan que pagariam de bom grado o preço por essas coisas, pensa ela, não importa o que o pater Toth possa dizer.

As pessoas a cumprimentam com acenos de cabeça quando ela passa, alguns tirando o chapéu. Ela ergue a mão para tocar em um dos pedaços de vidro do mar trançados em seu cabelo. Isso se transformou em moda entre as filhotes, desde que ela contou para algumas as histórias de seu avô sobre as sheldars illish. Elas pediram que a própria Æsa os trançasse. Ela ainda sente falta de Illan: sua família, as falésias, a música constante do mar. Mas de algum modo, ali embaixo, com aquelas garotas, dói menos.

Elas também a deixam menos temerosa de sua magia. Com elas, parece mais um dom que uma maldição. Afinal de contas, não foi roubada do Manancial: ela lhe foi dada. Com certeza os deuses não teriam feito isso a menos que achassem que devia ser assim.

Então cada vez mais ela tenta aperfeiçoá-la e controlá-la, mas há uma parte de sua magia que se recusa a ser domada. Suas visões começaram como sonhos, vindo apenas quando estava dormindo. Mas, quanto mais ela trabalha com a água, mais elas vêm enquanto está acordada. Alecand diz que as videntes de antigamente costumavam fazer suas previsões com tigelas de água, fazendo a mente viajar para épocas e lugares diferentes. Ele fez com que parecesse uma escolha, mas no caso dela não é. Ao passar por um tanque raso, percebe sua mente se dirigindo para ele, a sensação de ser jogada de um navio durante uma tempestade. A água escura se agitando em torno dela, densa e nublada. Ela nunca sabe dizer onde está a superfície.

Ela entra à esquerda em um túnel lateral e para em frente a uma tenda de lona. Antes que possa decidir se vai de fato entrar, uma voz sai flutuando:

– Entre, Æsa.

Jacinta está sentada em uma almofada grande, lendo. Há um tapete grosso sobre as pedras frias. A tenda é cheia de livros e lanternas coloridas de vidro, com espelhos pequeninos pendurados por fios que brilham como estrelas. Pelo visto, ela mora ali.

Jacinta sorri.

– O que traz você à minha humilde residência?

Æsa engole em seco. Com a habilidade de ver fragmentos do futuro, ela achou que Jacinta podia já saber por que tinha ido até lá.

– Gostaria que você pudesse me contar como usa suas cartas para decifrar suas visões.

Gostaria que você pudesse me contar como ler as minhas, também.

Ela já viu todo tipo de coisa: Matilde em um salão de baile com asas ferozes estendidas às suas costas, Sayer em um belo vestido com uma corda ao redor dos pulsos. Cada visão aperta seu coração de medo, mas ela não sabe como interpretá-las. Qual a vantagem de ver o futuro quando ele é uma mixórdia confusa?

Ela ainda não contou às outras garotas. Não quer assustá-las. Mas Jacinta está confortável com seu dom, ao que parece, e o domina completamente. Se alguém pode ajudar, é ela.

– Venha aqui. – Jacinta dá tapinhas na almofada ao seu lado. – Eu vou mostrar a você.

Æsa se senta, e Jacinta pega as cartas pintadas à mão com as quais ela lê a sorte, espalhando-as sobre o tapete.

– Escolha três – diz Jacinta. – Apenas três.

Æsa deixa sua mão pairar sobre elas. Sem pensar, seus dedos decidem. Jacinta as vira para cima, empilhando-as. Uma teia de aranha, uma serpente e uma ave feroz.

Jacinta estreita os olhos, reorganizando as cartas sem que Æsa veja qualquer razão para isso.

– Eu mesma pintei estas cartas – diz ela, tamborilando nelas com unhas pintadas de um tom escuro. – Cada carta tem um significado central. Eu só tenho que as dispor, deixar que minha magia as entrelace e esperar para que surja a conexão entre elas.

Ela pensa em seu pai, que sempre parece saber em que parte os peixes vão estar todas as manhãs. Não há nenhuma magia nisso. *O mar tem um padrão*, diz ele. *Você só precisa aprender a lê-lo.* Mas, se suas visões têm um padrão, ela não consegue encontrá-lo. Esse oceano dentro dela parece criar as próprias marés.

O olhar de Jacinta se suaviza, como se estivesse olhando para uma coisa que Æsa não consegue ver. Ela parece muito à vontade com seu poder. É como se ninguém nunca tivesse dito a ela que uma coisa dessas podia corrompê-la, ou se não acreditasse nas pessoas que disseram. Æsa quase a inveja.

– Você vai partir em uma viagem em breve – diz ela por fim. – Eu vejo três montanhas íngremes em uma costa.

Æsa fica sem fôlego. Parecem as Três Irmãs, na costa sul de Illan.

– Quando no futuro isso vai ser?

– É difícil medir o tempo. Pode ser amanhã ou em questão de anos.

Ela teve uma visão de Willan em um navio, parado ao lado dela. Ele é parte desse futuro?

Há uma ruga entre as sobrancelhas de Jacinta.

– Você vai percorrer um caminho sinuoso. Mas no fim ele vai levá-la de volta para casa.

Casa. Ela tem saudades, mas a ideia de voltar também faz com que se sinta estranha. O que significa o fato de que ela pode vir a deixar Simta? Onde estarão as outras Aves Noturnas?

Ela respira fundo.

– Os futuros que você vê, Jacinta… Eles sempre acontecem? São coisas fixas ou podem ser mudados?

Jacinta olha fixamente para ela por vários momentos. Então deixa os dedos dançarem sobre as cartas. Ela pega uma da pilha, sem olhar para ela, e a vira. Ela tem os contornos de uma mulher com uma bela armadura, sem capacete, uma das mãos sobre o coração. A cavaleira.

– Quando leio para mim mesma, esta carta representa alguém que eu amo. Alguém que perdi.

Æsa olha para o vestido de Jacinta, o mesmo vestido vermelho-escuro que ela sempre está usando. Em Simta, essa é a cor das viúvas.

– Eu lia com frequência para Tom. Sempre via as mesmas coisas em suas cartas. Ambição e risco, recompensa e provação. Suas leituras sempre continham muita vida.

Ela acaricia as cartas como quem acaricia um rosto, de forma muito amorosa.

– Ele tinha uma chalupa pequena com a qual contrabandeava

poções para barcos longe da linha costeira. Ele construiu um compartimento especial no casco. É um trabalho perigoso, especialmente para alguém que não faz parte das gangues de gaiteiros-da-areia, mas Tom era muito bom nisso. Um dia, vi um problema nas cartas. Eu não queria acreditar e não conseguia ver como isso podia acontecer. Era uma possibilidade, uma versão do futuro, então o alertei para tomar cuidado, depois escolhi esquecer. Mas os Guardiões o pegaram, e não há julgamento para reincidentes. Eu só cheguei à travessa da Forca a tempo de assistir.

Sua voz está dura, ao mesmo tempo cheia e oca, afiada pela perda.

– Sinto muito, Jacinta – diz Æsa.

Ela dispensa as palavras com um aceno.

– Só estou tentando responder a sua pergunta. O futuro é uma coisa imprevisível. Sortes mudam, dependendo de decisões tomadas na jornada. Às vezes, todas as estradas levam para o mesmo lugar, mas não acho que nenhum futuro seja imutável. Nós temos escolhas. Nossos destinos têm muitos cursos diferentes.

Æsa respira fundo e estende a mão até a pilha de cartas, deixando seus dedos pairarem sobre o monte. Ela pode fazer isso. Quando sente uma centelha sutil, ela pega uma.

A carta é cheia de linhas definidas, tinta escura e dois olhos ardentes. O homem de túnica quase parece um pater. Há uma palavra escrita abaixo dele: MORTE.

Sua visão se agita e então ela está mergulhando na escuridão. Em seu âmago, vê alguém produzir uma fagulha. Ela tenta ver, tenta entender, mas está nublado. Há um barulho alto e uma torrente de água. O chão estremece com um ronco longo e agourento.

Com um susto, sua mente volta para seu corpo, seu coração ainda gritando com a força do sonho.

– Æsa? – está dizendo Jacinta. – O que foi?

Ela abre a boca para contar a Jacinta, mas então a aba que fecha a tenda é puxada para trás, e o espaço se enche de gente. Matilde e Alecand, Sayer e Krastan. O ar que carregam com eles para a tenda está carregado.

– É uma ideia tola – diz Alec –, e você sabe disso.

Matilde empina o nariz.

– Eu discordo.

A tristeza no rosto de Jacinta desapareceu, substituída por um divertimento tranquilo. Ela e Matilde têm mais em comum do que ela pensa.

– O que é isso, então? – pergunta Jacinta.

Alecand se vira.

– Matilde acha que é hora de dar uma reprimenda no pontífice.

Matilde franze o cenho, com as mãos nas cadeiras.

– Você acha que eu vou simplesmente ignorar o que ele fez?

Os olhos de Jacinta se estreitam.

– Ignorar o quê, exatamente?

Alec entrega um bilhete para Jacinta.

– Isso está sendo enviado para todas as Grandes Casas.

O papel fino ostenta as Pontas de Eshamein e o emblema do pontífice.

A igreja recebeu relatos de que vocês escondem bruxas em seu meio. O pontífice tem certeza de que isso não pode ser verdade. Mas no serviço dos quatro deuses, assim como das almas de todos os eudeanos, os Guardiões vão fazer uma revista minuciosa em todas as Grandes Casas. Aqueles que cooperarem vão ser bem tratados e os que forem honestos vão receber uma recompensa.

Essa é a vontade dos deuses. Nós nos dedicamos a extirpar qualquer corrupção que possa ter se enraizado entre nós. Vamos honrar o Manancial e deixar que ele nos limpe de nossas manchas.

Sayer se volta para Matilde.

– Pelo menos ele não tornou público o nome de vocês. Isso é alguma coisa.

– Ele pode muito bem ter tornado. – A voz de Matilde está calma, mas seus trejeitos estão tensos e trêmulos. – Todo mundo sabe que minha família está no centro disso, e eu desapareci. Aqueles que não sabem que eu e Æsa somos Aves Noturnas devem presumir.

Æsa é tomada pelo medo.

– Eles vão mesmo submeter todas as Casas à inquisição?

– É o que parece. – Krastan tira a boina amarela, amassando-a com as mãos. – A suserana usou sua influência para isso. Sua palavra, combinada com a da igreja, é suficiente.

– Epinine Vesten não está apoiando a igreja porque é devota – diz Matilde. – Ela está fazendo algum jogo.

Alec emite um ruído de frustração.

– E o que você acha que vai fazer em relação a isso? Vai até lá e exigir uma audiência com o pontífice? Dizer a ele que houve um mal--entendido e voltar à vida como ela era?

– Tudo o que ele tem são as palavras do Mão Vermelha – diz Matilde. – Ele não pode provar que tenho magia. Eles não podem extraí-la de mim contra minha vontade.

– Você não tem como saber, Stella – diz Krastan, com delicadeza. – Há histórias sobre reis feudais antigos que controlavam garotas com magia. Sobre Marren ter encontrado ferramentas para subjugar as Aves Fyre além da espada.

Æsa sente um aperto no peito. Há uma maneira de alguém poder controlar essa coisa dentro dela? Tomá-la dela?

– Não sei como faziam isso – continua Krastan –, mas a igreja tem arquivos. Nós não sabemos que tipo de conhecimento eles podem guardar.

Matilde fecha a mão em torno do bilhete.

– Eles vão interrogar minhas amigas, as antigas Aves Noturnas. Não posso simplesmente ficar sem fazer nada aqui embaixo.

Æsa quase pode ver seus pensamentos agitados, uma jogadora de cartas tentando decidir o próximo movimento.

– Talvez haja outro jeito de resolver isso.

Sayer franze o cenho.

– Como o quê?

– O pontífice tem poder – diz Matilde. – Ainda mais com a suserana ao seu lado. Os dois são uma ameaça. Mas há uma votação da Mesa se aproximando. Se pudéssemos depor Epinine e substituí-la por alguém escolhido por nós... alguém que se importe com nossos interesses...

A expressão de Sayer está inescrutável.

– Está pensando em Dennan Hain?

Alec engasga.

– O príncipe bastardo?

Matilde se enrijece.

– Ele quer a mesma coisa que vocês, tirar a magia do esconderijo. Ele não acredita na Proibição. Não compartilha dos pontos de vista da irmã.

Os olhos de Jacinta se estreitam como fendas.

– E você confiaria nossos segredos a ele?

Matilde olha para Sayer e Æsa.

– Nós confiamos nele uma vez antes. Por que não de novo?

Talvez Matilde tenha razão. Na outra noite, Dennan as ajudou. Mas será que ele pode protegê-las de quaisquer perigos que possam surgir pelo caminho?

– Precisamos de um amigo poderoso – diz Matilde. – Um que não tenha medo de mudar as coisas.

Alec segura os cachos.

– Ele é um Vesten. Não vai mudar as coisas. Ele só quer o poder da irmã para si mesmo.

AVES NOTURNAS

– Ele não é assim. – A voz de Matilde está bem acalorada. – Vocês não o conhecem.

Alec agora está quase gritando.

– O quê, e você conhece?

A tensão no ar se adensa tanto que é quase possível se pendurar nela. Um dos espelhos acima deles se vira, refletindo a luz.

– Eu o conheço bem o bastante para saber que ele não nos deseja nenhum mal – diz Matilde. – Ele vai nos proteger.

– Você, talvez. – O tom de voz de Jacinta é mordaz. – Mas e o resto de nós? Se você procurar Dennan Hain, nós vamos ser expostas. Este lugar. Todos nós.

– Como ficar aqui pode ajudar em algo? – Matilde joga as mãos para o alto. – O que você gostaria que eu fizesse, Jacinta?

– Você não pode ir – insiste Jacinta. – Nós estamos muito perto. Posso sentir.

A voz de Sayer assume um tom cauteloso.

– Perto do quê?

– Krastan, conte a elas o que você descobriu – diz Alec. – Ou eu vou contar.

O silêncio se abate outra vez. O que quer que esteja a caminho, Æsa não tem certeza se elas estão prontas.

Matilde se volta para o avô.

– Krastan?

Emoção brilha nos olhos dele, ternura e tristeza, e algo com um toque de remorso.

Ele exala.

– Existe uma história. Eu a encontrei anos atrás, mas nunca pensei muito sobre ela. Mas agora... bem. As coisas mudaram.

Æsa sente um formigamento na nuca.

– Ela fala de uma coisa que acontecia de vez em quando entre as

Aves Fyre. Muito ocasionalmente, um conjunto especial de quatro delas surgia. Cada uma delas tendia para um dos quatro elementos, terra, ar, água, fogo. E elas eram poderosas. Mais poderosas que todas as outras.

Æsa se inclina mais para perto de Krastan. O silêncio pulsa como um coração balbuciante.

– Mas essas quatro também estavam unidas – continua ele. – Chamadas umas para as outras, atraídas por uma força impossível de deter. A história usa uma palavra eudeana antiga para isso: *Dendeal.*

O rosto de Sayer parece mais pálido que antes.

– O que significa?

– Coração amarrado.

Æsa pensa na sensação de formigamento que sente quando toca suas irmãs Aves Noturnas. Ela presumia que as garotas com magia interior sempre sentiam, mas isso não acontece com as filhotes. É uma completude e, cada vez mais, uma ausência. Uma sensação de que, de algum modo, elas ainda não estão inteiras.

Krastan continua.

– Quanto mais perto elas ficam, essas quatro, tanto em corpo quanto em espírito, mais ampliam a magia do Manancial umas nas outras. E quando elas se juntam, realmente combinando seus poderes, é como se jogassem uma pedra nas águas do Manancial, fazendo-a ondular através de todos tocados por ela. Era assim que as Aves Fyre antigamente conseguiam abrir mares e mover montanhas. Juntas, eram fortes o suficiente para abalar o mundo.

Æsa tem a sensação de ser puxada para uma visão, de ser jogada no desconhecido caótico.

– Gatos em chamas – diz Sayer, em voz baixa. – Você não pode achar que somos iguais àquelas Aves Fyre.

– Por que não? – diz Alec. – Os sinais estão aí.

Segundos se passam, ensurdecedores. As luzes piscam com o que Æsa acha que pode ser o pulso de Matilde se acelerando.

– É só uma história – diz Matilde. – O que faz você pensar que é verdade?

– Eu vi você, Stella – diz Krastan. – Todas vocês três, amplificando as outras garotas. Já vi como vocês deixam umas às outras mais fortes.

– Nós todas estamos mais fortes com vocês aqui – insiste Jacinta. – E todo dia mais garotas com magia encontram o caminho até nós. É como se alguém as estivesse chamando.

Como se alguma coisa estivesse despertando sua magia. Poderiam ser elas?

– Mas você disse quatro – diz Sayer para Krastan. – *Quatro* garotas.

– Acredito que a garota de terra está perto – diz ele. – Talvez até mesmo nestes túneis.

Uma onda atravessa Æsa de forma pronunciada e repentina. Um conhecimento.

– O Manancial juntou vocês – diz Jacinta. – Deu a vocês esse poder que não surge há séculos. Deve haver uma razão para isso.

A voz de Sayer sai desconfiada:

– O que vocês querem de nós?

– Nós nunca tivemos o poder para de fato mudar as coisas em Simta – diz Jacinta. – Mas com Aves Fyre do nosso lado, tornando--nos mais fortes, poderíamos enfim começar.

Matilde enrijece.

– Começar *o quê*?

É Alec quem responde:

– Uma revolução.

O silêncio os envolve, fino e afiado como navalha.

– Aves Fyre já usaram seu poder para moldar o mundo uma vez – diz Krastan. – Para torná-lo melhor.

– Nós não somos mariposas-de-chamas – diz Sayer. Sua voz é um alerta. – Você não pode simplesmente nos jogar em um vidro e nos usar como uma luz guia.

Æsa pensa no avô dizendo que ela tinha uma sheldar dentro dela. *Você tem apenas que ouvir a canção dela e ter a coragem de responder.* Se ela fizer isso, será que pode se tornar uma daquelas mulheres pintadas na parede do salão de baile subterrâneo? Com as outras garotas ao seu lado, talvez…

Por baixo de seus chinelos, o chão estremece. A sensação de saber alguma coisa volta outra vez quando um medo congelante toma seu peito.

– Ah, deuses – sussurra ela.

Sayer segura sua mão.

– O que é, Æsa?

Ela olha para a carta ainda em suas mãos.

– É a morte.

UM GAROTO DE roupa cinza rasteja por um túnel que cheira a alga-maxilar. Eli sabe que devia estar com medo, mas ele se sente iluminado por dentro. Ainda pode sentir os dedos do Mão Vermelha em sua testa, abençoando sua busca. Eli vai estar morto em breve – seu corpo mortal. Mas sua alma vai ter voado para o abraço de Marren.

Se agachando, ele pega suas ferramentas, com cuidado para não deixar que a água as toque. O pavio tem que permanecer seco para fazer sua obra sagrada. Eli o acende depressa, com as mãos tremendo só um pouco. Ele está pronto. Um segundo, dois, então uma centelha... Um fogo virtuoso. *Um fogo purificador para purificar o mundo.*

CAPÍTULO 18
CORAÇÃO AMARRADO

—O **Subterrâneo está inundando** – diz a eles Æsa.
– Acontece – diz Alec. – Nós vamos lá fechar o vazamento.

– Não dá para fechá-lo. – Ela ainda pode ver o buraco, enorme e irregular, e a água correndo através dele. – Alguém fez um buraco, explodindo um dos túneis. Bem embaixo de um dos canais principais.

Sayer pragueja.

– Quem?

Æsa se obriga a dizê-lo:

– Um Caska.

Todos, então, estão de pé, correndo da tenda para o túnel. Ele estremece agourentamente sob os pés deles. De ambos os lados, as pessoas também estão saindo aos tropeções de suas tendas, pegando pertences, mãos e crianças. Há alçapões de escape, ela sabe, caso alguma coisa aconteça com esses túneis, mas ninguém sabe para qual deles correr. O ronco parece vir de todos os lados.

Krastan pega Matilde pelo braço.

– Para a loja, todos vocês. Depressa.

Eles correm com a multidão para o mercado elevado. Ali, o ronco é mais como um rugido. As pessoas disparam de seus túneis laterais, gritando nomes e pegando o que conseguem. Estacas de tendas são derrubadas de lado e mesas são viradas, fazendo ervas e pós nublarem o ar. Alguém esbarra no ombro de Æsa, mas Sayer a segura.

– Vamos lá. – Sayer arqueja. – Temos que correr.

Mas alguma coisa pegou Æsa pelas costelas, segurando-a firme.

Uma onda é vista quebrando na outra extremidade do túnel arqueado. Æsa esperava que fosse um filete naquele espaço vasto, mas é uma torrente, roncando como um deus irado. Ela observa horrorizada a água engolir um corpo, então outro, enquanto eles tentam escapar. Por quantos túneis ela correu para chegar até ali? Quanto tempo vai levar até a água engoli-los também?

A onda se divide apenas na árvore do mercado, que se verga com intensidade sob a corrente, e as folhas roxas são arrancadas.

– Æsa! – grita alguém. Sayer puxa sua mão com força, mas elas não conseguem ser mais rápidas que isso, e ela está muito cansada de fugir assustada.

As palavras de Willan superam o medo. *Acho que você é mais forte do que imagina*. As de seu avô também. Talvez *haja* uma sheldar cantando através dela, e água seja seu elemento.

Æsa agora vai ouvir a canção, venha o que vier.

Ela deixa que o oceano em seu interior cresça, enchendo-a até o limite. Ela fica na frente de seus amigos e joga as mãos ao alto.

– Dwen – grita em illish.

Pare.

A magia emana dela. Ela se ergue de seus ossos, seu sangue, como se estivesse esperando esse momento, derramando-se em uma maré invisível. Ela parece quebrar com a onda, detendo parte de seu impulso, movendo-se mais como xarope que mar. Ela pode sentir o peso da água, resistindo a seu poder. Ela se esforça, com os braços trêmulos. Há muita água, e há mais vindo da inundação do canal acima.

Dedos se fecham em torno de seu braço: é *Sayer*. Matilde segura a outra mão dela. A magia se entrelaça como cordas, fortalecendo-as. Ela sente gosto de tempestade na boca, fogo em suas veias.

A água fica mais lenta, então para como se atingisse uma barreira invisível. Ela sobe pelo ar em um lençol quase de sua altura – mais alta. É uma cortina de água subindo por uma parede de ar. Sayer. Ela está com a mão levantada, se torcendo e girando como se estivesse dando forma ao ar. Do outro lado, a água escura está cheia de tendas e roupas, cadeiras e barris, e, ah, deuses, corpos. Alguns atingem a barreira, braços e pernas agitados. Alec e Krastan correm até a água, tentando alcançá-la. Mas a parede de ar é muito grossa e parece estar se erguendo, tentando acompanhar a água enchendo o túnel. Logo vai transformar o mercado em uma tumba selada.

O coração de Æsa está na garganta.

– É demais, não consigo segurar!

– Nem eu – arqueja Sayer. Pequenas rachaduras estão se formando na parede invisível, água escorre por elas. – Estou tentando, mas...

– Se você soltar – grita Matilde –, vamos todos nos afogar.

Algumas das filhotes aparecem, se reunindo em torno delas, com as mãos estendidas, mas elas não podem consertar isso. Elas precisam da quarta. A peça que está faltando.

Há uma presença no túnel, se envolvendo em torno dela como uma trepadeira cada vez mais apertada. Æsa mal consegue respirar sob sua pressão. É a quarta. E está se aproximando. Mas, mesmo assim, não está perto o suficiente.

Æsa se vira, estendendo uma mão trêmula.

– Fenlin.

O cabelo de Fenlin está descontrolado, suas mãos, fechadas em punhos cerrados.

– O quê...

Ela não estava na tenda quando Krastan lhes contou aquela lenda, mas sem dúvida pode sentir sua verdade.

– Fen – repete Æsa. – Por favor. Nós precisamos de você.

Fen sacode a cabeça com força. Æsa nunca viu sua expressão tão áspera antes.

Do outro lado da parede de ar, alguém grita.

Æsa se vira novamente para a onda e vê alguém pendurado em um dos galhos meio afundados, pouco acima da superfície da água. É Rankin, puxando Verony – uma das garotas de ar – da espuma revolta. Eles se agarram juntos, engasgando-se com a água turva. Rankin olha para eles, de olhos arregalados e assustados.

– Fen! – grita ele outra vez. – Socorro!

Fen cospe sua resina e caminha adiante, o rosto tão fechado quanto o de uma pessoa enlutada.

– Gatos em chamas. Que se dane *tudo*.

Ela segura o pulso de Æsa. Magia pulsa através dela. Não: ela se enfurece. Folhas estremecem, fogo se atiça, ar sopra, água se agita, é uma força vasta demais para ser contida por seu corpo. Ela provou esse poder antes, no jardim dos Dinatris, mas aquilo foi apenas uma ondinha. Isso é a pedra que forma as ondas. E com ela vem uma profunda sensação de correção. É como se por toda vida estivessem lhe faltando peças, e agora ela está inteira. *Coração amarrado*.

Ela volta a se concentrar na água, que para de se agitar, envolvendo-se em torno de si mesma como um gato sonolento. As rachaduras no muro de Sayer se fecham, e nenhuma água se derrama por cima de sua borda. Fen está ofegante, olhando para a árvore no fundo. Seus galhos se movimentam, gemendo ao se esticarem na direção da barreira invisível, deixando Rankin e Verony perto do limite da água. Krastan e Alec correm para pegá-los conforme tentam passar o muro.

Matilde e Sayer estão olhando fixamente para Fen, boquiabertas. O olhar de Fen está focado em Rankin, parado junto do muro invisível.

– Não fique aí imóvel como um peixe atordoado – rosna Fen. – Ajude aquelas pessoas.

Rankin se sacode e se volta na direção da água. As pessoas estão nadando até a barreira, lutando para fazer com que seus corpos passem por ela. Alec, Krastan e Rankin os ajudam enquanto caem de alguns metros sobre a pedra, arfando. Verony para ao lado de Sayer. Æsa pode ver outros corpos, sem vida, balançando no ritmo da água. Ela reza para que a maioria dos habitantes do Subterrâneo esteja atrás dela, fugindo, em vez de se afogando no escuro.

– Precisamos ir – arqueja Æsa. Está começando a tremer muito. – É muita água. Não sei quanto tempo conseguimos aguentar.

– Você não pode empurrá-la para trás? – pergunta Alec. – Ou congelá-la?

– Não tem um guia para isso – diz Sayer. – Como podemos saber?

– Parece muita água para congelar – diz Æsa. – Mas sinto que não podemos largá-la. Se largarmos, ela vai se soltar.

As pessoas que eles ajudaram a sair da água estão de pé agora. Os cachos de Verony estão grudados ao rosto, e os olhos dela estão arregalados. Æsa olha para trás e vê que as outras pessoas pararam de correr para olhar. Rostos jovens, rostos velhos, algumas filhotes, todos estão olhando para as quatro como se elas pudessem salvá-los do desastre. Ela quer muito estar à altura de sua fé.

– Não podemos soltar a onda – diz Æsa, pensando rápido. – O que significa que vamos precisar levá-la conosco.

– O quê? – pergunta Matilde. – Simplesmente arrastá-la como um cachorro numa coleira?

Æsa assente.

– Vamos até todo mundo sair.

AVES NOTURNAS

Krastan sussurra rapidamente com Alec, então os dois saem correndo, conduzindo a multidão para fora dali.

– Depressa! – grita Krastan. – Todo mundo para fora. Temos apenas alguns minutos.

Com isso, pés se agitam, e as pessoas gritam ao saírem do mercado pela extremidade seca e correrem para qualquer rota de fuga que possam encontrar. Em pouco tempo, restam apenas as quatro, Jacinta, e um Rankin e uma Verony encharcados. A luz está estranha, como se estivessem todos embaixo d'água. Orbes de luz errantes boiam na superfície da água, brilhando como fantasmas.

– É hora de ir – diz Æsa, tentando parecer segura. – Estão prontas? Matilde exala.

– Como nunca.

Æsa olha para Fen, que está olhando para a água como se quisesse esfaqueá-la, e para Sayer, que está olhando fixamente para a amiga.

– Sayer? Fen?

As duas assentem, sem dizer nada. Então as quatro dão um passo lento para trás. A onda e o muro de ar seguem atrás delas. Seu murmúrio inquieto reverbera na pedra.

Elas dão outro passo, mais um, e a água as segue. Jacinta, Rankin e Verony seguem junto delas. Alec e Krastan correm na frente, gritando nos túneis laterais à procura de alguém que possa estar ali. Pessoas extraviadas emergem, boquiabertas ao tentarem entender o que estão vendo. Um homem tropeça e cai esparramado na pedra, e Alec tem que o ajudar. Seus olhos sobre elas estão atônitos... talvez com medo.

Æsa pode sentir a pressão da água aumentando; ela quer empurrá-la mais fundo no Subterrâneo, mas a água não deixa. Contê-la apenas ao túnel do mercado está sugando tudo o que ela tem. É o que uma sheldar faria, então ela vai fazê-lo. Talvez sua magia exista para salvar, e não para ferir, afinal de contas.

311

Estão quase na extremidade do mercado, onde ele se ramifica em um T. O lado direito vai na direção do jardim onde ela conversou com Fen. O outro vai levá-los para a loja de Krastan.

Matilde está sem fôlego.

– Nós conseguimos fazer a onda fazer a curva?

Sayer diz:

– Só tem um jeito de descobrir.

No instante em que elas entram no túnel da esquerda, a onda pairando no limite do mercado, gritos ricocheteiam nas paredes. Um grupo de pessoas sai correndo do túnel da direita, quase se chocando com as Aves Noturnas. Estão sendo perseguidas por três garotos de cinza.

En Caska Dae.

Um aponta sua besta para as quatro.

– São elas! Peguem-nas!

Verony se joga na frente de Sayer, com as mãos estendidas.

– Deixem-nas *em paz*.

Algo como um raio se acende na palma de suas mãos. Ele brilha, crepitando ruidosamente quando ela o arremessa, envolvendo um dos Caska como uma rede. Ele cai, se contorcendo, e há um momento de imobilidade.

Uma seta perfura o peito de Verony.

Sayer grita seu nome quando ela cai. Jacinta se abaixa, envolvendo a seta com as mãos, mas tem sangue demais escorrendo. Os olhos de Verony encontram os de Æsa, cheios de medo e horror. *Faça com que pare*, eles parecem dizer. *Faça ficar tudo bem.* Então ela se vai.

O garoto cuja seta atingiu Verony grita de alegria, como se tivesse acabado de atingir algum tipo de grandeza. Como se aquilo fosse uma caça e Verony, sua presa. Os Caska ainda não viram a parede de água se agitando no limite do mercado. Nem o oceano em seu peito, agora cheio de fúria.

Um ramo de água passa pelo muro de Sayer, tão grosso quanto uma pessoa, deslizando pelas pedras como uma serpente. Ele derruba as bestas das mãos dos dois garotos ainda de pé. Ela deseja que ele atinja o que atirou em Verony, rodeando seu torso e o espremendo em um punho apertado. Ele tenta segurar a serpente, mas seus dedos a atravessam. Ela aperta a pegada, uma costela se parte, e ele grita.

– Nós somos as mãos de Marren – grita o outro garoto. – Nossa missão é sagrada.

A canção que vem de dentro está tão alta que Æsa não consegue ouvir mais nenhuma. A sheldar mostra os dentes, com sede de sangue.

– Vocês *não* são homens de deus.

Ela deseja que a serpente volte de onde saiu. Ela puxa o Caska consigo através da barreira de Sayer, jogando-o nas profundezas da água. Seu punho bate, uma, duas vezes, os dedos se estendendo contra ela. Então ele desaparece, flutuando para longe na escuridão.

A raiva diminui. Ela não consegue parar de olhar para o lugar onde estavam as mãos do garoto. Ah, deuses. O que ela fez?

Ela cambaleia. Atrás do muro de ar, a onda estremece.

– Venha agora, querida – diz Matilde, a voz miúda mas controlada. – Só um pouco mais.

Os outros dois garotos Caska fogem aos tropeções, de volta pela direção de onde vieram. Jacinta fecha os olhos de Verony, murmurando uma oração.

Elas fazem a curva e caminham na direção da loja de Krastan, arrastando a onda em seu encalço. Cada vez mais água está escorrendo pelas rachaduras no muro de Sayer. Æsa também sente que está rachando, sua concentração fraturada. Há pouquíssima luz, e a água está muito escura.

Depois do que parece uma eternidade, elas chegam ao alçapão que leva para a loja de Krastan. Alec pega a escada na parede, puxa uma corda e o alçapão se abre. Ele está segurando um de seus sacos de luz brilhantes, que pinta todos eles de roxo.

– Vocês todos vão primeiro – arqueja Æsa. – Nós vamos depois.

Alec olha para Krastan.

– Mas...

– Você não nos faz nenhum favor perdendo tempo, Padano – diz Fen. – Então ande.

Eles fazem isso, Krastan, Jacinta e Rankin desaparecem escada acima e passam pelo alçapão. Alec amarra um cordão em torno da luz roxa e a põe no pescoço de Matilde. Ele sobe depressa, então restam apenas as quatro.

– Não soltem – diz Æsa. A onda é pesada, e o vazamento é suficiente para chegar até os joelhos. – Acho que não consigo segurar mais sem que vocês me toquem.

– Como podemos subir segurando umas às outras? – pergunta Matilde.

Como em resposta, uma corda cai sobre elas. Fen a segura com a mão livre e a amarra em torno da cintura de cada uma delas.

– Vamos bem depressa.

Ela grita para as pessoas acima segurarem, então começa a subir a escada. Æsa engasga em seco ao ser puxada em seguida. Mais água se libera, agora jorrando. Sayer está olhando fixamente para o muro de ar, mas ele está vacilando. Æsa pode sentir todas elas cansadas.

Matilde grita.

– Droga, mais *depressa*.

A corda em torno da cintura de Æsa queima ao se apertar. Sua mão começa a se soltar da de Matilde, escorregando, quando alguém do alto grita.

– *Puxem*.

A água sobe, atingindo suas saias, embaralhando seus pensamentos.

AVES NOTURNAS

Ela se esforça para subir, mas os degraus de metal da escada estão lisos demais. Ela sente como se estivesse sendo rasgada ao meio.

A barreira de ar se rompe e a onda ronca, quebrando contra a escada. Æsa grita quando Matilde e Sayer desaparecem sob a espuma. A corda puxa com força, tirando seu ar, mas ela consegue se agarrar aos degraus de metal construídos no interior do alçapão.

Alguém está berrando do alto.

– Suba, Æsa!

Ela não consegue ver, mal consegue respirar. Matilde e Sayer são um peso morto puxando-a para trás. Se não conseguir tirá-las, elas vão morrer. Ela tateia às cegas à procura de outro apoio de metal, puxando-as para cima. Uma mão, duas. Ela tenta respirar, mas tudo dói.

Mãos pegam suas axilas, puxando-a com tanta força que ela perde todo o equilíbrio. Alguém a amortece quando elas desmoronam em uma pilha trêmula sobre o chão do porão. Com o movimento de passos e grunhidos, a corda afrouxa. Sayer cai ao seu lado, cuspindo água, mas Matilde fica em silêncio. Sob o brilho da luz estranha, Æsa vê Alecand cair de joelhos.

– Tilde? – diz ele, sacudindo-a com força. – Droga, Tilde, *pare de brincar*.

Ele a deita no chão e leva o ouvido a seus lábios, então a beija bruscamente. Não, respira dentro dela. Uma respiração, duas. Ela não fala. Matilde, que está sempre falando e provocando, seduzindo o mundo para que ele adote as formas de que mais gosta. Mas ela precisa acordar. Se ela não acordar, parece que Æsa vai perder alguma coisa... vital. Uma parte dela que ainda não sabe como chamar.

Então Matilde rola de lado, vomitando água. Alec solta um suspiro longo e entrecortado.

Há o ruído de alguém fechando o alçapão, isolando-os do Subterrâneo. A luz roxa pisca e se apaga; o porão de repente fica na escuridão. Tudo o que Æsa consegue ouvir são tosses trêmulas, respirações encharcadas e o ruído da água abrindo caminho pelos buracos na tampa do alçapão. Ela espera que a onda não os siga. Se seguir, ela pode muito bem se deixar levar.

Ela fecha os olhos, vendo os punhos do garoto Caska socando a barreira de Sayer. Ela o observou se afogar e não se importou. Sua magia pegou sua raiva e a distorceu, transformando-a em algo monstruoso. Algo que ela não conseguiu sufocar nem conter.

Ela soluça uma vez na escuridão.

Você tem uma sheldar cantando através de você. Mas é uma canção de hashna, temperada com morte e destruição.

Parece que, por todo esse tempo, ela sempre foi um veneno.

Alguma coisa ondula através de Simta, silenciosa e repentina, mas é uma maré que apenas algumas garotas conseguem sentir. Elas vão descrever a sensação de uma dúzia de maneiras: uma pedra presa entre as costelas, um tremor como um trovão, uma onda passando pelas veias. Mas todas vão dizer que ela agitou algo em suas profundezas, trazendo isso para a luz.

———

Em algum lugar do Bairro do Grifo, duas irmãs param no meio de um jogo de Doze Estrelas. A corda entre elas fica imóvel, mas, em seu peito, algo se abala. Não, estremece, assim como fazem os canais quando o tempo muda, arrastando uma tempestade desde o mar.

– Você sentiu isso? – diz uma delas, tocando a clavícula, meio esperando encontrá-la vibrando.

– Acho que senti – diz a outra. – Faz cócegas.

As duas riem, nervosas e um pouco empolgadas. Então guardam a corda e entram para jogar seu jogo favorito, o secreto. Normalmente elas têm que se esforçar muito para invocar vento suficiente para fazer deslizar uma moeda pelo chão do sótão. Hoje elas erguem a moeda sem tocá-la. Ela flutua ali, como uma promessa no ar.

———

Em algum lugar do Bairro do Dragão, uma garota fecha os olhos, desejando estar longe daquele bordel na travessa da Fumaça. Mas seu senhor não vai aparecer para levá-la para casa; ela sabe disso. Ele a vendeu para quitar dívidas que não podia pagar. Ela apoia as mãos sobre o batente estreito da janela, debruçando-se sobre a rua barulhenta.

Não faz sentido desejar um salvador, ninguém virá. Mas então alguma coisa se agita através dela, quente como brasas. Isso acende um tipo estranho de chama em suas mãos. Quando ela as recolhe, a madeira está chamuscada.

Ela fez isso?

Ela aperta um dedo trêmulo sobre o batente outra vez. A madeira chamusca. Ela escreve seu nome nela, uma marca escura. *Iona esteve aqui.*

Embaixo, a madame grita seu nome. É um som que teme; mesmo assim, ela está sorrindo.

EM ALGUM LUGAR do Distrito dos Jardins, uma garota de cabelo escuro está sentada no telhado que se estende de seu quarto, as mãos em concha em torno de um pote cheio de terra. Ela achou que podia fazer com que a semente crescesse se cantasse para ela. Nos últimos tempos, as flores em sua estufa têm cantado para ela, com vozes que mais ninguém parece escutar.

Em uma onda formigante, algo se desdobra dentro dela. É como o sol entrando pelas folhas no jardim de sua família, uma explosão repentina de calor na escuridão. Ela retorce o nariz, desejando que a flor-de-esta cresça para ela. Suas pétalas macias como veludo se enrolam em torno de seus polegares. Ela parece cantar seu nome: *Jolena Regnis.*

A filha mais nova de Wyllo Regnis emite um som de puro prazer.

CAPÍTULO 19
PARA A LUZ

MATILDE NUNCA SENTIU tanta raiva da luz do dia. Ela a força a ver coisas que preferia ignorar. A água que pinga de suas roupas e suas expressões assombradas estão todas banhadas em um brilho que machuca seus olhos irritados.

Ela limpa a garganta. Ainda está dolorida da água salobra. Todo simtano aprende a nadar, e ela é boa nisso, mas sua habilidade não fez nenhuma diferença naquele túnel. Se não fosse pela corda e aquelas pessoas, ela estaria morta. A onda deve estar enchendo o Subterrâneo, o salão de baile onde ela e as outras garotas praticavam. Todos aqueles murais de mulheres poderosas afundados na escuridão. Parece que parte dela está lá embaixo com eles, perdida para sempre. A parte que achava que o mundo era justo e feito para ela.

Alec e Krastan andam pelo quarto secreto dos fundos. Estão todos apreensivos, esperando para ver se alguém está a postos para prendê-los. A loja está muito silenciosa; o ar, quieto demais.

Os En Caska Dae querem nos matar. Mesmo depois do ataque no jardim de sua família, parte dela se recusava a acreditar nisso. Mas, nos túneis, ela viu um garoto de cinza atirar em Verony bem diante delas.

Então ela assistiu a Æsa arrastá-lo para as profundezas da água. Ao lado dela, Æsa está tremendo; seus olhos verdes estão vazios. É difícil acreditar no poder que ela acabou de usar – que todas elas usaram. Um poder que só ia fazer com que os paters quisessem caçá-las ainda mais.

A voz de Krastan interrompe seus pensamentos:

– Estamos sozinhos. Pelo menos por enquanto.

Ninguém se mexe. Matilde exercita sua língua ressecada, tentando deixar sua voz na cadência normal.

– Precisamos de roupas novas. E depois precisamos traçar um plano.

Ninguém discute. Elas seguem cansadas em fila pela porta secreta e por trás do balcão da frente, subindo a escada estreita e rangente até os aposentos dos Padano, deixando pegadas molhadas em seu rastro. Matilde agarra seu pingente, agradecida pelo peso familiar. A exaustão a chama, mas ela não pode ceder. Precisa estar alerta e desperta.

Krastan aponta para duas portas em lados opostos do corredor.

– As damas aqui. Os garotos ali.

Sayer entra primeiro, com os punhos cerrados, deliberadamente sem olhar para Fenlin. Æsa a segue, entorpecida. Alec vai com Krastan para o outro quarto, deixando a porta aberta. Rankin fica ali como se fosse dizer alguma coisa para Fen, mas o rosto dela é um muro fechado e nada convidativo. Depois de uma expiração, ele relaxa.

Matilde encara Fenlin Brae, que encara as tábuas do piso. Ela sempre achou que a garota era suspeita, e não é de se estranhar... ela estava guardando mais segredos que qualquer outra pessoa. Fen, a garota gaiteira-da-areia de quem Matilde nunca gostou, é uma delas. E sua suposta quarta, se o que Krastan disse sobre aquelas Aves Fyre é verdade. Dez infernos.

Como ela escondeu aquilo? Matilde pôde sentir a atração formigante da magia em Sayer e Æsa, mas nunca em Fenlin. É como se a gaiteira-da-areia estivesse cercada por um muro invisível e malévolo. Esse muro agora desapareceu. Matilde consegue sentir a magia pulsando sob sua pele, verde e crescente. Ela inclina a cabeça, tentando captar o olhar de Fen.

– Quer se juntar a nós, Fenlin?

Todo o corpo de Fen está rígido.

– Com certeza, não.

Bom, então.

– Como quiser.

Matilde se volta para Jacinta.

– Há outro quarto ali embaixo. – Ela aponta. – Nós três precisamos de um momento a sós, se não se importa.

Ela não espera para ver se a outra se importa.

A porta se fecha. Sayer e Æsa estão paradas ao lado da pequena janela de vidro amarelo, cada uma parecendo perdida em seus próprios pensamentos sombrios. Matilde devia dizer alguma coisa. Mas que palavras há para o que elas acabaram de ver... para o que elas fizeram?

Ela não consegue parar de ver Verony entrando na frente delas, como se pudesse protegê-las dos Caska. Aquela seta atravessando seu peito e saindo pelo outro lado. O jeito como o garoto gritou em triunfo, como se sua vida não tivesse valor... só sua morte.

Mas agora não é hora de mergulhar em tamanhos horrores. Ela afasta a lembrança, vestindo sua máscara mais calma.

– Vamos trocar de roupa – diz. – O que quer que esteja por vir, não queremos enfrentá-lo fedendo a água do canal.

Os movimentos de Sayer são todos fúria contida. Ela abre a porta do armário com força suficiente para abalar o chão. Matilde dá a ela espaço para procurar, indo se sentar na cama estreita e bem-arrumada. Faz anos desde que esteve pela última vez no quarto de Alec. Há uma mesa cheia de instrumentos cujo nome ela não sabe, um tapete colorido, uma colcha bem esticada, uma pilha de livros de alquimia ao lado da cama. Algo sai de um deles, um monte de fitas de seda trançadas. Estão desbotadas, mas ela as reconhece mesmo assim. Alec deixou que ela as trançasse em seu cabelo uma vez, quando ele ainda o usava na altura dos ombros. Quando ele viu seu reflexo, fez com que ela as tirasse imediatamente. *Certo*, disse ela, trançando as fitas. *Vou fazer uma coisa para você segurar quando sentir minha falta.*

Ela imaginava que ele as tivesse jogado fora, mas ali estavam, marcando a página para ele. Algo nelas ameaça destruir sua paz. É o tipo de calma, pensa ela, que na verdade podia ser choque ou exaustão. Ela se sente esgotada, mas mais viva. É como se juntar-se às outras três para deter aquela onda tivesse despertado algo fundo nela: um tipo de fogo novo e empolgante.

Ela sente uma nova consciência da proximidade das garotas também. Não, um elo. Pode ouvir Fen se remexer no corredor e sentir a fúria de Sayer através de seu peito. Ela quase pode ver a culpa de Æsa desabrochando em nuvens azuis ao seu redor. Todas fazem parte dela agora. Ela é uma parte delas.

Krastan disse que eram raras as Aves Fyre que sentiam essa atração em relação às outras. Que, quando elas se uniam, tornavam-se algo maior. *Era assim que as Aves Fyre antigamente podiam abrir mares e mover montanhas. Juntas, eram fortes o bastante para abalar o mundo.*

– Aqui. – Sayer joga um monte de roupas para ela. – Pegue essas.

Elas devem ter trocado as roupas molhadas enquanto Matilde estava perdida em pensamentos, pois as duas estão de calças e camisas grosseiras em uma variedade de tons de amarelo. Æsa não para de puxar os fios molhados do cabelo em torno do pescoço. Parece que a pele dela é a única coisa que a mantém inteira. Matilde faria qualquer coisa para eliminar a desolação de seu rosto.

– Isso é uma calça, Sayer.

A expressão de Sayer se fecha.

– Se estava esperando um vestido, Alecand está sem.

Ela não devia brincar, mas, se não fizer isso, ela vai gritar.

– Mas o que eu devo *fazer* com uma calça?

– Uma perna em cada buraco – rosna Sayer. – É bem autoexplicativo.

Sayer parece estar com vontade de socar tudo, inclusive ela, mas Matilde conhece Sayer bem o bastante para saber que não devia se aborrecer com isso. A raiva é sua máscara favorita.

Matilde tira o vestido, mas fica com as roupas íntimas. Elas podem estar molhadas, mas são dela. Nunca tinha percebido o tamanho do controle que seus vestidos bem cortados lhe davam. Deixavam claro quem ela era: uma filha de Grande Casa, protegida, intocável. Nada disso ainda é verdade.

A calça de Alec fica justa em seus quadris. A camisa tem o cheiro dele: fumaça de madeira, cinzas, frennet. Ela toca os lábios, pensando nele respirando ar para dentro de seus pulmões. Ele manteve um braço em torno dela por todo o caminho escada acima, mas, na luz, andava afastado dela, como naquela tarde no laboratório no Subterrâneo.

Mas ela tem preocupações mais urgentes que os sinais ambíguos de Alecand Padano. Matilde se levanta, a calça se esfregando de forma estranha entre as coxas, e se aproxima de Æsa. Ela passa dois dedos nas costas da mão dela.

– Um shill por seus pensamentos, querida.

Uma respiração, duas. Os ombros de Æsa estremecem.

– Eu o matei.

Matilde não precisa perguntar de quem ela está falando.

– Ele matou uma de nossas garotas – diz Matilde, engolindo a dor.

Sayer fecha a porta do armário bruscamente.

– Se você não tivesse feito isso, pode acreditar que eu teria. Aquele garoto teve o que merecia.

Ao ouvir isso, Æsa ergue os olhos, que parecem uma ruína da cor do mar.

– Ele era só um garoto seguindo a estrela errada. Agora nunca vai ter a chance de encontrar outra.

Matilde acha que o garoto só colheu o que plantou, mas isso não melhora as coisas.

– Sei que estamos esgotadas – diz. – Mas precisamos conversar sobre…

Sayer diz:

– Não.

– Você nem sabe o que eu ia dizer.

– Só… não.

Sayer olha na direção da porta, perturbada demais para esconder seus sentimentos. Ela nitidamente não sabia do segredo de Fen, embora pareça que Æsa soubesse.

– Precisamos nos mexer depressa – insiste Matilde. – Precisamos falar com Dennan.

Sayer se vira, com a expressão incrédula.

– Acabamos de ver o Subterrâneo ser inundado e você quer brincar de política?

O tom de voz dela faz Matilde se encolher.

– Os Caska sabem quem nós somos. E se aqueles dois garotos escaparam da onda, então eles também sabem o que nós quatro podemos fazer juntas. Precisamos tomar o controle dessa situação antes que ela passe a nos controlar.

– Eu vou destruir todos eles pelo que fizeram. – Sayer agora está andando de um lado para outro. – Vou fazer com que paguem por isso.

– Então seu plano é… o quê? – pergunta Matilde. – Sair marchando pela rua e começar a matar paters?

– Eles parecem mais do que dispostos a fazer isso conosco.

A lembrança de Verony está ali, pairando entre elas.

– A igreja derrama veneno nos ouvidos das pessoas sobre garotas com magia desde antes que nós três nascêssemos – insiste Matilde. – Sempre vai ter gente com medo do que há dentro de nós. O que você acha que vai acontecer se começarmos a queimar igrejas?

– Eles vão nos ver pelo que realmente somos – sussurra Æsa. – Monstros.

Matilde olha para Æsa, chocada com suas palavras, mas Sayer não terminou.

– Vocês não entendem? Nós somos a razão para o Subterrâneo ter sido atacado. Eles passaram anos escondidos. Então nós descemos até lá, e em poucos dias os Caska nos encontram. Está me dizendo que acha que isso é coincidência? Aquelas pessoas perderam tudo por nossa causa. Nós lhes devemos justiça.

Matilde leva a mão ao pássaro de Dennan em seu bolso, mas aí se lembra de que o enviou para ele na véspera. Algo sombrio e emaranhado ganha forma dentro dela. Mas ela não contou a ele onde estavam, só que queria conversar com ele sobre o futuro. Ele não ia entregá-las para os Caska. Ela tem certeza disso.

– E o que acontece depois que nos vingarmos? – pergunta Matilde. – Acha que o pontífice vai dar de ombros e dizer que está tudo bem? Que a cidade vai fazer uma festa para nós?

Sayer franze o cenho.

– Depois do que os Caska fizeram com a sua família, fico surpresa por ver você tão acovardada.

Matilde cerra os dentes.

– Minha família não pode se dar ao luxo de que eu vire uma fora da lei. Isso vai botá-los em perigo. Para você é fácil fazer o que quiser, Sayer. Você não tem mais família para perder.

O silêncio que se abate é com um rasgo, grosseiro e irregular. Matilde deseja não ter dito aquelas palavras.

– Desculpe, eu só... Eu quero minha vida de volta – diz Matilde, em voz baixa. – E minha família. Mas, primeiro, precisamos garantir nossa segurança. Precisamos mostrar às pessoas que a igreja está errada em relação a nós.

– Mas está? – diz Æsa, mais para si mesma que para elas. – Sheldars supostamente são salvadoras. Tudo o que parecemos fazer é causar dor.

Mas elas *salvaram* pessoas, não salvaram? Elas as tiraram da água e detiveram aquela onda por tempo o bastante para outras escaparem. E há mais entre elas para ser descoberto, ela sente isso. Elas podiam refazer o mundo como quisessem.

– Vai ter gente que vai nos temer, não importa o que façamos. Precisamos de proteção. Precisamos de um campeão que lute para mudar a lei e lute pelos nossos interesses. Dennan é de longe nossa melhor aposta.

– Está bem, vá flertar com o príncipe bastardo – diz Sayer, com rispidez. – Eu não vou deter você. Você, de qualquer modo, só faz o que quer.

Eu, você. Sayer fala como se as quatro não estivessem unidas de forma irremediável.

Matilde pensa em suas irmãs Aves Noturnas com quem ela ria e tramava, compartilhando flertes e sonhos impossíveis. Elas eram muito próximas, entretanto nunca compartilharam esse tipo de afinidade. O elo entre elas não é amor nem escolha, mas algo mais profundo. É mais que apenas a magia em suas veias.

Aquelas garotas frustrantes e insuportáveis são suas irmãs. Ela não vai deixar que escapem. Não agora.

– Eu não entendo essa coisa entre nós – diz Matilde. – Mas sei que estarmos juntas nos torna mais fortes. Eu preciso de vocês duas. Nós precisamos umas das outras.

A voz de Sayer sai ao mesmo tempo quente e gelada:

AVES NOTURNAS

– Eu não *pedi* por isso. Eu não quero.

As palavras a perfuram.

– E você, Æsa? O que você quer?

Mas Matilde pode ver que a disposição que ela demonstrou nos túneis a deixou. Sua voz é a coisa mais diminuta do quarto.

– Eu quero ir para casa.

Matilde olha para suas irmãs. Só que elas não são isso, porque escolheram não ser.

– Está bem. – Ela passa apressada por elas na direção da porta, se recusando a olhar para trás. – Acho que isso significa que vou alçar voo por conta própria.

Minha filha é como eu era, mas ela não quer ver isso. Ela se recusa a ser a brilhante Ave Noturna que poderia ser. O problema, eu acho, é que ela não acompanha os pedaços das minhas histórias. Só escuta a parte que fala sobre o que os outros vão tirar. Sinto pena dela: ela nunca soube o que era ter irmãs. Garotas que se apegam às suas partes mais profundas, que compartilham de seus sonhos. É um elo que guarda um poder que ela nunca de fato conheceu.

— TRECHO DO DIÁRIO PESSOAL
DE NADJA SANT HELD

CAPÍTULO 20
CHEGA DE SOMBRAS

Sayer espreita pelo corredor, que por uma bênção está vazio. Parece que todo mundo se trocou e desceu. Ela fica grata pelas sombras e pelo silêncio temporário. Ela não para de inspirar, mas parece não conseguir recuperar o fôlego.

Uma onda de enjoo faz com que ela se apoie na parede. É o cheiro de ervas da loja, defumado e acre, e vagamente familiar. Ou talvez ela tenha apenas engolido água demais lá embaixo. Sua magia parece emudecida, tão cansada e melancólica quanto o resto dela. Mesmo assim, é capaz de sentir as outras Aves Noturnas e Fen. Pode ouvir sua respiração e sentir seus batimentos cardíacos como um eco. É como se um pedaço de cada garota tivesse se envolvido em torno de suas costelas e não quisesse se soltar.

Sayer falou sério com Matilde. Ela não quer isso. Não entrou para as Aves Noturnas para se emaranhar em outras vidas. Esses elos sobrecarregam, transformando-se em um perigo. Eles só causam dor quando se quebram.

Ela pensa em Fen, a pessoa que ela confiava que não fosse mentir – não para ela. Mas ela tem magia, e manteve isso escondido.

Lembranças se aglutinam enquanto ela está encostada na parede, o coração martelando. Ela se lembra daquele momento no beco em que elas se beijaram. Ela estava tentando doar sua magia para Fen, mas não funcionou porque Fen tinha a própria magia. Mesmo assim, o beijo fez com que uma coisa surgisse em Sayer, carregada e vibrante. Foi a magia de Fen que amplificou a dela naquela noite, permitindo que ela se transformasse em fumaça?

Agora faz sentido por que Fen andava tão cautelosa. Por que ela pareceu reticente a tocar em Sayer desde então. Fen deve ter um jeito de mascarar sua magia, de mantê-la escondida. Mesmo assim, ela devia ter percebido, devia ter notado. Ela pensa em Æsa tentando segurar a mão de Fen, como se já soubesse. A traição rasga o peito de Sayer de forma dolorosa.

Æsa sai para o corredor usando a camisa amarela e as calças grosseiras de Alec, com o rosto mais pálido que o normal. Pelo menos seus olhos agora estão mais claros.

Sayer cruza os braços.

– Tudo bem?

Ela se encolhe.

– Meu estômago está doendo.

O de Sayer também está.

– A água dos canais de Simta nunca desce suave.

Elas param no alto da escada. Matilde está descendo por ela. No Subterrâneo, Sayer teria rido de como ela ficava estranha de calça, mas agora não tem disposição para isso. Ainda mais quando ela vê quem está no pé da escada, nas sombras de uma estante de livros alta. Seu cabelo molhado está esticado para trás, seu único olho é uma lanterna feroz. Quando seus olhares se encontram, o coração de Sayer estremece. Não, ele *arde*.

Há uma guerra sendo disputada em seu peito. Um lado diz que

ela é Fenlin Brae, sua amiga mais antiga e mais verdadeira. O outro lado insiste que ela não sabe nada a respeito de Fen.

Sayer quer afastar os olhos, mas não parece conseguir. Os lábios de Fen se entreabrem, formando uma palavra silenciosa.

Corra.

Algo sobe pela coluna de Sayer. Ela não percebeu antes como o ar está estranho, cheio de um silêncio suspenso e algum tipo de aroma doentio.

Æsa aperta seu braço.

– Ah, deuses, é...

Mas Sayer já sabe. Nunca poderia se esquecer da voz do Mão Vermelha.

– Desça, bruxa – diz ele para Matilde. – Venha se juntar a nós.

Por um momento, Matilde fica congelada. Sayer espera ser espetada por uma besta. Um segundo se passa, dois, mas nenhuma seta chega. No Subterrâneo, os soldados do Mão atiraram primeiro, sem fazer perguntas. Que jogo ele está jogando agora? Matilde parece saber, porque está sorrindo como se acabasse de encontrar um amigo que não via há séculos. Sayer não entende como ela consegue fingir tão bem, mesmo agora.

– Saudações – diz ela. – É um *grande* prazer. Eu o fiz esperar muito?

Sayer tenta acionar sua magia, mas ela está embotada e atordoada. Elas descobriram que ela tem limites, perdendo a força quando tentam usá-la além da conta. Talvez elas tenham esgotado suas reservas com a onda e precisem de tempo para recuperá-la. Ela precisa dar um jeito de avistar o interior da loja sem ser vista. Ela olha ao redor. Ali, à direita, há uma cozinha atulhada, cheia de caixotes vazios. Ela pega Æsa pelo cotovelo, se agachando e rastejando lenta e silenciosamente na direção do cômodo.

– Chegou a hora do ajuste de contas, bruxa – diz o Mão Vermelha.

Sayer quase pode sentir Matilde revirando os olhos. Shills imundos, a garota tem tutano.

– Ajustes de contas são melhores de barriga cheia, e eu não comi nada. Que tal se, em vez disso, eu ateasse fogo em você?

Será que Matilde pode conjurar fogo? A magia de Sayer não se manifesta, mesmo com Æsa ao seu lado. Talvez ela só esteja tentando acabar com o jogo do Mão.

Sayer se enfia entre os caixotes, tentando conseguir uma vista desobstruída. O que ela vê faz com que sinta vontade de xingar alto e por muito tempo. O salão da frente da loja está cheio de Caska, todos apontando suas bestas. Krastan está com as costas apoiadas do lado de fora do balcão de madeira. Alec está atrás dele, com a mão no ombro de Jacinta para mantê-la abaixada e fora de vista. Fen está apertada com tanta força contra a parede que parece querer atravessá-la. Pela disposição dos garotos de cinza, é possível que eles não a vejam. Ainda mais pela posição de Rankin, que está virado como se quisesse proteger Fen de vista.

O Mão Vermelha parece igual a como ela se lembra: cicatrizes no rosto marcado com uma impressão de mão vermelha, a cabeça e sobrancelhas raspadas, aquele olhar resoluto. De outro mundo. Ele balança um incensório de cobre, que emite um rastro de fumaça tingida de azul.

– Vá em frente, bruxa – diz ele. – Eu adoraria ver você tentar.

A voz de Matilde parece menos bem-humorada:

– Se você acha que eu tenho problemas em queimar um homem da igreja, saiba que eu não tenho mesmo.

– Se alguma coisa acontecer comigo, meus garotos vão começar a atirar. Por mais que você seja um demônio, acredito que não queira ter o sangue dessas pessoas em suas mãos.

Sayer olha para os caixotes abertos mais próximos dela. Talvez um deles tenha algo que ela possa usar para criar uma distração. Deve haver um jeito de tirá-las daquela situação.

– Parece que você não está com pressa de me matar – diz Matilde. – Então me diga: por que inundar os túneis? Eu podia ter morrido, e garotas mortas não podem fazer magia. Não era para isso que você me queria? Como prova?

A boca do Mão se retorce.

– A explosão era para expulsá-las e obrigá-las a subir, para um local onde pudéssemos pegá-las. O irmão Eli estava um pouco ansioso demais, mas não importa. Todo mundo lá embaixo ou era bruxa ou blasfemo. E fico feliz por fazer a obra sagrada de Marren.

Há uma enorme convicção em seus olhos, uma luz fervente que faz com que Sayer sinta um calafrio.

– Como você sabia que eu ia estar aqui? – pergunta Matilde, com a voz insípida e estranha.

O canto da boca do Mão se retorce.

– Um passarinho me contou.

O que Sayer pode ver do rosto de Matilde fica pálido. A sensação de desconforto de Sayer aumenta.

– Agora venha comigo tranquilamente – diz o Mão –, e mais nada vai acontecer com esses seus amigos.

A besta de alguém emite um estalido.

– Atire em qualquer um aqui – diz Matilde –, e isso será assassinato. Você vai ser enforcado por isso.

O Mão mostra os dentes.

– O que faz você ter tanta certeza disso?

O silêncio se abate, afiado como uma lâmina. Há um toque presunçoso na expressão do Mão, que faz Sayer ter vontade de saltar sobre ele. Ela deseja que sua magia apareça, para que algum plano se apresente: nada. Só aquela sensação oleosa e tensa de enjoo em suas entranhas.

O Mão dá um passo adiante. Krastan se coloca na frente de Matilde, protegendo-a dele, mas algo perto da escada capta seu olhar.

– Pequeno Johnny Rankin – diz ele. – É você? Você está mais alto.

O garoto cerra os punhos, mas Sayer ainda pode ver que eles estão tremendo.

– Para você é Rankin. Não se aproxime mais.

Fen se afasta da parede, então põe a mão no ombro de Rankin. A expressão do Mão muda, exibindo triunfo e fúria em partes iguais. Ele sorri como um lobo.

– Ah, Ana. Finalmente.

Fen parece muito abalada, o rosto gotejando suor.

– Você está confuso, velhote. Meu nome não é Ana.

O Mão vermelha toca uma de suas bochechas.

– Ah, eu nunca poderia me esquecer de você, ladrazinha. Foi você que me conduziu por este caminho.

Estou vendo você, ladrazinha. Não foi isso que o Mão gritou no jardim dos Dinatris? Sayer olha com novos olhos para as cicatrizes do Mão. Elas parecem arabescos brilhantes, como queimaduras antigas. Fen incendiou o orfanato em que ela e Rankin cresceram, na esperança de matar o pater em seu interior. Aquele que tornava a vida deles um inferno.

Sayer olha do Mão para Fen, que não está se mexendo, paralisada por esse pesadelo do passado.

Matilde ergue as mãos. Alguns garotos de cinza agitam a besta, mas o Mão gesticula para que parem. Então abre seu incensório e derrama seu conteúdo no chão. Matilde leva a mão ao estômago enquanto Sayer sente uma onda de náusea a atingir. O que ela podia sentir de sua magia simplesmente... morre, como uma luz apagada.

– O quê... – Matilde engasga em seco. – O que você fez comigo?

Os garotos de cinza parecem aliviados, mas o Mão Vermelha parece eufórico. Ele bate palmas de contentamento.

AVES NOTURNAS

– Marren sabia que cada veneno tem um antídoto. Ele viajou pela terra até encontrar uma planta que continha a magia de uma bruxa. Os outros paters achavam que a história era um mito. Mas eu fui atrás de seu rastro, e por anos trabalhei para extrair os segredos de seu uso. Parece que por fim os descobri. Vocês têm respirado veneno-de--bruxa de Marren esse tempo todo.

Dez infernos, isso *dói*, como se alguém estivesse espremendo as entranhas de Sayer. Matilde se agarra ao balcão, enquanto Æsa emite um gemido baixo e abafado.

Uma hora antes, eram fortes o bastante para deter uma maré. Agora o Mão Vermelha roubou seu poder.

O Caska está olhando para seu líder, murmurando a oração da vela. *Um fogo purificador para purificar o mundo.*

Sayer vê Alec abrir uma gaveta atrás do balcão com o pé. Ele está apontando discretamente, instigando Jacinta a vasculhar seu interior

– Me contem onde estão as outras bruxas – diz o Mão Vermelha –, ou essas pessoas vão sofrer.

Sayer se prepara para que Matilde diga: *Elas estão lá em cima.*

– Não – diz Matilde, com voz rouca. – Não vou entregar minhas irmãs.

O Mão dá um passo à frente.

– Acho que você vai mudar de ideia a tempo.

O horror toma conta de Sayer quando dois garotos Caska avançam, com as bestas a postos. Mais dois se aproximam de Rankin e Fen. Algo voa e atinge um dos Caska. Ele cai e agarra a pequena faca em sua perna, e Rankin sorri.

– Falei para vocês não avançarem – diz ele.

– *Basta* – ordena o Mão Vermelha. Ele aponta para Matilde e Fen. – Venham comigo agora, ou meus garotos vão começar a atirar.

Há uma pausa. Æsa beija o rosto de Sayer.

Ela fica de pé, se revelando antes que Sayer consiga detê-la.

– Você não precisa delas – diz, levantando as mãos, com a voz calma. – Eu vou.

No silêncio chocado, o Mão ergue os olhos. Alguém salta em sua direção. É Krastan, com uma coisa apertada na mão. Uma seta voa. Matilde grita.

Krastan desmorona. Ele tenta alcançar Matilde, mexendo a boca enquanto sangra no chão. Matilde se ajoelha e solta um soluço abafado.

– Levem todos eles – grita o Mão.

Alec se abaixa e pega um frasco com Jacinta, rapidamente derramando um pó escuro pela boca. Ele sussurra algumas palavras e o frasco começa a fervilhar. Ele grita quando o joga pelo ar.

Ele se estilhaça na túnica do Mão. Algo sinuoso e brilhante sai deslizando dele. Uma criatura com garras feitas de raivosas chamas esverdeadas.

A batalha era travada com uma fúria terrível, rios de sangue abrindo caminho pela grama. Eles se desviavam dela, sozinha e de armadura, intocada por flecha, lança ou feitiço. Quando ela ergueu os braços, os dois exércitos tremeram. Pois esse era um tempo em que as Aves Fyre comandavam homens e moviam montanhas. Uma era em que elas ainda governavam o mundo.

— O Ciclo Siclida, Livro II

CAPÍTULO 21

ATRAVÉS DAS CHAMAS

MATILDE NÃO CONSEGUE respirar. Há fumaça demais, dor demais. A criatura feita por Alec parece um dragão, comprido e sinuoso, exibindo dentes feitos de um fogo esverdeado e doentio. Ele lambe com fome as roupas do Mão, envolvendo-o. O Mão se agarra ao dragão com um grito de gelar o sangue.

Os garotos de cinza correm para apagá-lo, mas temem o dragão furioso. Matilde se debruça sobre Krastan. A mão dele está no rosto dela, suja de sangue. Há tanta coisa.

– Você consegue ficar de pé? – pergunta ela. – Nós precisamos...

– Seja corajosa, minha Stella – diz ele, com voz rouca. – Seja forte. Cuide de Alec. E diga a Frey... diga a ela...

Ela põe a mão sobre a dele em seu rosto, apertando com força.

– Eu nunca devia tê-la deixado ir – sussurra ele.

A mão dele fica imóvel. Ela a aperta.

– Krastan?

Seus olhos brilham à luz do fogo, mas ela não vê nada neles. Ele se foi. Se foi, e ela nunca conseguiu lhe dizer que ela sabia quem ele era. Achava que eles teriam tempo.

A loja em torno deles está um caos conforme o dragão de fogo voa, batendo em vigas de madeira e quicando em prateleiras repletas de coisas, lançando fagulhas e deixando uma trilha de fumaça. Ele se choca contra a pilha de veneno-de-bruxa no chão e o incensório, queimando-o até não restar mais nada. Na fumaça, ela não consegue mais diferenciar amigo de inimigo.

Ela devia ficar de pé, mas está com dificuldade para respirar. Alguém cai ao lado dela: é Alec, apertando o ferimento de Krastan, agarrando uma dobra de sua camisa.

– Nós temos que ir. – A voz dele está trêmula. – Krastan? Krastan.

Mas Krastan flutuou para um lugar onde eles não podem alcançá-lo. Matilde contém o choro.

– Alec, ele morreu.

Há um ruído, e o som de algo explodindo. Os olhos de Alec estão cheios de dor.

Alguém grita. Ela acha que pode ser Jacinta, embora a fumaça torne difícil ver rostos. Uma seta atinge uma das estantes.

– Nós precisamos ir – diz Alec, com voz rouca.

O coração de Matilde sofre.

– Eu não quero deixá-lo.

Uma lágrima escorre pelo rosto de Alec na velocidade de uma estrela.

– Nem eu.

Ele pega a mão dela. Ela deve ter torcido o tornozelo ao cair, porque ele cede. Alec a segura enquanto ela tenta encontrar a porta da frente, que mal é visível através da fumaça, oferecendo a promessa de luz do sol, mas ela sabe que não é liberdade que os aguarda ali. É uma jaula.

Alec a puxa em sua direção.

– Não podemos ir por ali – arqueja ela. – Eles vão me pegar.

E provavelmente vão atirar em Alec.

– Não podemos voltar lá para baixo – diz ele. – Isso nos deixa...

Matilde olha para a escada, ainda intocada pelo dragão de fogo. Eles seguem juntos e claudicantes sobre os cacos de vidro amarelo. Ele meio a ajuda, meio a arrasta escada acima para o quarto dele, então a coloca na cama.

Enquanto ele vai até a janela de vidro amarelo, os pensamentos de Matilde estão em frangalhos. Pelo menos, Æsa e Sayer não estão ali em cima, o que é bom. Elas devem ter saído, ela torce para que tenham, assim como Fen, escondida pela fumaça e pelo caos. Ela espera que estejam correndo longe, depressa. Pensa em Æsa se levantando com uma expressão de derrota, de aceitação. No que ela estava pensando? Matilde não tem nem certeza se entende suas irmãs Aves Noturnas.

Alec luta contra o trinco da janela. Fumaça entra por baixo da porta. Tudo está igual a como era antes... Isso foi há minutos ou há uma eternidade? Antes que elas soubessem que sua magia podia ser roubada. Antes que Krastan... antes...

Ela pega as fitas enfiadas no livro de Alec, precisando de algo a que se agarrar. Ele xinga alto, fazendo-a erguer os olhos.

– O que é?

– Não quer abrir.

– Dez infernos, quebre isso.

Ele pega um instrumento em sua bancada de trabalho e o arremessa na direção do vidro amarelo. Sangue escorre por seu braço quando ele retira os cacos. Ela fica apreensiva. Não há como os ombros de Alec passarem pela abertura. Subir até ali foi um erro. Um de muitos.

Ela cambaleia até a porta e a abre. O fogo chegou ao pé da escada, formando uma parede verde doentia.

Ela pragueja.

– Não tem um jeito de amansar seu dragão?

– É uma falha de projeto – resmunga ele. – Eu ainda estava trabalhando nisso.

O dragão vem voando pela escada. Ela joga as mãos para o alto sem pensar, se encolhendo quando ele resvala em suas palmas. Tudo o que ela sente é calor, uma sensação de formigamento. Ela pisca quando o dragão vai embora voando. Ela não se queimou.

Lá no fundo, consegue sentir algo se agitando. É sua magia voltando? Parece fraca, mas talvez ainda possa salvá-los. Ela se vira, com uma nova esperança florescendo em seu peito.

Vai cambaleante até Alec e o puxa pelo braço.

– Você se lembra do que disse? – pergunta ela, amarrando as fitas no pulso dele e dando um nó. – Que nunca pensou em me beijar?

Ela toca o rosto dele, afastando seu cabelo para trás.

– Acho que você mentiu.

Os lábios dele se jogam sobre os dela. O beijo é como o primeiro gole de ar depois de ficar embaixo d'água. Lábios se afastam enquanto eles sorvem um ao outro, os corpos apertados juntos. Os braços dele a puxam mais para perto enquanto ela enche a mão com seus cachos escuros, tão macios quanto ela se lembrava. O desejo desesperado de ambos faz a magia dela borbulhar.

Alec se assusta, sentindo também. Mas ela continua. Sua magia vai salvá-los; precisa fazer isso. Ela deixa que um pouco de si se derrame para dentro dele.

Quando ela se afasta, os dois estão ofegantes.

– O que você fez? – Ele arqueja.

Ela o pega pela mão.

– Você confia em mim, Alec?

– Essa parece uma pergunta perigosa.

Ela pega uma camisa no chão.

– Só me siga.

Eles saem para o corredor, Alec parcialmente a apoiando. A parede de fogo quase chegou ao alto da escada. Mas ela pode sentir sua magia em ambos, e o fogo é seu elemento. Ela só tem de fazê-lo obedecer à sua vontade.

Ela ergue a mão livre e pede a ele que se abra para ela. O fogo luta, sem vontade de conter sua sede sôfrega. Por um momento, ela acha que ele não vai obedecer, mas então as chamas recuam, abrindo caminho para eles.

– Precisamos ir rápido – diz ela. – Não sei por quanto tempo a escada vai aguentar.

– Nós vamos nos queimar – diz ele, com a voz abafada pela camisa que ela amarra ao redor de sua boca e seu nariz.

– Não vamos. – Pelo menos, ela espera que não. – Minha magia está em você. Imagine-a assentada sobre sua pele como uma armadura.

Isso é o que ela faz quando eles descem a escada correndo. As chamas formam um túnel em torno deles. Estão quentes demais, chamuscando as mangas dela. Uma bola de fogo cai e roça o braço de Alec, mas desvia sem queimar. Os olhos dele estão arregalados, tingidos de verde pelo fogo.

O dragão está circundando a loja, ainda rugindo. Ela vê pessoas correndo, sente as irmãs em algum lugar dentro da nuvem de fumaça, mas não consegue ver. Só consegue identificar os contornos do corpo de Krastan. Ela faz um enorme esforço para dar a volta nele. Alec não diz nada, mas aperta mais a mão dela.

Uma viga cai, passando perto. Ela precisa se concentrar em manter o fogo longe deles. Há uma fome no ar, como se o dragão sentisse cheiro de sangue. Um passo, dois. Suas mãos unidas são tudo o que a mantém focada. Onde está a porta? Ali. Ela vai aos tropeções em sua direção. Tossindo, eles cambaleiam para a luz do dia.

AVES NOTURNAS

Ela inspira o ar do exterior, sentindo os pulmões gritando. Há uma multidão agitada em torno da loja, fazendo um círculo em frente a ela. Algumas pessoas estão apontando para ela e para Alec. Alguém grita.

– É ela!

Ela vê alguns garotos de cinza correndo em sua direção. Alec fica tenso, pronto para se colocar à sua frente, como fez Krastan. Mas Matilde não aguentaria perder os dois.

Ela beija o rosto dele.

– Tente não sentir minha falta dessa vez.

Então o empurra na direção da multidão, que se recolhe, mas quando ela acende uma bola de fogo na palma da mão, todos os olhos estão novamente sobre ela. Alguém segura Alec pelos ombros, puxando-o para dentro do mar de gente: Fenlin. Matilde diz sem emitir som: *vão*, e respira ofegante. A multidão está reduzindo a velocidade dos Caska, formando uma barreira, mas que não vai resistir. As chamas estão engolindo a loja de Krastan. Se o fogo se espalhar, metade do bairro pode queimar.

Ela, então, pensa em Krastan, dizendo como as Aves Fyre eram salvadoras. Krastan, que ainda está naquela loja que amava tanto.

Ela ergue as mãos. Sua avó lhe ensinou a mandar sem gritar. É a voz que ela conjura ao cerrar os punhos e dizer:

– Venham.

O Fogo recua para dentro, desaparecendo da janela do segundo andar, se acumulando no salão principal da loja. Então a cabeça verde do dragão aparece na porta, as escamas brilhando tanto que a maioria das pessoas tem que se virar e afastar os olhos. Ele rasteja da loja para a rua sobre garras malignas, arrastando todo o fogo consigo. Surgem gritos, mas ele não vira a cabeça feroz. Ele se abaixa aos pés dela e faz uma reverência. Quando ela bate palmas, ele se transforma em cinzas. O fogo se apagou.

A rua fica estranhamente silenciosa. Há apenas o chiado de madeira carbonizada e a respiração rouca de Matilde. Então os sussurros começam a percorrer a multidão. *Bruxa*, sibilam alguns. *Ave Fyre*, murmuram outros. Algumas pessoas brandem seus punhos, outras caem de joelhos.

Matilde não sabe o que é, mas se sente como uma fênix, refeita por aquelas chamas... para sempre alterada por elas.

Uma mão se fecha em torno de seu pulso, puxando suas mãos para trás. Algo de cheiro ruim é passado embaixo de seu nariz.

– Você vem conosco – rosna um dos garotos Caska. – Não resista.

Matilde é empurrada por trás. A multidão começa a se desfazer, empurrando, gritando, fervilhando. Alguém a xinga de alguma coisa. Outro grita:

– Ela salvou todos nós!

Então uma coisa é colocada diante de seus olhos. Não uma máscara, mas um tipo de saco. Uma gaiola terrível e sufocante.

Um para os perdidos
Um para os solitários
Um para os doentes e excluídos.

—

As estrelas derramam partes iguais
De Justiça e Vingança
Para se livrar de seus inimigos.

— CANÇÃO DE TAVERNA DAS ESTRELAS NEGRAS

CAPÍTULO 22

SEGREDO MARCADO PELO MANANCIAL

O **Distrito dos Jardins** está cheirando como sempre: a flores. Sayer o sorve, mas ele não consegue limpar o fedor de incêndio dela. Há uma dor em seu peito que parece mais que apenas causada pela fumaça.

Droga, como ela foi perdê-las? Ela desceu as escadas correndo com Æsa, mas alguém as separou. A fumaça estava muito densa, encobrindo tudo. Se Fen não a tivesse encontrado, ela podia nunca ter saído.

Em frente à loja, as pessoas estavam gritando e correndo, formando um biombo atrás do qual ela, Fen e Rankin puderam se esconder. Sayer esticou o pescoço, tentando encontrar as garotas, o Mão... tarde demais. Captou um vislumbre de Æsa e Jacinta ao lado de uma carruagem à espera, com três garotos Caska cobrindo a cabeça delas com sacos e as amarrando. Jacinta lutava, mas Æsa não oferecia nenhuma resistência.

Ela observou quando Matilde e Alec surgiram. Sayer nunca vai se esquecer do jeito como o fogo se abriu, criando uma trilha para eles. E então Matilde empurrou Alec para o meio da multidão. Fen se lançou na direção dele, mas Sayer não conseguiu tirar os olhos da irmã Ave Noturna. Todos os olhos estavam sobre ela, de mãos levantadas, cabelo na altura do pescoço esvoaçando loucamente. Ela convocou aquele dragão de fogo diante de todas aquelas pessoas. E o comandou como se fosse dela.

Sayer tentou alcançá-la, mas o Caska foi mais rápido. Eles passaram alguma coisa embaixo de seu nariz e puseram um saco sobre sua cabeça. Ela foi atirada em uma carruagem comum, mas não a mesma em que estava Æsa. Por que foram separadas? Ela não conseguia ver o Mão Vermelha em nenhuma delas. Tudo era caos e fumaça. E ela não fez nada, só ficou ali e observou as Aves Noturnas serem levadas.

Sayer bate na porta dos fundos da casa de Leta, rezando para que alguém atenda depressa. Alec parecia estar a três respirações de desmoronar completamente.

Atrás dela, a voz de Fen chega rouca devido à fumaça:

– Não gosto disso. É arriscado demais.

– Então pode ir embora – diz Sayer, sem olhar para trás. – Eu não vou impedir você.

Fen não diz nada. Sayer ergue o punho para voltar a bater quando a porta se abre.

– Senhorita Sayer. – É Alice, a jovem empregada de rosto doce. Ela realiza a proeza de arregalar só um pouco os olhos diante do que devia ser uma visão chocante. – Graças ao Manancial. Lady Leta tem procurado por você em toda parte.

Ela os convida a entrar na cozinha grande e impecável de Leta. Ela tem poucos funcionários, todas mulheres, e todas parecem estar paradas perto do forno gigante. A cozinheira deixa cair uma panela com um clangor metálico.

– A senhora não está – diz Alice enquanto os conduz. – Quer que eu mande alguém chamá-la?

Sayer exala.

– Não, está tudo bem.

Alice surpreende Sayer tocando seu ombro.

– Vá para o escritório enquanto preparo algumas coisas para vocês.

– Talvez um pouco de comida, moça? – diz Rankin, com voz rouca. – Aquelas tortas lá atrás pareciam muito solitárias.

Alice sorri.

– Mas é claro, meu jovem senhor. Só descansem enquanto as fatio.

Ela os deixa diante da porta do escritório de Leta. Tudo parece quieto demais, calmo demais, limpo demais.

– Bela casa – sussurra Rankin. – Era aqui que você estava morando, Say?

Ela assente, embora aquilo parecesse ter acontecido em outra vida, com outra Sayer. A última vez que ela esteve naquele escritório foi com as outras garotas. Ela ainda pode ver Matilde deitada no sofá, provocando Sayer enquanto bebia com prazer seu café. Eles a encaram feito fantasmas na expectativa.

Alec cambaleia, arrancando-a de seus devaneios. Fen e Rankin o conduzem até uma das poltronas.

Ela pega um jarro de água e um copo em um aparador. Alec não ergue os olhos quando ela lhe estende a água.

– Vamos lá, beba – diz. – Sua garganta deve estar doendo.

Ele gritou tão alto quando eles o arrastaram para longe da loja que Fen teve que cobrir sua boca, mas ele não disse nem uma palavra desde então.

– Alec – repete ela, mais alto.

Ele ergue o rosto, mas seus olhos estão vidrados e desfocados. Então ele dá uma risada estranha e aguda. Fen pragueja, caindo sobre um joelho.

– Qual o problema dele? – pergunta Rankin.

– O açúcar dele está baixo – diz Fen. – Ele precisa de seu frennet. Vai entrar em coma sem isso.

Alec torna a rir, dizendo algo em um sussurro e pegando as fitas coloridas amarradas em torno de seu pulso.

– Está acabado. Está tudo acabado.

Fen remexe nos bolsos do colete de Alec, depois nos de sua calça. Ela ergue a palma da mão na luz: há sementes ali.

– É isso o que é? – indaga Rankin. – Ele pode comê-las?

Fen dá um suspiro.

– Não, tem que ser as folhas.

O coração de Sayer está acelerado.

– Leta tem todo tipo de planta em sua estufa. Coisas raras. Ela deve ter um pouco. Eu vou...

Na palma da mão de Fen, as sementes começam a brotar. As folhas arroxeadas de frennet têm forma de estrelas, mas então se abrem em luas. Elas desabrocham na direção de Fen, como se ela fosse o sol. Suas raízes envolvem os dedos de Fen em um abraço delicado.

Rankin engole em seco, mas não parece chocado ao ver Fen fazer magia. Dez infernos, ele sabia, assim como Æsa. Será que todo mundo conseguia enxergar Fen com clareza menos ela?

Fen arranca algumas folhas e as enfia na boca de Alec.

– Mastigue, Padano. E faça isso depressa.

Alec mastiga. É o único som além do crepitar do fogo. Fen põe a planta nas mãos de Rankin.

– Ele deve ficar bem em uns dez minutos. Se ele ainda parecer aturdido, faça com que mastigue um pouco mais.

Fen se vira para ir embora. Rankin franze o cenho.

– Aonde você vai?

– Pegar um ar.

– Eu também vou...

– *Fique*, Rankin.

Rankin se encolhe, mas Fen não se vira para ver isso. Ela deixa o escritório sem olhar para trás.

Sayer olha para Rankin. O rosto dele está coberto de cinzas, suas roupas estão rasgadas como as das crianças de rua em pior situação no Grifo. Suas fitas de Estrela Negra pendem sem vida e chamuscadas em sua lapela. Quando ele ergue o rosto sujo de fuligem, seus olhos castanhos estão enormes e assustados. Para ela, ele aparenta ser muito jovem.

– O que vai acontecer, Say? Com as outras garotas?

Ela engole em seco. Como ela pode saber?

– Fique com Alec – diz. – E, quando Alice vier, coma uma torta. Coma duas. Eu já volto.

Ele assente. Sayer sai para o corredor e vai andando pela casa. Não há trilha para lhe dizer aonde Fen foi, e mesmo assim não é difícil segui-la. Afinal de contas, elas estão unidas agora. Talvez sempre tenham estado.

O ar está quente na estufa de Leta. Ela é grande, tem quase trinta passos de largura, embora com todas as plantas pareça menor. Palmeiras e trepadeiras exóticas sobem pelas paredes de vidro e cobre. O teto abobadado é de vidro cor de âmbar, feito para impedir que as folhas se queimem. A luz avermelhada colore as lajotas do piso.

Fen está parada junto do laguinho, tão imóvel que quase podia fazer parte dele. Então se debruça para a frente e mergulha as mãos na água, usando-a para afastar o cabelo para longe do rosto. Ela joga a cabeça para trás, e água escorre pelo pescoço por dentro de sua gola. As folhas de palmeira parecem se inclinar em sua direção. Reconhecendo-a de um jeito que Sayer nunca fez.

– Bote para fora, Tig. – A voz de Fen está tensa e insípida. – Diga o que você veio dizer.

AVES NOTURNAS

Ela achava que sabia, mas se sente sufocada, suas palavras estão todas emaranhadas.

– Eu contei tudo a você, Fen. Tudo o que você fez foi mentir.

Fen então se vira.

– Eu não menti sobre nada que importasse.

A raiva aumenta.

– É mesmo, *Ana*?

Fen vira o rosto.

– Não me chame disso.

– Mas é seu nome verdadeiro, não é?

Há uma onda de calor.

– Esse é o nome que me deram no orfanato. Não o que escolhi para mim.

Mas Raposa Astuta não é um nome: é uma máscara que ela usa para que ninguém a veja. Sayer achava que conhecia a pessoa por trás.

– Há quanto tempo você tem magia? – pergunta.

Silêncio.

– Há quanto tempo você sabe da minha?

Mais silêncio. Ela está se escondendo de Sayer, mesmo agora.

Sayer fecha os olhos. O silêncio é tão denso que ela consegue ouvir os próprios batimentos cardíacos, como o som de asas batendo contra o vidro.

– Não sei quem foi minha dama – diz Fen. – Nem meu senhor. Eu não me lembro deles. O Mão Vermelha foi o único pai que eu tive.

Sayer estremece.

– Ele me contou uma vez que meus pais tinham me abandonado porque achavam que havia uma maldição em mim.

Sayer franze o cenho.

– Por que ele diria isso?

O momento se estende, verde e delicado. Fen ergue a mão.

– Por causa disso.

Devagar, ela remove o tapa-olho. A respiração de Sayer fica presa na garganta. Ela passou anos se perguntando o que havia embaixo dele: uma cicatriz feia, um buraco vazio, uma esfera de vidro. Mas é um olho verde como as folhas, chocantemente vívido. Uma cor rebelde que não combina com o tom caramelo do outro. Eudeanos têm um nome para esses olhos: *marcado pelo Manancial.* Uma marca de que alguém foi tocado pelo Manancial, algo que a maioria das garotas simtanas não ia querer exibir.

Fen semicerra o olho, como se mesmo aquela luz fraca o machucasse.

– Ele na época não era o Mão Vermelha. Era o pater Dorisall, mas suas crenças eram as mesmas de agora. Ele odiava como as pessoas usavam magia. Isso era roubar do sagrado, ele falava. Dizia que se ela não fosse contida, antigos demônios iam começar a se erguer novamente. Bruxas, especificamente. Ele era obcecado pela ideia de que elas já estavam escondidas entre nós. Ele queria uma prova, e ali estava eu, com meus "olhos marcados pelo Manancial".

As folhas da estufa parecem prender a respiração, esperando. A voz de Fen fica tão baixa que Sayer praticamente não consegue escutar.

– Começou quando eu tinha dez, onze anos. Ele descobriu algum texto antigo da igreja que dizia que emoções fortes tendiam a trazer à tona a magia de uma bruxa. Então arranjou maneiras de me assustar, de me provocar.

Os ombros de Fen se curvam, fechando-se apertados em torno dela. As samambaias perto da fonte também parecem se dobrar ao seu redor.

– Todas as crianças do orfanato sabiam que havia monstros nos porões da residência paroquial. Nós às vezes os ouvíamos à noite, rangendo e gemendo. Ele começou a me trancar ali sozinha por horas, no escuro. Na primeira vez, rezei para que um dos deuses me salvasse dos monstros. Na vez seguinte, peguei uma faca de manteiga que tinha roubado da cozinha e jurei que mataria todos eles se chegassem perto. Quando minha magia surgiu, eu sabia que não havia monstros, mas ainda odiava o porão. Eu derreti a faca de manteiga e a transformei numa gazua.

– Quantos anos você tinha? – pergunta Sayer.

– Doze.

Ela era mais nova que Sayer quando sentiu sua magia se agitando pela primeira vez. Pelo menos ela tinha uma dama que podia explicar o que estava acontecendo, que nunca ia bater nela nem a trancar no escuro.

– Foi naquele porão que aprendi a escapar de lugares. "Ladrazinha", disse Dorisall quando me encontrou. "Roubando sua penitência dos deuses."

– Ele não sabia que você tinha usado magia?

Fen sacode a cabeça.

– Depois daquela primeira vez, cuidei para nunca a utilizar. Eu a escondi o mais fundo possível. Mas aí...

Sayer espera. O ar do entorno está úmido, com cheiro de terra e vida vicejante.

– Eu fui ficando mais velha. – Fen passa a língua pelos lábios. Seu rosto parece diferente quando ela não está mascando a resina, mais suave, de algum modo. – E ele ficou mais intenso e obcecado com a missão de encontrar bruxas. Suas táticas também ficaram muito mais severas. "A dor e as privações são o verdadeiro caminho para o Manancial", dizia. "Só quando tiramos todas as folhas de uma árvore conseguimos ver sua força." Ele mantinha um chicote acima da porta da sala de aula. Ele o usava mais em mim que em qualquer outra pessoa. Era como se achasse que a dor poderia fazer com que qualquer magia que eu tivesse se manifestasse.

Fen ergue a mão e passa um dedo por uma de suas cicatrizes.

– Eu tinha uma regra para quando ele usava o chicote. Não grite. Não chore. Quando ficava difícil, eu fechava os olhos e me imaginava remando por Callistan. Tinha visto uma pintura dos pântanos uma vez, e a imagem ficou comigo. O musgo-fantasma, as árvores emaranhadas... Não sei, parecia... familiar.

Claro que parecia: Fen é uma garota de terra. Sayer permanece imóvel, mas pode sentir o mundo sair do eixo.

– Houve uma surra, porém... que durou uma eternidade. Eu tinha sangue nos ouvidos, no nariz. Nos olhos, Sayer. E aí Dorisall ordenou que Rankin ficasse ao meu lado. Ele tinha nove anos na época, e Dorisall sabia que era como um irmão para mim. O medo no rosto de Rankin fez com que alguma coisa dentro de mim simplesmente... viesse à tona. Eu fui até meu pântano imaginário e supliquei para que ele nos ajudasse. Quando minha magia se manifestou, eu não me esforcei para contê-la.

Sayer sente a pele formigar.

– O que aconteceu?

Um músculo no queixo de Fen se contorce.

– Ele mantinha um arbusto de coroa-de-espinhos em um canto da sala de aula. Ele explodiu do vaso, envolvendo a mim e a Rankin como um escudo. O rosto de Dorisall... eu nunca tinha visto nele tamanha aversão, ou tamanha excitação.

Sayer se lembra do rosto de Fen quando o Mão Vermelha a reconheceu na loja de Krastan. O medo. É como se a presença dele a despisse de toda a segurança conseguida a duras penas, do mesmo jeito que Wyllo Regnis fez com ela.

– O que você fez, então?

– Fiz com que a coroa-de-espinhos o atacasse. Enquanto ele se defendia, peguei Rankin e nós saímos correndo. Eu sabia que nunca poderia permitir que ele nos achasse. Sabia que precisávamos nos esconder. Mas o Grifo era meu lar... eu não queria deixá-lo. Então cobri meu olho, assumi um novo nome e fiz minha vida. Uma vida mais verdadeira. Trabalhei para os Cortes Rápidos, depois para outras gangues, construindo a reputação de entrar em lugares bem trancados.

– Você usou sua magia?

Fen sacode a cabeça, com firmeza e velocidade.

– Não. Nunca.

Sayer franze o cenho, confusa.

– Por que não?

– Porque tudo o que ela fez foi me causar dor.

Sayer pode sentir aquela dor no elo entre elas, os cortes que iam mais fundo do que ela jamais soube. É por isso que Fen sempre mantinha suas cartas tão próximas? Nunca relaxando por completo, nunca deixando ninguém entrar. Exceto por aquela noite em que sua dama morreu e ela ficou aninhada com Sayer por cima das cobertas. Quando deixou que Sayer ficasse perto o suficiente para abraçá-la apertado.

– Eu não queria precisar dela para seguir adiante – diz Fen. – Não podia deixar que nenhum dos outros lordes das gangues descobrisse que eu tinha magia. Você pode imaginar se eles descobrissem? Iam dizer que eu tinha trapaceado nos negócios. Isso ia ameaçar tudo o que construí. Ou coisa pior. A maioria deles lida com contrabando, e, quanto mais raro e mais exclusivo for o item, melhor. Era assim que eles iam me ver. Como algo valioso a coletar. Então jurei que ia contê-la e me esquecer dela. Mas aí...

O olhar de Fen encontra o de Sayer. Toda a força de seus olhos de duas cores ainda é um choque.

– Eu nunca tinha conhecido ninguém como eu, com magia. Mas havia rumores sobre sua dama, que ela podia ter tido um pouco. Eu disse a mim mesma que não importava; eu podia conter minha magia, mesmo se você tivesse um pouco da sua. Mas você nunca deu nenhum sinal, nunca mencionou isso. Então, naquela noite em que sua mãe morreu, eu senti algo, quando nós quase...

Nos beijamos. Então foi por isso que Fen se levantou e foi embora de forma tão abrupta. Sayer achou que tinha sido apenas por ela.

– Quando você deixou o Grifo, eu disse a mim mesma que isso era a melhor coisa que podia acontecer. Você estava de volta com o povo de sua dama. Eu podia me manter ocupada com os negócios das Estrelas Negras. Disse a mim mesma que tudo ficaria bem.

– Então eu beijei você – diz Sayer –, naquela noite no beco.

Fen cerra os punhos.

– Eu mantenho minha magia na rédea curta. Tão contida que quase me esqueço de que ela existe. Mas, com aquele beijo, eu não consegui controlá-la. Foi como se ela tivesse assumido vida própria.

Sayer se lembra do beijo, da sensação que teve, do gosto de tempestade e ferro, da carga que a preencheu. Terra e ar colidindo em uma onda inebriante e formigante.

Ela pensa em Gwellyn no beco, segurando o rosto e gritando: *Meu dente.* Em seu boné azul, feito de metal, caído sobre os paralelepípedos, estranhamente retorcido.

– O dente de Gwellyn – diz ela, em voz baixa. – Aquilo foi você?

Um lampejo de sorriso.

– Como falei, eu não tive a intenção, mas não posso dizer que lamento ter derretido aquela coisa feia de sua boca.

A expressão de Fen fica grave.

– Minha magia nunca tinha saído de meu controle daquele jeito. Parecia perigosa. Então eu me mantive afastada, torcendo para que ela perdesse força com o tempo.

Então foi por isso que Fen manteve distância. Por isso não tocou em Sayer desde então.

Fen passa a mão pelo cabelo úmido.

– Eu fiquei de olho no Mão Vermelha, como prometi, para tentar descobrir o que ele estava fazendo. Porém, não olhei com tanta atenção quanto deveria. Achei que não havia como ele encontrar você, e eu não queria me envolver com ele. Eu devia saber até onde ele iria. Aonde isso poderia levá-lo. Então Rankin interceptou um bilhete falando sobre o ataque na mansão dos Dinatris. Eu não podia deixar que ele pusesse as mãos em garotas com magia. Não outra vez.

O ar está quente demais, perto demais. Sayer sente como se ele pudesse sufocá-la. Mas não se mexe, mal respira. Ela precisa ouvir.

– Você segurou minha mão quando Matilde usou a Capa da Noite de Alec – diz Fen. – Era como se sua magia estivesse chamando pela minha. Eu também podia sentir as outras garotas e o jardim. As raízes, as folhas... É como se fossem uma extensão do meu corpo. A magia voltou a escapar de mim.

Sayer se lembra de Fen puxando sua mão para trás, do barulho de galhos se agitando, de raízes surgindo da terra. Fen fez aquilo. Fen estava ao lado dela e fez magia, e Sayer não percebeu. Não conseguiu ver.

O rosto de Fen assumiu uma palidez doentia. Ela está tocando outra vez as cicatrizes em seu pescoço.

– As árvores responderam ao meu medo, assim como a coroa-de-espinhos fez muitos anos antes. E, embora não conseguisse ver meu rosto, ele sabia. Dorisall *sabia*.

O que o Mão Vermelha gritou quando elas saíram correndo do jardim? *Estou vendo você, ladrazinha. Eu estou vendo você.* A pele de Sayer formiga.

Fen fica em silêncio. Elas ficam ali paradas, observando-se. Os poucos degraus entre elas parecem um oceano sob a luz âmbar.

Fen era a amiga que Sayer escolheu: a família que ela encontrou. Agora ela se pergunta se aquilo foi mesmo uma escolha. Algumas Aves Fyre surgem em conjunto, disse Krastan, atraindo umas às outras. Corações unidos. Sempre foi magia, essa coisa entre elas? Será que alguns de seus sentimentos eram mesmo reais?

Sayer cruza os braços.

– Como você manteve sua magia escondida? Como eu nunca pude senti-la quando nos tocamos?

Fen pega a lata prateada no bolso do colete. Ela emite um brilho baço.

– O Mão estava sempre mergulhado em tomos da grande biblioteca da igreja de Augustain, tentando descobrir as ervas que Marren menciona em alguns dos textos antigos. Havia uma, disse ele, que supostamente removia a magia das bruxas, mas o texto não era específico. Então ele começou a colecionar plantas raras de todos os lugares para tentar descobrir qual era. Eu roubava amostras escondidas. Eu as experimentei em mim mesma.

A respiração de Sayer fica embargada.

– Elas podiam ter machucado você, Fen. Ou matado.

– Naquela época, não teria me importado se isso acontecesse.

Isso surpreende Sayer, que volta a ficar quieta. Fen respira longa e lentamente.

– No fim, descobri uma que pareceu funcionar, se eu a mascasse – diz ela, sopesando a lata na palma da mão. – Ela se chama *weil breamos*. Folhas frescas funcionavam bem, mas as secas eram melhores. Roubei algumas e, quando fugi, levei-as comigo. Eu me assegurei de sempre ter um suprimento.

– Sua resina – diz Sayer. O chiclete que Fen está sempre mastigando, com seu cheiro úmido e acre. Ela voltou a sentir o cheiro na loja de Krastan, emanando do incensório do Mão Vermelha. – Tem veneno-de-bruxa nela.

Fen assente, sem olhá-la nos olhos.

– Só um pouco. Só o bastante para conter minha magia.

A mão de Sayer vai até seu estômago enquanto ela se lembra da sensação de respirar aquela fumaça herbácea. A sensação nauseante e de estômago embrulhado, e então o vazio, como se parte de sua alma tivesse sido removida.

Lágrimas se acumulam nos cantos dos olhos de Sayer, quentes e repentinas.

O Mão vermelha a machucou tanto que ela preferia se envenenar do que encarar o que vive dentro dela.

– Por que você não me contou? – sussurra Sayer.

– Porque eu não conto para ninguém. Na metade do tempo, eu mesmo mal a reconheço.

– Mas por que você não me contou?

A noite em que sua dama morreu foi a mais sombria da vida de Sayer. *Eu estou sozinha*, choramingava ela, mas então os braços de Fen a envolveram, sua mão pressionada sobre sua nuca. *Isso não é verdade.* Ela tinha tentado proteger o coração, mas naquela noite ela o desguarneceu e deixou que Fen o tivesse nas mãos. Agora ela sabe que Fen nunca fez o mesmo por ela.

Sua magia cresce com a onda de seu sofrimento, conjurando um vento que agita as folhas e espalha o cheiro de argila. Ela se sente exposta.

– Você não confiou em mim. – Sayer engole em seco, tentando impedir que a voz fique trêmula. – E agora parece que eu nunca de fato conheci você.

Fen caminha em sua direção. Ela só para quando elas estão a um palmo de distância.

– Não diga isso, Tig.

Ela ergue a mão de Sayer e a aperta espalmada sobre seu esterno. Sayer pode sentir o coração de Fen batendo alto, como se estivesse tentando falar.

– Já lhe mostrei mais de mim que a qualquer outra pessoa.

O tom áspero na voz de Fen a corta ao meio. Uma lágrima escorre pelo rosto de Sayer.

– Estou cansada de mentiras.

Sayer se afasta depressa. As sombras da casa a pressionam quando ela corre às cegas através do salão de baile para o foyer na frente da casa. Ela se apoia contra a parede perto de um vaso cheio de vinhas--fantasmas, altas e silenciosas. Lágrimas abrem caminhos quentes sobre seu rosto.

– Sayer.

Sua cabeça se ergue bruscamente. É Leta. Ela não se parece nada com Nadja Sant Held, mas vê-la faz com que Sayer sinta uma grande saudade de sua dama. A dor disso abre uma fratura no fundo de seu peito.

Leta abre os braços. Sayer os aceita e deixa que suas lágrimas corram livremente.

– Está tudo bem – sussurra Leta. – Você está em casa.

Ela fecha os olhos, fingindo que Leta é sua dama, só por um momento. O que Sayer teria perguntado a ela se pudesse?

Como vim parar aqui? Ela atravessou os canais para honrar uma promessa, fazer algum dinheiro e criar uma vida por si mesma. Ela não foi até ali para fazer amigos nem para se envolver em seus problemas. Como o destino de todas aquelas garotas ficou tão emaranhado com o dela? Ela sente uma vontade selvagem de desaparecer nas sombras e ir embora. De ser livre.

Mas ainda pode ouvir Matilde na loja. *Não vou entregar minhas irmãs.*

Pode sentir Æsa beijando-a no rosto com delicadeza.

Pode ver a necessidade crua nos olhos de duas cores de Fen. *Já lhe mostrei mais de mim que a qualquer outra pessoa.*

E suas filhotes, buscando esperança nas Aves Noturnas. Onde estão todas aquelas garotas agora?

Seria mais fácil ir embora, mas suas amigas precisam dela. Ela não vai deixá-las agora.

Na tempestade e no cerco permanecemos imóveis.
Quando ameaçados, respiramos fogo.

— DOUTRINA DA CASA VESTEN

CAPÍTULO 23
UMA GAIOLA DOURADA

Os captores de Matilde são grosseiros e minuciosos com suas amarras. A carruagem sacode, apertando a corda em torno de seus pulsos.

– Cuidado – diz ela, com voz rouca. – Vocês não vão querer que eu fique com marcas de corda.

– Nós devemos levá-la viva – diz um deles. – Ninguém se importa se você se machucar.

Ela empina o nariz, embora isso não seja visível com o saco sobre sua cabeça. Houve uma época em que esses garotos não teriam ousado tocá-la, mas eles não a veem mais como uma garota de Grande Casa. Ela é uma bruxa.

O cheiro da pasta que eles esfregaram acima de sua boca é avassalador. Deve ser feita do veneno-de-bruxa do Mão Vermelha. Sua magia está silenciosa, praticamente ausente de seus ossos. Minutos antes, ela fez o fogo se curvar à sua frente. Agora está sendo levada pela coleira para o pontífice.

Ela respira em haustos lentos e rasos, mas ainda está tomada pelo pânico, então volta a mente para planos de vingança. Ela vai fazer com que todo Caska seja despido até as roupas íntimas e assado. Se o Mão Vermelha não está morto, ela vai incendiá-lo outra vez. A raiva aguça sua concentração, muito mais fácil de carregar que a tristeza. Ela acha que pode finalmente compreender Sayer Sant Held.

Mas a raiva não consegue eliminar as lembranças que se erguem dentro dela. Ela não para de ver Krastan, sentindo a mão calejada dele sobre seu rosto. O jeito como ele sussurrou: *Seja corajosa, minha Stella. Seja forte.* Mas ela não foi forte o suficiente para salvá-lo. Matilde engole o choro antes que ele possa escapar.

A gola da camisa de Alec roça sua clavícula. Ela ainda pode sentir seus cachos entre os dedos, seus lábios apertados sobre os dela, ávidos. Ele a beijou, finalmente, e não porque quisesse sua magia. Só porque a queria.

Cuide de Alec. Essas foram algumas das últimas palavras de Krastan. Ela tentou fazer isso, mas tudo o que parece ser capaz de fazer é lhe causar problema. E agora ele está sozinho, assim como ela...

A carruagem sofre um solavanco e a corda se aperta outra vez. Ela respira fundo. Agora não é hora para tais pensamentos, eles vão apenas desconcertá-la. Ela precisa estar atenta ao que quer que venha em seguida.

A carruagem para. Mãos bruscas a arrastam para a luz do sol. Elas puxam a corda com força, mas Matilde se assegura de não tropeçar. Ela vai manter toda a dignidade que puder.

Ela é puxada por uma escada. Eles devem estar levando-a para a igreja de Augustain, para o pontífice. Ela não sente nenhuma de suas irmãs Aves Noturnas por perto. Torce para que tenham escapado, mas ela não pode ver, não tem como saber.

A luz do sol diminui quando entram em um espaço que ecoa. Ela espera que o lugar cheire a incenso e cera de velas, mas em vez disso sente polidor de prata e mármore frio. Sombras se apertam sobre o tecido grosseiro sobre seus olhos. Por fim eles param, e alguém bate em uma porta em um ritmo específico. Dobradiças rangem e a saia de alguém adeja a seus pés.

Há uma pausa.

– Ela está horrível – diz alguém. Uma mulher. Estranho. – O que aconteceu?

– Houve um incêndio – diz um dos garotos. – Por pouco não conseguimos tirá-la de lá.

– E as outras garotas, onde estão?

Ela está falando das outras Aves Noturnas. Matilde sente um arrepio na pele.

– Não sei. Estava uma loucura na loja do alquimista. O Caska pegou pelo menos uma delas.

O Caska. Ela achou que aqueles homens *eram* os Caska. Quem podem ser eles?

– E a erva é eficaz? – diz a mulher. – Vocês têm certeza?

Outro garoto funga.

– Ela nos trouxe até aqui, não foi?

O pânico volta a crescer. Quem são essas pessoas? Ela não sabe em que jogo pervertido foi parar.

Ela é puxada para a frente, uma porta se fecha às suas costas. Então o saco é arrancado e ela por fim pode ver. A sala é pequena, desprovida de quaisquer características marcantes. Deve ser uma das celas de detenção da igreja de Augustain.

A mulher é mais velha, talvez tenha a idade de uma dama, e usa um vestido verde-escuro. Ela olha para o rosto sujo de fuligem de Matilde e para a roupa de garoto de loja. Sua calça está coberta de sangue. Sangue de Krastan...

– Não podemos apresentá-la nesse estado – diz a mulher.

– Me apresentar para quem?

A mulher não responde. Ela diz apenas:

– Agora escute com atenção. Não adianta tentar me enfrentar. Há guardas além dessas portas, e você não vai conseguir passar por eles. Isso vai correr de forma muito mais tranquila se você seguir as ordens.

Ela ergue uma tesoura e corta a corda. Matilde esfrega os pulsos, machucados pelos nós, e olha para as portas nas duas extremidades da sala. Ela quer fugir, mas provavelmente só vai ter uma única chance de fazer isso, e esse não parece um momento promissor. Talvez devesse ter aceitado a oferta de Sayer de fazer aulas de luta.

– Tire as roupas – diz a mulher. – Essas estão destruídas.

Matilde dá um passo para trás.

– Como assim?

A mulher dá um suspiro.

– Tire ou vou ter que fazer isso por você.

Matilde tira a camisa de Alec, depois a calça. Elas cheiram a fumaça, mas ela se ressente de ter de se livrar delas. Por fim, fica apenas com a roupa de baixo e seu pingente. A mulher estende a mão para a esfera dourada.

– Não toque nisso – diz Matilde, com rispidez.

A boca da mulher se estreita.

– Vou devolvê-lo quando estiver vazio.

Matilde observa a mulher derramar sua Estra Doole em uma pia. Krastan preparou aquela poção com suas mãos manchadas e pacientes. Elas nunca mais vão lhe preparar mais nada.

Ela morde a língua, contendo as lágrimas.

Mais pasta com cheiro de ervas é esfregada sob seu nariz. Tem um cheiro horrível, o veneno-de-bruxa. Ela se pergunta onde e como o Mão Vermelha a encontrou, e até onde ela é capaz de subjugar seus poderes. Sua magia retornou na loja: talvez o dragão de fogo tenha queimado todo o veneno-de-bruxa. O que aconteceria se eles a obrigassem a ingerir a erva? Será que é forte o suficiente para tirar sua magia para sempre?

A mulher a coloca em um vestido de cintura baixa estiloso, ouro-
-escuro e brilhante, e prende seu cabelo curto para trás. Luvas douradas sobem por seus braços. Quanto requinte. Matilde não entende.

– Diga-me – diz Matilde. – O pontífice sempre veste suas prisioneiras com elegância?

A mulher a repreende.

– Você não é uma prisioneira. Você é uma hóspede.

O que nas mais recônditas profundezas está acontecendo?

A mulher abre uma das portas para um corredor estreito e escuro.
Há um guarda ali, mas ele não está usando o uniforme de Guardião.
Sua túnica é verde-escura, como a da mulher. Há um emblema em
seu peito: um dragão sinuoso envolto em um ramo de verda. Matilde
é tomada por um medo repentino e feroz.

Então ela segue o guarda pelas sombras até parar diante de uma
porta verde-escura entalhada com dragões entrelaçados. A mulher
sussurra algo para o guarda, que bate em um ritmo especial. Do outro
lado, uma voz feminina responde. Distante, mas familiar. O peito de
Matilde se encolhe, mas ela se lembra da primeira regra de uma Ave
Noturna: *Nunca tire sua máscara. Nunca deixe que vejam você.* Ela se
apruma, escondendo o medo.

As portas se abrem, revelando um aposento opulento. As paredes
são rosa, reluzentes como joias pela luz que entra através de janelas
enormes de vidro vermelho. Ela banha a suserana em uma faixa violenta de escarlate.

– Matilde Dinatris – diz Epinine Vesten, com um sorriso. – Faz
muito tempo.

Ela é apenas alguns anos mais velha que Matilde, com traços de
estrutura óssea delicada. Diferentemente dos olhos de Dennan, os
dela são bem escuros. Seu cabelo também é escuro e brilhante, com
um penteado complicado. Ela usa um anel com uma pedra de dragão,

um símbolo da Casa Vesten. Ele observa Matilde como um terceiro olho sinistro.

– Sente-se – diz ela, gesticulando para Matilde. – Você deve estar faminta depois de todos os seus infortúnios.

A suserana sabe o que aconteceu na loja de Krastan? Ela sabe o que Matilde fez com o fogo? Ela desejava saber mais sobre o que está acontecendo. O fedor de veneno-de-bruxa torna difícil pensar.

– Essa pasta em seu rosto – diz a suserana. – É um tanto feia. Limpe-a.

Matilde pisca, confusa.

A mulher de verde limpa a garganta.

– Mas lady suserana... a magia dela...

Epinine acena com um movimento de seus dedos delicados.

– Ela não vai causar nenhum problema. Vai, Matilde?

Epinine é ousada, ela tem que admitir.

– Eu não sonharia em fazer isso.

– Aí está. Agora deixe-nos.

Enquanto a criada se retira, Matilde se senta à mesa, molhando um guardanapo em um copo d'água e limpando a pasta do rosto. Ela espera que sua magia retorne com força, mas isso não acontece. Seu olhar se fixa no farto banquete oferecido. Carnes frias, pão fofo, frutas coloridas. Epinine tinha tudo preparado, pronto para que Matilde fosse levada até ali. O pensamento faz seu estômago se revirar.

– Espero que meus homens não tenham sido brutos demais – diz a suserana. – Fico satisfeita em ver que você está bem, na medida do possível.

Matilde sente uma vontade louca de rir.

– É, ser amarrada e sequestrada é *maravilhoso* para a pele. Você devia tentar.

Epinine se encosta na cadeira semelhante a um trono.

– Um deles me contou o que aconteceu no alquimista. Tudo foi muito mais confuso do que eu estava esperando.

Para jogar esse jogo, ela precisa observar cada gesto, cada repuxar de músculos e empinar de nariz. Mas a raiva está emergindo da compostura de Matilde. Raiva e medo do que está por vir.

– Seus homens? – diz ela. – Achei que fossem do Mão Vermelha.

Epinine dá um suspiro.

– É, imagino que você deve estar confusa em relação ao que aconteceu. Posso esclarecer?

Matilde cerra os punhos embaixo da mesa.

– Conte-me.

– Depois que o Mão Vermelha levou sua família para o pontífice, acho que ele esperava que acariciassem sua cabeça pela iniciativa. Afinal de contas, foi o pontífice que o mandou procurar você.

Então o pontífice *estava* envolvido no ataque às Aves Noturnas. Matilde contém um tremor.

– O Mão devia fazer isso discretamente. Aí ele fez quatro membros de Grande Casa de reféns, sem nenhuma prova tangível de suas alegações além da palavra de seus seguidores. Foi uma situação difícil para a igreja, posso garantir. Os membros das Casas na Mesa convocaram uma reunião de emergência. Disseram que a igreja não tinha direito de deter os Dinatris e ficaram furiosos em relação ao jovem lorde Teneriffe Maylon. Ele foi ferido enquanto estava sob a custódia da igreja, ao que parece. Está bem confuso. É uma pena.

Ah, Tenny. O que fizeram com ele? Matilde engole em seco.

– No fim, o pontífice teve que os soltar. Mas como líder da igreja e comandante dos Guardiões, ele tinha todo o direito de exigir uma investigação completa das Casas. Para descobrir se as histórias sobre as Aves Noturnas eram verdade.

A expressão de Matilde azeda. Os lábios de Epinine se franzem.

– Ah, é, o homem é um sapo – prossegue ela –, sem dúvida. Mas também é meu apoiador. Ultimamente, mais do que as Casas. Então apoiei sua decisão, assim como apoiei a Proibição que ele e meu senhor garantiram que virasse lei. Mas eu não tinha nenhum interesse em permitir que ele encontrasse você.

"O pontífice disse ao Mão Vermelha para baixar a bola, se comportar. Mas eu vi uma oportunidade em sua ambição. Então fizemos um acordo, eu e ele. Eu ia apoiá-lo em sua busca secreta por vocês. E também lhe daria algo que ele queria se trouxesse todas vocês vivas para mim."

Matilde cerra os maxilares.

– Foi por pouco. Ele quase nos matou.

Epinine pega seu copo e gira-o. Seus dedos parecem as patas de uma aranha.

– É, bem. Isso é o que eu consigo enviando homens para fazer um trabalho, não é? Eles adoram abordar problemas com uma marreta. Se eu soubesse, teria dito a eles para serem mais discretos.

Palavras muito delicadas para descrever um assassinato em massa. Ela pensa nos olhos de Krastan, sempre iluminados, vazios para sempre. Seus punhos começam a tremer embaixo da mesa.

– Por sorte, eu tinha meus próprios homens inseridos no Caska – continua Epinine. – Para garantir que as coisas corressem do meu jeito. E agora aqui está você, bem e em segurança.

Matilde se inclina adiante.

– Quando o resto da Mesa descobrir que você se aliou com uma seita de fanáticos religiosos e a soltou sobre o povo de Simta, vão fazer com que pague por isso.

Epinine sorri, divertindo-se.

– Mas eu não os enviei. Os En Caska Dae agiram sozinhos, contrariando ordens, e vão ser punidos. Assim que o pontífice for informado de seu comportamento, o que vai acontecer em breve, ele vai se assegurar disso.

A cabeça de Matilde está rodopiando.

– Mas você fez um acordo com o Mão Vermelha. Ele vai contar para todo mundo.

Epinine emite um ruído, desdenhando de tudo.

– Ninguém vai acreditar nele. O Mão Vermelha enfureceu as Grandes Casas, e é perigoso para a reputação da igreja. Na verdade, tornou muito fácil que eu lhe atribuísse toda a culpa.

Matilde inspira devagar. Sua magia ainda está embotada, praticamente ausente, mas há outra coisa surgindo dentro dela. Algo que pode queimar, mas ela precisa perguntar... precisa saber.

– Como você sabia onde estávamos? Como nos encontrou?

A suserana se inclina para a frente, como se fossem duas amigas compartilhando segredos.

– Um passarinho sussurrou em meu ouvido.

Um passarinho. Foi a mesma palavra que o Mão Vermelha usou na loja de Krastan. Calor sobe pelo seu pescoço, seguido por um frio gélido.

Epinine retira a tampa de uma bandeja com um floreio, revelando um disco escuro de metal onde um pássaro está empoleirado. O pássaro de Dennan. O que eles estavam mandando um para o outro, cheio de perguntas e promessas.

Epinine o pega entre dois dedos.

– É uma coisinha muito engenhosa. Ele não apenas envia mensagens, sabia? Também pode indicar o caminho que ele percorreu.

Uma sensação de apreensão se acumula no estômago de Matilde.

– Ah, compreendo. – A suserana franze o cenho. – Dennan se esqueceu de mencionar essa parte?

Epinine pega o último bilhete de sua barriga, agitando-o como a bandeira de um traidor.

– Ele sempre me prometeu que ia me arranjar uma Ave Noturna. Mas ele estava sendo lento e misterioso demais. Eu sabia que estava escondendo alguma coisa de mim. Então eu o chamei para jantar ontem à noite e tivemos uma conversa longa e agradável sobre isso. Ele me contou tudo. Tivemos nossas diferenças, Dennan e eu, mas eu sabia que no final ele ia manter a palavra.

Matilde se agarrou àquele pássaro durante todo o tempo que esteve no Subterrâneo. Era algo para lembrá-la das promessas que ele fez. Mas o pássaro era como a corda que o Caska pôs em seus pulsos... uma corrente. Uma mentira que a colocou nessa gaiola.

– Ele estava trabalhando para você.

O olhar de Epinine fica sombrio.

– É claro. Ele é meu irmão.

Mas isso não faz sentido. Ele podia tê-la levado para Epinine a qualquer momento, ele sabia onde encontrá-la. E, naquela noite no Clube dos Mentirosos, ele as ajudou a escapar.

– Por que ele não está aqui, então?

Epinine toma um gole de vinho.

– Ele está *descansando*. Foi um dia cansativo para todo mundo.

Matilde se pergunta se descansando na verdade significa *capturado*... ou morto.

Ela quer se inflamar, mas sua magia não retorna. Ela tenta manter a expressão mais tranquila possível.

– Bom, estou aqui, e você teve muito trabalho para me encontrar. Então, o que você quer?

Epinine inclina a cabeça, estudando-a.

– Ah, Matilde. Quero que sejamos amigas.

Matilde tenta evitar esboçar qualquer reação, mas seu choque deve ter transparecido.

– Eu cresci como imagino que você cresceu, Matilde. – Epinine põe o queixo delicado sobre as mãos, apoiadas na mesa. – Privilegiada, protegida, com a obrigação de me comportar de acordo com certas regras. Fui obrigada a assistir a palestras infinitas sobre a história de

Eudea, os Vesten de antigamente e os feitos poderosos dos Eshamein. Isso devia fazer com que eu visse o valor da Proibição, mas tenho que dizer que teve o efeito contrário. Eu queria ser como uma das Aves Fyre. Forte o suficiente para ninguém ousar me interromper, para que ninguém pudesse ficar no meu caminho.

Epinine dá um suspiro.

– Mas homens não gostam de mulheres poderosas, a menos que possam controlá-las, especialmente no domínio da política. Para o resto das Casas, não importa que meu pai queria que eu o seguisse na posição de suserana. Uma suserana mulher? Ela vai ser emocional demais. Irracional demais.

Sua boca se contorce.

– Ah, no início eles estavam dispostos a concordar, quando achavam que eu me curvaria para eles. Então, como não fiz isso, eles começaram a me pressionar. Eles tiveram o desplante de dizer que votariam comigo, quando chegasse a hora, se eu concordasse em me casar com um lorde de Grande Casa de sua escolha. Se eu não concordasse, eles iam votar para me tirar de minha posição. Queriam arrancar as presas do dragão.

Os dedos de Epinine ficaram brancos em torno do copo.

– Eles não fariam essas coisas se eu fosse um homem, é claro. Mas uma mulher tem que trabalhar duas vezes mais duro para fazer com que as pessoas a respeitem ou a temam. Precisa ser muito mais forte que os homens.

Matilde agarra a borda da mesa.

– Então você descobriu as Aves Noturnas.

Epinine sorri.

– Sempre houve rumores, e eu sabia que devia haver alguma coisa por trás deles. Garotas assim tinham que ser protegidas pelas Casas. De que outra forma elas podiam chegar tão alto, ganhar tanto poder?

Eu sabia que as ameaças não iam significar nada se eu tivesse suas estimadas garotas em meu poder. Eles, então, não ousariam me tocar.

Epinine se inclina para a frente.

– No início, pensei apenas em manter vocês como reféns. Mas quando o Mão Vermelha me contou o que você e suas amigas fizeram naquele jardim... Fiquei intrigada. Esse tipo de magia não era visto havia séculos. Com tamanho poder na ponta dos dedos, eu podia fazer muito mais que assegurar minha cadeira na Mesa. Talvez eu pudesse governá-la. Me tornar uma rainha.

Matilde sente um arrepio.

– Eu já sabia sobre a doce garota que morava com você. Ela devia ter sido trazida também, mas, infelizmente, as coisas não correram como o planejado. Não importa: vou botar as mãos nela logo mais. Agora tudo o que precisamos é que você me dê o nome das outras duas. Me ajude a encontrá-las.

Suor escorre pela espinha de Matilde.

– Por quê? Você já tem uma. Com certeza isso é o suficiente para seus propósitos.

Os olhos de Epinine têm um brilho frio e cintilante.

– Porque um dos garotos de cinza veio me ver, algumas horas atrás. Ele me contou o que vocês quatro fizeram no túnel, detendo aquela onda. O garoto estava muito perturbado por seu amigo ter sido afogado, mas tenho que admitir que eu fiquei é muito empolgada com a história.

Ah, deuses: ela sabe. Epinine sabe o que as quatro podem fazer juntas. Ela não disse nada sobre as filhotes, mas é apenas questão de tempo até descobrir que há outras garotas com magia. Até que todo mundo descubra.

– Eu não sou uma ave dócil – diz Matilde. – Não vou cantar para você só porque mandou.

A voz de Epinine se reduz a uma carícia:

– Sério, Matilde... Eu só quero protegê-las. A vida de vocês nem precisa mudar. Só estou pedindo a você que transfira sua lealdade em relação às outras Casas para a minha, só a minha. Você vai ser minha parceira silenciosa. Uma irmã, na verdade.

A menção da palavra faz com que Matilde pense em Æsa e Sayer. É frustrante, confuso, contraditório... Ela sente tanta falta delas que não consegue respirar.

– Vou convocar uma reunião da Mesa – diz Epinine. – O pontífice vai ser deixado de fora, é claro. Não posso me dar ao luxo de perder o apoio da igreja em um momento desses. Vou dizer aos membros das Casas que estou com suas garotas mágicas e que vou mantê-las comigo a menos que eles votem em mim para suserana. Não que eu planeje devolvê-las, veja bem. Vamos levar vocês a um lugar discreto. Depois do que vocês fizeram na loja do alquimista, não acho que podemos mantê-las na cidade. Vocês todas vão poder viver tranquilamente e em segurança, e servir à sua suserana. Vocês nem vão ter que beijar qualquer jovem lorde empoado outra vez.

Matilde empina o nariz.

– E por que eu concordaria em ajudar você?

– Por que você ama suas amigas. E sua família, é claro.

O coração de Matilde está gritando em seu peito.

– O que você fez com minha família?

– Ah, não se preocupe. Eles estão perfeitamente a salvo, escondidos em um local secreto. São tempos incertos. Eu não queria que nada ruim acontecesse com eles.

Ela se enche de horror ao pensar na avó, na dama e em Samson em algum quarto úmido, tão prisioneiros quanto ela. Epinine pegou sua família. Suas alternativas.

Matilde dá um sorriso forçado.

AVES NOTURNAS

– Preciso dizer que sempre achei que você fosse chata, Epinine. Mas você é mais perversa que um lorde das gangues.

Ela ri, emitindo um som agudo semelhante a um sino.

– Ora, ora. Você vai vê-los assim que provar sua lealdade. Diga-me: onde estão as outras Aves Noturnas?

Matilde engole em seco.

– Eu não sei.

É a verdade. Ela viu Æsa ser jogada em uma carruagem, mas não sabe para onde foi levada. A última vez que viu Sayer e Fen foi em meio à multidão...

– Imagino que tenham saído da cidade – diz Matilde, torcendo para ser verdade.

– Ah, eu duvido. Eu mandei fechar o porto e o Pescoço para navios saídos daqui até depois da Noite Menor. Esta cidade está fechada com mais força que um odre de vinho.

Matilde sente um nó na garganta.

– Sério, Matilde. Por que você está lutando contra mim? Aquelas garotas estão vulneráveis aí fora. É melhor que elas se juntem a nós, e juntas podemos moldar o mundo como quisermos. Nós, garotas, devemos cuidar umas das outras.

Matilde se esforça para manter a voz firme:

– Foi um dia muito cansativo. Preciso de tempo para pensar nisso.

– Sem dúvida – ronrona Epinine. – Mas a Noite Menor e a votação são daqui a apenas dois dias, então pense depressa.

Matilde achava que ter que se casar com alguém que não escolheu era o pior destino que podia se abater sobre ela. Achava que entendia o que significava se sentir amarrada. Mas essa impotência é pior que a corda em torno de seus pulsos, e igualmente dolorosa. Esse é um jogo que ela não sabe como pode vencer.

Marren olhou para a bruxa ajoelhada à sua frente
e perguntou a ela se devolveria sua magia para o
Manancial. Esse poder, *disse ele,* nunca foi feito para
você.

―――

Ela disse apenas essas palavras:
Eu não posso devolvê-la. É parte de mim.
E então Marren fez seu milagre.
Sua espada entrou em chamas, brancas e calcinantes
e com o dom do Manancial, e ele usou o fogo
sagrado para extirpar a magia.

— O Livro do Eshamein Marren
2:5-10

CAPÍTULO 24
DEMAIS PARA POSSUIR

ÆSA ESCUTA OS homens discutirem à sua volta. Com o saco sobre a cabeça, ela não consegue ver quem são.

– Nós as trouxemos aqui em nome do Mão Vermelha – diz um.

– Eu não respondo ao Mão Vermelha – retruca outro. – E se essas são suas prisioneiras, então onde está ele?

Æsa não viu o Mão Vermelha em meio à fumaça em frente à loja. Quando um dos Caska cobriu seus olhos com o saco, ela não resistiu. Ela se sentiu pesada demais, chocada demais, para fazer qualquer coisa.

A discussão dos homens vira um borrão, tornando-se nada mais que uma sugestão delicada de silêncio, movendo-se para dentro e para fora dela como uma onda. Ela tenta se deixar levar por lembranças de casa, por uma sensação de dormência, mas o sussurro urgente de Jacinta a mantém ancorada.

– Se nos separarmos – diz ela, segurando as mãos amarradas de Æsa –, não diga nada a eles. Não mostre a eles…

– Silêncio, bruxa – ordena um dos homens. Jacinta se enrijece. Æsa não parece estar sentindo nada.

Lute, diz uma voz em sua mente, que lembra a de suas amigas. *Lute contra isso, Æsa.* Mas, toda vez que ela tenta, a magia em seu interior se torna monstruosa. Talvez a hora de seu ajuste de contas tenha chegado.

Elas são puxadas adiante, passos ecoando na pedra. Uma luz bruxuleante atravessa o saco, mas não é suficiente para ver muita coisa. Ela não sabe dizer se estão caminhando por uma prisão ou uma casa. Portas se abrem e se fecham rangendo. O chão muda de pedra para carpete macio. O cheiro de incenso penetra em sua falta de clareza. Lembra o cheiro de sua igreja em Illan em um dia de Eshamein. As palavras muito repetidas pelo pater Toth ressurgem: *Em mãos mortais, a magia se transforma em um vício e depois em um veneno.* Ela é um veneno. Willan disse a ela que uma coisa dessas não podia ser verdade, e ela queria acreditar. Mas ela matou aquele garoto Caska a sangue-frio. Pode vê-lo, batendo os punhos contra o muro de Sayer, mas é tarde demais para salvá-lo. Tarde demais para salvar a alma dela. Tarde demais.

Eles param. A luz é mais forte ali; o ar, mais limpo. Alguém está conversando em voz baixa, interrompida apenas pelo farfalhar de folhas. A dor oleosa no estômago de Æsa passou. Onde quer que estejam, ninguém está queimando veneno-de-bruxa. Talvez eles não estejam no covil dos Caska, afinal.

Por fim, uma voz ecoa pelo aposento, baixa e ressonante:

– Removam as vendas – diz um homem. – Vamos ver.

O saco é retirado. Æsa pisca pela claridade repentina. Fachos de luz descem como lanças, tornando difícil ver qualquer coisa além de formas douradas. Um teto abobadado aos poucos entra em foco, cercado de vidraças transparentes. Há apenas um tipo de construção em Simta onde o vidro não é colorido, deixando que os deuses vejam com clareza através deles. O coração dela, tão pesado, ameaça rachar.

Ela olha para a fileira de cadeiras à sua frente, com um grupo de homens em túnicas roxas. O do meio tem aproximadamente a idade de seu avô, e sua túnica é de um tom mais claro que as outras. O bastão dourado que ele segura brilha com a luz. A respiração dela fica embargada. Ela conhece aquele bastão, embora apenas de sermões e histórias. Antigamente um homem o usou para conjurar milagres antes de sua morte, transformando-se em um deus.

– Ajoelhem-se – diz um deles – diante do pontífice.

Æsa cai de joelhos. Jacinta é forçada a se ajoelhar por um Guardião. Há vários deles espalhados pelo salão, todos armados, embora eles também se ajoelhem, levando o punho às taças invertidas costuradas em seus uniformes. Os garotos Caska que as levaram até ali não estão em lugar nenhum.

– Então – diz o pontífice. – Parece que o Mão Vermelha finalmente nos mandou bruxas.

Há sussurros entre os Guardiões. Um dos homens sentados ao lado do pontífice fala em seu ouvido. Devem formar seu Conselho de Irmãos, seus conselheiros. Os olhares sobre ela são como uma dúzia de espadas ardentes.

– Por favor, pontífice – diz Jacinta, com a voz tímida e trêmula. Ela é uma atriz tão boa quanto Matilde. – Nós estávamos fazendo compras perto da loja do alquimista quando o incêndio começou. Havia uma multidão de pessoas, e alguns garotos simplesmente nos pegaram. Nós não sabemos nada sobre bruxas.

– Lembre-se de onde está, criança – diz o pontífice, apontando para os vidros transparentes. – E de que os deuses estão olhando.

Jacinta não recua.

– Este é um erro terrível. Eu juro.

O olhar do pontífice se dirige a Æsa, frio e avaliador. Ela mantém os olhos baixos sobre o carpete enquanto ele se aproxima. Ela espera, prendendo a respiração, que ele a condene. Esse homem que fala com os deuses, que fala por eles.

Dedos tocam seu queixo, dedos de pele muito macia.

– Não esconda o rosto, criança.

Seu tom de voz a pega de surpresa. Ele é cálido, quase paternal. Um facho de luz forte forma uma auréola em torno de seu rosto enrugado e sua cabeça calva.

– Esta é a casa dos deuses – prossegue ele. – Não há nada que eles não vejam.

Algo estremece dentro de Æsa.

– Mas ela também é uma casa de purificação. Você não quer que lavem seus pecados?

São as mesmas palavras que o pater Toth usava quando ela confessava seus pecados na caixa de sussurros da igreja. As transgressões que costumava confessar agora parecem tão pequenas. Cobiçar o que os outros tinham e ela, não; desejar coisas que não era capaz de nomear. Desde então, seus pecados se tornaram tão vastos quanto o oceano. Ela teme que nunca mais torne a se sentir realmente limpa.

Ele envolve o rosto dela com a mão.

– Vamos lá. Conte-me a verdade. Você roubou o Manancial?

Matilde disfarçaria. Sayer se recusaria a falar. Mas Æsa foi ensinada a reverenciar esse homem, que fala por tudo o que é sagrado. Sem dúvida, confessar para ele vai aliviar o peso da sua culpa.

– Eu pedi aos deuses para a tirarem de mim – sussurra. – Mas estava simplesmente... ali. Dentro de mim.

Ombros se enrijecem, sussurros são trocados. Jacinta lança um olhar em sua direção que lhe diz para parar de falar, mas Æsa continua:

– Eu nunca quis machucar ninguém. – Uma lágrima escorre pelo seu rosto. – Achei que pudesse controlá-la.

Ela achou que pudesse usar seu poder para o bem.

– Não é sua culpa. – A voz do pontífice tem a doçura de uma fruta prestes a ficar podre. – Você é uma mulher, portanto age pela emoção. Claro que não podia controlá-la. É um poder sagrado demais para você possuir.

Suas palavras fazem o rosto dela corar de vergonha.

– Você cometeu erros – prossegue ele, com olhos escuros e ardentes. – Mas os deuses ainda podem perdoá-la, se estiver disposta a lhes servir.

Sua respiração fica embargada.

– O que preciso fazer?

– Me dê o nome das outras bruxas. Em especial daquelas que têm se escondido em meio às Grandes Casas.

Ela é tomada pelo medo.

– Eu... Não posso.

Ela está disposta a aceitar sua punição, mas não vai entregar as outras garotas.

– Você acha que eu vou machucá-las? – O pontífice sorri, indulgente. – Eu conheço as histórias das velhas senhoras sobre o que paters costumavam fazer com bruxas. Mas os arquivos da igreja contêm outras histórias e outras alternativas. Não há necessidade de machucar uma garota com magia nas veias.

A cabeça de Æsa está girando.

– O que o senhor quer dizer com isso?

Ele se inclina mais para perto.

– E se eu lhe dissesse que existe um jeito de extrair a magia? Um jeito de separá-la de sua carne mortal?

Nesse momento, ela quer acreditar nele. Se pudesse arrancar essa coisa de si e entregá-la a esse homem, ela faria isso.

– Nós não vamos matar suas amigas, criança – sussurra o pontífice. – Vamos apenas pegar de volta o que elas roubaram.

A voz de Jacinta sai baixa e tensa:

– Você é um mentiroso.

A expressão paternal dele azeda.

– Você ousa me questionar?

– Ele não pode tirar sua magia, Æsa. – Os olhos de Jacinta estão sobre ela, transbordando de emoção. – Ela é parte de você. É um dom, e é inteiramente seu.

– A magia é sagrada – diz o pontífice, fervendo de raiva. – Garotas como vocês a transformam em veneno.

– Esses homens são o veneno. – Um dos Guardiões tenta conter Jacinta enquanto ela se arrasta na direção de Æsa. – Não deixe que eles lhe digam quem você é. Lembre-se das outras garotas. Lembre-se...

O pontífice dá um tapa em Jacinta. O som reverbera por Æsa, arracando-a do que parecia ser um transe.

Jacinta cai sobre o tapete, com sangue escorrendo pelo rosto. O pontífice se vira, voltando-se de novo para Æsa, como se ela não estivesse ali. O que ela pode fazer? Ela não sabe, mas esse homem não parece mais sagrado. Nada em relação a isso se parece com a vontade de um deus.

– Eu sei que você quer servir o Manancial – diz o pontífice. – Você não quer continuar a envenenar um poder que na verdade nunca foi seu.

Isso não é dito como uma pergunta, mas uma resposta, passando por cima de qualquer outra que ela pudesse ter. Ele parece Enis quando disse que eles tinham sido feitos um para o outro, com o homem no salão de baile de Leta que ordenou que ela dançasse com ele. Homens diferentes, mas suas palavras serviam ao mesmo propósito. Dizer a ela quem é, para o que ela serve. Abafar sua voz.

Mas esse homem fala pelos deuses. Teria razão sobre ela, sobre elas? Os olhos de Jacinta estão de novo sobre ela, muito brilhantes: *Lembre-se das outras garotas. Lembre-se.* Ela pensa nas filhotes, corajosas e esperançosas. No sorriso astuto de Matilde, na risada de Sayer e na mão de Fen, unindo as quatro juntas. Tornando-a forte o bastante para deter aquela onda e salvar todos eles.

Ela diz a palavra que estava crescendo dentro dela:

– Não.

O rosto do pontífice fica vermelho.

– O que você disse?

– *Não*. Faça o que quiser comigo, mas não posso dar ao senhor o que quer. Não darei.

Os irmãos murmuram entre si. O rosto do pontífice fica tenso.

– Você sabe que eu tenho outros meios de conseguir o que quero. E eles são dolorosos.

O medo se espalha por ela, mas as sheldars de antigamente eram corajosas. Ela ainda quer acreditar que pode ser uma delas.

– Certo – diz o pontífice. – Vou dar a você uma noite para pensar. Enquanto isso... – Ele aponta para Jacinta. – Ela vai ser submetida à inquisição.

Alguns Guardiões se aproximam e colocam Jacinta bruscamente de pé. Os olhos dela brilham de medo.

– Esperem – grita Æsa. – Eu...

– Não – diz Jacinta. – Eu consigo aguentar.

O que ela pode fazer? Há muitos Guardiões, todos armados, e nenhuma água para invocar. Nenhuma Ave Noturna para ajudá-la a ganhar força.

– Amanhã é a Noite Menor – diz o pontífice. – Darei a você até a manhã seguinte para fazer sua confissão. Se fizer isso, os deuses vão ser piedosos. Se não, vou executar esta bruxa. O destino dela está em suas mãos.

Enquanto dois Guardiões a arrastam dali, passando por corredores e através de uma série de túneis escuros, Æsa leva a mão ao cabelo. Um pedaço de vidro do mar ainda está ali, enterrado fundo no meio de uma trança que ela fez dias antes. Ela o esfrega com força, fazendo um desejo.

Faça de mim uma sheldar. Ajude-me a encontrar um jeito de salvar todas nós.

Em tempos antigos, dizem, Eudea era cheia de criaturas aladas. Dragões furiosos, fênices ferozes, grifos poderosos e pégasos graciosos. Elas eram cobiçadas: afinal, quem entre nós nunca sonhou voar? Muitos as caçaram com mão, corda e lança, querendo para si seu poder, querendo possuí-las. Mas criaturas aladas não aguentam o peso de correntes.

— INTRODUÇÃO DE
Um compêndio de criaturas eudeanas antigas,
POR KRASTAN PADANO

CAPÍTULO 25

NOVAS REGRAS

O **QUARTO DE TORRE** em que trancaram Matilde é uma zombaria. Ele tem uma cama de casal macia, coberta com sedas de Teka, mas aí terminam todos os confortos. As paredes não são de papel liso, mas de pedras brutas parcialmente cobertas por tapeçarias desbotadas pelo sol. Não é uma cela, mas ainda é uma prisão. Cheira a mofo, poeira e medo.

Ela está de pé junto da janela. Não há grades, mas só alguém com asas poderia escapar por ali. Ela está em uma das torres finas e altas do Palácio Alado, alto o bastante para que ninguém lá embaixo a escute. As pessoas entrando e saindo do palácio parecem insetos. Nenhuma delas olha para cima. Ela está sozinha.

O céu é o típico anoitecer do verão simtano, cheio de nuvens roxas e sangrentas. Ela pode ver a maior parte da cidade, das Esquinas até as Bordas. Do outro lado da água, ela pode ver um homem das mariposas enchendo lanternas no Distrito dos Jardins, trabalhando como se nada tivesse mudado.

Seu peito arde de frustração. Seu estômago se torce e retorce. Eles deixaram um braseiro aceso com veneno-de-bruxa o dia inteiro em

AVES NOTURNAS

frente à porta, roubando sua magia. Mesmo que pudesse usar o dom da Pintassilgo para mudar de forma, ela não tem a habilidade de Fen para abrir fechaduras. Enfim, como poderia fugir quando Epinine está com sua família? Ela não pode arriscar que eles sejam feridos outra vez por sua causa.

Matilde não quer ser usada como um peão no jogo de Epinine, nem no de qualquer outra pessoa. Ela quer saber o que está acontecendo na cidade lá fora. Para onde aquela carruagem levou Æsa? Sayer e Fen estão em segurança? E Alec também? Depois da inundação, para onde foram as filhotes? Se a suserana sabe algo sobre as garotas do Subterrâneo, ela não disse nada. Mas seu segredo agora foi revelado, ainda mais depois do que ela fez em frente à loja de Krastan. A história tem tudo para se espalhar como um incêndio florestal.

Ela fecha os olhos, tentando pensar, mas está cansada demais. Quando foi a última vez que dormiu? Ela passou horas tentando conjurar um plano que proteja tanto as Aves Noturnas quanto sua família, mas não tem ideia do que fazer.

À sua esquerda, há um rangido baixo. Seus olhos se arregalam quando uma das tapeçarias se mexe. Ela se afasta da parede como se houvesse um fantasma se mexendo por trás. Matilde cerra os punhos.

Dennan sai de trás da tapeçaria. Seu cabelo está despenteado; os olhos, brilhantes e febris.

– Como? – Isso é tudo o que ela consegue dizer. O ar parece ter deixado seus pulmões. Seu coração é um pássaro selvagem e frenético.

Ele dá um passo, devagar.

– Eu costumava brincar aqui quando era criança. Epinine nunca quis se juntar a mim, então não conhece os antigos corredores dos criados, que se estendem entre os quartos.

A emoção se agita dentro dela. Ela está cansada demais para esconder.

– Por que não usar a porta principal? Imagino que esse é o jeito tradicional para um carcereiro que quer falar com a prisioneira.

Ele franze o cenho, confuso.

– Você tem que saber que também sou prisioneiro dela.

Seus olhos cor de crysthellium são muito sinceros. Ela fica esperançosa. Será verdade ou mentira?

A voz dele sai tensa:

– O que Epinine contou a você?

– Que foi você quem indicou onde nos encontrar. Você e seu pássaro.

– Ela mencionou o que fez comigo para conseguir essa informação?

Matilde o reavalia. Ele parece bem, não tem nenhum machucado.

– Não parece que ela teve que bater em você para conseguir isso.

– Ela podia ter me espancado até ter virado uma polpa e mesmo assim eu não teria revelado esse segredo.

A respiração dela vacila. O que ele está dizendo?

Dennan passa a mão pelo cabelo.

– Ela me chamou ao palácio ontem à noite. Não achei prudente não aparecer. Por estupidez, bebi o vinho que ela me ofereceu. O soro da verdade que ela botou dentro dele era forte, acho que do tipo que a igreja usa. Dói mentir, mas eu *tentei*, Matilde. Eu tentei. Nunca quis que ela encontrasse você. – Há uma pausa carregada. – Diga que você acredita em mim.

Ela costumava ser muito boa em distinguir fingimento de sinceridade, mas agora não confia mais em si mesma.

– Não sei se posso.

Um músculo da mandíbula dele se contrai.

– Por que eu teria ido alertá-la sobre Epinine tantas noites atrás? Ou ajudar você a escapar do Clube dos Mentirosos, afinal de contas, se eu estivesse apenas planejando entregá-la?

O peito dela agora está em chamas.

– Então por que você me deu a droga daquele pássaro?

Ele se encolhe ao ouvir isso.

– Eu só queria ser capaz de manter contato. Jurei para mim mesmo que nunca o usaria para seguir você. Mas, droga, Matilde, talvez eu devesse ter feito isso. – Há uma variação em sua voz, agora cheia de frustração. – Por que você não me procurou quando o En Caska Dae atacou sua casa? Eu podia ter protegido vocês.

– E como você teria feito isso? – diz ela, lançando as mãos ao alto. – Nos escondendo embaixo da mesa do clube de onde tínhamos acabado de escapar?

Em vez disso, ela foi em busca de Krastan, porque sabia que ele ia ajudá-la. Agora não vai ver nunca mais seu rosto sorridente.

O queixo dela estremece. Ela devia conter seus sentimentos, mas está cansada de jogos, cansada demais para vestir máscaras.

– Aquele pássaro não me entregou simplesmente. Ele destruiu vidas. – Ela contém o choro. – Pessoas morreram.

Dennan fecha os olhos. A luz moribunda do sol pinta seu rosto de um âmbar brilhante. Ele parece tão cansado quanto ela.

– Nada disso devia ter acontecido. Eu nunca quis ver você presa desse jeito.

Mesmo assim, ali está ela, uma ave engaiolada.

Na verdade, de certa forma, ela sempre foi isso. Alec disse a ela uma vez que ela vivia em uma gaiola dourada, e ela não acreditou nele. Agora sabe que estava perto demais das barras para vê-las. Apaixonada demais por seu brilho.

A pergunta de Alec no Subterrâneo ressurge: *Você voltaria a ser uma Ave Noturna?* Ela não tinha certeza antes, para ser honesta. Mas agora ela sabe que não há volta. Não para ela.

No silêncio, Dennan diminui a distância entre eles. Ele toca sua mão, que ela não afasta. Em vez disso, pensa naquela noite em que ele foi ver a Pintassilgo, sabendo que era ela por trás da máscara. Ele não lhe pediu um beijo. Em vez disso, deu uma coisa para *ela*, então foi embora e a deixou decidir o que fazer.

O que foi que ele disse no clube? *Eu não quero comprar seu favor. Quero conquistá-lo.* Ele nunca quis forçá-la a nada, como Epinine. Ou sua família, pressionando-a a se casar, a ser uma boa garota – uma garota quieta.

– Epinine está com minha família – murmura ela. – Ela vai machucá-los se eu não der a ela o que quer.

– E você vai dar?

Ela olha para ele.

– Parece que não tenho muita escolha.

– Há sempre uma escolha. – Dennan passa os dedos calejados sobre os dela. – Você me perguntou uma vez o que eu realmente queria. Então me diga: o que você quer, Matilde?

O ar úmido zumbe em torno deles, pronto para confissões. Em algum lugar entre as nuvens, um pássaro pia.

– Quero que ninguém possa me machucar – sussurra ela. – Nem minha família, nem meus amigos. Estou cansada de fugir. Quero garantir que nunca mais tenha que fazer isso outra vez.

O polegar dele acaricia seu rosto, enxugando uma lágrima.

– Está bem, então.

Atônita e ferida, ela dá um passo para trás.

– O quê?

– Eu falei sério sobre tudo que disse a você. Eu quero ser suserano. Quero trazer a magia para a superfície. Eu ainda posso conseguir a maioria dos votos na Mesa, se conseguirmos derrotar Epinine antes que aconteça a votação.

Parece ter sido anos atrás, em vez de horas, que ela discutiu com Alec e os outros sobre como Dennan podia ser sua melhor chance de ficarem a salvo. Que, com ele como suserano, garotas como elas teriam um destino melhor. Ela ainda acredita nisso?

Ela limpa a garganta.

– Você tem um plano?

Ele assente.

– O princípio de um. Mas ele não vai funcionar sem você.

Sua cabeça rodopia enquanto ele lhe conta seu plano, vendo possibilidades e riscos. Juntos, eles começam a pensar em uma saída. Quase chega a parecer como era, anos atrás, quando eles brincavam juntos, criando jogos grandiosos e mundos novos.

O que sua avó faria? Ou Leta? Aves Noturnas devem seguir as regras e usar máscaras. Mas essas regras não a protegeram, nem a Æsa nem a Sayer. Talvez seja hora de criar novas regras.

– Preciso ir – diz Dennan –, antes que os guardas tragam nosso jantar. Eu volto depois.

Ele se vira para ir embora. O coração surrado dela começa a acelerar.

– Dennan, espere.

Ela não sabe o que pretende até estar diante dele. Ela ergue o queixo e pressiona os lábios nos dele. Seus braços a envolvem, puxando-a para perto. Sua boca devora a dela. Ela se esquece de tudo, menos da sensação de sua língua se esfregando na dela. Alec passa pela sua mente, despertando tristeza, culpa e confusão. Ela ignora. Nesse momento, precisa desse fogo intoxicante.

Os lábios de Dennan descem por seu pescoço e passam por sua clavícula. Quando voltam a se unir com os dela, sua respiração são arquejos. Sua magia não se manifesta, com o veneno-de-bruxa queimando, mas há liberdade em beijar alguém livre dela. Isso a lembra que não está sozinha, não mais.

Ele se afasta, respirando com dificuldade.

– O que fiz para ganhar tal favor?

Você me deixou escolher meu próprio caminho.

Ela sorri.

– É essa cicatriz nos seus lábios. Eu sempre quis beijar um pirata.

Ele ri, e parte da dor dela desaparece com isso. Com ele ao seu lado, talvez ela ainda possa vencer.

PARTE IV

Asas
Bem
Abertas

–A Suserana Epinine Vesten–

CORDIALMENTE O CONVIDA
PARA O

BAILE DE MÁSCARAS
DA NOITE MENOR

COMEÇANDO AO ANOITECER E
TERMINANDO AO AMANHECER.
O TEMA DESTA NOITE MENOR É
LEGADO.

VENHA VESTIDO EM HOMENAGEM
À CASA QUE O FORMOU,
À TERRA QUE O FEZ
–OU–
AO NOME SAGRADO QUE CARREGA.

CAPÍTULO 26
VENENO DISFARÇADO DE ALGO DOCE

MATILDE CAMINHA PELO corredor atrás de um dos guardas de Epinine. É um alívio sentir sua magia novamente em vez da náusea vazia do veneno-de-bruxa. Seu poder não pode ser contido se Epinine vai prová-lo. Isso mostra como a suserana acha já ter vencido.

Eles param nas mesmas portas de dragões verdes às quais ela foi conduzida na manhã da véspera, quando chegou ao palácio. O guarda bate, e uma voz sai flutuando:

– Entre.

O salão parece igual à última vez que ela esteve ali, exceto que agora é noite. As velas projetam sombras estranhas sobre as paredes violeta. Dessa vez, não há comida na mesa comprida e lustrada. Apenas uma máscara branca e cintilante ao lado de três taças de cristal cheias. Matilde se pergunta para quem seria aquela terceira taça.

Epinine está vestida para matar, parecendo um dos dragões que são o símbolo da Casa Vesten. Seu vestido é feito de escamas de couro sobrepostas em cores que vão de giz pálido a osso velho. Um belo babado de tule projeta-se de sua gola, rígido como uma asa; ela parece impenetrável. Matilde ordena que seus nervos permaneçam imóveis.

– Belo vestido – diz, tentando soar entediada. – Você fica bem de réptil.

Epinine franze os lábios.

– Não faça bico só porque você não foi convidada.

Matilde ainda está usando o vestido dourado com o qual a criada a vestiu quando chegou ali. É uma fantasia também, permitindo que Epinine finja que Matilde está ali de livre e espontânea vontade. Duas amigas bebendo vinho, conspirando juntas.

Matilde finge fazer uma mesura.

– Como quiser, minha suserana. Seu desejo é uma ordem.

Epinine gesticula para que ela se sente. Matilde faz isso, embora duvide que consiga ficar parada. Seu coração está acelerado, mas ela não pode permitir que Epinine sinta sua urgência. Ela precisa usar sua máscara mais convincente.

– Vamos fazer um brinde – diz Epinine. – A nós e ao futuro.

Matilde ergue a taça, mas não deixa que ela toque seus lábios.

– Agora – diz Epinine. – Eu marquei uma reunião com alguns membros das Grandes Casas da Mesa mais tarde esta noite, depois que eu der início ao baile. Eu disse a eles que você está sob meus cuidados, mas eles vão querer uma prova.

Matilde assente.

– E é aí que entram meus beijos.

Epinine sorri, ostentando dentes brancos por trás de lábios escuros.

– Eles vão querer saber sua localização, é claro. Mas a essa altura você já vai ter saído de Simta, escoltada para um lugar seguro. Com o tempo, as outras Aves Noturnas vão se juntar a você lá.

Matilde contém a vontade de tocar seu pingente. Está começando a se sentir tonta.

– E minha família?

Epinine bate as mãos de ossos elegantes.

– Ah, é! Sobre isso. Tenho uma surpresinha para você. Uma coisa para deixá-la mais segura a respeito de nossa amizade.

Ela pega um sininho e o toca. As portas nos fundos do salão se entreabrem, revelando uma das criadas de Epinine e uma mulher...

O coração de Matilde fica preso na garganta. É sua avó.

Ela está usando um vestido azul-escuro, e permanece composta e régia como sempre. Mas parece diferente do que Matilde se lembra, está mais magra. Seus olhos, bordejados de vermelho, parecem um pouco selvagens.

Matilde se levanta em um instante, percorrendo a distância entre elas. A avó a toma nos braços, puxando-a para perto.

– Vovó – sussurra ela. – Eu achei... Eles machucaram você?

A avó respira de maneira trêmula.

– Eu não sou tão fácil de quebrar.

A avó também está com um cheiro diferente, mais parecido com pedras, e não com as flores de seu jardim. Matilde não havia percebido quanto sentia falta dela. Ela não quer soltá-la nunca mais.

– Sinto muito – sussurra Matilde. – Por tudo.

A avó a abraça mais apertado.

– Eu também, querida. Eu também.

– Pronto – diz Epinine. – Viu, eu sou uma mulher de palavra. Ela está em segurança. E, se você se comportar, o resto de sua família vai continuar assim.

Matilde hesita, como se ainda estivesse se decidindo.

– Eu vou lhe contar como encontrar as outras Aves Noturnas. Mas não esta noite.

Epinine ergue a sobrancelha.

– Você por acaso acha que está em posição de barganhar?

Matilde empina o nariz.

– Minha magia não pode ser tomada à força: ela deve ser dada livremente. Se você a quer antes de sua reunião, então, sim, estou.

A avó passa dois dedos pela palma. *Voe com cuidado.* Matilde aperta sua mão.

– Está bem. – O olhar de Epinine, geralmente frio, torna-se sedento. – Venha aqui, então.

Ela caminha até a suserana, curvando-se diante dela. Epinine ergue seu rosto, olhando para os lábios de Matilde. Ela nem a está vendo – não de verdade. Está concentrada no dom que o beijo dela vai lhe conceder. Como todos os clientes, ela vê Matilde como um copo do qual beber. Mas, esta noite, ela não é apenas um recipiente bonito. Ela é veneno disfarçado de algo doce.

FASTEN

Isso não vai ser nosso fim, vai?

GULE

Não. Ele sabia demais, por isso lhe fiz uma visita.

FASTEN

E como você silenciou a língua em sua cabeça?

GULE

Eu fui suplicando piedade, então o matei.

— PARTE 3, ATO IV DAS
COMÉDIAS SIMTANAS

CAPÍTULO 27
O COVIL DO DRAGÃO

S AYER SOBE A escada do palácio, tentando não tocar em sua máscara. O tecido cor de fumaça deixa apenas sua boca e seu queixo visíveis, mas ela ainda se sente mais exposta do que gostaria.

A maior parte de Simta vai ficar acordada até tarde, celebrando a noite mais curta do ano com citrino gelado e cerveja de verão. As pessoas no Grifo costumam usar máscaras baratas na Noite Menor, feitas para parecerem criaturas míticas. Mas não esse grupo: aqui as máscaras são feitas de coisas mais sofisticadas. Ela não devia se surpreender por tantos lordes e ladies das Grandes Casas terem ido à festa da suserana, apesar do apoio dela à investigação realizada pela igreja. Eles escondem seus verdadeiros sentimentos por trás das máscaras, como sempre. Esta noite, ela também faz isso.

Os convivas todos estão usando fantasias feitas para celebrar seu legado. Barbatanas cintilantes foram costuradas em jaquetas, e flores, arranjadas em penteados elaborados. A de Leta é brilhante e emplumada: um cisne preto, o símbolo de sua Casa. Embora, vestida de preto, ela também pudesse ser um corvo. O vestido de Sayer fala de um legado cujo significado ninguém ali sabe. Diáfano e solto, é cinza-escuro como uma tempestade de nuvens e sombras. Uma pequena capa cinza cintilante cai sobre suas costas, dividida de modo que quase se pareça com asas.

Sayer avista alguém em uma máscara de raposa. Não é Fen – ela está em uma missão particular esta noite –, mas seu coração ainda dá uma pirueta. Elas mal se falaram desde quando estiveram na estufa de Leta. Na noite passada, deitada acordada, Sayer sentiu a dor torturante de todas as coisas que ficaram não ditas entre elas. De algo perdido que ela não tem certeza de poder recuperar.

Leta toca seu braço.

– Está pronta para entrar no covil do dragão?

Sayer franze o cenho.

– Ainda acho que devíamos ter seguido o meu plano.

Leta ergue uma sobrancelha acima de sua máscara.

– O de quebrar e pegar? Não é muito elegante.

– Foi Alec que sugeriu quebrar – murmura ela.

Sayer só queria se misturar às sombras, entrar escondida no Palácio Alado, encontrar Matilde e tirá-la de lá. Simples. Ela não sabe por que precisa se vestir desse jeito e fingir.

Leta ri, interpretando um papel para qualquer um que possa estar observando.

– Seu plano era temerário. Você não tem ideia do que vamos encontrar aí dentro.

A Madame Corvo falou com os lordes das Grandes casas na Mesa, que lhe contaram que Epinine está mantendo Matilde como refém. Ela pretende usá-la para garantir que a votação de amanhã seja a seu favor. A Madame Corvo garantiu a eles que ia resgatar Matilde antes que isso acontecesse, e eles garantiram a ela que votariam contra Epinine. Vão eleger um novo suserano, alguém que vai proteger a família Dinatris e as Aves Noturnas. Tudo parece resolvido, mas Sayer não consegue engolir aquilo.

Os lordes das Casas falaram sobre acertar as coisas – deixá-las como estavam antes. Mas, depois de revelados, alguns segredos não podem voltar a ser enterrados. Agora, a igreja sabe que existem garotas com magia. Os garotos Caska que escaparam do Subterrâneo contaram ao pontífice o que viram? Muitas pessoas viram Matilde domar o fogo em frente à loja de Krastan – centenas de pessoas. O relato já está percorrendo Simta mais rápido que um canal transbordando. Ela não tem dúvida de que os lordes das gangues o ouviram, garotos como Gwellyn, que já desconfia que Sayer tem magia. Homens que vão querer tentar engarrafar essas riquezas e usá-las para seu próprio benefício. Aqueles que não cobiçarem essas garotas vão temê-las – até caçá-las.

As filhotes estão à solta, e mais vulneráveis que nunca. Votar em outro suserano rico nascido nas Grandes Casas e apaixonado pelo *status quo* não vai mudar isso.

– Eu sei que você não gosta de trabalhar com os lordes das Casas – diz Leta. – Eu também não gosto disso. Mas nossa prioridade nesse momento é garantir a segurança das garotas. Precisamos tirá-las de vista e de problemas enquanto ainda pudermos.

Sayer exala bruscamente.

– Mas ainda não vejo por que tivemos que vir ao baile.

– O palácio vai estar cheio de convidados mascarados entrando e saindo – diz Leta. – Se você for pega em algum lugar onde não devia estar, pode dizer que se perdeu. Além disso, nós não sabemos os tipos de precaução que eles tomaram. É melhor circular à moda antiga e avaliar a situação de dentro.

Ela tem razão, Sayer sabe disso. Epinine pode ter colocado veneno-de-bruxa queimando nos corredores, misturado nas bebidas... em qualquer lugar. Parece provável que ela saiba sobre a erva. De que outra maneira poderia ter impedido Matilde de trocar de rosto e escapar por conta própria? Mas, na verdade, pode haver outra razão. Ninguém sabe onde estão os Dinatris. Eles desapareceram, assim como Dennan Hain. Leta desconfia que a suserana está com a família de Matilde e vai usá-la para garantir que ela faça sua vontade. Informantes de Leta e Fen no palácio não a viram, mas ouviram murmúrios sobre uma garota trancada em uma das torres.

Sayer cerra os punhos. Elas não têm como ter certeza de que Matilde ainda esteja ali; até onde sabem, Epinine pode tê-la tirado de Simta. Sayer não tem como saber. Tudo o que pode fazer é torcer para encontrar Matilde em meio à loucura. Esta noite, Sayer vai tirá-la dessa confusão.

Elas estão quase no alto da escada de pedra pálida, onde há alguns guardas à espera. Esta festa provavelmente vai estar cheia de Guardiões. É a outra razão pela qual Sayer não pode simplesmente se transformar em sombra e entrar. Ela não sabe se os Salukis podem farejar seu tipo de magia, mas não quer correr o risco de ser pega por eles enquanto estiver invisível. Melhor caminhar com a aparência de uma garota comum.

Leta a toca novamente.

– Sorria, querida. Agora não é hora de parecer uma víbora.

Sayer tenta parecer entediada enquanto examinam seus convites.

– Bem-vindas – diz um dos guardas, tomando uma nota em seu registro. – Os Guardiões vão examiná-las antes de entrarem.

Ela vai para onde ele aponta, cerca de dez passos para dentro do foyer alto. É um esforço não emitir uma expressão de susto com o que vê. É o Guardião do Clube dos Mentirosos – o que quase as encontrou embaixo da mesa de Dennan. Deve ser ele. Ela reconhece sua cachorra, malhada e branca, que ergue o focinho esguio, farejando o ar na direção dela. Será que pode farejar sua magia mesmo que ela não a esteja usando?

– Sério? – diz Leta enquanto o Guardião a revista. – Isso é mesmo necessário?

– Infelizmente é – diz ele. – A suserana e o pontífice exigem.

Sayer mantém o rosto impassível enquanto o Guardião a revista. Uma gota de suor escorre por sua espinha. Seus olhos a examinam, mas ele não a reconhece; nem sequer chegou a vê-la. Seu Saluki gane outra vez, agora mais alto.

A expressão do Guardião se fecha.

– Se tem alguma coisa ilícita com você, é melhor me entregar.

Sayer decide rir, leve e alto.

– Ah, droga, eu esqueci.

Ela abre a bolsa e pega o peixe seco que escondeu ali.

– Sempre trago isso comigo. Meus cachorros adoram.

A Saluki ainda a está farejando, não o petisco, mas o Guardião não percebe. Ele está ocupado demais sorrindo para ela.

– Uma garota atrás de meu próprio coração.

Então elas entram, empurradas para a frente pela multidão, para longe dos olhos do Guardião. Sayer solta uma respiração longa e baixa.

Ela não consegue deixar de ficar impressionada com sua primeira visão do interior do Palácio Alado. O teto abobadado do salão de recepção é azul como o céu de verão, cheio de pinturas de criaturas aladas. Elas olham para ela com olhos enervantes, mas elas não sabem o poder que ela tem. Ao contrário de Matilde e Æsa, sua identidade ainda é um segredo, pelo menos para as pessoas elegantes ali.

Leta pega uma taça de espumante em uma bandeja, segurando-a diante dos lábios.

– Está sentindo alguma coisa?

Ela quer dizer veneno-de-bruxa. Sayer respira fundo.

– Não. Estou me sentindo bem.

Leta, então, puxa Sayer para perto. Sua máscara de cisne se aperta contra a de Sayer.

– Encontre-a – sussurra ela. – E voe com cuidado de volta para mim.

Sayer engole o estranho nó em sua garganta.

Depois, ela se vira e entra sinuosamente pela da multidão e pelo imponente Salão da Compostura, passando por velas que tingem o espaço de um ouro-rosado. Há pinturas e espelhos ao longo das paredes, assim como guardas palacianos e mais Guardiões. Conversas ecoam no piso de mármore.

Ela respira fundo e vasculha, tentando encontrar aquele fio que a conecta a Matilde. Ela não sente isso há dias, talvez porque as outras garotas não estejam perto o bastante, ou porque foram drogadas com veneno-de-bruxa. Ela se preocupa que seja porque estão feridas, ou pior... mas não. Matilde está bem. Sayer só precisa se esforçar mais.

Algo a toma pelas costelas, cheio daquele reconhecimento formigante. Isso parece chamá-la e conduzi-la. Ela o segue pelo Salão da Compostura, passa pelo salão de baile, que está se enchendo rapidamente, e se dirige à extremidade mais distante. Há guardas ali postados, com a nítida missão de impedir que alguém penetre nas camadas internas do palácio. Sayer só precisa encontrar um lugar reservado para se transformar em sombra.

Regressando, ela acha uma porta que leva para o que parece ser uma sala de estar. Uma cortina pesada envolve uma arcada ao longo de uma parede. Leta disse a ela que aqueles nichos estão espalhados por todos os salões públicos do palácio, um espaço feito para a oração. Ela só espera que não haja ninguém naquele.

Ela entra em um espaço misericordiosamente vazio. Uma única vela queima em uma arandela na parede, emoldurada com asas, projetando sombras dançantes. De olhos fechados, ela se prepara para desaparecer dentro delas.

Mas então uma voz chega por trás:

– Olá, estranha adorável.

Ela gira, com o coração acelerado, e vê o Guardião das portas do palácio.

– Lembra de mim?

O pânico se agarra às costelas de Sayer, mas ela força um sorriso.

– O que tem uma cachorra bonita.

– Isso mesmo. – Ele se encosta em um dos lados do espaço de oração. – Meu turno acabou de terminar e vi você entrar aqui. Talvez eu implore por uma dança quando a festa começar.

Ela tenta parecer relaxada.

– Você não se preocupou que talvez interrompesse minhas orações?

– Na verdade, não. – Ele dá um sorriso malicioso. – Ninguém se esconde nessas festas para fazer algo tão casto quanto falar com os deuses.

Ela contém uma resposta afiada, tentando parecer um pouco ofendida.

– Talvez devessem tentar. Um pouco de oração nesses *tempos* cairia bem, não é mesmo?

Sayer espera que seu tom de voz repreensivo faça com que ele se afaste, mas ele só se aproxima mais.

– Algo me diz que a senhorita não é tão devota quanto parece, milady.

Antes que ela possa responder, ele agarra a mão dela e a puxa em sua direção. Lábios e dentes colidem com os dela. Toda a razão lhe escapa, e tudo o que ela quer é que esse garoto a solte. Então ele faz isso, os olhos arregalados quando um vento forte o empurra contra a parede do nicho.

– Você – diz ele de um jeito sufocado, ficando de rosto vermelho. Ela o envolveu com faixas de ar, assim como fez com seu senhor muitas noites antes. – Você...

– Não estou interessada – diz ela. – E você saberia se tivesse se dado ao trabalho de perguntar.

O Guardião abre a boca, mas ela concentra sua magia em torno de si, formando uma bolha de ar invisível. Ela praticou isso com Rankin no Subterrâneo. Ele ia gritar, mas sua bolha enfraqueceu o berro e o conteve. Quando o Guardião tenta, tudo o que ela escuta é um suspiro.

– Wren? – diz alguém do outro lado da cortina. – Você está aí dentro?

O Guardião se debate.

Dez infernos, ela não tem tempo para isso.

Sayer sabe que as faixas de ar não vão aguentar, a menos que fique ali segurando-as, mas ela não pode ser encontrada com ele assim. Ela se concentra, fazendo seu corpo desaparecer nas sombras. O Guardião parece prestes a passar mal.

Passos chegam mais perto, mais perto, mais perto.

A cortina é aberta por outro Guardião com um cachorro.

– O que você está fazendo aqui? – pergunta. – Achei que íamos nos encontrar perto do...

Ele se cala ao ver o amigo lutando contra algum tipo de barreira invisível. Sayer se afasta, tentando não emitir som. O novo Guardião entra, chegando a centímetros dela. Ela prende a respiração, com o coração na boca.

O Saluki puxa a guia, farejando com força. Ele está olhando direto para Sayer.

Ela precisa sair dali.

O cachorro rosna, e o controle dela vacila. O Guardião ergue um dedo trêmulo na direção dela.

Ele engasga.

– É uma bruxa.

Sayer sai correndo, voltando para o salão principal, assegurando-se de que esteja invisível. Mas de que adianta ser uma sombra em um salão lotado? Ela serpenteia por ele o mais rápido possível, fazendo uma careta cada vez que esbarra no corpo de alguém. Ela não pode ser apanhada ali desse jeito. E não vai.

– Para trás, saiam da frente.

Ela arrisca olhar para trás e vê os dois Guardiões seguindo em sua direção. O cachorro está com o focinho para o alto, farejando atentamente. Será que ele pode perceber seu cheiro em meio a todas aquelas pessoas? Para seu horror, parece que sim. Ele puxa o Guardião pelo salão bem na direção dela. Sayer se estica para ver por cima das cabeças ao seu redor, tentando decidir para onde ir. Há guardas em frente a toda a porta que os convidados não devem usar. A entrada da frente está cheia de gente: ela não pode voltar por aquele caminho. Ela não vai embora antes de encontrar Matilde. Os Guardiões estão chegando mais perto a cada segundo. Ela hesita.

Sayer se vira, colidindo com uma mulher de roxo.

– Barnaby! – grita a mulher para o homem ao seu lado. – Você quase me derrubou.

Ele franze o cenho.

– Você está louca? Não fui eu.

Ela se afasta, apressada, tão focada em não esbarrar em mais ninguém que não percebe que entrou no salão de baile até a luz mudar. Ela olha ao redor, tentando encontrar alguma porta lateral, alguma escapatória, mas não há nenhuma. O Saluki late outra vez às suas costas, perto demais.

Sayer olha a tempo de ver alguém repreendendo os Guardiões. Um guarda palaciano está nitidamente dizendo a eles para pararem de criar uma cena. O Guardião em que ela usou sua magia, ainda com o rosto vermelho, está apontando na direção dela. O guarda do palácio não parece impressionado nem afetado. Então eles são forçados a deixar o salão de baile. Quanto tempo vai levar, porém, para explicarem o que viram para um pater... talvez até mesmo para o pontífice? Quanto tempo ela tem antes que eles soem o alarme?

Ela precisa tirar Matilde daquele palácio antes que isso aconteça.

Então, no alto do palco, a música começa.

"O mundo é o que é", diz a garota. "Não posso tornar algo real só por imaginá-lo."

"Naquele outro mundo, talvez", diz Brown Malkin. "Mas, aqui, pensamentos têm o poder de mudar o curso dos rios. As mentes de outras pessoas também, se você conseguir domar seus rios."

— TRECHO DE
AVENTURAS NO LADO INFERIOR

CAPÍTULO 28
DOMANDO RIOS

A NOITECEU, PENSA ÆSA, embora o calor do dia ainda resista. Ele a abraça como um casaco velho e opressivo. É difícil dizer ao certo há quanto tempo ela está naquela cela, mas acha que foi uma noite e a maior parte de um dia. Os Guardiões a levaram para o que ela supõe ser a infame Prisão do Maxilar. Uma vez, Matilde lhe contou que eles têm um setor especial apenas para violadores da Proibição, mas de algum modo ela nunca o imaginou tão úmido. *Ele fede*, pensa Æsa, *como o Subterrâneo apodrecido*. É como se alguma coisa tivesse rastejado para o interior de uma pedra oca e morrido.

Ela não sabe para onde eles levaram Jacinta. Quando perguntou aos Guardiões que a vigiavam, eles viraram o rosto. De vez em quando, Æsa acredita ouvir ruídos estrangulados vindos de algum lugar, nitidamente femininos. Isso sempre faz seu peito doer.

Faz um dia, então significa que hoje é a Noite Menor. Amanhã o pontífice vai pedir a ela que faça sua confissão, e, se ela não fizer isso, Jacinta vai ser levada para a forca. Ela sabe que está ficando sem tempo.

Essas muitas horas foram passadas pensando em planos de fuga. Estranhamente, não parece que os Guardiões conhecem o veneno-de-bruxa, ou pelo menos não o estão usando. Talvez o Mão Vermelha esteja guardando esse segredo para si. Mesmo com sua magia, ela não tem o poder de cortar barras de ferro nem de quebrar fechaduras. Mas tem uma habilidade secreta que eles não sabem que ela pode utilizar.

Ela conta as badaladas: sete, oito, nove. E se ele não estiver de serviço esta noite? Mas então, por fim, o jovem Guardião chega e assume seu posto. Quando ele se apoia na parede, ela suaviza sua expressão para transmitir doçura e tristeza. É hora de botar em prática as lições de Sayer e Matilde sobre máscaras.

Ela dá um aceno tímido para ele.

– Olá.

Ele arruma a gola. Há um machucado logo acima que ele fez ao se barbear, embora não pareça ter muito pelo para raspar.

– Olá, você.

Os outros Guardiões mal registram sua presença, mas esse garoto é diferente. Ela vê como seu olhar se dirige até ela e permanece ali. É como se ela fosse uma mariposa-de-chamas machucada que ele quer pegar para cuidar. Então, quando ele está perto, ela se assegura de parecer uma donzela em apuros. Não é difícil.

Æsa fica de pé, lembrando-se de se desequilibrar um pouco.

– Você se importa se eu me aproximar das barras? O frescor alivia minha dor de cabeça.

Uma ruga se forma entre suas sobrancelhas.

– Você está se sentindo mal?

Ela olha para as mãos.

– Tenho certeza de que não é nada.

Depois de um momento, ele assente.

– Vá em frente, então.

As mãos dela envolvem as barras e ela fecha os olhos ao apertar a testa sobre o metal. Ela pode sentir seus olhos examinando-a, tirando proveito do fato de que ela não vai ver.

– Isso logo vai acabar – diz ele. – Só conte a eles o que querem saber. Você vai se sentir melhor.

Ela dá um suspiro que parece triste.

– Eu sei. Só estou muito cansada.

– Acredito. Este lugar seria capaz de fazer os Eshamein beberem.

Ela quer apressá-lo, mas tem que ter cuidado. Tem apenas uma chance de fazer aquilo.

– Está quieto esta noite. – Como ela esperava. – Os Guardiões estão no baile de Noite Menor?

O garoto pega uma garrafinha em seu cinto.

– Todo mundo queria ser mandado para a festa, mas alguns de nós tivemos que ficar aqui. Eu tirei o menor palito.

Ela sorri timidamente, olhando para ele de trás de seus cílios.

– Ouvi histórias das festividades de Noite Menor em Simta – diz, melancólica. – Mas nunca participei de nenhuma.

O garoto passa a mão pelo cabelo. Está mal cortado, como se tivessem usado uma tesoura sem gume.

– Nunca fui ao baile da suserana, mas meu irmão mais velho diz que é composto basicamente de lordes e ladies elegantes vestindo fantasias. As festas da cidade, porém, são épicas.

Como Matilde o atrairia? Ela dá um longo suspiro, pressionando um pouco o peito farto contra as barras. Os olhos dele deslizam para um ponto bem abaixo de seu rosto.

– Eu gostaria de dançar a noite inteira.

Ela tenta parecer perdida nesta imagem.

– Bom, talvez pudéssemos fazer uma festinha só nossa.

A respiração dela fica embargada quando ele dá um passo na direção das grades, então mais um. Ele põe a garrafinha no chão e a empurra na direção dela. Os outros Guardiões nunca chegam tão perto.

– Vinho de cereja – diz ele. – De minha dama. Ela o prepara muito bem.

Æsa o leva aos lábios. Arde, e ela gosta da sensação. Talvez isso a ajude a continuar usando essa máscara.

– Você é muito doce. – Ela se prepara. A próxima parte é arriscada. – Talvez eu pudesse lhe dar alguma coisa por sua bondade.

– Como o quê?

– Bom... como um beijo.

Ele se enrijece.

– Eu sou um Guardião. Um abstêmio.

– Eu sei. – Ela o tranquiliza. – Eu não estava falando de um beijo assim. Eu só quis dizer... bem, um beijo comum.

Seu rosto começa a ficar vermelho, e ela deixa. Seu coração está batendo com força suficiente para se partir em dois.

Ele sacode a cabeça, mas seus olhos estão brilhando na luz mortiça. Ele dá mais um passo. Ela estende a mão através das barras. Uma respiração, duas, três. Ele não vai fazer isso.

Então sussurra.

– Que se dane. – Ele chega ao lado da grade.

Ela envolve seu pulso com os dedos, assim como fez com Tenny Maylon. Ela vê as águas de seus sentimentos, riachos diferentes se trançando em um rio. Ela só precisa convencê-los a correr da maneira que deseja.

– Eu não pertenço a esta cela – diz ela, sua voz dobrando, triplicando, ecoando estranhamente na pedra. – Eu não sou uma bruxa, e você sabe disso.

– Eu sei. – Ele pisca uma, duas vezes. – Eu sei?

Queria ter praticado essa magia em especial, como Matilde e Sayer insistiram que ela fizesse. As emoções dele são escorregadias. Elas se debatem como peixes molhados entre suas mãos.

– Você tem as chaves – diz ela. – Você sabe o caminho. Você pode me libertar. Você *quer* me libertar. Ser meu salvador.

Ela deseja que as palavras penetrem, e que seus sentimentos se tornem os dele. Os olhos dele ficam vidrados. Por fim, ele assente.

– Vamos tirar você daqui.

Enquanto ele procura as chaves, ela permanece perto. Não sabe quanto tempo seu poder sobre ele vai durar, ou mesmo se vai funcionar se ela não o estiver tocando. Quando a porta se abre, ela pega em sua outra mão, liberando-se das barras. Então sai para o corredor. É um lugar estreito e abobadado, cheio de chamas tremeluzentes. Ela não consegue ver nenhuma outra cela ou Guardião. O corredor está vazio, pelo menos por enquanto.

– Onde está Jacinta? – pergunta.

Ele franze o cenho.

– Quem?

– A garota que chegou aqui comigo. Você também quer libertá-la.

– Ah, bem... ela está na outra extremidade do setor dos Guardiões. É perto da ala onde ficam os prisioneiros comuns.

Ela se concentra, forçando sua convicção sobre ele.

– Você também quer resgatá-la. Você quer ser um herói.

– Eu... bom, quero – diz o garoto, parecendo bêbado. – Eu quero, sim.

Eles caminham pelo corredor sinuoso, com nada para guiá-los além de arandelas com velas feitas de uma gordura de cheiro ruim. Suas luzes projetam sombras fantasmagóricas. Æsa tem que se esforçar para não se assustar com elas, mas agora não é hora de ter medo.

Eles chegam a um cruzamento. O caminho de onde vinham é dividido por um corredor muito maior, largo o suficiente para uma carruagem passar. Janelas estreitas de vidro transparente deixam entrar os últimos raios violeta do pôr do sol. Quando eles pisarem na luz, não vai haver onde se esconder.

Ah, deuses: ela vê dois Guardiões vindo em sua direção. Ela recua para as sombras, torcendo para que não sejam vistos. Mas se eles virarem o rosto um pouco para a esquerda...

Seus passos ecoam na pedra. Ela vê o brilho de seus uniformes, ouve um deles rir. O outro diz algo sobre um cachorro. Então as vozes vão desaparecendo. Æsa expira devagar.

– Vamos – diz seu Guardião encantado. – Temos que nos apressar.

Ela não discute enquanto eles correm pelo corredor grande e entram em um menor. Fazem uma, duas curvas, e a luz fica mais fraca. Ela achava que sua cela era escura, mas as dali são muito piores. O cheiro de urina e suor poderia arrancar a tinta de um casco de barco. Algumas mãos sujas se estendem através das grades, mas Æsa não reconhece as pessoas agachadas dentro delas. Então ouve vozes de garotas, baixas e assustadas. Seu coração quer sair voando do peito.

A cela diante da qual Æsa para não é mais larga que a extensão de um braço. Ela conhece os rostos atrás de suas grades, apesar da sujeira e da fuligem. São Layla e Belle, duas garotas do Subterrâneo. Como o pontífice e os Guardiões as encontraram? Jacinta teria morrido antes de dar seus nomes, Æsa tem certeza. Mas e se eles a *obrigaram* a contar? E se, e se...

– Æsa? – sussurra Layla.

– Psiu – diz ela, tentando não perder o controle sobre os pensamentos de seu Guardião. – Não se preocupem. Nós vamos tirar vocês daqui.

Seu Guardião pega as chaves de modo serviçal e destranca a porta da cela. Eles seguem pelo corredor até a seguinte. Mais uma garota, depois duas, são soltas das celas. Ela conhece todas elas. Onde está Jacinta? Ela tem que estar ali. Tem que estar bem.

Eles chegam à última cela. Æsa é envolvida pelo travo de sangue. Há um corpo pendurado entre duas correntes, os braços estendidos como uma estrela-do-mar quebrada. Seus olhos estão fechados, o cabelo está solto e emaranhado. Seu vestido está rasgado.

– *Jacinta*.

A mulher não abre os olhos. Æsa não consegue ver se ela está respirando.

Ela força urgência na mente de seu Guardião, tentando não o deixar em pânico com isso, mas ela está muito frenética para sutilezas. As mãos com que ele segura o chaveiro tremem.

Assim que a porta emite um estalido, Æsa entra correndo. Manchas vermelhas desfiguram o rosto de Jacinta, deixando trilhas pela sujeira.

– Cin? – Æsa pressiona as mãos sobre seu rosto. O que eles fizeram com ela? – Acorde, por favor.

Ela se mexe.

– Æsa?

Seus joelhos cedem de alívio.

– Eu estou aqui.

– Bom – diz ela, com voz rouca. – Espero que você os tenha matado. Todos eles.

Sua voz está estranha, quente e vazia ao mesmo tempo. Æsa limpa um pouco do sangue.

Há um ruído abafado atrás dela. Layla e Belle estão com as mãos no Guardião, como se quisessem impedir que corresse. Ele sacode a cabeça como alguém despertando de um sonho.

– Isso é errado – diz ele.

Ela se aproxima e pega seu pulso outra vez.

– Não. É justiça. Você está determinado a não ir embora sem essa última garota inocente.

O Guardião sacode a cabeça outra vez, com mais força.

– Eu não tenho as chaves desses grilhões.

O coração dela para.

– Você deve tê-las.

– Não – diz o garoto. Então, um pouco mais alto: – *Não*.

Agora ele está lutando com ela. Ela se desequilibra, e os dois caem em uma pilha de palha apodrecida. Ele está em cima dela, com as mãos em seu pescoço, e ela é tomada por pânico.

De repente, há uma pancada metálica, e o garoto cai de lado, com os olhos se fechando. Belle bateu nele com um balde. As outras garotas estão todas amontoadas juntas, arquejando em haustos rasos e assustados.

Elas precisam sair antes que qualquer outro Guardião as encontre. Mas para onde? Æsa não conhece a saída da Prisão do Maxilar. Ela tem tanta chance de fazê-las se embrenharem ainda mais quanto de sair, e Jacinta ainda está acorrentada às paredes – elas não podem deixá-la.

– Eu posso queimar essas correntes, acredito – diz Layla, com uma pequena chama verde flutuando acima de seus dedos. – Só vou precisar de um minuto.

Um grito vem de algum lugar no corredor.

Æsa diz:

– Não sei se temos esse tempo.

Há outro barulho: passos rápidos, cada vez mais altos. Elas estão prestes a ficar presas naquele corredor de horrores úmido. Æsa entra na frente das outras garotas, tentando encontrar água grudada à parede, qualquer coisa que possa usar para defendê-las.

Um Guardião entra correndo na cela, seu rosto encoberto pelas sombras. Ela ergue as mãos, tentando impedir que tremam.

– Para trás – diz, deixando sua voz dura. – Eu não quero machucar você, mas, que os deuses me ajudem, eu *vou*.

O Guardião fala, com a voz estranhamente suave:

– Sou só eu, moça.

Æsa fica sem fôlego.

– *Willan?*

Nada queima tão quente quanto o desejo de vingança.
Nenhum combustível arde tão brilhante,
nem por tanto tempo.

— PROVÉRBIO SYTHIANO

CAPÍTULO 29
JOGANDO O JOGO

MATILDE ESFREGA BRUSCAMENTE os lábios, tentando remover o que resta do elixir com o qual ela os pintou. Ela não conseguiu evitar engolir um pouco, ardendo amargo em sua língua.

– Matilde? – diz a avó, segurando seu braço. – Qual o problema?

Ela não pode responder. Dennan disse a ela para não botar a poção até o último momento possível, mas ele não lhe disse que ia ser daquele jeito.

Epinine vai até as portas verdes, puxando a maçaneta. Elas estão trancadas por fora.

– Bren! – grita ela para o guarda. – Venha aqui!

Mas as portas não se abrem. Há um baque surdo no corredor. Epinine cambaleia na direção das outras portas, mas elas estão trancadas.

A visão de Matilde se desequilibra. Sua garganta parece estar fechando. Ela sente os joelhos cedendo, deixando-a dobrada no chão.

– Tilde – diz a avó, se agachando. – Fale comigo.

Matilde tenta pegar seu colar. Suas mãos estão tremendo muito.

– Eu... o pingente. Me dê o que tem nele. Tudo.

A avó puxa, solta a esfera e a desatarraxa. Epinine vê e se atira, mas Matilde já engoliu o antídoto.

Epinine se dobra ao meio, seu rosto tão branco quanto seu vestido.

– O que você fez comigo?

– Você tirou meu poder – diz Matilde, com voz rouca. – Estou só retribuindo o favor.

Epinine puxa seu babado cor de opala.

– Como você fez isso? Como você *pôde*?

Mas não há necessidade de responder. A porta de dragão emite um estalido e se abre, e Dennan entra no cômodo. Seu cabelo está alisado para trás, tudo nele é imaculado. Botões verde-escuros de verda brilham em sua lapela, o emblema floral da Casa Vesten. Ele está deslumbrante.

– Vigie o corredor – diz Dennan para o guarda ao seu lado. – Não queremos ninguém passando por aqui.

Ele assente.

– Sim, capitão.

As outras portas então se abrem. Matilde vê mais guardas, ou a tripulação de Dennan vestida de guardas. Dennan mandou avisá-los através de um de seus carcereiros mais simpatizantes. Eles conseguiram. Matilde exala, trêmula.

– Tudo livre, capitão – diz ele para Dennan. – E ninguém mais sabe o que está acontecendo.

Dennan faz um sinal de marinheiro para ele. Então vai até a suserana, que conseguiu subir novamente em sua cadeira. A expressão dele está fria e cheia de fúria virtuosa. O jeito como ele se movimenta faz com que Matilde pense em um predador.

– Você fez isso – diz Epinine. – Mesmo agora, você me trai.

– Bom, *irmã*. – Dennan cospe a palavra. – É simplesmente apropriado. Afinal de contas, você me traiu primeiro.

A expressão de Epinine muda, fúria se transformando em descrença.

– Você está pensando em tomar meu lugar, não está? – Suas palavras saem misturadas a uma risada abafada. – A Mesa não vai aceitar você. Para eles, você é o príncipe bastardo, não um Vesten. Você nunca vai ser o verdadeiro herdeiro de nosso senhor.

Os nós dos dedos de Dennan ficam brancos nos braços da cadeira.

– Eu vou mostrar a eles qual deve ser a aparência de um Vesten. Em pouco tempo, eles não vão nem se lembrar de seu nome.

Epinine tenta cuspir nele, mas o que sai é uma baba vermelha. Isso é... sangue?

A voz de Dennan perde seu gume afiado.

– Podia ter sido diferente, sabia? Se você tivesse me tratado como um irmão.

Os olhos dela brilham.

– Eu devia ter matado você como nosso senhor me mandou.

Dennan sorri desdenhosamente, seu rosto bonito ficando feio.

– Ele estava fora de si quando disse aquilo. Você o envenenou contra mim.

Epinine ri. O som arranha a pele de Matilde.

– No fim, ele só acabou enxergando quem você era. E eu também.

Matilde não entende. A poção devia drogar Epinine, lançá-la em um sono profundo. Então por que sangue continua a escorrer de sua boca?

– Dê a ela o antídoto, Dennan – diz Matilde. Ele mal vira a cabeça. – Tem alguma coisa errada com ela.

– Não – diz ele. – Tudo está finalmente se acertando.

Matilde se levanta e se aproxima, tocando o ombro dele. Dennan está tremendo, vibrando como um diapasão. Ela volta a olhar para Epinine – há sangue em sua boca, medo em seus olhos – e entende. Ela está morrendo.

– Você disse que ela ia dormir – murmura Matilde. – Não foi isso o que você prometeu.

– Ela machucou você – diz ele. – Ela machucou nós dois, e você a deixaria viver?

Matilde toca os lábios, que ainda estão ardendo. Ela não quer ser uma assassina.

– Não faça isso – diz ela, quase implorando. – Dennan, *por favor*.

Há um momento tenso e agitado em que ela acha que ele vai lhe dar ouvidos, então ele bate a palma da mão sobre a mesa.

– Eu esperei tempo demais – rosna. – Eu preciso disso.

Dennan olha novamente para a irmã, mas os olhos de Epinine estão fixos em Matilde.

– Você é uma tola por achar que ele é seu salvador – diz ela, com voz rouca. – Ele não se preocupa com ninguém, só consigo mesmo...

A suserana respira de forma irregular, então a vida se esvai dela. Seus olhos, antes brilhantes, estão pálidos e imóveis. Um horror tremeluz através de Matilde: Epinine Vesten está morta. Dennan a matou... *ela* a matou. O beijo de Matilde mandou a suserana para as profundezas.

Um instante se passa, dois. As velas tremeluzem.

– Ela era uma ameaça grande demais, Matilde.

Ele vai em sua direção, de olhos brilhantes e um ar de seriedade. Parece o Dennan que ela beijou na torre.

– Pense no que ela fez conosco – diz ele. – E com sua família. Nenhum de vocês estaria seguro enquanto ela vivesse.

A um sinal de Dennan, um de seus guardas pega o corpo de Epinine. Dennan enfia um frasco vazio e um bilhete na frente de seu vestido. Há algo horrível no jeito que seu corpo balança, então fica imóvel.

– Ponha-a na cama – diz ele. – Vai parecer que ela tirou a própria vida. Ela sabia que a Mesa ia votar contra ela e não aguentou. A tensão foi demais para ela.

Matilde pensa nas palavras de Epinine quando disse que uma mulher tem que trabalhar o dobro para provar seu valor... que as pessoas não hesitavam em acreditar que ela é fraca.

– Você mentiu para mim – sussurra ela.

A pele entre suas sobrancelhas se enruga.

– Eu não queria que a morte dela pesasse em sua consciência. Fui eu que decidi matar Epinine, não você.

Mas ele fez isso através dela, usando-a como seu veículo, um meio para seus próprios fins.

– Está feito, agora – diz ele. – Vai ser melhor para nós dois. Prometo.

Dennan prometeu muitas coisas, e ela ainda quer acreditar nelas, mas agora sabe que ele mentiu. E mentiras são como besouros-do-pântano que se enfiam nos barcos no canal: onde há um, provavelmente há muitos, devorando as tábuas de dentro para fora.

A avó segura a mão dela.

– Tilde. Diga-me que você não fez um acordo com ele.

– Epinine era perigosa, vó – diz Matilde. – Alguém precisava detê-la.

– Você acha que *ele* não é um perigo? – O rosto da avó é uma máscara de fúria. – Foi ele que levou o En Caska Dae para nossa porta.

O medo toma conta do peito de Matilde.

– Foi Tenny Maylon que entregou meu nome a eles.

– Foi – diz a avó. – Ele estava na igreja de Augustain naquela noite em que o Mão Vermelha nos deteve. Quando perguntei por que fez isso, ele começou a chorar. Ele me disse que alguém o levou para uma igreja e o encorajou a dar seu nome para aquele pater.

– Dennan? – diz Matilde, girando para ele. – Isso é verdade?

Dennan dá um suspiro.

– Não é como ela quer fazer parecer.

Seus pensamentos estão em frangalhos, recusando-se a entender.

– Você disse que Tenny escapou de seus aposentos. *Você* o levou para o Mão Vermelha?

– Eu o levei para uma igreja. Eu o levei para se confessar com um pater. Eu não tinha ideia de que ele era o fanático que atacou sua amiga. – Sua voz assume um tom suplicante, desesperado. – Achei que o pater iria diretamente levar a história para o pontífice. Ele pode ser o líder da igreja, mas também é um animal político... Eu sabia que ele não faria nenhum movimento drástico antes que eu pudesse alertá-la. Eu nunca sonhei que ele fosse invadir a casa de sua família.

O sentimento de traição é como uma fera rugindo dentro dela, tentando abrir caminho em meio ao choque.

– Mas... por quê, Dennan?

Ele estende as mãos.

– Por que você precisava de um empurrão, Matilde. Mesmo depois do ataque contra as Aves Noturnas, você ainda não estava pronta para sair do sistema. Achei que, se eu a expusesse, você ia ver isso. Eu só queria que você fosse livre.

Livre? Na verdade, ela se sente mais enjaulada que nunca. Todo esse tempo, ele só fingiu apresentar escolhas a ela. Mas ele a estava conduzindo por um caminho que ela seguiu cegamente. Ele estava jogando o próprio jogo.

Ele pega a mão dela.

– Sei que cometi erros. Eu sei. Mas não podemos nos prender ao passado, temos que seguir adiante. Nós estamos nisso juntos. Você e eu vamos moldar este mundo da maneira que quisermos.

A avó se coloca entre eles.

– Se você é nosso aliado, então onde está o resto de nossa família?

– Eu não sei – diz ele. – Ainda. Mas, assim que puder, vou mandar meus homens procurarem. Eles vão estar livres logo. Isso é uma promessa.

São boas palavras, palavras doces, mas agora suas promessas parecem vazias.

– E como devo acreditar em você agora?

O momento se prolonga, denso e quente. Então Dennan cai sobre um joelho e aperta a mão dela entre as suas.

– Nós estamos muito perto – diz ele. – Chegamos até aqui juntos. Você quer ir comigo para a luz?

Ele está lhe dando uma escolha, ao que parece, mas está mesmo? Porque ele tem razão: ela já chegou até ali. Sua antiga vida está acabada; seu segredo foi revelado.

Por fim, ela assente.

– Eu gostaria de um momento com minha avó antes de irmos – diz ela.

– É claro – concorda ele após um momento. – Vou estar lá fora.

Com isso, ele sai do quarto, fechando a porta delicadamente às suas costas.

– Minha querida. – A avó toma o rosto de Matilde entre as mãos, com um olhar muito terno. – O que você vai fazer?

Ela não tem certeza. Só sabe que não pode voltar, apenas seguir em frente. Matilde não quer fugir do que quer que venha em seguida.

Ela inspira de modo trêmulo.

– Eu vou tornar Simta segura para nós.

Parece mais um desejo que uma certeza. Tudo o que ela pode fazer é torcer para ter forças de fazer com que isso se transforme em realidade.

Alguém chamou desde as ondas,
Com voz brilhante e rosto belo,
Ele seguiu o som
De sua amada,
Ela olhou para ele com delicadeza,
O vento em seu cabelo,
E cantou, Beije-me antes
De chegarmos ao cais.

— "A BALADA DE BALLENA ROCK"

CAPÍTULO 30
ROMPENDO CORRENTES

Os lábios de Willan se curvam, e seu sorriso é o mesmo do qual ela se lembra. Æsa respira de forma trêmula.

– Como você chegou aqui? – pergunta ela. – Como nos encontrou?

Ela aponta a porta com a cabeça.

– Eu tive ajuda.

Outro Guardião, mais baixo, entra na cela, com passos suaves e felinos. Algo pulsa no peito de Æsa, uma dor de quem sabe.

– Gatos em chamas – diz uma das garotas. – É você, Fenlin?

Fen tira o boné de Guardião e alisa o cabelo ruivo.

– Em carne e osso.

O latejar dentro de Æsa é uma coisa viva, pulsando entre elas. Æsa joga os braços ao redor de Fen, que fica tensa, mas não se afasta.

– Você está aqui – diz Æsa, abraçando-a firme. – Não posso crer. Mas como…?

– Depois. – Fen se afasta. – Nós temos hora.

Willan assente.

– É melhor irmos andando. Não sei de vocês, mas este lugar me dá arrepios.

Atrás deles, Jacinta geme.

– As correntes – pede Æsa.

Layla está arregaçando as mangas.

– Eu posso fazer isso.

Fen exala.

– Você está cansada. Permita-me.

De algum modo, o rosto dela parece diferente. Æsa acha que é porque ela não está mascando sua resina. Ela acha que Fen pode usar sua magia para manipular o metal, mas em vez disso ela pega um conjunto de gazuas. Leva apenas um instante antes que um dos grilhões de Jacinta emita um estalido e se abra. Willan a segura enquanto Fen cuida do outro. Ela cai nos braços dele, mal conseguindo ficar de pé. Æsa se enche de alívio, mas não fala nada. Ninguém fala.

Fen tira um pote de sua jaqueta roubada de um Guardião.

– Queixo para cima – diz, pegando um gel escuro de seu interior.

Uma das garotas franze o nariz.

– O que é isso?

– Foi Alec quem fez. Ele diz que vai ajudar a abafar nossos sons.

Ela passa aquilo no pescoço deles. Cheira a fruta podre e água estagnada, mas Æsa tem preocupações mais urgentes. A respiração ofegante de Jacinta é uma delas; alguém os pegar, outra.

Fen tranca o verdadeiro Guardião na cela quando eles saem. Æsa torna a olhar para ele, ainda inconsciente sobre a palha. O garoto agora vai odiá-la, ou garotas como ela. O pensamento lhe causa uma pontada de remorso.

– Fiquem perto – diz Fen. – Ninguém se demore.

Æsa franze o cenho.

– Mas os Guardiões… Com certeza nós vamos esbarrar com alguns.

O olhar de Fen é penetrante.

– Nós cuidamos disso. Confie em mim.

Eles andam em silêncio pelas sombras, todas as garotas perto de Æsa, Willan meio que carregando Jacinta na frente. Æsa ainda não consegue acreditar que ele esteja ali. Fen os conduz na direção de onde eles vieram, com a faca na mão, os passos silenciosos. Eles não encontram nenhum Guardião enquanto descem por uma escada estreita e entram em outro corredor, tão escuro quanto o de cima. Fen usa suas gazuas para abrir portas de celas quando eles passam, para a surpresa das formas amontoadas em seu interior. Alguns saem cambaleantes, piscando com força.

— Isso é uma boa ideia? — murmura Willan.

— Quanto mais prisioneiros soltarmos, mais divididos vão ser os esforços dos Guardiões, assim como dos guardas regulares da prisão. — O queixo de Fen fica tenso. — E ninguém, ladrão ou mendigo, merece passar seus dias aqui.

Willan assente, concordando.

— Verdade.

Eles param diante de uma porta fechada. Fen a abre, e eles a seguem pelo que parece ser um alojamento. Os quartos estão cheios de beliches. Há uniformes de Guardiões pendurados em ganchos, botas lado a lado nas portas. Mas onde estão os Guardiões? Eles não podem estar todos no baile da Noite Menor ou patrulhando as ruas.

Depois de um tempo, eles param diante de uma porta com uma plaquinha que diz: *Sala das provisões*. Fen pega um pano e o amarra sobre a boca.

— Fiquem aqui. E ninguém respire fundo demais.

Ela abre a porta e entra correndo, passando pelo que parecem ser pilhas de roupa suja. Não... são corpos. Guardiões, de cabeça abaixada sobre os braços em uma mesa comprida de madeira, alguns de costas no chão. Há alguns cachorros Saluki estão jogados ao lado deles, as patas compridas imóveis, como se congeladas em plena corrida.

– Willan – sussurra ela. – Eles estão...?

– Não – diz ele. – Veja o peito deles.

Eles sobem e descem, como se estivessem dormindo. Nenhum deles parece perto de acordar.

Fen arrasta pela gola um corpo pela bagunça. De volta ao corredor, com a porta fechada com firmeza, ela dá uma sacudida no garoto.

– Eu me perguntei: qual a melhor maneira de nocautear o maior número de Guardiões possível? – diz Fen. – Sendo Noite Menor, eu sabia que eles iam estar em clima de festa, e que provavelmente deixariam de lado as precauções habituais se tivessem o incentivo certo. Então alguém lhes deu uma caixa de um bom uísque illish e contratou Rankin para tocar algumas músicas.

Ah, deuses, é Rankin. Seu rosto está muito pálido. Fen passa uma pasta embaixo de seu nariz e dá um leve tapa no garoto. Uma respiração, duas, então ele começa a tossir e a cuspir, agarrando seu trompete. Æsa pode sentir o alívio de Fen como se fosse dela.

– Todos os corpos apagaram como planejado, Rankin?

– Apagaram, chefe. – Ele sorri, exibindo o espaço entre os dentes. – A resina dentro de meu trompete funcionou bem. Eu estava no meio de uma música quando eles apagaram completamente. Alec é um feiticeiro.

– Isso ele é – diz Fen – Você consegue andar?

– É claro.

– Certo, então. Vamos ter que nos apressar. Isso não vai durar muito mais tempo.

Eles seguem por mais túneis, parando em cantos cegos. As mãos de Æsa estão frias de suor; a respiração, acelerada. Toda vez que eles chegam a uma porta trancada, ela acha que pode ser o fim para o grupo, mas Fen trabalha rapidamente em todas elas com suas gazuas. Por fim, eles emergem no ar da noite e dentro de um pequeno pátio murado, o luar tingindo as pedras de um azul-prateado.

– E agora? – murmura Layla.

– Eu abro aquilo – diz Fen, apontando para a enorme porta de ferro e madeira adiante. – Aí nós damos o fora daqui.

– É só ninguém se esquecer deles – diz Rankin.

Æsa segue seu dedo e encontra guardas da prisão cerca de uns sete metros acima deles, caminhando pelo perímetro de um muro externo. Eles estão usando os casacos de guardas de prisão comuns, não de Guardiões, mas não importa. Ela não tem dúvida de que vão atirar neles de qualquer jeito.

– A pasta de Alec vai ajudar a abafar o som de nossos passos, mas não vai nos esconder – sussurra Fen. – Então fiquem perto do muro.

Fen vai na frente. Um a um, eles saem, deslizando as costas sobre a pedra fria. Æsa pode ouvir guardas se remexendo na passarela acima, verificando suas bestas. Ela prende a respiração até não aguentar mais.

Fen está diante da porta enorme, com a cabeça inclinada como se estivesse escutando alguma coisa. Mas há outro som também – alguém acima deles está cantando.

– Bela donzela, bela donzela, é doce conhecer seu reino...

Ela ergue os olhos e vê o bico de duas botas saindo pela borda da passarela.

– ... você não me deixa subir sua torre, explorar as terras abaixo...

Alguma coisa chove enquanto ele canta, escorrendo em torno deles. Belle sai do caminho, fazendo uma careta. Se olhar para baixo, o guarda vai vê-los. Não há nenhum lugar onde se esconder, nenhum lugar para onde correr.

A canção é interrompida por um alarme rouquenho. O guarda xinga, então suas botas se afastam. Mais botas as seguem, todas se dirigindo para o interior da prisão. Eles acham que, para quem quer que o alarme tenha sido acionado, ainda está lá dentro tentando sair.

Eles correm até Fen. Gotas de suor escorrem por seu rosto, e ela parece sem fôlego, mas a porta está aberta. Eles saem pela rua e viram uma esquina, encontrando uma carruagem à espera. Rankin pula para o banco do cocheiro. A carruagem é preta e lilás, puxada por quatro cavalos escuros.

– Essa é a carruagem de Leta – diz ela. – Como vocês estão com a carruagem dela?

Fen ajuda Willan a erguer Jacinta e a colocá-la no interior do carro.

– Entre e eu vou explicar.

Todos entram e se empilham sem demora, enchendo a carruagem com respirações aceleradas e o cheiro de algas-maxilar. Está tão cheia que algumas garotas se sentam no chão. Fen bate no teto, e os cavalos partem. As cortinas estão fechadas, mas Jacinta fica no vão entre elas, sugando ar como se quisesse limpar seus pulmões.

Æsa fala primeiro:

– Explique, por favor.

Fen sorri, mas há uma fragilidade nisso.

– Corre nas ruas que o pontífice tinha algumas garotas mágicas presas para a inquisição. Eu sabia que uma delas tinha que ser você. Nós decidimos que a Noite Menor seria o melhor momento para libertar vocês, já que o pontífice estaria no palácio, assim como vários Guardiões.

– Mas como você sabia onde nós estaríamos?

Willan, então, fala:

– Um guarda da prisão me devia um favor. Eu pedi a ele para desenhar uns xis no mapa da prisão, sem fazer perguntas, e me dar o horário de troca de turno dos Guardiões.

Æsa olha dele para Fen.

– Mas como vocês dois se conheceram?

– Quando voltei para Simta há alguns dias, fui procurar você – diz Willan. – Em vez disso, encontrei a casa dos Dinatris escura. Procurei a madame, pronto para negociar respostas, mas na verdade ela queria fazer um acordo. Ela disse que, se eu ajudasse a tirá-las da prisão, pagaria minhas multas e retiraria o barco de meu pai do embargo.

Æsa se lembra do que ele disse todas aquelas noites atrás em seu quarto, sobre como Leta tinha se assegurado de que ele se mantivesse amarrado às Aves Noturnas. Ele voltou por seu navio então, não por ela.

– Ela achou que tinha de me subornar – diz Willan, em illish. – Mas eu teria vindo por você de qualquer jeito.

A intensidade em seus olhos cor de mar iluminam a escuridão.

– Então o que acontece agora?

Willan sorri.

– Vou levar todas vocês embora daqui de barco.

Fen toma a palavra.

– O acordo é que ela ia tirar o navio do embargo se ele e sua tripulação concordassem em passar com um bando de garotas mágicas pelas patrulhas do porto.

– Você fez o chamado? – pergunta Jacinta, com uma voz rouca e enferrujada.

Fen assente.

– Eu passei a informação pelos canais do Subterrâneo de que qualquer garota que quisesse deixar Simta devia se encontrar conosco em uma doca em particular. Elas já devem estar no porão do navio agora.

O pulso de Æsa está acelerado.

– Mas e Matilde? Onde está Sayer?

Um músculo se retorce no queixo de Fen.

– A suserana pegou Matilde.

Æsa se sente enjoada.

– *O quê*?

– Sayer foi ao palácio para resgatá-la. Quando chegarmos às docas, elas devem estar lá.

– E se não estiverem?

– Então vocês vão ter que zarpar sem ela.

Jacinta exala.

– Não é...

A carruagem explode com um ruído. Vidro se estilhaça, voando em todas as direções. A dor se espalha pelo rosto de Æsa quando alguma coisa o atinge, transformando sua visão em cacos. Quando volta a entrar em foco, há uma seta espetada no assento a centímetros de onde estava a cabeça de Willan, em chamas e soltando fumaça. Willan abafa o fogo enquanto a carruagem faz uma curva rápido demais. Æsa não parece conseguir fazer com que seus braços funcionem.

– Droga – rosna Fen. – Quem é? Guardas da prisão? Guardiões?

O rosto de Layla é tomado por rugas sombrias quando ela olha para fora.

– Não. É pior.

Uma vez em cada geração surgem quatro Aves Fyre ligadas pelo coração. Depois que elas se unem, ficam unidas para sempre, mais fortes juntas, enviando ondas pelo mundo.

— TRECHO DE *HISTÓRIAS SECRETAS*,
DE CANTON

CAPÍTULO 31
INCANDESCÊNCIA

S*AYER SE ENCOLHE* contra uma das paredes do salão de baile, ainda invisível quando Dennan Hain sai de trás de uma cortina e ocupa o palco em forma de meia-lua. A multidão irrompe em murmúrios surpresos: as pessoas não o esperavam. O que significa ele estar ali em vez de Epinine?

– Uma boa noite para todos e feliz Noite Menor. A suserana Epinine e eu estamos muito satisfeitos por vocês estarem aqui.

O príncipe bastardo está ocupando o centro do palco, onde a luz das velas é mais forte, diante das cadeiras que circundam sua borda externa. As pessoas estão mascaradas, mas Sayer sabem quem são. Os que estão reunidos à esquerda são delegados de nações estrangeiras, que sempre vêm para a Noite Menor. Os que estão à direita são membros da Mesa: cinco lordes das Grandes Casas e o pontífice. Todos os rostos estão voltados para Dennan Hain, mas Sayer não consegue deixar de olhar para a cortina. Ela não vê Matilde, mas sabe que ela está ali atrás – Sayer pode senti-la. Ali, fora de alcance.

Um dos membros da mesa diz alguma coisa para Dennan, mas eles estão longe demais para ouvir. Sayer invoca uma das habilidades que aperfeiçoou no Subterrâneo, criando um túnel de ar entre ela e o palco para amplificar suas vozes.

– Onde está a suserana? – pergunta o pontífice, sua túnica roxa engolindo a luz. – Não fui informado de nenhuma mudança na programação.

– Ela está se sentindo muito mal – diz Dennan. – Ela envia suas mais profundas desculpas. Estou aqui para substituí-la.

Com as máscaras, Sayer não consegue ver a expressão de ninguém, mas consegue sentir sua tensão.

– Você não tem autoridade aqui – diz o pontífice. – Você não é um membro da Mesa.

Os olhos brilhantes de Dennan reluzem.

– Eu sou um Vesten. Epinine pode decidir compartilhar seu assento na Mesa se ela quiser.

Os membros da Mesa irrompem em sussurros e perguntas. A multidão se agita, agora desconfortável.

Dennan dá um passo à frente, erguendo a voz para o salão:

– Viemos aqui celebrar a noite mais curta do ano juntos. É um momento de expulsar sombras, e me parece que deixamos que elas reinassem em Simta por tempo demais.

Os sussurros se calam, substituídos pelo silêncio absoluto. Dennan os tem sob controle.

– Essas sombras protegeram os corruptos, dando a eles espaço para crescer e prosperar. Ajudaram a esconder as ações violentas da seita rebelde chamada En Caska Dae. Seus membros se alimentaram das trevas em nossa república, espalhando mentiras, espalhando ódio e atacando uma de nossas famílias mais importantes. Tudo em nome de nossa santa igreja.

O pontífice se levanta, estendendo as mãos.

– Eles não agiram sob ordens da igreja. Mesmo assim, deve ser dito que fizeram isso a serviço dos deuses. – Ele aponta um dedo para os outros membros da Mesa. – Você fala em trevas? A igreja fez o melhor possível para afastar todos nós da tentação, mas nossas Grandes Casas têm escondido garotas com magia há muito tempo.

Os delegados estrangeiros se aproximam uns dos outros, sussurrando rapidamente entre si. A multidão murmura, suas vozes permeadas de confusão, raiva, medo.

– Estou cansado de rumores – diz Dennan. – Vamos deixar que o tema de tanta fofoca fale por si mesmo.

Matilde surge através de uma abertura na cortina. Algo toma conta de Sayer, fazendo com que sinta um calor no peito. Matilde está usando um vestido dourado que quase se inflama à luz das velas, seu cabelo curto está perfeitamente penteado, a imagem do equilíbrio. E mesmo assim Sayer pode sentir confusão nela, dúvida, até medo.

O pontífice parece furioso.

– *Você* está com a bruxa?

– Que jogo é esse? – pergunta um dos lordes das Casas, baixo o bastante para Sayer ter que se esforçar para ouvir. – Ela não é sua para ser exibida de acordo com sua vontade. Devolva-a.

A expressão de Matilde se fecha.

– Estou aqui por livre e espontânea vontade, obrigada, e eu não pertenço a você. A *nenhum* de vocês.

– Ela está sob a proteção dos Vesten – diz Dennan, com a mão nas costas dela. – Alguém precisava protegê-la depois dessa perseguição. As Casas, ao que parece, não estavam à altura da tarefa.

Matilde dá um passo à frente, erguendo a voz para a multidão:

– A igreja prega que caçou todas as garotas com magia muito tempo atrás. Isso não é verdade. Eu sou prova viva.

No fundo do salão, os Salukis estão ganindo. A multidão colide e sussurra. O salão dá a sensação de uma tempestade prestes a desabar.

– Eu tenho magia dentro de mim, doada pelo Manancial. Garotas como eu não merecem ser caçadas. O poder que tenho não deve ser desprezado.

Sayer não consegue ver com clareza o rosto dos delegados estrangeiros, mas seu interesse é palpável. Seus olhos famintos devoram Matilde.

– Nenhuma mulher deve possuir o sagrado – diz o pontífice, com o rosto corado. – Isso é blasfêmia. Você o corrompeu.

Sayer sente a raiva crescente em Matilde.

– Você só tem inveja por o poder ser meu em vez de seu.

O que Matilde está *fazendo*? Ela não devia estar lá em cima. Devia estar com Sayer, fugindo desse lugar.

– Matilde Dinatris ensinou a mim e minha irmã uma lição importante – diz Dennan. – A magia corre fundo nas águas de Eudea e é uma de nossas maiores forças. Proibi-la é o que a corrompe. Talvez seja a hora de encontrarmos outro caminho.

Dennan olha para Matilde, como se concedesse o palco para ela.

Sayer sente o elo dentro dela se apertar.

Por toda a volta do salão de baile, velas tremeluzem. As chamas pulsam e se estendem, banhando tudo em sua luz. Então um brilho repentino e feroz envolve Matilde. Chamas se desdobram atrás dela, parecendo brotar de seus ombros como gavinhas gêmeas de fogo vivo. Não... são asas. Sua luz agitada capta os candelabros incandescentes, fazendo os orbes de cristal brilharem ofuscantes. Alguns membros da multidão fazem o sinal dos Eshamein na testa, nitidamente abalados. Outros apenas olham fixamente para ela, perplexos.

– Bruxa! – A voz do pontífice está selvagem. – Como ousa exibir o que roubou do Manancial?

– Eu não roubei nada. – A voz de Matilde sai quente como as chamas. – Eu nasci com isso. E estou cansada de homens como você pregando que uma coisa dessas é um grande pecado.

Sayer não consegue parar de olhar para suas asas. Para Matilde, parada corajosamente diante de todos aqueles olhos e das bestas pontiagudas dos Guardiões. Sayer não sabe se aplaude ou se grita.

– Guardiões – berra o pontífice. – Levem-na.

Vários avançam, mas alguns guardas dos Vesten saem das bordas do palco para detê-los. Sayer está se perguntando se uma luta está prestes a começar quando uma garota, uma criada, entra aos tropeções no palco, agarrando as saias.

– A suserana está morta! – grita.

As asas flamejantes de Matilde se apagam enquanto a multidão engasga em seco.

– O que você disse? – pergunta o pontífice.

– Ela está morta. – O queixo da criada treme. – Ela... ela se matou.

O rosto de Dennan está completamente chocado, mas Sayer pode sentir o desconforto de Matilde. Isso não é umá surpresa para ela. Dez infernos, Epinine Vesten está morta?

A criada estende um rolo de papel.

– Ela deixou um bilhete.

Um, dois instantes se passam enquanto um dos membros da Mesa o lê. O salão está tão silencioso que Sayer não precisa se esforçar para ouvir os homens no palco.

A voz do delegado das Casas é lenta e calculada:

– Aqui diz que seu desejo de morte é que seu irmão sirva como suserano depois dela.

Dennan leva a mão ao coração.

– Se a Mesa me aceitar, estou pronto e disposto a servir.

Os guardas do palácio ao lado de Dennan se abaixam sobre um joelho, levando o punho ao peito. Em torno do salão, outros guardas fazem a mesma coisa, embora alguns apenas olhem furiosamente.

– Não. – A voz do pontífice sai sufocada. – Há um processo para eleger o suserano. Amanhã haverá uma votação.

Dennan assente.

– Sim, é claro. E tenho confiança de que os outros membros da Mesa vão votar em quem julguem melhor.

O jeito como ele diz isso faz Sayer pensar que ele está ameaçando aqueles outros lordes, ou talvez lembrando-os de um combinado prévio. Há quanto tempo Dennan Hain estava planejando isso? Alguns assentem para ele, como se concordassem. O pontífice deve sentir a maré virando.

– O bastardo e a bruxa querem arruinar Eudea – grita. Ele parece enlouquecido. – Eles desafiam os deuses abertamente. *Prendam-nos.*

Alguns Guardiões erguem as bestas, nitidamente prontos para usá-las, mas vários guardas do palácio entram em seu caminho. Há um grito e um tumulto. Uma besta dispara, e as pessoas perto dela começam a correr. Alguém colide com Sayer, tão envolvido na ação que não vê a garota invisível em quem acabou de esbarrar.

Um brilho roxo atrai a atenção de Sayer para o palco: é o pontífice. Seus olhos estão loucos enquanto ele saca algo de sua túnica.

Sayer sente o gosto de raios.

Ela não quer que aquelas pessoas cintilantes a vejam. Não quer ser apanhada e acorrentada. Mas Matilde lutou por ela uma vez – mais que isso. Agora Sayer quer lutar por ela.

A mão dela se ergue, sua invisibilidade desaparecendo. Alguém próximo se vira e grita. Ela apela para o ar, pedindo que ele se acumule. O salão de baile trepida, ecoando com um ronco de trovão que parece vir de todos os lugares. Um vento circula pelo salão, apagando muitas velas. Por fim, Matilde se vira, e elas se olham nos olhos. A magia de Sayer salta, respondendo à de Matilde, eco e resposta, enchendo-a de certeza, de força.

Sua dama uma vez lhe disse que as Aves Noturnas são como irmãs. Quando ela falou isso, Sayer não acreditou que fosse verdade.

Mas, agora, ela sente a ligação entre elas. Uma afinidade mais profunda que qualquer outra coisa que já conheceu. Forjada não apenas por magia, mas por segredos compartilhados na escuridão, por sacrifício e riso e sangue.

O pontífice está andando na direção de Matilde, com dentes cerrados, faca brilhando.

A voz de Sayer ribomba, mais tempestade que garota.

– Deixe-a *em paz*.

Era ergue as mãos para o alto, movimentando-se por instinto enquanto a magia troveja através dela. O vento que ela conjurou uiva, abafando os gritos das pessoas. O pontífice é erguido, preso pelo turbilhão rodopiante. Ele grita e se debate, mas o ar não o solta.

As pessoas agora estão apontando para ela. Ela precisa ir, correr, mas agora é tarde demais. Não resta nada a fazer além de resistir e lutar, aconteça o que acontecer.

Uma nuvem de escuridão surge numa explosão em um lado do salão de baile. Seu vento perde a força enquanto uma esfera escura voa pelo ar e se quebra, e escuridão emana dela, derramando-se como uma nuvem de nanquim.

Outra estoura no palco. Matilde começa a estender a mão para Sayer, pouco antes de uma explosão de escuridão engoli-la por inteiro.

Dez infernos, Alecand. Deve ser a droga de sua Capa da Noite. Ela *disse* a ele para ficar fora de vista.

O salão de baile está um caos total. Convidados gritam e correm, acotovelando-se para conseguir sair. A multidão agitada ergue Sayer do chão e a lança em uma nuvem de Capa da Noite. Ela tenta se levantar, mas botas pisam em seu vestido, quase esmagando seus dedos. Ela mal consegue ver as mãos espalmadas sobre o chão.

Precisa chegar até Matilde, e depressa. Mas aonde fica o palco? Ela rasteja, acerta a perna de uma pessoa com o cotovelo e por fim chega ao limite da nuvem. Ela se levanta, tentando se situar. Então um par de braços a envolve e a puxa de volta para a nuvem. Ela tenta lutar, mas a pegada dele é brusca e dolorosa. Tudo o que ela pode fazer é inspirar. Algo está sendo passado embaixo de seu nariz: o cheiro é familiar. Medo e um enjoo oleoso fazem com que tenha ânsia de vômito.

Ele a joga no chão, e ela fica sem fôlego. Está se esforçando para respirar quando sente um joelho nas costas. Seu captor tem cheiro de fumaça de cravo e uma colônia enjoativa. Ela é tomada pelo horror.

– Qual a sensação – sibila Wyllo Regnis – de ser quem é posta de joelhos?

ORQUÍDEAS, RARA

NOME:
Morbus gordiala

DESCRIÇÃO:
Esta orquídea é uma das mais raras em toda Eudea. Alguns dizem que ela é um mito. A maioria das orquídeas das terras pantanosas floresce durante certas fases da lua, mas essa mantém o próprio horário indefinível. Parece abrir seus brotos pálidos apenas em nevoeiros densos, mas ninguém na verdade compreende seu padrão. As pessoas em Callistan a chamam de Fantasma da Bruma.

— VERBETE DE
FLORA E FAUNA EUDEANA

CAPÍTULO 32

SELVAGEM E VERDE

ÆSA TENTA SE equilibrar, mas tudo está girando. A carruagem bate contra um muro, rangendo ao se arrastar pela pedra. Willan estende a mão na direção dela.

– Fique abaixada! Eles ainda estão atirando.

– Quem? – grita ela.

Fen pragueja.

– En Caska Dae.

Outra seta em chamas atinge o teto, fazendo um buraco através dele. Uma das garotas apaga o fogo antes que se espalhe. Æsa se encolhe junto da janela, olhando além deles lá fora. Ela capta um vislumbre de cinza sobre cavalos. Vários deles.

– Como os Caska sabiam? – grita. – Como nos encontraram?

Fen está remexendo objetos em volta das garotas, tentando encontrar alguma coisa.

– Eles deviam estar vigiando a prisão, ou tinham um infiltrado lá dentro. Eu não sei.

Os prédios passam como um borrão, com janelas iluminadas na escuridão. Há muita gente nas ruas. Muitos estão usando máscaras, mas ela ainda consegue ver seu terror quando a carruagem quase os atinge. Æsa ouve seus gritos no instante em que eles passam correndo.

Ela agarra o braço de Willan.

– Nós vamos matar alguém!

– Não se eles nos matarem primeiro. – Fen tira uma bolsa de baixo de um dos assentos – O que nitidamente é o objetivo deles.

Ela pega uma pequena esfera de vidro da bolsa, cujo conteúdo enfumaçado se move como nuvens inquietas. Parece o mesmo tipo que Rankin usou no jardim dos Dinatris. Fen a joga pela janela e ela quebra perto do cavalo de um dos garotos Caska, explodindo em um turbilhão de fumaça. Ela se molda em formas estranhas – presas ou garras, asas ou foices – que se envolvem em torno dele e se ergue até ocultar os olhos do cavaleiro.

O cavalo empina enquanto o garoto grita, tentando ferir o ar.

– Dez infernos – diz Jacinta. – O que é isso?

– Alec os chama de Filhos do Medo – diz Fen. – O pó faz ver pesadelos.

Layla mostra os dentes.

– Tem mais?

Fen pega mais de sua bolsa e os distribui. Mais esferas são jogadas, e mais Caska lutam contra monstros imaginários, mas eles continuam se aproximando, em seu encalço por ruas cada vez mais estreitas.

Quando ficam sem esferas, Fen esvazia o conteúdo da bolsa e joga algo no colo de cada um deles. Máscaras.

– Não podemos deixar que nos sigam até o porto – diz Fen. – O que significa que temos que os despistar. Se não pudermos fazer isso com a carruagem, vamos ter de nos dividir e seguir a pé.

Fen ergue uma máscara: é como as brilhantes que Æsa viu as pessoas nas ruas usando. A dela é um Pégaso, a de Willan é uma fênix, a de Jacinta é um dragão, a de Fen é uma raposa.

– Isso vai nos ajudar a nos misturar – diz Fen. – É difícil enxergar gotas d'água no mar.

Æsa veste sua máscara. A carruagem sofre um solavanco. Ela tenta se agarrar a Willan enquanto eles batem em uma barraca do mercado, mandando para o ar canecas e um barril de um líquido de aroma doce.

Jacinta agarra o assento, parecendo pálida demais.

– Mas como nós vamos...

Alguma coisa acerta a lateral da carruagem. Willan passa os braços ao redor de Æsa enquanto eles seguem desviando, frenéticos, girando em círculos antes de pararem repentina e tremulamente.

Por um momento, tudo fica imóvel. Os ouvidos de Æsa estão apitando. A porta mais próxima é aberta com tudo.

– Saiam, depressa! – grita Rankin. – A carruagem está pegando fogo.

Todos saem aos tropeções pelos paralelepípedos. Æsa cai e se ergue, segurando a máscara com firmeza, procurando algum lugar para onde correr. Tudo o que vê são paredes altas. Para a esquerda e para a direita, há apenas paredes e janelas. Seus perseguidores os encurralaram em um pátio. Há apenas uma saída, e um Caska a está bloqueando, com as bestas erguidas.

Eles se encolhem atrás da carruagem fumegante enquanto setas chovem do alto. Um dos cavalos relincha: Rankin está cortando os arreios com uma faca. Um se solta e sai correndo, de olhos arregalados e selvagens. Transeuntes se encolhem contra as paredes, presos em meio à loucura. Uma garota que aparenta ter a idade dela agarra um menino pequeno de máscara de fênix. Ela parece tão aterrorizada quanto Æsa.

Há o som de rodas sobre pedra, então um rangido quando a porta de outra carruagem se abre. As setas param. Æsa arrisca dar uma olhada pelas janelas quebradas da carruagem e vê duas figuras, apoiando uma terceira entre elas. Quando a figura se vira, seu pulso salta.

Ah, deuses. O Mão Vermelha.

Mesmo a essa distância, ela pode ver as queimaduras que o dragão de fogo de Alec lhe causou. Elas desfiguram seu rosto, fazendo com que pareça quase meio derretido, mas Æsa está com mais medo do que ele, que tem os olhos ardendo.

– Vocês achavam que podiam fugir – grita ele. – Mas Marren não vai deixar. Eu vou fazer com que paguem pelos pecados.

Claudicante, ele avança com a ajuda dos dois garotos, que também estão balançando incensórios, desenhando no ar formas medonhas. Ela ainda não pode senti-lo, mas logo o veneno-de-bruxa vai alcançá-las. Ela tem que fazer alguma coisa antes que ele roube sua magia.

– Rendam-se – vocifera o Mão –, e posso demonstrar piedade por vocês.

– Piedade? – diz Fen, alto o bastante para que ele ouça. – Desde quando você sabe alguma coisa sobre isso?

Há uma pausa carregada, o fogo que está começando a tomar a carruagem crepita.

– Ah, Ana. – O Mão ri. – Você sabe que eu só queria salvá-la de si mesma.

Æsa pode sentir as emoções de Fen, agitadas como aqueles terríveis Filhos do Medo. Aversão e fúria, desafio e medo. Ela pega alguma coisa no bolso e a joga por cima da carruagem. Quando se estilhaça, a escuridão cobre os paralelepípedos, engolfando os Caska. Deve ser a Capa da Noite. Isso lhes ganhou um pouco de tempo, mas nada mais que isso.

– Vamos correr, depressa! – grita uma das garotas.

Willan assente.

– Talvez possamos passar pelo lado deles antes que a escuridão desapareça.

Mas os olhos de Æsa estão fixos em Fen, que foi se ajoelhar junto à parede mais próxima. Ela está respirando com dificuldade quando leva as mãos aos paralelepípedos, pressionando como se estivesse tentando estancar uma ferida. Ela ergue o rosto, e seu olhar está selvagem por trás da máscara.

Æsa, me ajude.

Ela não diz isso em voz alta, mas Æsa escuta.

Æsa corre e põe as mãos sobre as de Fen, invocando sua magia. Terra se mistura com oceano, crescente e veloz. Os dedos de Fen tremem embaixo dos dela.

– Está tudo bem. – Æsa não tem ideia de como sabe que Fen precisa ouvir isso. Talvez as duas precisem acreditar. – Botar para fora.

Fen pressiona com mais força, e seu corpo vibra. Um ronco sai de sua garganta. Algo se ergue entre as mãos delas: uma trepadeira, crescendo tão rápido que os olhos de Æsa doem ao olhar para ela. Raízes serpenteiam, partindo pedra, fazendo com que o chão em torno deles se quebre. A trepadeira ganha braços, estendendo-se na direção do prédio, agarrando-o com seus dedos fibrosos. Ramos mergulham através de janelas e estrangulam canos em seu frenesi, cobertos de flores verde-escuras em formato de estrelas.

– Subam! – grita Fen. – Todos vocês.

Algumas das garotas começam a escalar a trepadeira, suas muitas curvas e espirais dando a elas lugares para se segurarem. Quando Layla escorrega, um ramo se estende para apoiá-la. Com um rápido olhar para Fen, Rankin começa a subir. Uma seta assovia perto de sua cabeça, mas é desviada pela trepadeira. É como se Fen tivesse enchido a planta com seu desejo de protegê-los.

Jacinta solta um grito quando um ramo a agarra pela cintura e a ergue na direção do telhado do prédio. Æsa a encara, chocada demais para se mexer.

Willan a chama.

– Vamos lá. Depressa.

AVES NOTURNAS

A trepadeira cresceu até o alto do prédio e ainda está aumentando. Æsa pode ver seus amigos subindo com ela, escalando o telhado. No chão, a Capa da Noite está começando a desvanecer.

– Vamos lá – diz ela para Fen. – Nós vamos subir juntas.

– Não há tempo. – Fen arqueja. – Se eu não erguer você, você nunca vai conseguir.

Æsa segura a manga de Fen.

– Eu não vou deixar você.

Uma emoção tremeluz nos olhos de Fen, revelando-se logo antes de desaparecer.

Algo agarra a cintura de Æsa. É uma gavinha, que a envolve com força. Ela tenta se desvencilhar, mas ela não a solta.

– Vão para o navio – vocifera Fen. – Saiam de Simta. E se alguém tentar detê-los, droga, *lutem.*

Æsa é erguida pelo ar, acima da Capa da Noite e da carruagem. O nome de Fen está em seus lábios, perdido para o vento.

Unidas como sombras.

— JURAMENTO DAS ESTRELAS NEGRAS

CAPÍTULO 33
COMO SOMBRAS

Sayer luta, mas Wyllo a desequilibrou. Algo se fecha em torno de seus pulsos, apertando-os.

– O que está fazendo? – diz ela, arquejante, com os olhos ardendo por causa da Capa da Noite.

– Eu disse que ia fazer você pagar – diz ele. – É hora de cobrar a conta.

Ele a puxa consigo para fora da loucura do salão de baile, através de mais nuvens de escuridão e para o interior de um corredor abarrotado. Toda vez que alguém passa correndo, ele se esquiva por portas laterais. Atônita, ela tenta lutar, mas ele a está puxando muito depressa, e a magia dela está contida, enterrada em seu interior. Como Wyllo Regnis ficou sabendo sobre o veneno-de-bruxa? Como ele *conseguiu* um pouco? Seu coração está gritando alto demais para que seja capaz de pensar.

– O que você fez no Clube dos Mentirosos foi bastante ruim – sibila ele. – E então você teve que vir cometer blasfêmia diante de toda Simta. Eu não devia me surpreender. Sua dama também era estouvada. Achei que você aprenderia com os erros dela.

Ela sente uma fagulha de fúria, mas o terror é mais forte. Ela tenta continuar de pé, encontrar um jeito de se soltar de sua pegada, mas o veneno-de-bruxa está nublando seus sentidos. Parece que ela não consegue respirar nada além de seu fedor.

– Eu devia levá-la para a igreja de Augustain e acabar logo com isso – vocifera ele. – Mas acho que você vai contar mentiras sobre sua paternidade em uma última tentativa de manchar meu nome.

Ela sente gosto de sangue nos lábios.

– Então o quê? Você vai me matar?

– Melhor isso que alguém descobrir que tenho uma bruxa como filha.

É a primeira vez que ela o ouve chamá-la assim: filha. Isso faz com que bile suba até sua garganta.

Eles agora estão em uma passagem apertada. Sayer chuta, tentando gritar, mas ele puxa com força a corda em torno de seus pulsos, torcendo um dos ombros dela.

– Ou talvez eu deva escondê-la na casa de campo – pondera ele. – Em vez de ser uma praga para mim, você enfim poderia me *servir* de algo.

Sayer preferia fazer qualquer coisa que dar a ele sua magia.

Ela grita pelos elos entre ela e as outras garotas, embora o veneno-de-bruxa os tenha emudecido. Ela envia para todas os sentimentos que manteve escondidos, enterrados em suas profundezas secretas. Seu desejo por uma família depois que sua dama morreu. Sua surpresa e gratidão por encontrar irmãs na escuridão, uma afinidade no lugar onde antes não havia nenhuma.

Ela tenta se comunicar com Fen, gritando para ela.

Eu preciso de você.

Wyllo a arrasta para um pátio que parece um cemitério de carruagens antigas. As estrelas no céu não passam de fogos frios e distantes. Leta disse que ela tinha sido uma estrela para se fazer desejos. Sua mãe estava sempre desejando esse homem. Ela ensinou a Sayer que necessitar dos outros leva à ruína, então Sayer jurou construir um futuro diferente para si. Houve uma época em que ela achava que seria mais forte sozinha.

Enquanto seu senhor desce uma escada de pedra, arrastando-a, ela faz um desejo para a escuridão.

Por favor, deixe que minhas amigas me escutem.

Mas ela afastou todas. Está sozinha.

De repente, a pressão em torno de seus pulsos diminui. Ela cambaleia quando seu senhor solta um grito. Piscando, Sayer tenta compreender o que está vendo. Caixotes gemem quando pregos se soltam de seus lugares, ferramentas se erguem do chão, raios se desprendem de rodas. O metal se transforma em líquido, voando como mil estrelas cadentes pelo ar antes de colidirem umas com as outras, formando longas faixas líquidas. Seu senhor ergue as mãos, mas está indefeso, pois a faixa de metal envolveu seu corpo. Ele fica rígido quando elas endurecem, prendendo-o em seu interior.

Ele e sua armadilha de metal caem, fazendo barulho ao atingir as pedras.

– Deixe-me sair daqui – grita, sua voz tomada pelo pânico. – Sua demônia!

Ela solta as cordas dos pulsos e limpa o veneno-de-bruxa do rosto.

– Não, obrigada. Gosto mais de você em uma jaula.

Ela se aproxima, debruçando-se sobre o homem que temia e detestava e por quem ansiava. Seu senhor no sangue, nunca no nome.

– Eu vou pegar você, Wyllo Regnis – sussurra. – Não esta noite, mas um dia.

Ela tira a moeda do bolso, a que ele lhe jogou de sua carruagem tantos anos atrás. Ela a põe na boca dele, como alguém poderia fazer com os mortos.

Ele grita alguma coisa por trás da moeda, quase sufocando, mas ela lhe dá as costas. Ela terminou o que tinha que resolver com ele – por enquanto. Outra coisa nesse pátio a está atraindo, envolvendo seu coração.

Um Guardião sai das sombras de uma carruagem quebrada. Sayer fica tensa por instinto, mas então olha além do uniforme, rasgado e imundo, para a mecha de cabelo cor de latão.

Sayer se aproxima de Fen com passos um pouco trôpegos. Ela perdeu o tapa-olho, deixando que seu olho verde brilhe no escuro. Há sangue espalhado por sua camisa e seu pescoço.

– Você está ferida – diz Sayer.

– Está tudo bem. – Fen tenta sorrir. – Eu provavelmente vou sobreviver.

Sayer pega a mão de Fen e a segura apertado.

– Como você me encontrou?

– Não importa. Unidas como sombras. – Ela pressiona a testa sobre a de Sayer – Eu sempre vou encontrar você. Você é minha sombra, Tig, e eu sou a sua.

Sayer respira fundo, se permitindo sentir a verdade disso.

– Fen, eu...

Os olhos de Fen se reviram e ela desmorona sobre as pedras.

O vento se dobra, as ondas escutam.
Os campos fazem uma reverência e os cães se apressam
Para se encontrar com a sheldar quando ela chama.

———

Ursos recuam e flores balançam,
Um escudo na mão, mantendo a escuridão distante
Para ajudar a sheldar quando ela chama.

— TRECHO DE UM POEMA LÍRICO ILLISH,
"A SHELDAR QUANDO CHAMA"

CAPÍTULO 34

A CORAGEM DE UMA SHELDAR

ÆSA ESTÁ PARADA na proa do navio de Willan. Ela consegue ver a figura entalhada: uma mulher com cabelos revoltos e os braços jogados para trás sobre a proa, sua protetora. Æsa se pergunta se tem a força para fazer o mesmo.

Willan está no timão, gesticulando para a tripulação que corre em torno deles. A seu comando, eles levantam e amarram as velas verde-escuras do navio. É frenético, mas eles fazem tudo em silêncio. Não podem se dar ao luxo de fazer barulhos indevidos.

Os homens de Willan – que tinham sido da tripulação de seu pai – cuidaram das patrulhas próximas, mas isso não garante que não serão descobertos. Os sinos de alarme da Prisão do Maxilar com certeza ainda estão tocando; há olhos vigilantes por toda parte. Eles estão na extremidade oposta do porto em forma de lua crescente, onde o exército simtano mantém todos os barcos confiscados. As águas da Lagoa Sussurrante estão silenciosas – silenciosas demais. Pelo menos o sol se pôs, e os céus estão escuros.

Navios se estendem à esquerda dela, enchendo o porto até sua extremidade mais distante, encimada por uma torre de vigia. Também há uma delas na extremidade mais próxima. Há duas mais posicionadas nas duas extremidades da Borda Simtana, o braço estreito de terra que protege o porto de invasores. Com certeza as quatro têm marinheiros com lunetas. Mas esse é um navio pirata, feito para ser secreto e oculto.

Há uma coleção de garotas do Subterrâneo na coberta. Ela tentou fazer com que Jacinta também descesse para lá, mas não conseguiu convencê-la. A imagem dela, machucada e sangrando, faz o peito de Æsa doer. Mas o que mais machuca é que as outras garotas não estão ali, o que faz com que ela se sinta em pânico e estranhamente desolada. O que aconteceu com Fen depois que Æsa a deixou naquele pátio? Onde estão Matilde e Sayer? Por que não estão ali?

Jacinta apoia o peso na amurada ao seu lado. A água bate contra os remos quando são abaixados – com tão pouco vento, eles vão precisar sair remando.

Æsa engole em seco, suprimindo o nó em sua garganta.

– Temos que esperar por elas.

– Se formos pegas, estamos mortas – diz Jacinta. – Você deve saber disso. Suas garotas podem se cuidar sozinhas.

Suas garotas. Matilde, Sayer e Fen, todas perdidas, talvez com problemas, mas cada segundo que permanecem ali torna mais provável que sejam arrastados de volta para a Prisão do Maxilar. Para dizer a verdade, ela quer abandonar Simta. Então por que aquilo parece tão terrivelmente errado?

Um fogo se acende no horizonte. Não: vem de uma das torres de vigia na extremidade da Borda. Momentos depois, a torre diante do continente se acende, então as outras. Sinos raivosos começam a tocar.

– Tripulação – grita Willan. – Zarpar!

O tempo se estende estranhamente quando eles se afastam do

local de ancoragem. Remadores arquejam e sussurram, ao mesmo tempo baixo demais e alto demais. Eles flutuam pelas ondas, cada vez mais longe, mas estão se movendo muito devagar. Æsa agarra a amurada, com o coração na boca.

Minutos se passam. Os sinos estão desgastando sua compostura. Um dos homens berra.

Æsa se esforça para ver em meio à escuridão.

– O que é aquilo?

Os olhos de Jacinta se arregalam.

– Um navio da marinha.

Æsa pode ver suas luzes brilhantes e seu contorno enorme. Ele se assoma na água entre duas das torres, um gigante nas ondas.

– Precisamos recuar – diz Jacinta. – Não vamos conseguir passar por eles.

Mas Willan já está gritando ordens, tentando conduzi-los para a extremidade oposta da Borda. Há um barco ali também, menor, mas mesmo assim é outro navio da marinha. Ela consegue ver figuras correndo pelos conveses. Então algo voa em sua direção, queimando brilhante contra a escuridão, atingindo as ondas ao lado deles. Ela o observa se apagar e passar por baixo de seu casco.

– Disparos de fogo! – grita Willan. – E esse não foi um tiro de aviso.

A marinha está *atirando* neles?

– Por que fariam isso? – pergunta ela a Jacinta. – Podíamos ser um barco qualquer.

O olhar de Jacinta permanece fixo no navio à frente.

– Eles devem saber da fuga da prisão.

A tripulação no navio mais próximo da marinha está na amurada, pronta para disparar o que parecem ser bestas enormes. Willan vira o navio para a esquerda, para a direita, tornando-os um alvo mais difícil, mas os dois lados do porto estão bloqueados pelos navios de guerra. Como eles vão conseguir escapar?

Outro disparo de fogo navega na direção deles. Æsa sente o calor em seu rosto, perto demais.

Jacinta segura sua mão.

– Eles vão nos afundar, Æsa.

Æsa engole em seco.

– Willan sabe o que está fazendo.

– Ele não pode fazer o que você pode.

– E o que você acha que eu posso fazer?

– A água é seu elemento, não é? E você é uma Ave Fyre.

Mas aquilo não é uma fonte de água nem uma única onda em movimento. Aquilo é o oceano, e ela não tem Matilde, Sayer e Fen consigo. Aquelas garotas são muito mais fortes do que ela pode ser.

– É água demais – sussurra ela. – Eu não consigo fazer isso.

O olhar de Jacinta permanece firme.

– Mas por mim, pelas garotas neste navio, você pode tentar.

Ela olha para trás, em direção a Willan no timão, com o rosto sério e determinado. Para as garotas que se derramam sobre o convés, vindas de baixo. Fen lhe disse para lutar, e ela não vai ficar ali parada sem se defender. Ela ergue as mãos, fecha os olhos e se entrega. Deixa que a magia envolva seus ossos, sem oferecer resistência, só lhe dando as boas-vindas. Ela transborda em ondas de luz líquida.

E mesmo assim parte dela ainda se esconde – aquela que se entregou ao Mão Vermelha e ao pontífice. A parte que ainda teme que seu sangue contenha veneno.

Seu avô sempre dizia que havia uma sheldar cantando através dela. *Só escute a canção dela e tenha a coragem de responder.* Talvez coragem seja uma coisa que se escolha, como uma amiga. Ela está escolhendo ter fé na voz em seu interior.

A água sussurra seu nome. Ela pode senti-la não como sente um barco, mas como um peixe, envolvendo-as de todos os lados. Espera que ela fale. O que ela vai dizer?

Outro disparo de fogo surge, voando bem na direção deles. As ondas se agitam e espumam em torno do casco. Ela invoca uma onda dessa espuma, comprida e esguia. Não... É uma cabeça, enorme e lustrosa. Quando se volta, seus dentes de água brilham ao luar. Ela engole o disparo de fogo em pleno ar.

Alguém grita, mas o mar é vasto e profundo. Ela não pode se virar, ou vai perder o controle.

Æsa deseja que sua serpente de água proteja o navio, detendo disparos de fogo conforme vierem. Ela *é* a serpente, vendo o mundo através de seus olhos aquosos, sentindo os disparos de fogo derreterem em sua língua. Mas isso não é o suficiente – o navio da marinha mais próximo está bloqueando seu caminho.

Sua serpente mergulha pela água na direção dele, ficando maior e mais feroz a cada mergulho e salto. Através de seus olhos, ela vê os marinheiros apontando e gritando, horrorizados. A serpente vai se chocar contra seu navio e afogar todos eles.

Não. Ela não quer matar mais ninguém, mas não consegue parar. A magia a está controlando. Exceto que ela pode sentir as outras garotas às suas costas, lembrando-a de seu corpo, e a mão de Willan em sua coluna, mantendo-a ancorada.

Æsa respira e invoca o mar de sua alma, a parte mais verdadeira de si, e deseja ter a coragem de proteger e salvar, não destruir.

Um gemido escapa de seus lábios quando a serpente mergulha por baixo do navio da marinha. Há um momento de densa imobilidade antes que a coisa toda se erga em uma onda poderosa e trovejante. Seu peito arqueja quando ela deseja que a serpente se mantenha erguida, segurando o navio, tentando impedir que ele vire. Se ela conseguir erguê-lo o bastante...

– Você está conseguindo – diz Willan. – Continue, Æsa.

Ela deseja que a serpente suba ainda mais, uma montanha se movendo através da escuridão. A cada respiração, ela chega mais perto dos penhascos da Borda. Mas é tão pesado – ah, deuses. Alguma coisa nela vacila. Jacinta segura sua mão e a aperta com força.

A serpente hesita e espuma, mas Æsa dá a ela tudo o que tem. Ela pede ao mar, e a si mesma, o que precisa.

O navio cai com um estrondo sobre os penhascos, logo abaixo da torre de vigia iluminada. Ele se apoia trôpego sobre as rochas, mas se mantém firme.

– Isso, Æsa – diz alguém. – *Isso.*

Alguém a segura pela cintura quando ela cai, mas Æsa não está mais em seu corpo, ela é sua serpente, nadando em direção às profundezas. Ela mergulha, e a água toca suas escamas conforme amolecem. Então ela se quebra, tornando-se parte das ondas...

Mariposas-de-chamas andam juntas em grandes bandos, atraídas pela luz umas das outras. Não é um instinto reprodutivo, mas um desejo de comunhão. Elas sempre ardem mais brilhantes quando estão unidas no escuro.

— ENCICLOPÉDIA DE INSETOS EUDEANOS

CAPÍTULO 35
LUZES NO ESCURO

Matilde se sente ser puxada através da noite de escuridão ardente, através da cortina no fundo do palco. Quando sua visão se desanuvia, ela vê um garoto com a libré dos Vesten: ele é um dos de Dennan? Mas então os olhos dela se detêm em seus cachos.

– Alec? – É claro: era a Capa da Noite que tinha acabado de envolver o salão de baile. O coração de Matilde parece estar preso na garganta. – O que nas profundezas escuras...

Ele a silencia.

– O que você acha? Estou tirando você daqui.

Seus pensamentos são como vinho derramado. Ela não parece conseguir contê-los.

– Mas...

A pegada dele em seu braço se aperta.

– Venha, Tilde.

Ele a puxa por uma porta e desce um lance de escada em caracol. Eles emergem em um corredor deserto forrado de prateleiras com potes e panelas – devem estar perto das cozinhas. Ela sabe que esse é

Alec, seu amigo, que foi resgatá-la, mas ela está cansada de ser arrastada pelas pessoas.

– Alec, espere.

Ele continua a puxá-la.

– O barco vai partir em breve. Não sei quanto tempo temos. Precisamos...

– *Droga*, Alec.

Ela o puxa por uma porta aberta. O lugar é estreito, cheio de prateleiras e cestos: uma despensa. Uma lanterna de mariposas-de--chamas queima brilhante sobre um banco.

Ela olha para Alec de olhos selvagens e peito arquejante. Então joga os braços em torno de seu pescoço e o sorve. Ele ainda cheira a ervas e frennet, mas não é o mesmo perfume do qual ela se lembra. Agora há algo de amargo nele.

– Não podemos parar – diz ele, passando os braços em torno dela. – Precisamos chegar ao navio, e depressa. A maioria das garotas do Subterrâneo já está lá, escondida no porão.

– Que navio? – Os pensamentos de Matilde não param. – Para ir para onde?

– Para fora de Simta. Para longe do perigo. Fen foi tirar Æsa e Jacinta do Maxilar. Se tudo correu bem, elas já devem estar lá.

Ela sente um aperto no peito. Æsa estava na Prisão do Maxilar? Mas não há tempo para ficar pensando nisso.

– Mas Sayer não está lá – diz. – Eu acabei de vê-la.

Ela pensa em Sayer na multidão, erguendo as mãos, salvando Matilde do pontífice. Mostrando a todo mundo em Simta o tipo de poder que pode utilizar.

– Ela vai se encontrar conosco lá – diz ele. – Mas nós temos que *ir*, Tilde. *Agora*.

– Mas Epinine fechou o porto. Elas não vão conseguir.

– Esse é um risco que vamos ter que correr.

Ele está dizendo para fugirem outra vez, como criminosos. Se esconderem nas sombras... mas ela já saiu para a luz.

– Não posso... – diz ela. – Não posso deixar Simta.

– O quê? Por quê?

– Porque minha família está aqui, e eles precisam de mim.

– Sua família ia querer que você estivesse fora de perigo.

– Você não entende? – grita ela. – Eu estou cansada de *fugir*, Alec.

Sua voz perturba as mariposas-de-chamas na lanterna. O rosto de Alec tremeluz sob sua luz frenética.

– Se eu fugir agora, vai parecer que o pontífice está certo sobre sermos perigosas. Ele vai distorcer o que fizemos. Ele vai voltar as pessoas contra nós. Se eu fugir agora, vou ter que fugir para sempre.

O rosto de Alec é uma máscara de confusão.

– Então o quê? Você vai ficar aqui... com Dennan Hain?

Ela se enrijece.

– Eu não estou ficando por ele. Não *se trata* dele.

Depois de tudo o que aconteceu nessa noite, ela não pode confiar em Dennan, mas talvez consiga conduzi-lo, e a Mesa, na direção que ela quer que eles sigam.

O que Dennan disse antes? *Não podemos nos prender ao passado, temos que seguir adiante.* É hora de moldar o futuro que ela quer para si mesma. Mas para fazer isso ela tem que ficar ali, no coração das coisas. Ela tem que ser uma jogadora nesse jogo.

– Foi você que disse que queria mudança. Você... Krastan. – Ela tenta não se engasgar ao dizer seu nome. – Você queria que eu olhasse além do portão de meu jardim. Bom, eu estou olhando, e o segredo de garotas com magia agora foi revelado, Alec. Eu tenho a oportunidade de mudar as regras para todos nós. Para acertar as coisas.

Alec estende as mãos.

– Você está fazendo isso porque quer tornar as coisas melhores? Ou porque quer ser uma rainha?

Como ele pode pensar em uma coisa dessas? Ela tem vontade de chorar junto de sua camisa, de gritar, de contar a ele tudo o que aconteceu. Mas os olhos dele estão cansados, duros e cheios de coisas que ela não está pronta para ver.

Ele apoia as mãos nas prateleiras aos lados dela, trazendo seu cheiro de ervas e fumaça à tona.

– Tilde, Krastan está morto – sussurra ele. – A loja se foi. Eu preciso de você.

Ela toca seu rosto, e com voz delicada diz:

– E eu preciso que você vá embora antes que alguém nos encontre.

Ele recua, como se tivesse sido atingido por algo.

– Você vai mesmo ficar e ser a Ave Noturna dele?

– Não é disso que se trata. – Por que ele não pode confiar nela? – Alec...

– Krastan ia tremer de ver você agir como uma prostituta dos Vesten.

Suas palavras são um ferrete, queimando-a. Ela afasta os olhos dele.

– Pense o que quiser, então. Só vá. Eu não preciso ser resgatada.

Parte dela deseja que ele veja além da máscara, que ele estenda as mãos para ela.

– É, eu esqueci – diz ele. – Você nunca precisa.

Então ele vai embora. Tudo fica em silêncio. Por um bom tempo, ela apenas encara as mariposas-de-chamas em sua prisão. Finalmente, ela abre o trinco e a porta de vidro. As mariposas não demoram a escapar voando, mas então parecem apenas querer circundar umas às outras. Uma a uma, elas pousam em seu vestido dourado, fazendo-o cintilar. Emprestando a ela sua luz na escuridão.

Deixe-me, *disse a Mulher das Águas.*
Não, *disse a Mulher dos Ventos.*
A ligação entre nós não pode ser partida.
Embora sejamos dois corpos,
os corações batem como um.

— FRAGMENTO DE UM POEMA PERDIDO

CAPÍTULO 36
MARIPOSAS AO VENTO

A VIDA DE MATILDE tem mil camadas de segredos. Alguns estão sob sua pele, conjurados quando ela precisa deles. Um treme-luzir na palma da mão, um par de asas incandescentes. Outros estão enterrados fundo: seus medos, suas dores, suas incertezas. Ela esconde todos eles por trás de uma máscara que não pode tirar.

Ela segue por um dos muitos corredores através da área particular do Palácio Alado. Guardas a cumprimentam com um aceno de cabeça quando ela passa. Os Guardiões e seus cães se foram, substituídos por homens que tinham sido marinheiros na tripulação de Dennan e outros que ele recrutou das fileiras da marinha. Todos parecem idolatrá-lo.

As portas do escritório do novo suserano foram deixadas abertas, mas Dennan não está ali. Ele deve estar em algum outro lugar do palácio, planejando os próximos movimentos. Nos três dias desde a Noite Menor, ela acha que ele não dormiu nada. Nem ela.

No dia seguinte ao baile, na reunião da Mesa, eles o elegeram oficialmente como suserano. Matilde ficou um pouco surpresa por tantas das Casas terem escolhido apoiá-lo, mas ele disse mesmo que tinha influência sobre elas. Além disso, uma das próprias filhas das Casas – e uma Ave Noturna – está ao lado dele. Eles acharam prudente fazer o mesmo, por enquanto. Nenhum deles parece preocupado com a morte suspeita da antiga suserana.

Eles não fariam essas coisas se eu fosse um homem.

Ela afasta a lembrança. Matilde faz questão de não pensar em Epinine enquanto está acordada. A mulher já assombra seus sonhos com bastante frequência.

Claro, nem todas as Casas estão satisfeitas em ter Dennan como seu novo suserano. Suas palavras no baile sobre querer acabar com a Proibição causaram alvoroço entre os mais devotos; outros veem Dennan como um caminho para limitar o poder da igreja. A igreja, é claro, o condenou, embora o pontífice não estivesse na reunião da Mesa. Ele foi preso depois do baile por tentar matar Matilde, homem odioso. Mas ela sabe que há pessoas em Simta louvando-o por isso. Algumas delas resolveram protestar em frente ao palácio, carregando cartazes que vão de "Honrem o Manancial" a "Matem a Bruxa".

A cidade está escolhendo de que lado está, e a tensão é crescente. Ela quase sente o gosto de guerra no ar.

Ela entra nos aposentos que foram liberados por Dennan para sua família. A dama está à mesa, escrevendo uma carta, e Samson está deitado em um divã, cheirando um prato de alguma coisa aromática. Desde que recuperou sua liberdade, tudo o que ele parece querer fazer é comer.

– Tilde – diz ele, de boca cheia. – Você ateou fogo em alguém quando estava fora?

Sua dama o repreende.

– Samson, sério.

– Hoje, não – provoca Matilde. – Mas posso tentar, se você me provocar.

Samson revira os olhos. Ele aceitou sua magia e a nova situação deles com calma e mais finesse do que ela teria acreditado. Ainda é um choque e um alívio tê-los novamente ao seu lado. Dennan os encontrou no dia seguinte ao baile, em uma casa dilapidada no Bairro do Dragão, e os levou para o palácio. Sua família parece igual, mas também diferente. Mais cautelosa. Ou talvez seja apenas ela.

Dennan acha que, por enquanto, é mais seguro que todos eles fiquem ali, em vez de irem para casa. Alguém já tinha tentado incendiar a casa dos Dinatris – um aviso. Por menos que confie em Dennan agora, ela concorda com ele nessa questão. Ela quer manter sua família por perto.

Ela vai até a sacada coberta onde sua avó escolheu passar a maior parte do tempo. Ela está quieta desde que Matilde lhe contou tudo o que aconteceu. Quando ela lhe contou sobre Krastan, lágrimas silenciosas escorreram pelo rosto da avó.

É minha culpa, disse Matilde, *ele estar morto.*

Kras teria feito qualquer coisa para salvá-la, querida. Ele amava você.

Ele não merecia o que lhe aconteceu. E o homem que o matou ainda está livre. Ninguém consegue achar o Mão Vermelha e seus acólitos, mas ela não tem dúvida de que ele está longe de ter terminado de criar problema. É uma das muitas ameaças que ela vai ter que tentar conter.

Ela sai para a sacada, que dá para as Esquinas, a vista emoldurada por asas arqueadas de pedra que formam as janelas que a circundam. A luz da lua se espalha pela água como mil lantejoulas. Simta está bonita, mas Matilde vê as sombras da cidade de um jeito que nunca antes viu. Ela se pergunta quantas garotas mágicas mais podem ainda estar escondidas.

Ao som de sua aproximação, sua avó se vira, sorrindo. A lanterna de mariposas-de-chamas que ela botou sobre o batente da janela a pinta de uma luz movediça.

– Sabe – diz, olhando para Matilde. – Acho que nunca vi você de calça antes.

Uma risadinha lhe escapa.

– Culpe Sayer por isso. Ela é uma má influência.

Pensar em Sayer faz seu peito doer.

Matilde repassou aquele momento entre elas no salão de baile muitas vezes: as mãos de Sayer estendidas, raios crepitando ao seu redor, ela se expondo pelo bem de Matilde. Durante todo o dia seguinte, depois do caos, ela ficou com muito medo de que algum Guardião a tivesse apanhado. Mas naquela noite ela encontrou um bilhete em seus aposentos. *Espero que você saiba o que está fazendo, Dinatris.* Matilde está irritada com ela por andar pelas sombras e não ficar para conversar. Elas precisam fazer isso, e logo.

Ela se pergunta se Sayer e Fen estão juntas em algum lugar. Ela sabe que Æsa fugiu da cidade, deixando uma lembrança e tanto em seu rastro. A garota que estão chamando de Bruxa das Ondas deixou um navio monstruoso no alto da Borda, jogado nos penhascos como uma baleia encalhada. Estão falando nisso por toda Simta e, ela tem certeza, fora dela também.

Essa não foi a única marca que as Aves Noturnas deixaram para trás. Há marcas de queimado por toda a rua Hester no Bairro do Pégaso, e rachaduras provocadas por raios no piso do salão de baile do palácio. Ela ouviu dizer que há uma trepadeira enorme no Bairro da Fênix agarrada à parede de um pátio. *Ela cresceu de uma só vez,* sussurrou uma de suas novas criadas, *sob o comando de alguém usando uma máscara de raposa.* É o tipo de magia que em séculos não era visto. *A velha magia está surgindo outra vez,* dizem os sussurros. *Magia perigosa.* Se as pessoas ao menos soubessem o que as quatro podem fazer quando se juntam.

Mas esse segredo morreu com Epinine – em grande parte. Algumas pessoas no Subterrâneo viram o que elas podiam fazer, e aqueles dois garotos Caska. Sabe-se lá para quem eles contaram a história. Pelo menos Dennan não sabe, e ela não vai contar a ele. Alguns segredos ficam melhor enterrados... pelo menos por enquanto.

Tarde da noite, ela está deitada pensando naqueles murais do Subterrâneo. Aquelas Aves Fyre de antigamente, tão poderosas: como elas tombaram? Quer saber seus segredos e suas histórias. Há muita coisa sobre as Aves Fyre que elas ainda não sabem.

Ela está feliz pelas outras garotas estarem em segurança, mas sente falta da sensação de estarem juntas. O lugar que devia ser ocupado por seus laços agora é um vazio doloroso. Ela se lembra da sensação de quando davam as mãos, ficando mais fortes. O que mais elas poderiam fazer juntas? O que poderiam ser?

– Tem certeza disso, Tilde? – diz a avó, trazendo-a de volta ao momento.

– Certeza de quê?

– Do caminho que você escolheu.

Ela quer dizer ficar no palácio e se aliar a Dennan Hain, ou pelo menos parecer fazer isso. Toda vez que ela fica ao lado dele, as palavras raivosas de Alec retornam. *Krastan ia tremer de ver você agir como uma prostituta dos Vesten.* Nos últimos dias, Dennan tentou consertar o que havia se partido entre eles, incluindo-a em muitas das reuniões, chamando-a de sua conselheira em assuntos mágicos. Ele parece de fato querer que ela seja sua parceira, mas ela não se esquece de como ele é bom em contar mentiras. Ela não pode confiar nele – em vez disso, planeja usá-lo. Então voltou a usar uma máscara.

– Se tornar o rosto público das garotas com magia está transformando você em um alvo – prossegue a avó –, eu preferia que você estivesse escondida e em segurança.

Às vezes, nos momentos de fraqueza, Matilde deseja aquela vida antiga, cheia de piadas particulares e noites cintilantes, mas ela não é mais uma Ave Noturna; essa vida ficou para trás. É hora de construir uma nova. Não apenas para ela, mas para Alec e suas filhotes, e todas as pessoas do Subterrâneo. Se ela não conseguir encontrar um jeito de tornar as coisas melhores, então quem vai?

– As coisas estão mudando, vovó – diz ela. – Nós temos poderes que não são vistos há gerações. Cada vez mais garotas que têm magia dentro delas estão surgindo. Se eu jogar minhas cartas direito, posso tornar tudo seguro para nós. Todas nós.

A avó franze o cenho.

– As pessoas temem o poder, especialmente quando ele é exercido por uma mulher. Você está brincando com fogo.

Os lábios de Matilde se curvam.

– *É* o meu elemento.

Por mais confiante que pareça estar, ela está assolada por dúvidas.

Ela olha para as Esquinas, desejando estar em um barco que navega por elas. Ela não deixou o palácio desde o dia em que Epinine a trouxe para lá. Mas agora não é uma prisioneira: pode sair na hora que quiser. Ficar é uma escolha, mas mesmo assim às vezes ela se sente aprisionada.

Até pássaros engaiolados têm escolhas, não é? Eles podem piar e bater as asas contra a grade, tentando rompê-la, ou fingir serem mansos até alguém abrir a porta.

– Krastan achava que eu estava destinada a alguma coisa – diz Matilde, engolindo as lágrimas. – Eu não quero decepcioná-lo.

– Você não vai – sussurra a avó. – Você nunca conseguiria fazer isso.

Mas Krastan achava que ela era uma Ave Fyre. Mesmo agora, ela não sabe se acredita nele, mas sua fé é como uma chama interior. Quase forte o suficiente para queimar.

Sayer está parada embaixo de um poste com mariposas-de-chamas no Distrito dos Jardins. Anos atrás, ela parou nesse mesmo ponto, esperando para ver se seu senhor iria reconhecê-la. Agora ela se envolve em sombras para garantir que ele não faça isso.

Do outro lado da rua, ela consegue ver a aldrava na porta azul-escura da casa dos Regnis. É uma cabeça de lobo que segura pela boca um anel feito para bater. De onde ela está, parece um monstro. Um monstro ferido, ela espera. Ela teve que deixar seu senhor para trás na Noite Menor para arrastar uma Fen inconsciente para um lugar seguro. Ele deve ter ficado deitado ali por horas, talvez a noite inteira. Sayer não consegue imaginar que história ele contou para quem quer que o tenha encontrado. E agora está de volta à sua confortável mansão como se não tivesse ameaçado matá-la. Em Simta, são as pessoas erradas que sofrem.

Ela leva a mão ao pulso. Ainda sente a dor pela corda com que ele a amarrou – só a lembrança faz com que ela se sinta mal. Mas não tão mal quanto com o veneno-de-bruxa. Sayer ainda não sabe como Wyllo descobriu isso. Será que ele o conseguiu com o Mão Vermelha? Ela não entende por que aquele fanático manteria isso em segredo do resto da igreja, mas o forneceria abertamente para um magnata de Grande Casa. Parece que a erva não é de conhecimento geral em Simta, mas Sayer se pergunta quanto tempo isso vai durar.

Ela vai até a escada da entrada, invisível, e respira fundo. Nada de veneno-de-bruxa. Com o ouvido na porta, ela pega suas gazuas no bolso. Ela não demora para abrir. As dobradiças bem lubrificadas não fazem barulho nenhum.

O foyer na entrada é alto e tem muitos lados, como uma pedra preciosa lapidada, com espelhos pendurados em todas as paredes azul-escuras. O mosaico no chão mostra um lobo caçando, perseguindo um bando de criaturas aladas. Isso não impede que adentre mais na casa. Ela passa na ponta dos pés por vasos cheios de flores e retratos de família ornamentados com ouro. Em uma versão diferente de sua vida, ela podia ter sido um daqueles rostos. Mas ela não tem família.

Pelo menos não uma definida por laços de sangue.

Ela vai da sala de jantar para a sala de estar, com passos leves e cuidadosos. Então, por fim, encontra seu senhor. Ele está sentado a uma escrivaninha em um escritório sem janela, examinando um livro-caixa. O lugar cheira a fumaça de cravo e polidor de madeira. Há chifres de animais montados na parede sobre sua cabeça.

Sayer se aproxima até estar ao lado dele, assegurando-se de que sua invisibilidade ainda esteja no lugar. Há alguma satisfação em ver o hematoma em seu rosto, mas não é o suficiente – nem de longe. Ela saca a faca da bainha.

Passou dias pensando no que ia dizer logo antes de esfaqueá-lo. Mas as palavras de outras pessoas estão sempre circundando sua mente, altas demais.

As de sua dama: *Você foi criada para a beleza e a luz, não para a violência.*

E as de Fen: *A vingança não conserta o que passou. Ela apenas a cega para o que importa.*

Ela ergue a faca. Um golpe e vai estar tudo acabado. Ele fez por merecer. Ela está pronta para se livrar dele.

A mão dela treme. *Dez infernos. Só faça isso, Sayer.*

Wyllo ergue os olhos, com raiva fervilhando em seu olhar.

Ele grita:

– Minna!

Sayer leva um susto. No momento seguinte, a mulher dele aparece à porta. Ela parece mais nova que nas pinturas a óleo, mais frágil.

– O que é, querido?

– Nossos livros sugerem que você mandou fazer uma *calça de jardinagem* para Jolena.

A voz de Minna está marcada pelo que Sayer acha que pode ser medo:

– Pareceu melhor do que deixar ela sujar todos os vestidos de dia.

Um punho bate na mesa, fazendo um estrondo. Minna se encolhe.

– Não quero que minha filha brinque na terra como uma criança de rua. Ela devia estar passando o tempo fazendo as aulas pelas quais eu pago tanto.

– Eu disse a ela – diz Minna. – Mas você sabe como é a nossa filha. Ela tem *ideias* próprias.

– Você me prometeu meninos, mas tudo o que tenho são garotas com ideias.

Sayer tem vontade de esfaqueá-lo nessa hora – talvez Minna nem se importasse. Em vez disso, ela se vê recuando em silêncio.

Não é que não queira esfaquear Wyllo na frente dessa mulher de ossos estreitos. É que Fen estava certa: sua dama não ia querer isso. E o que, afinal, ela ia conseguir? Quando ela se vingar, quer que ele veja o que está acontecendo. Ele merece sofrer devagar antes que ela o mande para as profundezas.

Sayer se vira e sai do escritório, passando por Minna e seguindo na ponta dos pés pelos cantos da casa. Ela pode não esfaquear Wyllo essa noite, mas está com raiva demais para ir embora, droga, como se ela não fosse roubar um pouco de suas quinquilharias elegantes.

Ela passa por uma janela aberta que dá para um jardim murado. O cheiro de plantas faz com que pense em Fen. Ela dormiu por dois dias inteiros na casa de Leta. Sayer limpou seus ferimentos e se sentou ao seu lado, revivendo essa noite mentalmente. O jeito com que Fen invocou o metal no pátio, fazendo-o voar. Suas palavras sussurradas: *Você é minha sombra, Tig, e eu sou a sua.*

Mas, quando Sayer acordou essa manhã, Fen tinha desaparecido, partido sem dizer palavra, do mesmo jeito que Sayer fez meses atrás. Ela acha que isso é justo. Elas precisam conversar, mas algo impediu que ela saísse procurando por Fen. Como pode fazer isso quando não sabe o que ela quer ou o que elas são? Que estão amarradas, isso é certo.

Ela afasta o pensamento enquanto sobe a escadaria grandiosa. Devagar, devagar, tentando não fazer nenhum barulho. Quando chega no alto, passa pelos quartos na direção do fim do corredor. Uma voz doce sai de uma porta aberta, cheia de frustração:

– É *tudo* uma droga.

Curiosa, Sayer entra. O quarto é cheio de babados e cores pastel, mas está vazio. Por uma janela aberta, Sayer capta um vislumbre de uma camisola clara. Uma garota está sentada no telhado do lado de fora. Essa deve ser a menina jardineira, Jolena. Sayer vê seu perfil de onde está parada. Não devia surpreendê-la que a garota se pareça um pouco com ela, mas mesmo assim a surpreende. Ela tem cerca de treze anos, é limpa e polida. Até a fita em seu cabelo demonstra uma vida elegante, sem preocupações. O lábio de Sayer se retorce, ela sente um sabor amargo na língua.

Mas as mãos da garota estão sujas. Há manchas escuras sob suas unhas, e ela as está envolvendo no que parece ser um monte de terra. Ela está olhando fixamente para isso, como se esperasse que alguma coisa acontecesse. Um formigamento atravessa a pele dos braços de Sayer.

A boca da garota se franze, então xinga outra vez. O que ela está fazendo?

Sayer sai com cuidado pela janela, se aproximando. A garota está olhando para a terra outra vez, com as sobrancelhas franzidas. Está cantando uma pequena canção em voz baixa. Ela leva um susto quando algo se ergue da terra. É uma planta, desenrolando folhas serrilhadas enquanto Sayer observa, crescendo rápido... quase como magia. *É magia.*

Wyllo Regnis tem duas filhas mágicas.

Gatos em chama, como ele detestaria saber disso.

Ela devia ir embora, mas em vez disso se senta à direita da garota, ainda envolta em sombras. Jolena se enrijece e fica imóvel.

– Olá? – sussurra.

Sayer prende a respiração, decidindo o que fazer.

– É você? A Bruxa das Tempestades?

Os lábios de Sayer se curvam. Ela soube que é disso que a usina de boatos de Simta a está chamando, depois do que ela fez no palácio. Eles ainda não sabem seu nome verdadeiro. Ninguém sabe, exceto as pessoas nas quais ela confia e o homem horrível no andar de baixo.

A garota está falando:

– Acho que a intenção é que isso seja um insulto, mas eu gosto. Dá medo.

Sayer diz:

– Eu também acho.

Jolena engasga em seco. Sayer não devia se revelar ali, para essa garota. Mas ela olha para a janela para garantir que não possa ser vista da porta, e se torna visível outra vez.

O sorriso da garota é largo, sem reservas. Sardas pontilham suas bochechas como um céu cheio de estrelas.

– Eu sabia que era você. Você criou mesmo uma tempestade dentro do palácio? – pergunta, como se não houvesse nada de estranho em uma garota aparecer do nada em seu telhado. – Você jogou mesmo o pontífice pelo ar?

Sayer assente.

– Dez infernos – pragueja a garota. – Eu queria ter visto isso.

Sayer olha para a planta que Jolena fez brotar.

– Parece que você tem seus próprios talentos especiais.

Jolena franze o cenho.

– Fiz isso pela primeira vez apenas há algumas semanas. Ainda não entendo como funciona, mas vou entender.

Mas, quanto mais poder uma garota tem, mais as pessoas querem tirar isso dela. Sayer sabe disso muito bem.

Matilde quer mudar o sistema por dentro. Sayer entende. Mas as engrenagens da política sempre giram devagar, enquanto os rumores e o medo se movem com rapidez. A igreja está fazendo um alarde sobre caçar garotas com magia, independentemente do que a Mesa tem a dizer sobre isso. As pessoas estão procurando garotas assim, para usar ou dominar, e não há nenhuma lei para protegê-las. Nas ruas, é cada garota por sua própria conta.

Jolena passa o dedo pela planta que acabou de fazer brotar. Uma florzinha branca desabrochou, com as pétalas bordejadas de vermelho.

Ela ergue os olhos.

– Você veio me mostrar como usar minha magia?

– Vim lhe dizer para você ter cuidado com onde pratica. Aqui fora, alguém pode ver.

Os olhos de Jolena brilham. Sayer pode ver um pouco de si mesma neles.

– Eu não me importo com o que as pessoas dizem. Eu não tenho vergonha.

Sayer sente um nó no peito que não estava ali antes.

– Eu gostaria de ficar invisível. – A expressão da garota fica sombria. – Meu senhor não me deixa fazer nada. Ele diz que eu preciso aprender a me comportar como uma lady, então vivo trancada aqui dentro.

Trancada nessa casa com um homem que já tentou machucar uma filha com magia. O que ele faria se soubesse que há outra vivendo sob seu teto? Ela é membro de sua família – a que ele escolheu honrar. Mas Sayer não consegue se esquecer da sensação de ser arrastada pelos pulsos. *Eu prefiro matar você a alguém descobrir que tenho uma bruxa como filha.* Quantos outros senhores em Simta sentem o mesmo?

– Ele sabe o que você pode fazer? Seu senhor?

– Não – diz Jolena. – Eu não gosto de guardar segredos, mas minha dama disse que não posso contar nunca.

Sayer se pergunta quantas das filhotes ainda estão em Simta. Elas não podem ter todas fugido com Æsa naquele navio. Quantas novas garotas há como Jolena, que acabaram de encontrar sua magia e não têm um Subterrâneo para onde fugir? Quem vai cuidar delas agora?

– Não posso ensinar você a se transformar em sombra – diz ela, sacando sua faca. – Mas talvez eu possa lhe ensinar outra coisa.

Sayer gira a faca de uma ponta a outra, a lâmina brilhando. Ela para e flutua em pleno ar acima de sua mão.

A boca de Jolena faz um O.

– Como fazer coisas flutuarem?

– Não. – Sayer sorri. – Quis dizer ensinar você a lutar.

Mais tarde, ela deixa com Jolena a faca e um bilhete que a garota prometeu botar na mesa de seu senhor.

Estou vigiando você, Wyllo Regnis. Se eu vir você machucando mais uma garota com magia, vou mandá-lo para as profundezas.

Atenciosamente,
A Bruxa das Tempestades

Ela caminha de volta até o poste com iluminação de mariposas-de-chamas. Sua luz dourada tremula de um jeito que a faz pensar em Matilde. Sayer não entende o que ela acha que vai conseguir no palácio, conversando e fazendo manobras. Ela nitidamente acha que pode mudar as coisas.

As coisas precisam mudar – Sayer consegue ver isso. Ela pode até acreditar que deve ter uma participação na mudança. Mas não vai fazer isso em plena vista para toda Simta. Ela vai ser uma faca no escuro.

AVES NOTURNAS

FEN MANTÉM AS mãos espalmadas sobre a mesa. Ela quer coçar a casca meio formada em seu ombro – arrancá-la –, mas aprendeu a não chamar atenção para seus ferimentos. Especialmente em torno dessa mesa no sótão da Sala do Trono, diante dos outros chefes dos gaiteiros. Ela já se sente exposta demais.

Ela vira sua dose de uísque illish. Fen não bebe, na verdade, mas tem muitas dores para aliviar. Três noites atrás, escapou por pouco de Dorisall e seus capangas naquele pátio no Bairro da Fênix. A seta que atravessou seu ombro a obrigou a escalar sua trepadeira com apenas uma das mãos, o coração batendo forte, enquanto Dorisall gritava seu nome lá embaixo. E agora ele está à solta outra vez, lambendo suas feridas, reunindo forças. Ela luta contra um tremor. Fen devia tê-lo matado anos atrás, mas toda vez que ele está perto, ela volta a se sentir como uma criança, presa naquele porão. Gatos em chamas, ela é Fenlin Brae: ela não tem medo de nada.

Que é a maior mentira que ela já vendeu.

O chefe dos Cortes Rápidos tamborila com os nós dos dedos na mesa.

– Vamos começar, senhores. Temos muito a discutir.

Os sete lordes das gangues de Simta estão todos ali, vestidos com a elegância habitual. Fen está com seu melhor colete laranja e um novo tapa-olho sobre seu olho verde. Os segundos estão sentados em cadeiras à sua direita. Olsa é um bom segundo: leal, mas não faz muitas perguntas. Gwellyn, segundo do antigo chefe dos Krakens, a encara com fúria do outro lado da madeira lustrada da mesa. Ele pode olhar quanto quiser – Fen tem problemas maiores. Seu jardim subterrâneo foi destruído, levado pelas águas, assim como o dinheiro que ela tinha investido nele. As Estrelas Negras estão quebradas, e ela tem que encontrar um jeito de resolver isso. Ela não tem tempo para ficar obcecada com Sayer. Mesmo assim, Fen não consegue parar de pensar nela e na outra noite em frente ao palácio. A lembrança lateja como um ferimento que não quer sarar. *Eu sempre vou encontrar você. Você é minha sombra, Tig, e eu sou a sua.* Fen podia muito bem ter retirado o coração do peito e o colocado sobre os paralelepípedos. Naquela noite, ela deixou que muitos de seus segredos fossem revelados.

O chefe dos Cortes Rápidos a retira de seus pensamentos.

– As coisas estão mudando em Simta, muito depressa. Nós precisamos mudar com elas. Discutir os termos de como vamos lidar com essas garotas mágicas.

Ele quer dizer como controlá-las. Usá-las. Ela é tomada de repulsa, mas não pode demonstrar isso.

– Não queremos uma guerra entre nós – troveja o chefe dos Mares Profundos. – Então isso precisa ser civilizado. Nada de roubar garotas de outras gangues. E precisamos de regras claras sobre sua posse.

– Que tal a regra de quem acha é dono? – intervém Gwellyn. – Quem encontrar uma dessas garotas fica com ela, não importa onde esteja.

Fen se assegura de manter a voz livre de emoção:

– Você fala como se elas fossem vidros de contrabando, Gwell, que pode simplesmente pegar e botar no bolso. Elas são pessoas.

Gwellyn sorri, mostrando o espaço que devia ser ocupado por seu dente azul.

– Sei por que você diz isso, levando em conta suas... associações.

Arrepios de tensão surgem na nuca de Fen. Ele se refere a Sayer. Ele pode não ter certeza de que ela tem magia, mas desconfia. Ele faz o comentário para atingir Fen, e conseguiu.

– Vocês todos sabem que não podem extrair magia delas à força – diz Fen. – Elas precisam doá-la por vontade própria.

O chefe dos Temíveis se inclina para a frente.

AVES NOTURNAS

– E como você sabe disso, então, Fenlin? Tem alguma informação que quer compartilhar com o grupo?

Fen dá de ombros, enterrando seu pânico.

– É só o que eu ouvi. O que estão dizendo nas ruas.

Ela pega sua lata de resina, separando uma pequena porção. Não lhe resta muito, e sua principal fonte está inundada embaixo da cidade. Outro problema com o qual lidar. Mas se a vida lhe ensinou alguma coisa foi como sobreviver.

Está tudo bem, disse Æsa naquela noite, antes de Fen a erguer para a segurança. *Botar para fora.*

Para ela, é fácil falar. Ela nunca morou no Grifo. Se aqueles homens soubessem o que ela pode fazer, iam usar isso contra ela. Destruiriam a vida que ela construiu, a gangue que ela ama. Mas eles *não* sabem, e é assim que Fen vai manter as coisas.

– Não estamos falando em tomá-las à força – diz o velho chefe dos Krakens. – Há muitas razões para uma garota com esses poderes querer a proteção dos gaiteiros. Aposto que a maioria delas trabalharia para nós de graça.

Mas em Simta, nada é grátis, e há inúmeras maneiras de induzir alguém a fazer sua vontade. Os gaiteiros fazem isso o tempo inteiro. Ela tem uma visão de um dos bordéis dos Cortes Rápidos, cheios de garotas vendendo beijos mágicos e entregando todos os seus ganhos para a gangue. Fen se arrepia. Ela tem vontade de gritar, mas se força a encostar, sem se aborrecer. Ela não pode se dar ao luxo de ir contra eles nisso.

Ela também não pode ignorar. Foi isso o que fez com o Mão Vermelha, e veja o que aconteceu ali. Ela é parte de ele ter se tornado o que se tornou, e a razão por que o veneno-de-bruxa é agora um problema maior. Quem sabe por quanto tempo isso vai permanecer escondido de homens como os que estão nessa mesa? Sabe-se lá por quanto tempo Fen pode manter seus segredos encerrados...

Ela pensa em todas as garotas no Grifo que estão como ela esteve no passado: com medo, cheias de um poder que as transforma em alvo. *Unidas como sombras.* Mas parece que ela tem muitas sombras para cuidar.

ÆSA FECHA OS olhos, deixando que os borrifos do mar pintem suas pálpebras. A proa do navio balança delicadamente nas ondas. Todos os illish pensam no oceano como uma coisa viva, com estados de ânimo e opiniões, mas, para ela, ele está vivo como nunca esteve antes.

Ela fecha as mãos em torno da amurada do navio. Marinheiros trabalham dos dois lados, mas nenhum se aproxima. Desde que ela acordou de seu feitiço, eles se mantiveram à distância. Eles curvam a cabeça e fazem o sinal de respeito illish na testa. É como se agora a vissem como um símbolo, em vez de uma garota. Ela entende. Depois de se entregar inteiramente à magia, ela se sente distante de tudo ao seu redor. É parte desse mundo, mas de algum modo ainda está sob as ondas.

O sol mergulha na direção do horizonte, mas é difícil não pensar no que está por trás dele. Faz vários dias desde que eles fugiram de Simta. Ela continua pensando em Matilde, Sayer e Fen. Elas estão bem? Conseguiram resgatar umas às outras? Ela tentou entrar em contato com os elos entre elas, mas eles ficaram silenciosos. Talvez eles só ganhem vida quando elas estão perto.

Jacinta e a maioria das outras garotas estão na coberta. Æsa as evita sempre que pode. Todas a olham como se ela soubesse o que o futuro reserva. Ela passa a maior parte de seu tempo no convés, ouvindo as aves marinhas chamando umas às outras. Elas planam no ar, despreocupadas e livres.

– Belo dia para navegar.

Willan chega ao lado dela. Ao contrário de sua tripulação, ele não abaixa a cabeça. Olha para ela com o mesmo olhar firme e quente de que ela se lembra de antes que ele a deixasse em Simta.

Ele encara o vento, parecendo em casa na água. Está bonito também, brilhando sob o sol poente.

– Devemos avistá-las dentro de uma hora, aproximadamente.

Ele está falando das Ilhas Illish. Isso devia enchê-la de alegria, mas nada parece como pensou que seria.

Willan a olha como se ela tivesse dito seus pensamentos em voz alta.

– Voltar para Illan sempre me faz sorrir – diz ele. – O lugar me lembra de alguns de meus momentos mais felizes. Mas também me deixa triste, porque nunca é a mesma coisa sem meu pai. Eu me pergunto se, depois que você vai embora de casa pela primeira vez, é possível realmente voltar.

Ela engole em seco, com um nó na garganta.

– Por muito tempo, voltar para casa era tudo o que eu queria. Mas agora…

Ele espera, com expectativa.

– Acho que estou com medo do que meus pais vão pensar.

Seu pai, em especial. Ela agora sabe que sua magia não pode ser escondida. É parte dela, e não tem que ser ruim, não importa o que o pontífice e o Mão Vermelha possam dizer. Mas seu pai vai ficar decepcionado por ter uma sheldar como filha? Vai vê-la como algo a ser temido?

– Nunca se sabe – diz Willan. – Eles podem surpreendê-la.

Eles se olham nos olhos. Como esse garoto pode fazer com que ela se sinta ao mesmo tempo ancorada e insegura?

– O que você vai fazer quando chegarmos? – diz ela, tentando manter a voz leve. – Ir para a casa de seu pai por um tempo? Ou continuar navegando?

Willan a está encarando como se ela fosse o horizonte para o qual ele está navegando.

– De onda em onda, nós navegamos juntos, Æsa.

As palavras têm o peso de um juramento, uma promessa solene. Essa corrente entre eles só parece ganhar força. Sua mãe costumava contar para ela a história de como tinha conhecido seu pai – seu apselm, seu amado. Seus olhares se cruzaram enquanto eles dançavam ao redor de uma fogueira de Maré Parelha, e ela disse que quase podia ver seu futuro nas chamas. Sua história já estava escrita; ela apenas tinha que decidir se ia caminhar em sua direção.

Mas ela ousa fazer isso?

Æsa estende a mão, e eles entrelaçam os dedos. Ela tem tempo de vê-lo sorrir antes de ser tomada por uma visão. É um Willan do futuro se curvando para beijá-la ardentemente, com sal e borrifos do mar em seus lábios. Quando ele se afasta, há sangue. Ele está por toda parte, cobrindo sua jaqueta. Ele a olha como se ela tivesse causado o ferimento.

Ela se assusta e volta para o presente. As sobrancelhas de Willan estão franzidas.

– O que foi, Æsa?

Ela pisca com força, retirando a mão.

– Eu não quero machucar você.

– Por que você se preocuparia com isso?

Porque ela já machucou um garoto antes. E agora é uma sheldar, ou algo parecido. É isso o que as garotas abaixo do convés precisam que ela seja. Elas estão vulneráveis, algumas delas sem suas famílias, seguindo para uma terra que a maioria delas nunca viu. É possível que a marinha de Simta venha persegui-las. Se não eles, então outras pessoas vão fazer isso. Se ele ficar com ela, Willan vai se tornar um alvo. Talvez ela não possa ser uma sheldar e também uma apselm.

Ela tenta deixar sua voz indiferente:

– Enfim, decidi que parei com os beijos. Não sei por que motivo você ficaria por perto.

Ela espera que ele fique magoado, mas em vez disso ele apenas sorri de leve.

– Boa tentativa, kilventra. Mas, se quiser se livrar de mim, vai precisar se esforçar mais.

Com isso, ele sai andando na direção do timão.

Observá-lo provoca nela uma sensação estranha. Ela já viu esse momento antes, em seus sonhos. Foi uma das primeiras visões que teve em Simta: Willan em um barco, indo embora ao pôr do sol. Ela se pergunta se o futuro dele que acabou de ver tem que se realizar. Está escrito em areia movediça e mutável, ou está destinado a acontecer? Quanta diferença faz qualquer uma de suas decisões?

Três formas escuras aparecem no horizonte, cercadas de aves. São as Três Irmãs: as falésias que recebem todos os viajantes que se aproximam de Illan vindos do sul. A alegria cresce, mas também há outra coisa.

Æsa relembra o dia em que Jacinta leu sua sorte. *Você vai percorrer um caminho sinuoso*, disse ela, *mas no fim ele vai levá-la de volta para casa.* Mas agora Illan não é o único lugar em que seu coração mora. Ela deixou parte dele para trás, com três garotas em Simta. Seu futuro está longe de ficar claro, mas ela não consegue se livrar do sentimento de que ele vai tornar a reuni-las. De que as outras estão esperando por ela naquela costa agora distante.

– AGRADECIMENTOS –

Sempre fantasiei escrever meus primeiros agradecimentos. É uma coisa maravilhosa ter tantas pessoas para agradecer.

Muito amor para meu agente, Josh Adams (e sua copiloto, Tracey), por acreditar em mim e nesta história. Obrigada, Josh, por ser meu porto seguro em uma tempestade. Eu lhe devo algumas almôndegas da IKEA. Obrigada também aos agentes estrangeiros que ajudaram este livro a voar pelo mundo todo, encontrando morada em lugares que mal posso esperar para explorar.

Que muitos confetes cintilantes caiam sobre todos na Penguin Teen e na Nancy Paulsen Books. Que tripulação incrível com quem navegar. Sou especialmente grata a minha talentosa editora, Stacey Barney, por amar minhas garotas mágicas tão ardorosamente e me ajudar a transformar esta história em sua melhor versão. Agradeço a minhas estrelas da sorte por você. Obrigada a Jennifer Klonsky, uma das primeiras entusiastas, e a Nancy Paulsen por seu apoio contínuo, e a todo mundo que derramou seu conhecimento e trabalho duro, incluindo Caitlin Tutterow, que está sempre presente quando preciso dela, Felicity Valence e a equipe do marketing digital, minha adorável divulgadora, Olivia Russo, os incríveis editores de texto e revisores que me salvaram de mim mesma mais vezes do que consigo contar: Laurel Robinson, Janet Rosenberg e Cindy Howle. Minha gratidão também a todas as pessoas nos bastidores a quem ainda não sei que devo agradecer. Reconheço vocês e agradeço do fundo do meu coração.

Uma rodada de coquetéis mágicos para os humanos talentosíssimos que fizeram com que este livro ficasse tão bonito. Aykut Aydoğdu, cuja arte poderosa enfeita a capa (belisquem-me), e Jessica Jenkins, que transformou aquela capa em uma coisa dos meus sonhos. Sveta Dorosheva, que transformou meu mundo inventado nos mapas mais gloriosos de todos os tempos, e Suki Boynton, que deixou as páginas internas tão reluzentes. Eu sou uma autora de muita sorte.

A todos os bibliotecários, livreiros, professores, blogueiros, youtubers, instagramers e tiktokers e outras pessoas que gostam de livros, que elogiaram este livro e ajudaram a divulgá-lo: vocês fazem um trabalho incrível, meu eterno obrigada. Obrigada também a Miranda, uma das primeiras fãs do livro, cuja empolgação me fez seguir em frente, e a Carly, cuja torcida e piadas apropriadas me fizeram rir quando eu mais precisava e, claro, obrigada a todos os que ouviram *Pub Dates*, o podcast no qual eu registrei a jornada deste livro até a publicação. Amei ter vocês nesta viagem louca e mágica. Obrigada também, leitor, por apostar em meu romance. Você é a razão para eu conseguir fazer esta coisa que amo.

Obrigada a todos os fãs de *The Exploress* por aí. Quando comecei o programa, eram apenas eu, um microfone e um desejo de contar histórias sobre mulheres do MEU jeito, mas vocês me ajudaram a transformá-lo em algo muito maior. Seu entusiasmo também ajudou a dar forma a este romance. Sou grata a todas as mulheres do passado sobre cujos ombros me apoio, e a minhas amigas de podcasts sobre história das mulheres cujo trabalho me mantém inspirada, especialmente Beckett e Susan, Olivia e Kate, Genn e Jenny e Katy e Nathan (ARRASARAM, monas).

Amor infinito e todos os brownies a meu parceiro de crítica de muito tempo, Ryan Graudin. Você fez de mim uma escritora melhor, sem dúvida. Obrigada por segurar minha mão sem nunca a soltar por mais de uma década. A Amie Kaufman: Yoda da edição, voz da razão, amiga para todas as horas. Eu estaria perdida sem você. À equipe da House of Progress por ser de fato maravilhosa, com um agradecimento especial a Lili Wilkinson, feiticeira de sistemas mágicos, e a Ellie Marney, por sua crítica e apoio.

Tenho a sorte de ter uma amiga incrível como Kaitlin Seifert, cujo entusiasmo impediu que eu ateasse fogo neste romance mais de uma vez. Acho que talvez você tenha lido esta história mais vezes que eu, e ela não seria tão boa sem nossas conversas tarde da noite sobre magia e sentimentos. E Layla Seifert, minha primeira verdadeira leitora adolescente: obrigada por dar a minhas filhotes poderes tão legais! Minha gratidão também se estende a Cath Gablonski por sua perícia editorial certeira e torcida constante.

A todos os amigos que me apoiaram ao longo dos anos: Eve e as Sparkle Girls, Lyndsey, Nadja, Lori, Tori, Claire, Misty, Bel, Loran, Anna, Smeds, Goldman... a lista continua, e sou grata. A meus amigos no Ninho e meus alunos na Charles E. Smith Jewish Day School: não sou capaz de dizer como vocês todos me inspiraram. Um agradecimento especial a Steven Reichel e Alison Kraner, que fizeram com que eu sentisse que minha escrita podia ser digna deles.

Tive a sorte de ter alguns professores maravilhosos, sem os quais não tenho certeza se este livro existiria. A sra. Rapson, que pendurou meu poema na parede sobre sua mesa e me disse para continuar a escrever. Aaron Sacks e Jeff Rosinski, que acenderam em mim uma chama por história e literatura e mudaram minha vida de mais maneiras do que podem imaginar. Jay Paul, o melhor professor de escrita criativa, e Kim Wilkins, quem eu ainda quero ser quando crescer.

A minha família. Eles sempre foram meus apoiadores mais fervorosos: meu pai (que provavelmente comprou mais exemplares deste livro do que é prudente), Carol, John (você vai ter que ler este livro inteiro para ver as partes de você que eu roubei, mano), Beth, os Chevalier e os Gablonski, incluindo Elizabeth (guarde esse lápis, estou de olho em você) e todos os meus canadenses favoritos. Um viva especial para Ray – gostaria que pudéssemos servir um vinho tinto e comemorar juntos este momento – e para minha sobrinha, Victoria: mal posso esperar para conversar sobre este livro com você, e pelo dia em que você publicar o seu. A minhas avós, meu tio-avô Jack e meu avô Chev, que inspiraram minha jornada criativa. Espero que vocês estejam vendo.

Um obrigada gigante a minha mãe, Edie Chevalier. Você esteve presente em todas as etapas, desde ler as primeiras páginas e me estimular até continuar a me fazer jantar toda noite enquanto eu estava no processo de edição. Obrigada por me ensinar a amar histórias e por insistir que as minhas mereciam ser compartilhadas.

E para Paul, meu marido, melhor amigo e parceiro em todas as minhas aventuras. Eu não podia ter feito nada disso sem você. Eu te amo.

SUA OPINIÃO É MUITO IMPORTANTE
Mande um e-mail para **opiniao@vreditoras.com.br**
com o título deste livro no campo "Assunto".

1ª edição, set. 2023

FONTE ITC Galliard Std Roman 11/16,3pt
PAPEL Pólen® Bold 70g/m²
IMPRESSÃO Gráfica Santa Marta
LOTE GSM280723